If You Deceive
by Kresley Cole

屋根裏に偽りの天使

クレスリー・コール
竹内 楓[訳]

ライムブックス

IF YOU DECEIVE
by Kresley Cole

屋根裏に偽りの天使

主要登場人物

マデレン（マディ）……ジェーンの友人。パリから来たブロンド娘
イーサン・マッカリック……マッカリック家の長男。カバナー伯爵
ヒュー・マッカリック……イーサンの弟
ジェーン……ヒューの妻
クイントン（クイン）・ウェイランド……ジェーンのいとこ。イーサンの同僚
コートランド（コート）・マッカリック……イーサンの弟
アナリア……コートランドの妻
フィオナ……イーサンたち兄弟の母親
バン・ローウェン……マデレンの父親
シルビー……マデレンの母親
ビアトリクス（ビー）……マデレンの親友
コリーン……マデレンの親友
ル・デークス伯爵……マデレンの婚約者

プロローグ

一八四六年春
イングランド、バクストン
アイブリー・ホール

今からベッドをともにする人生に退屈した人妻はどうやら美人のようだ、とイーサン・マッカリックは思った。

もっとも、それは推測でしかないが。女性の魅力に勝るとも劣らないウイスキーを飲みすぎたせいで、今は視界がぼやけている。人妻が住むこの屋敷まで三〇分も風に吹かれて馬を走らせたというのに、酔いは醒《さ》めるどころかひどくなる一方だ。

だが彼女のふるまいから判断するに、美人なのは間違いない。

イーサンはそう確信して上着を脱ぎ、豪華な寝室の長椅子へ放《ほう》ったが、届かずに落ちた。

これだけ泥酔していても、彼女が愚かなあばずれであることはわかる。美人でなければ男から相手にもされないはずだ。それに美しさに自信があるからこそ、彼女はバクストンの酒場の薄暗いロビーで情事を持ちかけてきたとき、今夜おれが来ると信じて疑わなかったのだろう。

人妻にはフランス語訛《なま》りがあり、今は横たわっているが、出会ったときの印象では背が高かった。あのとき、彼女はイーサンの隣で一瞬足をとめ、自宅までの道順を記した高級な香り付きのメモ用紙を手渡した。そして、くれぐれも用心するよう念を押すと、彼に何をするつもりか耳元でささやいた。

精力旺盛《おうせい》な二三歳のイーサンにとって、人妻のみだらな計画はまさにおあつらえむきに思えた。

広い寝室を横切ってウイスキーの瓶に近づくと、彼女が起きあがってマットレスに膝立ちになった。「わたしがメイドと立ち去ってから、ちゃんと一五分以上待った？」どうやら、この無分別な行為が、旅行から戻った夫の耳に入ることを恐れているらしい。

イーサンは酒を注《つ》いだ。「ああ、待った」どのみち彼女と一緒の馬車で来る気はなかった。放蕩者《ほうとうもの》ならではの経験にもとづく第一の鉄則だ。情事の相手と落ちあうときは、必ず自分の馬を使うこと。そうすればいつでも好きなときに立ち去れる。さもないと、ひと晩じゅうべったりしがみつかれかねない。

イーサンは男にしがみつく女を嫌悪していた。

「ここへ来る途中で誰かに見られなかった？」

「いや、誰にも出くわさなかった」

「夫に知られるわけにはいかない――」

「いいかげんにしろ！」まだ欲望を満たしてもいないのに、女が癇《かん》に障りだした。

「おれが人妻と寝るのはこれが初めてじゃない」正直に告げる。「もう何度も経験ずみだ」

「ええ、もちろんそうでしょうね」女はあわてて言った。イーサンがようやくベッドに向かうと、彼女はつぶやいた。「あなたは本当にハンサムな若者ね、イーサン。見あげるほど背が高いし、とてもたくましいわ」

女に名前を呼ばれると、イーサンは眉をひそめてグラスを見つめ、酒をあおった。〝ひざまずいて、あなたのものを思いきりしゃぶってあげる〟と酒場でささやかれた覚えはあるが、彼女の名前は聞き損なった。

「〝若者〟だって？　きみがそんなに年上だという印象は受けなかったが」彼はベッドにたどりついた。

人妻は笑い声をあげた。「年上といってもほんの少しよ」彼女の顔が、よりはっきり見えた。まあ、悪くない。おそらく三〇代前半だろう。

「自分が何を求めているかわかる年齢だから、あなたをひと目見た瞬間、どうしても手に入れたいと思ったの」彼女はイーサンのグラスを取りあげてサイドテーブルに置いた。「でも、あなたはしょっちゅう女性から誘惑されるんでしょうね」

「ああ、行く先々で」

イーサンは傲慢《ごうまん》さを隠そうともしなかった。それが真実だからだ。彼は若く裕福な大地主で、女にもてる外見をしている。おまけに酔って冷酷にふるまえばふるまうほど、女たちは彼をほしがった。

「だったら、今夜わたしと出会わなくても、別の女性が簡単に酒場で見つかったのね」

「そういうことだ」イーサンが今夜ずっと眺めていた黒髪の女給は、彼が立ち去るとき、むっとしていた。その妹も同様だった。だが、イーサンはふたりに向かって無頓着《むとんちゃく》に肩をすくめた。実際どうでもよかったからだ。「そう、ひとりかふたりは」

「だったら、なぜわたしを選んだの?」彼女は息を詰めて尋ねた。褒め言葉を期待しているようだが、そんなものを与えてやる気はない。

「人妻のほうが好都合だからさ」

既婚女性は二度と連絡してこない。おれが寝た大勢の女性のひとりとして、あっさりと過去の記憶のなかに姿を消す。彼女の夫が女房を寝取られるほど情けない間抜けなら、そうされて当然だし、おれとしては女性の求めに応じるまでだ。

「つまり、わたしは都合がいいだけの女ってこと?」わざとすねたように唇をとがらせ、彼女は手際よくイーサンのシャツのボタンを外し始めた。

「ああ、そのとおりだ」

冷たくあしらわれて興奮したのか、彼女がささやいた。

「ねえ、その訛りのある声で名前を呼んでくれない?」

「きみの名前は知らない」

彼女はほほえんだ。「わたしの名前はシルビー――」

「わざわざ教えてくれなくていい」鋭く遮ると、人妻の口から欲望のにじむあえぎ声がもれた。

イーサンはベッドで冷たく傲慢にふるまう男を好む女性に慣れていたが、シルビーはさらなる非情さを求めているようだ。ここまでの道中、ひとり馬を駆りながらこの情事について考えていたとき、酔っ払っていても彼女には何か違和感を覚えた。

シルビーはうんざりするほど香水をつけているが、それはゆうべ寝た女も変わらない。長身で黒髪の色っぽいところも、イーサンの好みに合っていた。それなのに、シャツをはぎとられて胸をなめられたとたん、またもや彼女に対する違和感がわき起こった。

イーサンは動物並みの感情しか備えていないと昔から言われてきた。今この瞬間、本能はシルビーと関係を持つなと告げていた。眉間《みけん》に皺《しわ》を寄せるイーサンをよそに、シルビーは胸から臍《へそ》へと唇を這《は》わせていった。どこを目指しているかは明らかだ。だが頭に響く警告の鐘の音は、ウイスキーの酔いや、シルビーの愛撫《あいぶ》への期待をも凌《しの》ぐのだろうか？

どうやらそうらしい。イーサンはズボンから彼女の指を引きはがし、よろよろとあとずさりした。

「どうしたの？」

「もう帰るよ」

シャツを拾おうと身をかがめた拍子にバランスを崩したが、すばやく体勢を立て直した。最近飲みすぎなのは自分でもわかっていた。しかし悲劇に見舞われた一家の長男にして家長の彼には、その責任や、過去は変えられないという事実が重くのしかかっている。それは誰にも想像できないほど重い。

とはいえ、酒を飲んだところで何も解決しない。

「帰るですって？」シルビーが叫んだ。「冗談でしょう」

イーサンはそっけなく首を振った。

「だったらなぜ来たの？　わたし、何かまずいことでもした？」

「いや、何も」脱ぎ捨てた上着はいったいどこだ？「ただ、もうその気がなくなっただけだ」

「どうしてほしいか教えてくれればそうするわ。なんでも言ってちょうだい」シルビーがみじめな声で言う。イーサンはぞっとした。

しつこい女だな。

彼女に背を向けて言った。「きみとはいっさいかかわりたくない。もうこれきりにしよう」

「こんなのひどいわ！」シルビーがぱっと立ちあがり、足早に近づいてきた。「買われた女みたいにあなたに捨てられるなんて」憤慨するあまり、洗練されたフランス語の訛りが、乱暴な庶民の口調に変わった。それはイーサンが以前耳にした下層階級の訛りによく似ていた。

「まるで路上をさまよう売春婦じゃない！」

「思い当たる節があるのなら……」

「もう誰からもこんな扱いは受けないわ。相手が誰であろうと！」

シルビーはイーサンの前に立ちはだかった。彼がふたたび背を向けると、いやがらせをするようにまた目の前に移動した。やはり立ち去ることにして正解だった。

「罰として、あなたを鞭《むち》打ちにしてもらうわ！」

イーサンはようやく上着を見つけた。「いいから、そこをどけ」

「わたしが自ら鞭打ちにしてやる！」

「短気な女だな」皮肉っぽい表情で、彼女と向きあった。「もうこれで完全にきみと寝る気はなくなった」

金切り声をあげて飛びかかってきたシルビーを押しのける間もなく、イーサンは爪で顔を引っ掻《か》かれた。頬に袖《そで》を押し当てると、白い生地に真っ赤な染みがついた。

「このあばずれめ！　自分がいったい何をしたかわかっているのか？」

戸口に向かう彼の背中を、シルビーがわめきながら叩《たた》いた。

「あなたこそ、わたしに何をしてもらえたかわかっているの？」

イーサンがさっと振り向くと、彼女の顔は涙に濡《ぬ》れ、目には怒りの炎が燃えていた。

「今度きみが触れてきたら、平手打ちしてやるぞ。ノーという返事を受け入れない女に情けなど無用だからな」

「だったらそうしなさいよ！」彼女の顔に一瞬浮かんだのは興奮だろうか？

シルビーを脅して追いすがるのを思いとどまらせようと、手の甲で叩くふりを――。

突然、荒々しく扉が開いた。

現れたのは激高した白髪の男だった。これが老いぼれの夫に違いない。イーサンは深いため息をもらして手をおろした。夜明けの決闘で、またひとり射殺することになるのか。

「彼が無理やりわたしを襲おうとしたの！」シルビーが甲高い声で叫んだ。今も涙を流し続けている。

イーサンはとっさに彼女を見た。

「何を言っているんだ？　きみがこの屋敷に招いたんじゃないか！」

戸口に領主の屈強な部下たちが現れた。金髪の大男は隣にいる主人にも増して激怒しているようだ。

「嘘《うそ》よ！」シルビーが叫ぶ。「この男は今夜、酒場からわたしをつけてきたに違いないわ」

イーサンの顔を見つめる領主の目が険しくなった。

「くそっ」イーサンはうんざりして言った。「帰ろうとしたら彼女に引っ掻かれただけだ」

酔っ払っていても、その説明がいかに荒唐無稽《こうとうむけい》に聞こえるかはわかった。

「シルビー、怪我《けが》はないか？」領主は、妻が浮気したわけではなく襲われそうになったのだと信じたがっているらしい。

「冗談はやめろ。彼女が嘘をついているのがわからないのか？」イーサンは吐き捨てるように言った。「その女のほうが誘ってきたんだ、神に誓ってもいい――」

「そんなのでたらめよ」シルビーはガラスが割れんばかりに声を張りあげた。

「わたしは強《ごう》姦《かん》されそうになったけど、必死に抵抗したわ。この男の顔を見ればわかるでしょう」

イーサンは怒りのまなざしで彼女をにらんだまま、領主に告げた。

「酒場へ行って、そこの連中に尋ねればいい。彼女のほうがおれを誘ったんだ」もっとも、シルビーは酒場で慎重にふるまっていた。彼女がロビーでおれに近づき、しばらく隣で足をとめたところを目撃した客はいるだろうか？

シルビーが激しくかぶりを振った。

「わたしは酒場に行ったときも帰宅したときもメイドと一緒だったわ。フローラに訊《き》いてみて！　そうよ、彼女に確認すればいいわ！」手の甲を額に当てるなり、ベッドの端にへなへなと座りこんでささやく。「ああ、怖くてたまらなかった」

イーサンは思わず舌を巻いた。なんて芝居上手な女だ。

怒鳴り声とともに、老領主が飛びかかってきた。イーサンがとっさに拳《こぶし》で鼻をへし折ると、領主の鼻から血が噴きだした。

「おまえをニューゲート監獄にぶちこんでやる！」領主が手で鼻を押さえながらわめいた。

イーサンは何か重要なことを忘れている気がした。いったいなんだろう？

「くそっ、おれはこの女に指一本触れていない……何もかも彼女がお膳《ぜん》立てしたことだ」

「そいつをつかまえろ！」領主がくぐもった声で部下に命じた。

その瞬間、イーサンははっと思いだして上着に飛びつこうとした。

だが、後頭部に一撃を食らって床に顔を打ちつけた。幾度となく殴打され、みぞおちを蹴《け》られ……。それでも事情を説明して自分を弁護しようと必死に意識を保った。

シルビーが夫に泣きつく声がぼんやりと聞こえた。この件が裁判沙汰《ざた》になれば……醜聞が広まり、自分たちの評判や地位が傷つきかねない……ほかの権力者はこういったたぐいの問題は内々で処理している、と。

国内でも孤立したこのあたりでは領主は独立した存在で、なんでも思いどおりにできるし、汚れ仕事を買って出る部下もいる。それにここでは、よそ者はもちろんのこと外国人は嫌われていた。

おれを救ってくれるあのメモは、ほんの少し離れた上着のポケットのなかだ。口を開こうとしたが、痛みにうめくことしかできなかった。上着に手を伸ばそうとした瞬間、ブーツで胸を蹴られた。

なんとかまぶたを開くと、シルビーがヒステリックに泣きわめいていた。まるで自分の嘘を信じこんでいるかのようだ。

「あなたやブライマーが留守だったから、わたしは狙《ねら》われてしまったのよ」

不貞な妻の夫は、彼女をコートでくるんでなだめた。

「きみを残していくべきではなかった――」

「あ、あの悪魔が忍びこんできたとき、この屋敷にいたのはわたしだけじゃないわ。マディもいたのよ！」シルビーは意味ありげに最後のひと言を口にした。マディというのが誰にしろ、その名前を聞いたとたん、領主がさっとイーサンに視線を向けた。領主は激しい怒りに呆然《ぼうぜん》とし、目をどんよりさせながら、この問題は内々に処理すると妻に請けあった——誰にも知らせる必要はないと。

イーサンは紛れもない恐怖に襲われた。

ここの連中は、スコットランド人のろくでなしがもう二度と女性を強姦できないよう、手を下すつもりなのだ。

去勢されることを想像して、どっと冷や汗が噴きだした。やつらはおれにナイフを向ける気だ。

老領主は一瞬ためらったのち、うなずいた。

「ブライマー、こいつを屋敷の裏に連れていって懲らしめてやれ」

ブライマーと呼ばれた大男は目に殺意を浮かべていた。「喜んで仰せのとおりに」

イーサンはぐいと引きあげられ、顎を思いきり殴られた。その衝撃を振り払おうとしたが、闇《やみ》にのみこまれ……。

意識を取り戻したときには、縛られた両手にロープが食いこんでいた。肩から握りしめた指先へと激痛が走る。目を開けようとすると、腫《は》れあがった片方のまぶたがわずかに開き、馬小屋の梁《はり》から吊《つる》されていることがわかった。口に詰めこまれた布は血がたっぷり染みこんでいる。

背の高いがっしりした男がスツールの端に腰かけているのが見えた。その椅子は巨漢の重みに耐えかねて今にも壊れそうだ。男は肉づきのいい脚を小刻みに揺らしながら、後ろめたそうな目でイーサンを見ていた。こいつは真実を知っているのだ。イーサンが無実の罪を着せられたことも。シルビーは前にも浮気したことがあるに違いない。

イーサンは両手の拘束を解こうとあがきながら布越しに叫び、あのメモのことを必死に伝えようとした。

そのとき、背後で扉がきしんで開き、ブライマーの声がした。

「そいつはもう起きたか、タリー？」

「ああ、ついさっき」タリーが大きな体で立ちあがった。「なあ、思ったんだが……おれたちのどちらかが酒場へ行って、何人かに尋ねてみたほうがいいんじゃないか？」

「バン・ローウェンはおれたちにこいつを懲らしめるよう命じた」ブライマーが答える。「だから、それに従うまでだ」そうしたくてうずうずしている口ぶりだ。

バン・ローウェンか。聞き覚えがある気がするが、なぜだろう？　おれがここから脱出したあかつきには、バン・ローウェンを素手で八つ裂きにしてやる。あの領主は、たった今自分たち一家にどんな運命を招き寄せてしまったか知る由もないが。

イーサンは鞘《さや》からナイフが抜かれる音をはっきりと耳にし、ロープを解こうともがいた。

「だけど、ブライマー、酒場まで馬を走らせるのはたいした手間じゃない――」

「おれはたった今、酒場から戻ったばかりだ。奥方の不審な行動を目にした者はひとりもいなかった」ブライマーはそう言って、イーサンの視界に入ってきた。「彼らはバン・ローウエン夫人がフローラと一時間ほど食事をして帰るのを見ただけだ」ナイフの刃先で歯の隙間《すきま》をほじる。「ふたりを屋敷まで送り届けた御者は、ほかには誰も見なかったと証言したし、フローラも同様だ」

「だが……夫人はときどき――」

「その一方」ブライマーはタリーの言葉を無視して続けた。「ここにいるこいつは大酒飲みの外国人だ。女給によれば、卑しいスコットランド人の酔っ払いだとか」

あの恨みがましい女め……おれに誘われなかったというだけで……。

「タリー、もうこいつの運命は決まったのさ。でもおまえは命令に従うか、今夜バン・ローウェンの領地から立ち去るか、どちらかを選べる」

やめろ。主人の命令に従わなければ、おまえに大金を払ってやる。

だが、タリーはうなだれた。

くそっ、冗談じゃないぞ！

「そいつの頭を押さえろ」ブライマーが命じた。

タリーは指示に従ってイーサンの頭を太い腕で押さえた。イーサンは抗《あらが》い、布越しに口汚く罵《ののし》った。

「な、何をするつもりだ？」

「まずは、バン・ローウェン夫人が始めたことを最後まで終わらせる」ブライマーは顎をしゃくってイーサンの顔の引っ掻き傷を指した。「きっと貴婦人たちはこいつの顔が気に入っているんだろうな。だが、今夜を境にそんなことはなくなる。もっとも、こいつにとってそれはささいな問題で、ほかに心配すべきことが山ほどあるが」

ほてった右の頬に冷たい刃を感じた瞬間、イーサンは身をよじり、残っていた力をかき集めて逃れようとした。しかし、無駄な抵抗だった。

さっと頬を切り裂かれ、彼は痛みに絶叫した。

「しっかり押さえつけていろ！」ブライマーが声を荒らげる。

「精一杯やってるよ！」タリーがイーサンの頭をぎゅっとつかんだ。「この大男、ばかみたいに力が強いんだ！」

ブライマーに何度も切りつけられ、イーサンの首は血まみれになった。ほどなく全身の感覚が薄れ、かろうじて意識を保っている状態になった。

「いったい何をしてるんだ？」タリーが尋ねた。

「切り刻むと、あとで傷口を縫いあわせても一生跡が残るのさ」

イーサンの胸には死に物狂いで戦う気力が燃えさかっていたが、鉛のように重い体は言うことを聞かなかった。ついにブライマーが手をとめ、タリーが手を離したとき、イーサンはがくりと頭を垂れた。

ブライマーがイーサンの髪をつかんで上向かせ、自分が切りつけた顔を見て笑みを浮かべた。

イーサンの視界は黒い点で埋め尽くされた。おまえたちを破滅させてやる。おれがされたように、おまえたち全員をじわじわと痛めつけて息の根をとめてやる……。そう心に誓うとまぶたを閉じた。

母屋から苦悩に満ちた怒鳴り声がして、イーサンは意識を取り戻した。シルビーも叫びだし、その金切り声が次第に大きくなっていく。

扉がばたんと開き……誰かがこちらに駆けてくる……数秒後、使用人が馬小屋に飛びこんできた。「やめろ！　男を放してやれ！」

何が起こったのか、イーサンは瞬時に悟った。シルビーの悲鳴がふたたび夜の静寂を切り裂いたあと、突然しんと静まり返った。

イーサンは狂気に駆られ、布越しに笑い声をもらした。両目から涙があふれだす。

バン・ローウェンがあのメモを見つけたのだ。

1

一八五六年夏
ロンドン

訪ねてきたのがイーサンだとわかると、人々が暗い表情を浮かべることに、彼はもうすっかり慣れていた。しかしイーストエンドの貧民窟《くつ》では、その反応がよりあからさまだった。住民の大半はイーサンを見るなり逃げだした。

しんとした路地の濡れた石畳にブーツの音を響かせながら、彼は酔っ払ったロンドンっ子を追いかけた。その男は大勢いる情報提供者のひとりだ。

飛びかかって相手の肩をつかみ、路地に面した壁に頭から叩きつけると、男は仰天してうずくまった。

男を引っ張りあげて銃を抜き、こめかみに銃口を突きつける。

「デービス・グレイはどこにいる？」

「ずっと見かけてない」あえぎながら男が答えた。「本当だよ、マッカリック！」

イーサンはさりげなく銃の撃鉄を起こした。この酔っ払いはおれの評判を耳にし、あっさり撃ち殺されないことを承知しているはずだ。「だったらなぜ逃げた?」

「あ、あんたが死ぬほど怖かったからだよ」

まあ、無理もない。

「グレイはポルトガルにいて阿片《あへん》中毒だって聞いた。それに、帰国するかもしれないと。おれが知っているのはそれだけだ。嘘じゃないと誓うよ!」

一瞬ためらったのち、イーサンはその言葉を信じることにして男を解放した。これまでに得た情報と一致するし、こいつが嘘をついておれの怒りを買うような真似《まね》をするとも思えない。「もしグレイを見かけたら、何をすべきかわかっているだろうな。おれに知らせなかった場合、どんな目に遭うかも」

男はイーサンの情けに感謝すると、あわてて夜の闇に姿を消した。

この数時間、イーサンは貧民街をくまなくまわり、あらゆる手立てを駆使してデービス・グレイの足取りを探ろうとした。かつての同僚で家族ぐるみの友人だった男は、今やイーサンの標的となった。

現時点でグレイが英国にいるという報告はないが、念には念を入れたい。今夜はロンドンで思いつく限りの手がかりを追った。明日はこの街を離れ、別の場所を捜索しよう。

曲がりくねった路地をたどって馬のところへ引き返す途中、目をみはるほど美しい娼婦《しょうふ》がほほえみかけてきて、ショールをはらりとおろし、豊かな胸をさらけだした。

だが、イーサンは何も感じなかった。

明滅するガス灯の下を通り過ぎながら、娼婦に反対側の頬を見せた。女は顔をそむけ、即座にショールで首まで覆った。こういう女たちのせいで、おれは性欲を満たそうとするのを完全にあきらめたのだ。

二三歳のとき、まだ包帯が取れないうちに、イーサンははっきりと悟った。もう金を払わなければ女と寝られないのだと。すでにバクストンでのあの晩を境に、二度と酒は飲まないと誓いを立てていた。酒と女というふたつの楽しみをいきなり奪われた若造にとって、国の秘密機関である〈組織《ネットワーク》〉の一員となるのは願ってもないことに思われた。だから、弟のヒューとともに志願した――あの因縁の敵に対して、相手には悟られない巧妙なやり方で徹底的に復讐《ふくしゅう》をなし遂げたあとで。

ヒューが〈ネットワーク〉の暗殺者としてさまざまな任務を確実に遂行する一方、イーサンは任務のためなら人殺しもスパイ行為も脅迫も辞さなかった。優秀なイーサンは誰もやりたがらない仕事でも完璧《かんぺき》にこなし、弟たちからは〝危険なよろず屋〟と呼ばれていた。

イーサンは彼を忌み嫌う立派な牡馬《ぼば》のもとに戻ると、その上にまたがり、上司のエドワード・ウェイランドの家に向かうことにした。新たな情報が入っているかもしれない。それに、ほかにすることもない。

屋敷に到着したところ、クイントンがちょうど馬に乗ろうとしていた。

「ウェイランドはいるか？」イーサンは尋ねた。クインも〈ネットワーク〉の一員で、ゆくゆくはおじのエドワード・ウェイランドの跡を継ぐよう訓練を受けている。

「いや、今は留守だ。だが、ヒューとは数分前に会った」

「ヒューだけか？　コートはいなかったのか？」

クインはうわの空でかぶりを振った。

くそっ、ヒューは弟のコートと行動をともにし、やつを大陸からロンドンへ連れ帰るはずだったのに。

いらだった声でクインが言った。

「たしかおまえは断言したよな。ヒューがデービス・グレイの件に対処できると」

「ああ」

「グレイの脅迫について知らされたときのあいつの顔を見せてやりたかったよ」

「ヒューが衝撃を受けるのも無理はない」イーサンは忍耐強く応《こた》えた。「危険な殺し屋のグレイが策略をめぐらしているとあれば」グレイは〈ネットワーク〉の暗殺者で、ヒューを訓練した当人でもある。

「いや、ぼくが言っているのは、ジェーンの身が危険にさらされていると伝えたときのことさ」ジェーンはエドワード・ウェイランドの美しいひとり娘だ。

ウェイランドがこの世でもっとも大切にしているジェーンを殺すことで、グレイは上司に復讐するつもりらしい。娘を守るためにウェイランドは、イーサンにグレイの捜索と暗殺を、ヒューには娘の護衛と尾行を命じた。

その命令に関しては問題ないはずだ。ジェーンがどこに行こうと、ヒューはいそいそとあとをついていくだろうから。

クインがさらに言った。「グレイから、ヒューがジェーンを愛していると聞いた」

イーサンは眉をひそめた。「いつからおれたちはグレイと口をきくようになったんだ？」

「その話を聞いたのは何年も前だ。グレイが変わってしまう前だよ」

つまり〝危険人物〟になる前か。グレイは標的の喉を掻き切るときでさえ陽気な表情を浮かべ、愛想がいいことで知られていた。

「それで、本当なのか？」クインが尋ねた。

「たしかに一〇代の頃は、ジェーンにのぼせあがっていたかもしれない」イーサンは嘘をついた。きっとヒューは今も彼女をあきれるほど愛しているに違いない——恥ずかしいくらいに。「だが、弟はもう何年も彼女と会っていない」それに自分の気持ちを一度も告白していない。

「ヒューは今夜、ジェーンのあとを追って飛びだしていったぞ」

「彼女はこんな時間にどこへ出かけたんだ？」

「窓から抜けだして、ぼくの妹や、ロンドンへ遊びに来ている年下の友人と合流したらしい」

「それでどこに向かったんだ？」

「ヘイマーケット通りさ」しばらくしてクインは重い口を開いた。「ぼくも今から行く」

「あそこは安酒場と売春婦だらけだぞ」貧民窟はむさ苦しいが、ヘイマーケットはいかがわしい地域だ。「どうして彼女たちはあんな場所に行きたがるんだ?」

クインが答えた。「〈蜂の巣《ハイブ》〉だよ」

「まさか、冗談だろう」イーサンは唖然《あぜん》として言い返した。〈ハイブ〉は倉庫を改装した無認可の舞踏場で、放蕩者のたまり場として悪名高い。「そもそも、ウェイランド家の女性たちがなぜ〈ハイブ〉のことを知ったんだ?」クインの妹ふたりと女性のいとこ六人は、社交界で〝ウェイランドの八人娘〟と呼ばれている。彼女たちは進歩的で現代的なものを好む、自称〝刺激の探求者〟だ。

イーサンに言わせれば〝金と自由をもてあました、わがままな小娘たち〟だが。

クインはかぶりを振った。「それがわかればいいんだが」

「自ら好きこのんであんな場所に行くなんて信じがたいな。おまえの妹が〈ハイブ〉にいったん足を踏み入れたら、同じ格好のまま出てくることはまずないぞ」

「口を慎め、カバナー――」

「おれをその名前で呼ぶな」イーサンはかっとなった。自分の称号やカバナー伯爵としての人生を思いださせられるのは我慢ならない。「なぜ彼女たちを力ずくで連れ戻さないんだ?」

「そんなことをすれば、どうして突然自由が奪われたのか、ジェーンに説明しなければならなくなる」

「彼女は自分の身が危険にさらされていることを知らないのか?」

クインはうなずいた。「おまえがグレイをさっさと片づけてくれれば、ジェーンにぼくたちのことを知らせずにすむと思ってね」

イーサンが言うことを聞かない馬を前に進ませると、クインが手綱をつかんで引きとめた。

「〈ハイブ〉に行くのか？」

「ああ、弟に会って話したいことがある」ヒューがこの任務をこなせるか確認するために。

「今夜は〈ハイブ〉で何が催されるんだ？」

クインがつぶやいた。「違法な高級娼婦の舞踏会だよ」

イーサンはおもしろくもなさそうに笑った。そんな場所に連れていかれるとは夢にも思っていない〝ロンドンへ遊びに来ている年下の友人〟が気の毒に思えてきた。その小娘はまもなく道徳的腐敗について仰天するような知識を得るだろう。

嘆かわしいことに、弟はイーサンが前にも目にしたことのある恋わずらいの表情を浮かべていた。

ヒューはきわめて有能な暗殺者だが、ジェーン・ウェイランドがそばにいると頭が真っ白になってしまう。話すこともままならず、青二才のように額に玉の汗を浮かべるのだ。

つい数分前、ヘイマーケット通りに交わる路地で、まさにそういう状態のヒューを見つけた。彼は仲間とともに通りを練り歩くジェーンにすっかり目を奪われ、近づいてくる兄の足音にも気づかなかった。

いつもは隙のないヒューが、今夜は暴走した荷馬車が脇《わき》を通り過ぎても気づきそうにない。女性に淡い好意すら抱いたことのないイーサンにとって、ヒューとジェーンの状況は理解しがたいものだった。弟たちにさんざん言い聞かせているように、彼自身はその手の厄介な男女関係とはかかわらずにいる。

しかし、なぜかヒューは女にそこまで骨抜きにされても恥じなかった。それどころか、一〇年間離れていても、ジェーンへの思いは少しも薄れていないようなのだ。

路地でヒューと顔を合わせると、いつものように兄弟のぶっきらぼうなやりとりが始まった。もっとも今回は声をひそめた言い争いだったが。

ヒューは、かつて自分の師でもあり友人でもあったグレイの殺害を兄が望み、自ら申しでたことにずっと憤慨していた。一方イーサンは、弟がジェーンに恋して苦悩を背負いこんだことが不満だった。イーサンにとって弟たちを守ることは義務であり、長兄に生まれた以上そうせずにはいられない。

「グレイを始末するというおれの申し出を、ウェイランドが受け入れていればよかったと思っているんだろう?」イーサンはヒューに向かって言った。「だが心配するな。今度はウェイランドもだめとは言わないさ。娘を守るためなら、なんだってするだろうから」路地を通り過ぎるジェーンとその仲間を顎で指し示す。それからヒューに向き直ったあと、すばやく一行に視線を戻してじっと見つめた。

一行の四番目の女性——輝くブロンドの小柄な娘——にイーサンは目を奪われた。

あれが〝ロンドンへ遊びに来ている年下の友人〟か……。

濃い青のドレスにケープ、白い首にはチョーカーのようなものが結ばれている。ドレスとおそろいの仮面は左右の両端が吊《つ》りあがっていた。ガス灯のほのかな明かりに照らされた濃いピンク色の唇に、ときおり謎《なぞ》めいた笑みが浮かぶ――ほかの友人たちが笑っていないときでさえも。まるで自分だけの小さな世界にこもっているかのように。

陽気で若々しく見えるものの、どこか厭世的《えんせいてき》な雰囲気も感じられる。それについてはおれも同じだが。

鼓動が速まるのを感じて、イーサンは眉をひそめ――。

次の瞬間、身をこわばらせる間もなく建物の壁に押しつけられた。ヒューの腕が喉元に食いこんでいる。

いったい何を……？　イーサンはあきれて天を仰いだ。

「落ち着け。おまえの大事なジェーンに目をつけたりはしないから」

ヒューはようやく手を離したが、疑わしげに言った。「それなら何が気になっているんだ？　クローディアか？　あの赤い仮面の？」イーサンが黙っていると、さらに問いつめた。「ベリンダか？　背が高いブルネットだが」

イーサンはゆっくりとかぶりを振ったが、ブロンドの娘から一度も目をそらさなかった。

ヒューは兄が珍しく女性に興味を示したことに驚いていた。

「知らない顔だが、ジェーンの友人だろう」警戒した声で言う。「ずいぶん若そうだ。二〇歳にもなっていないんじゃないか？　兄さんには若すぎるよ」

三三歳のイーサンはその年齢の重みをひしひしと感じているが、あの娘はまだ若い。なのに、どうして厭世的な雰囲気を漂わせているんだ？

「もしおれが、おまえやコートや一族《クラン》のみんなが考えているとおりの悪いやつだったら、その若さゆえに彼女に惹《ひ》かれるのもおかしな話ではないだろう？」さりげない口調を装ったが、苦々しい思いがにじんでしまった。実際、おれはまわりが思うような悪人ではない。

　それ以上の極悪人だ。

　両手は他人の血に染まり、あまりに冷酷なために、三兄弟のなかでもっとも邪悪だと思われている――あとのふたりは殺し屋と傭兵《ようへい》だというのに。おれは大地主だが、クランの大半からいっさいかかわりたくないと恐れられている。顔にこの傷を負う前から。

　自分の風貌《ふうぼう》を思いだしたとたん、イーサンは娘から顔をそむけようとした。どうせ近づいても、あんな美人はおれの顔を見るなり怯《おび》えて逃げだすはずだ。そうさ、おれは自分のいるべき暗闇に引っこんでいたほうがいい。彼女を見たことは忘れて……。

　しかしそのとき、騒がしい仮面舞踏会の客が近づいてきた。最新の流行にのっとって仮装《ドミ》衣《ノ》をまとい、ベール付きの仮面をかぶった男だ。にやりとした拍子に、イーサンの硬い頬の皮膚が引きつれた。まさにうってつけだ。

　イーサンはさっと仮面を奪いとった。背の低い男は抗議しようと口を開いたが、威嚇するようににらみつけてやると逃げ去った。

「彼女をもてあそぶな」ヒューが言った。

「おまえとジェーンの仲に影響するからか？」イーサンは仮面をつけた。「こんなことは言いたくないが、おまえとジェーンのあいだにはなんの見込みもない。おまえたちが出会う前からな。それを証明する本があるじゃないか」

「兄さんだっておれと同じ運命だろう。それなのに女の尻を追いかけている」

「ああ、だが、おれの場合は彼女に惚《ほ》れる心配はない」イーサンは仮面舞踏会の会場へ足を向け、肩越しに言った。「だから、おれがもてあそんだからといって、彼女が命を落とすことにはならないさ」

いらだたしげに唸《うな》って追いかけてきたヒューとともに、倉庫の入口で豚の仮面をつけた禿《は》げ頭の男に入場料を払った。なかに入ると、酔っ払った群衆でごった返していた。一〇〇〇人以上の客が詰めこまれているに違いない。

あのブロンド娘は今夜、大いに学ぶことになるだろう。周囲の壁には猥褻《わいせつ》な絵画が飾られ、半裸の娼婦たちがこれ見よがしに男を撫《な》でまわしている。

人込みのせいで彼女たちはすぐに見つからず、イーサンとヒューはフロアを見渡せる二階の踊り場にあがった。一行は小さな舞台の前に陣どり、そこに展示されたものをしげしげと眺めていた。粘土で裸体を覆ってギリシア彫刻に扮《ふん》した男女を。

こんないかがわしい雰囲気のなかでも、あの小娘は……どこか物憂げだった。

ジェーンが裸の男を品定めするように見つめているので、ヒューが拳を握りしめた。ブロンドの娘も同じようにその男を見ていたが、イーサンは何かを殴りたい衝動には駆られなかった。おれはそんなことで動じる男ではない……。

一行は半裸の高級娼婦がカクテルをふるまうカウンターへ向かった。途中で彼女が舞台を振り返った。官能的な笑みを浮かべながら、彫像に扮した男に向かって物憂げに投げキスをした。イーサンは眉間に皺を寄せた。気に入らない。くそっ、なぜ気に入らないんだ？

「ブロンドは兄さんの好みじゃないと思っていたよ」ヒューの声に警戒心がにじんだ。

彼女から目をそらさずに応える。「ああ、そのとおりだ」

「それに細身なのや小柄なのも好きではなかったはずだ」

「おれの好みは長身で胸が大きな女さ」イーサンはうわの空で言った。彼女がカクテルグラスを受けとり、上品に香りをかぐと、ぐっとグラスを傾けた。

「だったらどうして？」

「わからない」イーサンは半分しか真実を明かさなかった。なぜ彼女に惹かれるのかはわかる。仮面をつけていても、目をみはるような美人であることは一目瞭然《いちもくりようぜん》だ。ただ、これほどまでに引きつけられる理由がわからない。

同じ程度に美しい女となら何度も寝たことがある。それなのに、不可解なほど彼女に近づきたい――そして手に入れたい――衝動に駆られるのはなぜだ？　あのブロンドはウェイランド家の友人で、また会うこともできる。だったら、どうして今すぐに彼女がほしいのだろう？

「本当にあの娘に声をかけるつもりか?」ヒューが尋ねた。

「もちろんだ」

「おれはできればジェーンに姿を見せないほうがいいだろう。兄さんも彼女に気づかれるぞ」

「この仮面があれば大丈夫さ」イーサンはそう応えてから尋ねた。「なぜそんなに警戒しているんだ? まるで、おれがあのブロンドに興味を持つのが一大事みたいに」

「実際、一大事だからだよ。兄さんは生まれてこのかた、女性を追い求めたことがないじゃないか」

バクストンでのあの夜まではその必要がなかったし、それ以降はわざわざそんな真似をしなかった。

「婚約者の女性でさえも」ヒューがつけ加えた。

ああ、おれの婚約者は大皿にのせられて差しだされたも同然だった——そのせいでサラは命を落としたのだ。バン・ローウェンにあんな目に遭わされたあと、人生を立て直そうとした結果、まさか別の人間を破滅に導くとは思いもしなかった……。

つらい記憶を振り払い、イーサンはブロンドの娘を追いかけるべく階段へ向かったが、ヒューに押し戻された。

「いったい何を考えているんだ?」ヒューが問いただした。

「もう二度とおれを押したりするな。さもないとおまえの鼻をへし折るぞ」こんなふうにイーサンに楯《たて》突く勇気があるのはヒューだけだった。「おれがただ彼女と寝たがっているとは思わないのか？」くそっ、ベッドをともにしたいし、彼女がほしくてたまらない。「彼女と寝たいのか？」ヒューがばつの悪そうな顔をした。「いや、その可能性は思い浮かばなかったよ」

イーサンは目を細めた。弟はおれが禁欲生活を送っているのではと疑っていたか、そう見抜いていたわけだ。おれの秘密が〈ネットワーク〉のメンバーのあいだで広まっていると気づくべきだった。連中ときたら、村の女たち以上に噂《うわさ》好きだからな。

顔にひどい傷を負ってから一〇年がたった。予想どおり、金を払わなければ女と寝られず、最初の七年はそうしてきた。だが、ベッドをともにする娼婦が――おれから金を受けとったあとも――強烈な嫌悪感を隠そうともしないのを何度も目の当たりにし、とうとう耐えられなくなった。

幾度となく満たされない情事を繰り返したせいで、もはや体が高ぶることもうずくこともなくなった。たとえ女に惹かれても、かつて感じた欲望とは比較にならないほど生ぬるいものだった。あの晩おれは去勢されなかったが、今や大事な部分を失ったも同然だ。もう何年も女を抱いたことはない。

それどころか、女性との交わりをさほど恋しいとも思わなくなってしまった。

今日までは……。

「彼女はレディーだ」ヒューが食いさがった。「兄さんの欲望のはけ口にされるような女性じゃない」

「だったら、あのブロンドはいったいここで何をしているんだ？」イーサンはいぶかしむように尋ね、片手で倉庫をぐるりと指し示した。

「ジェーン同様、刺激を求めているのさ。裕福なロンドンっ子の典型だ」

「こんな場所では、レディーだろうと情事の相手と見なされる」

「彼女が純潔じゃないとは限らないだろう」いかめしい顔でヒューは続けた。「兄さんには……そんな非道な真似はできないはずだ」

イーサンは眉をあげてみせた。

「とにかく、あの娘は放っておけよ。今はグレイの捜索のほうが優先だろう」ヒューは髪をかきあげた。「おれがジェーンの護衛をするあいだに、兄さんがちゃんとグレイを始末してくれるのか不安――」

「誰に向かってものを言ってるんだ？」イーサンは我慢の限界に達し、仮面を外して弟をにらみつけた。「おれは何年も前からグレイの額を撃ち抜いてやりたいと思ってきた。やつに狙いを定め、ライフルの引き金に指をかけたことが何度もある。だが、やつは更生するとおまえが信じていたから、引き金を引かなかった」

イーサンは何度もグレイをつけまわし、常に目を光らせていた。実際グレイが勝手に人殺しをしていることに気づいたのは、〈ネットワーク〉のなかでイーサンだけだ。

「ジェーンが標的となった今、おまえもわかったはずだ。だったら、おれが長年殺そうとしてきた男を始末する機会をみすみす逃すと思うか？」ヒューがまだ納得のいかない顔をしているので、イーサンはつけ加えた。「さっさとこのうずきを満たして仕事に取りかかるよ」口調も態度も退屈そうな様子を装って言う。

振り向くと、あのブロンド娘は友人たちと一緒にいなかった。とたんに警戒心が頭をもたげた。こんな危険な場所に彼女はひとりでいるのか。それとも、ひとりではないのだろうか？

誰かと落ちあったのかもしれない。もう結婚しているか、どこかの男とつきあっている可能性もある。気がつくと、イーサンは階段をおりながらふたたび仮面をつけていた。ヒューの警告を無視し、雑踏に飛びこんだ。

なんとしても彼女を捜しだそう。その強い決意に自分でもとまどった。おれの好みは胸の大きなブルネットで、おれに劣らずベッドで経験豊富な女だ。それにヒューの言ったとおり、おれは女を追い求めたりしない。

だが天使のような風貌の華奢《きゃしゃ》なブロンド娘のおかげで、この体がふたたび燃えあがるなら、おれの欲望をかきたてる女性を見逃すわけにはいかない。

今夜じゅうに、彼女のなかに身を沈めてみせる。

2

マディことマデレン・バン・ローウェンは、黒い仮面をつけた長身の男性をこっそり眺めながら思った。母に決められた縁組の相手ではなく別の男性に処女を捧《ささ》げるとしたら、あの人がいいわ。彼女が目で追っていたその男が、けばけばしいほど贅《ぜい》を凝らした舞踏場〈ハイブ〉の客たちをかき分けて進みだした。

マディは白鳥と好色なサテュロスが描かれた台座に座り、二杯目のカクテルのグラス越しにその男性を眺めた。頭がぼうっとし始めたところを見ると、カクテルに入っているのは〝本日の蒸留酒〟のラムだけではなさそうだ。それでもかまわない。最悪の一日を乗りきったことを思えば、酔っ払いたい気分だ。

わざわざパリからやってきたのに、花婿として狙っていた相手と結婚できないことが今日判明した。〝マデレン、すまないが、ぼくは結婚に向かない男だ〟彼はそう言った。

ひとりで悲しみに浸るべく、マディはウェイランド家の女性たち――幼なじみのクローディア、その姉のベリンダ、ふたりのいとこのジェーン――と離れた。三人のロンドンっ子は常に新たな刺激を求め、〈ハイブ〉は……それを満たす場所らしい。

一行の中心的存在であるジェーン・ウェイランドから、年下のマディは二度とはぐれないようにと釘《くぎ》を刺された。深夜のロンドンに繰りだす際、貴婦人たちは必ず一緒に行動すべきだと。今思い返しても、あきれて天を仰ぎたくなる。

〝お説教は勘弁してちょうだい、世間知らずのお嬢さん〟マディはそう言い返したかった。たしかにこの仮面舞踏会は売春婦や好色な客だけでなく泥棒や詐欺師でいっぱいだけど、わたしの日常に比べたらまだまだ生やさしい。

わたしの秘密の生活に比べたら。

みんなにはパリのサン・ロック教会周辺の高級住宅街で母や継父と暮らしていると話したが、実はマレ地区と呼ばれる――英語に訳すと〝沼地《スワンプ》〟という意味の――貧民街でひとり暮らしをし、毎晩銃声や怒鳴り声が響くなかで眠りに落ちる。

マディはこそ泥で、りんごをくすねるようにたやすくダイヤモンドを盗み、ときには空き巣も働く。ウェイランド一族はマディから友人だと思われているからいいものの、そうでなければ彼女のかもになったはずだ。

サファイア色のケープを背中に払いのけ、マディは光沢のある青い仮面の位置を直すと、台座のベンチでくつろぎながら、あの長身の男をじっくり眺めた。大半の客より背が高く、身長は二メートル近くあるだろう。上着は筋肉質の広い肩でぴんと張っている。

黒い仮面にはベールがついており、眉や唇、力強い顎は見えるものの、顔のほかの部分は覆われていた。まっすぐの豊かな黒髪。きっと情熱的な黒い目をしているに違いない。

明らかに誰かを捜しているらしく周囲を見まわしながら、人込みに抗って突き進んでいる。胸をあらわにした娼婦の一団が行く手を遮って関心を引こうとすると、男は眉根を寄せた。驚いたせいか、いらだったせいかはわからない。

初体験の相手があんなにたくましい人ならどんなにいいか。マディは美しい男性に目がなかった。小首を傾《かし》げて道行く男性に目を凝らしては、クローディアにくすくす笑われる。マディはグラスを覗《のぞ》きこんでにっこりした。あからさまに男性を品定めして赤面させるのは、わたしの生きがいのひとつだ。

ただ、今日のことがわたしの運を暗示しているとすれば、結婚相手も初めて愛を交わす相手もル・デークス伯爵になりそうね――わたしの三倍も年寄りの鼻持ちならない金持ちに。伯爵はとんでもなく時代遅れで、なんといまだに鬘《かつら》をかぶっている。マディは伯爵が彼女と結婚したがっているという明るい面に目を向け、彼が若い女性と三度も結婚しながらその誰よりも巧妙に長生きしている事実を考えまいとした。

老伯爵との結婚を避けるため、マディは最後の望みをかけてロンドンに住む幼なじみのクローディアを訪ねた。そして彼女の兄のクイン・ウェイランドを誘惑することにした。しかし残念ながら、波打つ髪に陽気なグリーンの目をした大金持ちのクインには結婚を断られてしまった。

そろそろ残りの三つの選択肢と向きあうべきだろう。

ひとつ目の選択肢は、これまでどおりマレ地区でひとり暮らしを続けること。ふたつ目は、ウェイランド家の人々に数々の嘘や哀れな現状を告白して助けを請うこと。三つ目はル・デークス伯爵との結婚だ。

だが、クインやクローディアにこれまで語った生い立ちはすべて作り話だと認めることを想像しただけで、羞恥心《しゅうちしん》に顔がほてった。クインはあの陽気な目に嫌悪感を浮かべるはずだ。マディは激しくかぶりを振り、彼らには決して打ち明けないと心に誓った。

とはいえ、マレ地区で暮らし続けるとなると、多額の借金に加え、寒さの厳しい不安な冬に直面することになる。ひもじい冬に。空腹には我慢ならなかった。

だったら、ル・デークス伯爵と結婚するしかない。最悪だわ……。

マディは気を紛らわそうと、フロアを歩きまわる長身の男にふたたび視線を注いだ。熱心に誰かを捜している様子や、彼の動作にさえ魅了された。男性はついに立ちどまって髪をかきあげると、人込みのなかでぐるりとまわった。あんなに必死で捜しているのに愛人が見つからないなんてお気の毒ね。マディは彼の幸運を祈ってグラスをかかげ――。

そのとき男が彼女のほうを見あげ、ふたりの視線が絡みあった。とたんに彼は白鳥とサテュロスが描かれた台座のほうへ向かってきた。

ここに座っているのはわたしだけなのに。とまどいに顔をしかめ、マディはグラスを置いた。きっとわたしを誰かと見間違えたんだわ。その勘違いにつけこんで、彼との口づけを楽しもうかしら。最高でしょうね。軽いキスを交わし、あのたくましい肩をぎゅっとつかんで……。

近づいてきた男と目が合うと、マディはすっかり心を奪われた。ほかのすべてが薄れ、酔っ払いたちは視界から消えて、眼下の娼婦の甲高い笑い声も聞こえなくなった。

男は階段を駆けのぼってきた。彼が目の前に立ち、マディはあえぎ声を押し殺した。ちょうど眼前に男の股間《こかん》があり、彼が……欲情していることは紛れもなかった。彼女はゆっくりと顔をあげた。

男はこちらを見おろし、無言で大きな手を差しだしていた。やはり黒い目だ。それにこれほど強烈なまなざしは見たことがない。マディは震えながら息を吸った。

ル・ク・ドゥ・フードル。

青天の霹靂《へきれき》。いいえ、わたしは稲妻に打たれたりしない！　現実主義者で、夢見がちなところはみじんもないもの。どうしてその言葉が頭に浮かんだのだろう？　ル・ク・ドゥ・フードルには〝ひと目惚れ〟という深い意味もあるのに。

彼の手を取りたいという衝動は圧倒されるほどだった。マディは片手でグラスを握りしめ、もう一方の手でスカートをつかんだ。「ごめんなさい。わたしはあなたが捜している女性ではないし、ここにいる女性たちとも違うの」

「知っているさ」彼はマディの肘を優しく、だがしっかりとつかんで立ちあがらせた。「きみが彼女たちと同類なら、そもそも追い求めたりしない」

スコットランド訛りがある低くしゃがれた声に、彼女の体は震えた。

「でも、わたしはあなたのことを知らないわ」息を切らして応える。

「もうすぐ知ることになる」その返事にマディは眉をひそめた。けれども口を開く前にグラスを取りあげられて脇に置かれ、手をつかまれて台座から人込みへといざなわれた。

頭のなかでは〝どちらが自分に破滅をもたらすか？〟という争いが、ふたつの短所――過剰な好奇心と人一倍強い自尊心――のあいだで繰り広げられていた。ときどき競馬を楽しむマディは、そのふたつを二頭の競走馬だと仮定した。現時点では好奇心のほうが優勢で、このスコットランド人の話を聞くべきだと主張している――倉庫の奥に並ぶ扉の向こうへ連れていかれるとわかっていても。彼女は眉をあげた。ここは娼婦が客の欲望を満たすための部屋だわ。

男が一番目の扉を開けた。薄明かりのなか、娼婦が若い客の前にひざまずいて股間に顔をうずめ、身をかがめた客は紅が塗られてふくらんでいる女の乳首をつまんでいた。

「出ていけ」スコットランド人が静かな声で威嚇するように命じた。「さっさとしろ」

娼婦のほうが敏感に脅しを察知したらしく、酔っ払った客を押しのけて胴着《ボディス》を引っ張りあげ、あわてて立ちあがった。

娼婦と客がふらつきながら出ていくと、男はマディにさっと視線を向けた。たった今目にした光景に対する彼女の反応をうかがっているのだろう。マディは肩をすくめた。向かいの部屋に住む親友は人気の売春婦だし、マレ地区ではこの手のことは年じゅう行われている。角を曲がるたびにいかがわしい行為を目にするくらいだ。

二一歳にして、マディはありとあらゆることを目の当たりにしていた。

ふたりきりになるやいなや、男は扉を閉め、椅子を引き寄せてつっかえ棒代わりにした。わたしの警戒心はいったいどこに行ったの？　こういう場所で不可欠の自衛本能は？　縦横三メートル半以上ありそうな巨大なベッドが部屋を占め、その上に緋色《ひいろ》のシルクがかかっている。たとえ悲鳴をあげても誰にも聞こえないだろうし、聞こえたとしても売春婦が客を楽しませていると思われて無視されるのが落ちだ。

なのにどういうわけか、この男性に傷つけられる気がしない。わたしはマレ地区で暮らすうえできわめて重要な直感――男性の本性を見抜く力――を備えているはずなのに。

いずれにせよ、事態が悪化したら相手の股間を膝蹴りして喉を殴ればいいわ。彼は華奢な女性が反撃してきたことに衝撃を受けるはずだ。

扉を開かないようにすると、男はこちらに向き直り、礼儀に反するほど間近に立った。おかげで、顔を突きあわせるには首を伸ばして見あげなければならなかった。

「さっきも言ったとおり、わたしはここにいるほかの女性たちとは違うの。ここで働いているわけではないし、あなたも……わたしをこの部屋に連れこむべきではないわ」

「さっきも言ったが、きみが娼婦だったらここに連れこまなかった。きみがレディーだということは知っている。わからないのは、なぜきみがこの舞踏会にやってきたかだ」

もうすぐ地獄に戻らなければならないことを忘れたかったからよ……。

マディはかぶりを振った。「ここには友人と一緒に来たの。冒険を味わうために」少なくとも友人たちはそうだ。わたしは客にカクテルがたっぷり行き渡り次第、すりをはたらくつもりだったけど。

「その"冒険"というのは情事のことだろう」男がいらだちを募らせるように言う。「退屈した若い人妻が情事の相手を見つけに来たのか？」

「とんでもない。わたしたちはただびっくりするようなものを見て、日記に書きとめたかっただけよ」まるで日記を買ったり、書き綴《つづ》ったりするゆとりがあるみたいな口ぶりね。

「だからおとなしくついてきたのか？　おれが日記のいいネタになると思ったから？」

「抵抗しても無駄だったからよ。あなたが浮かべていたような決意の表情なら前にも見たことがあるもの。あなたがこの部屋にわたしを連れこむのを阻止する方法なんてあったかしら？」

「いや、ないな」彼はそう言ってマディの視線をとらえた。

「そうでしょう。だから肩にかつがれて運ばれるより、静かな場所まであなたについてきて、情事には興味がないと説明することにしたの」

壁際に置かれた細長いテーブルにマディの背中が当たるまで、彼はさらに近づいてきた。

「おれは単にきみとふたりきりになりたかっただけじゃない。それにおれの決意は少しも弱まっていない」

3

驚くほど落ち着き払った様子で、彼女は輝く青い瞳で仮面の奥から冷静に状況を推しはかっていた。まるで、二メートル近いハイランド人に売春用の薄暗い部屋で言い寄られることが、日常茶飯事であるかのように。

間近で見る限り、二〇歳そこそこのようだが、ちゃんと自分というものを持っている。おまけに、路地を通り過ぎるのを目にしたとき以上に美しい。

「あなたは何をしようと思っているの？」彼女が尋ねた。

イーサンがあからさまに眺め、胸元に視線を走らせると、彼女の呼吸が浅くなった。おれの普段の好みからするとやせすぎだが、きついボディスでふっくらとした谷間を作り、小ぶりな胸を魅力的に見せている。思わず自分の仮面をはぎとって、クリーム色のふくらみに顔をすりつけたい衝動に駆られた。

「おれは――」三年ぶりに女性を抱きたい。「きみにキスをするつもりだ」

「キスがしたいなら――」望んでいるのはそれだけではないでしょうと言いたげに、彼女がその言葉を強調した。「フロアに何百人もいる娼婦の誰かとしてちょうだい」

「彼女たちはほしくない」

人込みのなかで目が合い、彼女のピンク色の唇が開くのを見たとたん下腹部が石のように硬くなり、イーサンは驚愕《きょうがく》した。今も彼女の豊かな髪――結いあげられてうなじをさらしたホワイトブロンド――に顔を寄せ、淡い花の香りを吸いこんだ拍子にズボンの前がいっそう張りつめた。この貴重な感覚を堪能《たんのう》し、予期せぬ快感にうめきたくなる。

「おれは表からきみを追いかけてきたんだ」

「どうして？」

単刀直入にそう訊かれ、彼女が媚《こび》を売らないことに内心ほっとした。

「街灯に照らされたきみを見て、笑顔が気に入ったからさ」

「それで、たまたまこれを持っていたわけ？」彼女が腕を伸ばしてイーサンの仮面の縁を指先でなぞると、彼はその手首をつかんでおろさせてから手を離した。

「きみが〈ハイブ〉に入るのを見て、通りかかった客から奪ったんだ」

仮面についたベールは上唇の真上まで垂れている。ほかにもたくさん客はいるのに、娼婦がわざわざおれの気を引こうとしたことから、顔の傷跡が誰の目にも触れていないのがすぐにわかった。娼婦たちに行く手を遮られたときは、追い払うために仮面を持ちあげてみせようかと思ったほどだ。

「本当に？」彼女の口元に謎めいた笑みが浮かぶと、その顔をあらわにして見つめたい衝動に駆られた。「じゃあ、あなたは人込みのなかを捜しまわっていたとき、わたしを見つけようとしていたの？」変わった訛りだ。上流階級の英語にフランス語訛りがわずかにまざっている。

「ああ、そうだ。きみは台座からおれを見ていたのか？」

「ええ、うっとりと」その率直な物言いに、イーサンはまたしても驚かされた。

彼女が自分に気づいてくれたことに妙な満足感を覚える。

「きみはロンドンの出身ではないんだろう？」彼女が首を横に振ると、さらに訊いた。「なぜこの街に来た？」

「真実が知りたい？　それとも仮面舞踏会にふさわしい返事がお好みかしら？」

「真実だ」

「わたしは裕福な夫を見つけるために英国へ来たの」

「それは別に珍しいことじゃない。少なくとも、きみには正直に認めるだけの度胸がある」

「地元で求婚者が待ち構えているけど」そう言ってから、彼女は顔をしかめた。「できればその人とは結婚したくないのよ」

「それで、花婿探しはうまくいっているのか？」

「いいえ、期待したほどは。考慮に値しない求婚はいくつかあったけれどね」

「考慮に値しない？　なぜだ？」

「わたしの花婿にふさわしいことを証明してちょうだいと頼むと、みんな引きさがるのよ」

「そうなのか？」

その問いに彼女がひどく真剣な顔でうなずいたので、イーサンは珍しく口元をゆるめた。「どうすればきみにふさわしい相手だと証明できるんだ?」

「自分にとって大切なものをわたしに贈ることで証明できるわ。たとえば高価な指輪とか、二頭の鹿毛馬《かげうま》とか、そういったものを」

「きみは結婚についてずいぶん深く考えているんだな」

「今はそのことしか考えていないもの」彼女はかろうじて聞きとれる程度の小さな声でつぶやいたあとで、つけ加えた。「実はもう少しで結婚相手を射とめられそうだったのよ。本当にすてきな人を」その男のことを考えているらしく、彼女は眉根を寄せた。「彼とうまくいく望みが、まだわずかに残っているかもしれないわ」

三三歳のイーサンは、生まれて初めて激しい嫉妬《しっと》を覚えた。

いったいどうなっているんだ?

「だったら、今夜はそいつを手に入れるための手段を講じなくていいのか?」冷ややかな口調になった。

彼女がきょとんとしてイーサンを見た。「えっ? ああ、その人なら今夜は出かけたわ。わたしは彼の妹の招待客で、今夜は彼女についてきたの」

ウェイランド一族の若い男といえばひとりしかいない——クインだ。イーサンは歯ぎしりした。あいつは昔から女にもてていた。

彼女の口から吐息がもれた。「まあ、どうでもいいけど」だんだんろれつがまわらなくなっているようだ。

「ああ、どうだっていい」この女がクインを射とめたら最悪だ。これからもロンドン界隈《かいわい》で顔を合わせることになるし、今夜のおれの反応からして、クインの妻に手を出さずにはいられなくなるだろう。「そいつのことは忘れろよ。ここにいるのはそいつではなく、このおれだ」

彼女がこちらを見あげて小首を傾げた。「仮面を外してもらえる？」

「そんなことをしたら仮面舞踏会の趣旨に反するじゃないか」仮面を外せば、彼女は好奇心に瞳を輝かせておれを見つめる代わりに、恐怖に目をみはるに違いない。「お互い仮面をつけていても、きみを味わうことはできる」

「どうしてわたしがあなたに〝味わわれる〟ことに同意すると思うの？」彼女の声に、気をそそる響きがかすかに加わった。媚を売っているわけではなく、興味を引かれておもしろがっているのだ。

この小娘はおれとのやりとりを楽しんでいるようだが、何をもてあそんでいるかまるでわかっていない。

「おれはこの手のことに対する洞察力が鋭い」イーサンが青い仮面の下の頬に指を滑らせても、彼女は異を唱えなかった。「今夜、きみは男を求めてうずいている」

それを聞くなり彼女が視線をそらした。「そうかもしれないわね」何気なく応え、ふたたびイーサンと向きあった。喉を鳴らすような声で尋ねる。「でも、あなたはわたしの……うずく場所が待ち望んだ相手かしら？」

イーサンはにやりとしそうになった。この言葉の応酬が楽しくて仕方ない。彼女がこれ以上深入りする気はないとわかっていても、おれに気のあるそぶりをするのはうれしい。もっと早く、毎週仮面舞踏会に出席すればよかった。

「ああ、おれがその相手だ」彼女の細いウエストをつかんで持ちあげ、壁際のテーブルにのせた。

「おろしてちょうだい！」そう叫びつつも、彼女は単なる好奇心を通り越して興奮しているようだ。「どうしてこんなことをするの？」

「初めてきみにキスするときは、ちゃんと向かいあいたいからさ」

この台詞《せりふ》が、彼女の口からついに小さなあえぎ声を引きだした。

「あなたって、いつもこんなに傲慢なの？」

「ああ」イーサンは彼女の脚のあいだに割って入った。

「お願い、おろして」彼女は抗いながらも、ためらいがちにイーサンの腕に指を滑らせた。そうせずにはいられないかのように。「こんなことをしている暇はないし、口がうまいハンサムな放蕩者には用がないの」

イーサンの口元がほころんだ。だが、頰の硬い皮膚が引きつれたとたん、自分がほほえまなくなったことや、もうハンサムではないことを思い知らされた。

「どうしておれがハンサムだとわかるんだ？　仮面で顔の大部分が覆われているのに」

「あなたは強靭《きょうじん》な体と誘惑的なほほえみを備えているわ。それに美しい瞳も」

彼女のハスキーな声に、イーサンの下腹部がうずいた。

「あなたはこの手のことに対する洞察力が鋭いと言ったけど、わたしはハンサムな男性を見る目が肥えているの。いわば男性美の熱愛者ね。だから今夜も、あなたをこっそり眺めていたのよ」

「それは本当か？」彼女がうなずくとイーサンは言った。「きみの名前を教えてくれ」

「そんなことをしたら仮面舞踏会の趣旨に反するわ」彼女はイーサンの台詞を返した。手袋をはめた手で彼の胸に触れ、押しのけるべきかシャツをつかんで引き寄せるべきか決めかねているように手を離さない。

イーサンはその手をつかみ、手袋をまくって手首をあらわにすると、滑らかな肌にキスをした。

彼女は身を震わせ、イーサンが放すまで手を引っ張った。

「ほらね、やっぱりあなたは経験豊富な女たらしだわ」

「経験豊富だって？」この一〇年、おれは女を誘惑したことはない。そんな機会は皆無だった。それ以前は誘惑する必要などなかった。

彼女の手にキスしたのは衝動的な行動だ。

いったいどこから、こんな忌々しい衝動がわき起こったんだ？

「ええ、そうよ。手首へのキスがその証拠。手首をそっとかすめた唇は、あなたがベッドで優しく官能的なことを示しているわ。そしてわたしの手首をしっかりとつかんだ手は、あなたが愛の営みに長《た》けていることを表してる」

優しい？　イーサンは過去を振り返った。おれは女たちに優しかっただろうか？　もっとも、今は優しくしたいとは思わない。この女に思いきり腰を押しつけて脚のあいだに屹立《きつりつ》したものをあてがい、こんなにも燃えあがっていることを堂々と示したい。

「あなたみたいな男性とは何人も会ったことがあるわ。わたしが難攻不落だということを覚えていてちょうだい」

「それはおれへの挑戦状だな、天使《エンジェル》。今夜きみのなかに身を沈め、きみの脚が腰に巻きついてきたときに、その言葉を思いださせてあげるよ」

「そんなこと、あるわけないでしょう」彼女が頭を振った拍子につややかな巻き毛がひと房ほつれ、肩に滑り落ちた。

「きみが無垢《むく》でないのは一目瞭然だ」上流階級の令嬢であることを考えると腑《ふ》に落ちないが。おそらく彼女もジェーンたちのように、刺激を求めて道楽にふけっているのだろう。「だったら、おれと一夜をともにしたっていいじゃないか」

「わたしが処女だと思わないの？　どうして？」

「きみはこの部屋にいた男女を見ても、あくびをしそうな様子だった。処女なら、娼婦が客のものをくわえているところを見たら動揺するはずだ」

「わたしが処女かどうかは重要な問題じゃないわ。でも、ロンドンへ夫を見つけに来たという事実は変わらない——愛人ではなく。だから、いちゃついている暇はないの」

「暇は作ればいい。結婚相手を探すためにロンドンへ来たなら、おれみたいな独身男にそんなにつれなくすることはないだろう」

おれだって本当は、こんなことをしている暇はないのだ。明日はロンドンを発《た》ってグレイを捜さなければならない。標的を仕とめるより女と過ごしたいと思ったのは生まれて初めてだ。

彼女が笑い声をあげた。その官能的な響きに、キスをしたい衝動がこみあげた。

「あなたは手が届かない相手で、花婿候補にすらならないわ」

イーサンは身をこわばらせた。「おれのことを知りもしないで、決めつけるのか?」

不意に彼女が真顔になった。

「あなたが欲望を満たすためにわたしを利用し、振り返りもせずに立ち去ることぐらいわかるわ。別に責めているわけじゃないの、ただ事実を述べているだけ」まっすぐな青い瞳が急に謎めいた光を帯びた。「あなたとわたしには共通点が多そうね」

4

「共通点だって？　ならば、きみもおれと寝たくて仕方ないはずだ」

マディは思わずにっこりした。

「ほら、そうやってわたしの警戒心をあっさり解く」ひどくがさつでぶっきらぼうなこの人には、心を惹きつける何かがある。もう、自分をごまかしたってだめ。彼のすべてが魅力的だわ。スコットランド訛りがある低い声も、精悍《せいかん》な体も、なぜかわたしに執着しているところも。

「おれは警戒心を解く以上のことがしたい」

マディのほほえみが薄れた。このスコットランド人はあきらめそうにない。あんなふうに気をそそるんじゃなかった。世間一般の二一歳の女性のように軽率にふるまってしまったけれど、わたしにはそんな贅沢は許されない。現実主義者の彼女は心を閉ざして鋭いとげを張りめぐらし、そのまわりに壁を築き始めた。

「そろそろ友人がわたしを捜していると思うわ。彼女たちのもとに戻らないと」

彼の眉間に皺が寄った。「きみは本当に……立ち去る気か？」すっかりとまどい、途方に暮れた声で言う。

「あなた、本当に断られることに慣れていないのね」

「ああ、そういう立場には慣れていない」

「今まで女性を追い求めたことはないの?」半信半疑で尋ねた。

「一度もない」

「要するに、わたしはその幸運な最初の女性ってこと?」普段なら彼が口にしたような言葉にはあきれて目をくるりとまわし、寝るための口説き文句としか受けとらないだろう。でも、この人はそれが彼自身にとって重要な意味を持ち、真実であるばかりか不本意な初めての経験だと言わんばかりの口ぶりだ。

しかも、わたしのせいだと言わんばかりの。

「ああ」彼は息を吐いた。「きみがその最初の女性だ」

「初めての試みが不発に終わるなんて残念ね」

彼の黒い目が細くなった。「そんなことを言うくせに、おれを傲慢呼ばわりするのか? なぜおれをあっさりはねつけられると思うんだ?」

「だって、あなたのほうがわたしを追い求めたのよ」

「おれは無駄骨を折る気はない」彼はマディの頭の両側の壁に手をつき、口づけするように身をかがめてきた。「今夜ここからきみを連れ去るつもりだ」

彼の唇の感触を知りたくてたまらなかったが、マディは相手の胸を押しとどめ、硬く引きしまった筋肉の感触を無視しようとした。

「そんなこと、絶対にありえないわ。わたしは決してあなたについていったりしない……」

彼がさらに身を寄せてきたので、思わず口ごもった。今ここでキスをする気だわ！　マディは呼吸が苦しくなり、彼のさわやかな香りや体から放たれる熱に酔いしれてまぶたを閉じそうになった。

下唇を舌で湿らせると、それに目をとめた彼がみだらな笑みをたたえて手を伸ばしてきた。マディはこらえきれず、かすかなすすり泣きをもらして……。

笛の音が空気を切り裂いた。

マディは凍りついた。「あれは警察の笛の音よね？」数センチしか離れていない彼の唇にささやく。

「そうだな。これでおれについてきたくなったんじゃないか？」

客たちが逃げ始めたらしく建物全体が震えた。腰かけたテーブルからその振動が伝わってくるやいなや、欲望の霞《かすみ》が晴れた。

マディ、今こそ自衛本能を生かすときよ！

「もう行かないと！」彼の腕のなかから抜けだして床におり立ち、つっかえ棒代わりの椅子を扉から離した。部屋を出ようとした矢先、スカートをつかまれて引っ張られた。「放してちょうだい！」肩越しに叫ぶ。

「外の騒動が聞こえないのか？　きみは警察の手をすり抜けるどころか、踏みつぶされるのが落ちだぞ」

マディは彼に向き直った。「でも、外にはわたしの友人がいるのよ！」

「彼女たちなら安全だ。今夜はおれの知りあいがふたり来ていて、すでにきみの友人たちに目をとめている。彼らがみんなをきちんと家まで送り届けるはずだ」

「でも――」

「ふたりとも有能で――おれよりはるかに高潔だ」彼はマディの視線をとらえた。「きみは自分のことだけ心配すればいい」

唇を噛《か》みながら、マディは言った。「さっき裏口へ続く通路を見たわ」用心深い彼女は、建物に入ると必ず脱出路を確認することにしている。ここに到着したときも、ひと組の男女が上着を身につけて裏口のロビーに入っていくのを見守った。結局あのふたりは戻ってこなかった。「ここから抜けだすのに手を貸してもらえないかしら？」

「たしか、決しておれにはついていかないんじゃなかったか？」マディのスカートをつかんだまま、彼は壁に背をもたせかけて片方の膝を引きあげた。「正確には、〝絶対にありえない〟と言ったよな」にやにやしたかと思うと、はっと真顔になった。冷笑さえ浮かべたくないかのように。歯を失った人がそうするのを見たことはあるが、彼の歯は真っ白で曲がってもいないし、非の打ちどころがない。ほかのすべてと同じく完璧だ。もっとも、あの傲慢さは例外だけれど。

「だったら放して」

「ちゃんとここから脱出させるよ……もう少しで奪うところだったキスと引き替えに」

マディは彼にキスしたくてたまらない一方、研ぎ澄まされた自衛本能も備えていた。両者は相反してはいないが、今はそんなことをしている場合ではない。深いため息をもらして言った。

「どうしてもと言うのなら、いいわ。ただし、キスをするのは安全な場所に避難したあとよ」

彼は外で起きていることをまったく案じていない様子だった。「今キスしないなら、あとでもっと要求するぞ。たかが一回キスするくらい、なんでもないだろう?」

「そんなキスがなんの役に立つというの?」マディは言い返したが、彼の気持ちは変わらなかった。「わかったわよ」近づいて相手の首に両手をまわし、頭を引き寄せて唇の端に一瞬口づけた。

彼が身を起こして言う。「エンジェル、たしかに甘いキスだったが、おれが考えていたものとは違う」彼はマディのうなじに手をかけた。「おれが求めているのは深いキスだ。それも、きみが息を切らすまで続くようなのな」

「息を切らすまで?」そうつぶやいて彼を見あげた。「本当に?」ああ……なんて刺激的なの。

彼はもう片方の手でマディの顔を包み、親指で下唇をこすった。

「やってみせたほうが簡単だな――」

また甲高い笛の音が立て続けに響き、外の騒ぎが一段と大きくなった。

「すぐに警官がここまで来るわよ。そんなことをしている暇はないわ！」

彼が肩をすくめた。「だったら、あとでおれの望みにもっと応えてもらうぞ」

「はっきり説明してちょうだい！〝もっと〟って具体的にどういうこと？」

マディが同意するとは思っていなかったらしく、彼は少し驚いたように頭を引いた。

「きみを奪いたい」

「無理よ」

「だったらキスだ」彼の指の背がマディの胸の先端をかすめた。「ここに」

予期せぬ快感にびっくりして息をのみ、マディはさっと身を引いて胸を守るように腕組みをした。「だめよ、絶対にだめ」彼はもうそこにキスすることを思い浮かべたのかしら。マディの顔がほてりだした。「古いことわざを聞いたことがないの？　見知らぬスコットランド人に胸にキスさせる前に、せめて警察から自力で逃れようと試みるべきだ、って」

彼は拳を口に当て、笑い声を押し殺すように咳《せ》きこんだあと、あたかもマディが未知の生物であるかのように見つめて眉をひそめた。

「なんて愚かなお嬢さんだ、自分でわかっているのか？」

「そういうあなたは、その愚かな娘に多くを要求しすぎよ」マディが扉を開けて一歩踏みだし、人の波に押し流されそうになると、彼は彼女を引き戻して扉を閉めた。

「きみのようにちっちゃなレディーが外に出たら、ひとたまりもないぞ」

「わたしはちっちゃくなんかないわ」身長は一六〇センチあるもの！

「愚かなうえに頑固だな。だが、きみを死なせるわけにはいかない」

約束はいつだって破ることが可能だ。

「わかったわ。あなたの条件をのむから、安全な場所に連れていってちょうだい」

「もう遅すぎる。条件は変わった」マディが押し黙っていると、彼は続けた。「きみはおれに自由に体を触らせ、おれにも触れなければならない」

「わたしの窮地につけこむなんて、卑怯《ひきょう》な男ね！」

「わかってないな」彼は悠然と言った。黒い目が警告するように陰る。「今夜きみが刑務所に放りこまれたらどうなると思う？　それに比べたら、おれの相手をするほうがましさ。こういう状況下で選択肢を与えられることはまれだ。選択肢があるなら、それを利用したほうがいい」

刑務所に入れられたら、クインが保釈の手続きをしに来るだろう。そんなの恥ずかしすぎる！「わかったわよ！　あなたの条件をのむわ」無事に脱出したら、即刻このスコットランド人から逃れよう。

「よし。おれの手を放すんじゃないぞ」あたたかい彼の手がマディの手を包みこみ、ふたりはそれを見おろした。彼がふたたび目を合わせた。「さっきも言ったが、きみはちっちゃいな。だが、そこが気に入った」

あなたと比べたらなんだってちっちゃいわよ。マディがそう指摘する間もなく、彼が扉を開いた。「おれの背後から離れるな」喧騒《けんそう》にかき消されないよう大声で命じる。

「あのロビーにたどりつける？」マディは到着したとき目にした裏口のロビーを指した。今や逃げまどう大勢の客であふれている。

「ああ、だがあそこから外には出られそうもないな。連中が向こうから逃げてくるところを見ると」

「とにかくあちらの方向に向かって！　わたしはどこでも逃げ道を見つけられるから！」

男は目を細めてマディに向き直ったが、とうとう大混乱の群衆のなかに踏みだした。彼が片っ端から人を押しのけてくれるおかげで、あとについていくのは簡単だった。これほどたくましい男性でなければ前には進めず、ましてやロビーへ向かう人の流れを追い越すなど不可能だったはずだ。大柄な彼は人込みを一気にかき分け、誰もいない通路にたどりついた。

「あっちよ！」マディは叫んだ。

彼がそちらに進むと、突き当たりに外へ出られる扉があった。

やたらと大きく物々しい錠前のかかった扉だ。

眉をあげてこちらを見た彼に、マディは困った顔で肩をすくめた。別の逃げ道を探そうと向きを変えたものの、完全に袋小路にはまった状態で――。

背後で大きな音がした。ぱっと振り向くと、彼が錠前のすぐ下をブーツの底で蹴っていた。

破片が飛び散り、もう一度蹴ったところで扉が開いて、彼女は息をのんだ。

なんてすばらしい人かしら！　今まですてきな男性を何人も見てきたけれど、そう思わずにはいられない。

外に出ようとした矢先、マディは肘をつかまれた。

「まだだめだ、エンジェル。おれのあとについてこい」

息を弾ませながらうなずき、賞賛の念を隠そうともせずに彼を見あげる。

彼は不機嫌そうな顔になり、襟を引っ張った。「そんな目でおれを見るな」

「そんな目って？」

「おれをまったく違う人物のように錯覚している目だ」

「どういうこと――」

そのとき、ふたりの警官が目の前に現れ、マディは彼に脇へ押しのけられた。彼はひとりの警官を肘で突き、もうひとりを拳で殴った。最初の警官はよろめいて仰向けに倒れ、もうひとりは気絶した。

マディは彼に手をつかまれ、ふたたび引っ張られた。「あなたが今殴ったのは警官よ！」

彼がしゃがれた声で言った。「連中が邪魔したからだ」

マディが住む荒れ果てた貧民街には正直な警官もいるが、大半は違う。そういう警官を何度殴り倒したいと思ったことか。「だけど――」

「きみをここから無事に連れだすと約束しただろう」いったん口をつぐむと、彼は振り返ってマディを見おろした。「おれは褒美を手に入れるためならなんだってする覚悟だ」

すばらしいなんてものじゃないわ。この人は英雄よ。わたしは間抜けみたいにぽかんと口を開けて、彼を見あげているに違いない。女性はみな自分の宝石や純潔を奪おうとする悪漢や追いはぎから、仮面をつけた放蕩者に救ってもらうことを夢見ている。マディとて例外ではない。本当に彼との約束を破ることができるのかしら？

もちろんよ！　迷いが生じたのは、彼がわたしの胸にキスをして、わたしが彼に触れるなんてことを吹きこまれたせいだわ。おまけに男性の力強さを存分に見せつけられたのだから、少しぐらい決心がぐらつくのも当然よ。

これまでわたしのために戦ってくれる人などひとりもいなかった。本当に助けを必要としていたときでさえも。

またしても、彼はマディの表情を見て困惑しているようだ。「遅れずについてくるんだぞ」唸るように言って前を向くと暗い路地を駆け抜け、鋭い笛の音からどんどん遠ざかった。彼は何度も振り返り、そのたびごとにマディがちゃんとついてくることに面食らっていたが、彼女は必要とあらば何キロでも走れるのだ。

彼がついに速度をゆるめ、辻《つじ》馬車を呼びとめるためにマディの手を放した。彼女は逃げだすことも可能だったが、彼を置き去りにはできなかった。あたかも、目に見えない力で彼に縛りつけられているかのように。

何をためらっているの？　逃げなければいけないのに、彼を品定めして、その肌の感触に思いをめぐらせるなんて……。

マディはものに触れるのが大好きだった——冷たいシルクにはぞくぞくするし、ベルベットの手触りには畏敬《いけい》の念を覚え、手袋をはめるのはいやで仕方ない。そんな彼女に、彼は自分の体に触れるよう求めてきた。女性が男性を愛撫する光景はしょっちゅう目にしたものの、精悍な体がてのひらの下で波打つ感触は想像できなかった。わたしは美しい男性が好きだし、触れるのも好きだ。

彼はそのふたつの喜びをわたしに与えてくれようとしている。

「きみはあまり怯えていないようだな」彼が肩越しに言った。

「これぐらいのことでは緊張しないわ」

今夜の騒動は、マレ地区の生活に比べたらたいしたことはない。一一歳のときに火災を生き延び、二度のコレラ流行も乗り越え――マレ地区でその偉業をなし遂げた者はわずかだ――日常的に街角で繰り広げられる暴力にも巻きこまれずにきた。

それに、このスコットランド人といれば何も心配することはないと思える。

「きみは美しいうえに勇敢なのか？」彼が低い声でつぶやいた。

それを聞いて、約束を破るというマディの計画は消えた。

5

馬車が走りだすやいなや、スコットランド人は自分の側だけでなくマディの側のカーテンも閉めた。ひとたび闇に包まれると、有無を言わせず隣の彼女を引き寄せて膝にのせた。

「待って！　いったい何を……だめよ、そんな……」耳たぶをなめられた瞬間に甘い戦慄《せんりつ》が走り、距離を置かなければという思いは薄れて、マディの口から吐息がもれた。「ああ」

「おれは約束を果たした」彼がぶっきらぼうに言った。「今度はきみが約束を守る番だ」

「わたしをどこに連れていくつもり？」

「おれの家に」

「あなたの家？」マディはかぶりを振った。「もちろん、独身者向けのアパートメントであなたと楽しんだ大勢の女性のひとりに名を連ねたい気持ちは山々だけど——」

「いや、それに関しても、きみが初めての女性だ」彼が遮った。

「その言葉をうのみにしろと？」

「信じようが信じまいが真実だ」

「どうしてわたしは例外なの？」

彼は座席にもたれた。いらだっているみたいだけど、わたしのせいかしら？　それともこの状況のせい？「おれだって知りたいよ」

でっちあげではなかったのだ。彼もわたしを意識し、親密さを感じているのだろう。わたしは出会ったとたん、彼に強く惹かれた。機関車に衝突されたような激しさで。

この人も同じ気持ちを味わっているのだろうか？

まったくどうかしているわ。彼の顔さえ見ていないのに。

「わたしも普段は決してこんなふうにふるまわないと言ったら、少しは気休めになる？」

「だったら、その理由についてあとで考えてみよう」彼はマディの顎の下に指を添えた。

「だが、今はきみが意識を失うまでキスしたってかまわないはずだ」

意識を失うまで？　マディの一部は気絶するまでキスされることを望んでいたが、別の一部は自分の身に起きていることがいまだに信じられなかった。彼が顔を寄せてくると、彼女はまぶたを閉じ……。

彼の唇はあたたかく引きしまっていた。なだめるようにそっと触れられただけなのに、胸がどきどきする。口を開くと舌が滑りこんできて、ゆっくりと舌をなぞられた。そのじらすような愛撫は、かつて経験したことがないほどみだらなものだった。

これは愛の営みに続く前奏曲のキスだ。

気がつくと、彼女は口づけに応えていた。それが快感を倍増させた。彼がマディをきつく抱き寄せ、唸りながらキスを深めていく。彼女は筋肉質な肩をぎゅっとつかみ、たくましさに酔いしれた。その強靭な体にもっと抱きしめられたかった。

何度も舌が絡みあううちに、マディはかつてない欲望の極みへと導かれた。彼も同じ気分を味わっているらしく、マディの腰の位置をずらして下腹部に押しつけるとうめき声をもらした。服に阻まれていても下腹部の熱が感じられ、てのひらでそこを撫でることを想像せずにはいられない。

今まであれこれ空想したことはあるけれど、この部分がこれほど熱を帯びるなんて夢にも思わなかった。マディは腰を動かし……。

彼がさっと身を引き、口を半開きにして息を切らしながら、愕然とした顔でマディを見おろした。

「今まではキスがあまり好きじゃなかったわ」ささやいた拍子に、自分もあえいでいることに気づいた。

彼が眉根を寄せた。「ああ、おれもだ」

マディがせがむようにすすり泣くと、彼はそれに応えるように悪態をついた。ふたたび唇が重なる。

彼はたくましい腕にマディをもたれさせ、貪欲《どんよく》に唇をむさぼった。彼女がぐったりして無防備な状態になるまで。意識が遠のきそうになり……。

マディは彼の唇に向かってうめいた。

しかし彼はまたしても身を引き、慎重な面持ちになった。「これは……」目を細める。「きみがそんなキスを続けたら、今夜は始まる前に終わってしまう」

この人が世慣れていて経験豊富なのは間違いない。それでもわたしのキスを気に入ってくれたようだ。彼もわたしに歓《よろこ》びを与えてくれる。

こんなに幸せな気分を味わうのは数カ月ぶりだわ。「ねえ」彼の豊かな髪に指を差し入れてつぶやく。「あなたに助けを求めてよかったわ」

「おれも自分がここにいることを心底喜んでいるよ」

不意にマディは悲しみに襲われた。将来結婚する相手が、今わたしを抱きしめているすばらしい男性じゃないなんてあんまりよ。

けれど、もしこの人と結婚できたら……。

たしかにまだ顔を見ておらず、名前も知らない。でも、わたしは危険を冒してもかまわないし、この男性はル・デークス伯爵のように三度も寡夫になったことなどないだろう。それに伯爵の顔ならもう見たことがある。

情熱的なキスや彼に強く惹かれる気持ちにカクテルの酔いが相まって、自分の思いつきが最高の解決策に思えた。

「ひょっとして、あなたは裕福な男性で、花嫁を探している最中じゃないわよね?」

「当たっているのは片方だけだ。おれは決して結婚しない」

「一生結婚しないの？　それとも、独身生活をあと数年続けたいということ?」

「一生しない」結婚の話題が出ただけでいらだったのか、荒々しい口調で言う。

「あらそう。だったら、あなたの家には絶対に行けないわ」

その瞬間、馬車がとまった。彼がマディを座席におろして扉を開けると、目の前に立派な赤煉瓦《あかれんが》の邸宅が現れた。

「ここはどこ？」困惑して尋ねる。

「グロブナー・スクエアだ」

「ここがあなたの家なの？」豪邸から目をそらさずに訊いた。クインの屋敷より大きくて立派だわ！　広い大理石の階段に沿って白い円柱が歩哨《ほしょう》のごとく堂々と並んでいる。美しい庭園は人目につかないガス灯で煌々《こうこう》と照らされていた。

「ああ、おれの家だ」

マディは思わず眉をあげた。ここの女主人になった自分をいとも簡単に思い浮かべられる。彼に手をつかまれそうになり、マディは言った。「待って！　こんなふうにあなたの家には行けないわ！」なかが見たくてたまらないけど。

「約束を交わしただろう」

「でも、あなたの家に行くことは含まれていなかったじゃない！」ここはウェイランド邸からさほど離れていない。誰かに目撃される恐れもある。

「そんなにおれの家に行くのがいやなのか？」

マディがうなずくと彼は外に身を乗りだし、〝走らせろ〟と御者に命じてから扉を閉めた。馬車がまた動きだした。

「別に問題はない。ベッドでなくても、ここでだってきみを奪えるからな」

「奪う？」マディは目をみはった。「触れるだけの約束でしょう」

彼はふたたびマディを膝に引っ張りあげ、ヒップになれなれしく大きな手をのせた。まるで彼女を何度も膝に座らせたことがあるように。

「いいからおれを信じろ。必ず満足させてやる。きみは日記に書くネタを山ほど仕入れられるぞ」その声音にはおもしろがるような様子がうかがえた。

「あなたがそうしたいなら、わたしを完全に自分のものにできるわよ――明日の正午までに。それだけの時間があれば、わたしはあなたの帳簿に目を通し、あなたは結婚許可証を手に入れられるでしょう。昼食前には結婚できるわ」

彼がマディの顎をつかんだ。「いいか、お嬢さん、この世の何をもってしても、おれを結婚させることはできない。絶対に」

彼もクインと同類だとわかり、マディの心は沈んだ。

「わかったわ」そうよ、はっきりと思い知らされたわ。その台詞を聞くのも断られるのも、今日はこれで二回目だもの。世の中には、花婿にどれほどふさわしくても結婚する気がない男性がいるのね。

必然的にわたしのような女性は、結婚市場で売れ残った痛風持ちの老伯爵たちのなかから相手を選ばなければならない。

「そのことを忘れるなよ」彼の声には警告がありありと読みとれた。

マディはぼんやりとうなずいた。今夜のこれまでの展開によってル・デークス伯爵と結婚する決意は強まったが、あの老人が苦しげにうめいたりぶつぶつ言ったりしながらわたしの処女を奪うかと思うとぞっとする。男性美を愛するわたしが、美しい男性に純潔を捧げられないなんて。そうよ、納得がいかないわ。強いお酒を飲んでスコットランド人にキスされたせいか、不意にそのことに耐えられなくなった。

父が射殺されてからというもの、運命のいたずらとも言うべき苦難に何度も見舞われながら毎回耐え抜いてきた。だが罠《わな》にかかった獣のように、もがけばもがくほど状況は悪化した。絶えず強いられる犠牲に見返りは求めないけれど、人生のその件に関しては――誰に愛の営みの手ほどきを受けるかは――自分の思いどおりにできる。それにわたしの直感は、この謎めいた見知らぬ男性を信頼すべきだと主張している。

マディは唇を噛んだ。ル・デークス伯爵に処女だと思わせることは可能だろう。わたしのパリのアパートメントの大家で親友でもある女性は、処女として三回結婚したし……。

このスコットランド人は今夜、わたしのなかに身を沈めると断言していた。

彼の言葉は正しかったと、その瞬間マディは悟った。

「わかったわ」

「何がわかったんだ?」

「あなたが触れる以上のことを望むなら……」とたんにヒップの下で彼の下腹部がいっそうこわばった。

「きみは……おれに抱かれたいんだな」それは問いかけのように聞こえた。

「ええ、ふたりで約束した以上のことを望んでいるわ。あなたがほしいの」そして……将来ひそかに慈しむような思い出を今夜与えてほしい。

「なぜ気が変わった?」

マディはため息をもらした。「個人的な理由からよ。どうせあなたは興味ないでしょう」

彼はにやりとし、一瞬白い歯が覗いた。「ああ、これっぽっちも」

「だったら、ここは薄暗いし、お互い仮面を外したらどうかしら?」

「仮面をつけたままのほうが刺激的だと思わないか?」彼は指の背でマディの仮面の下の頬をそっと撫でた。

マディは決して内気な性格ではないが、男性と肌を重ねるのは初めてだし、自分の貧弱な体を気に入ってもらえるか不安だった。はっきり言うと胸が小さいのだ。仮面は真っ赤に染まった顔を隠してくれるので、こちらとしても好都合だった。これが謎と欲望に彩られた一夜限りの情事で、いずれ幕を閉じることを考えると特に。

「ええ、そうね」

しかし彼はうわの空で、マディの顎の輪郭を指でたどることに夢中になっていた。

「なんて繊細なんだ」ひとり言のようにぼんやりと言う。

これは単なる誘惑ではないのね。彼は好奇心に目の色を濃くして、マディの体を探っている。

「今まできみのような女性と寝たことはない」

「わたしのような女性って？」

「とても華奢な女性だよ」男の指に耳をなぞられ、彼女は身を震わせた。「触れるのが怖いくらいだ」

「ああ、そんなこと言わないで」

「おれは〝怖いくらいだ〟と言っただけだ。この世の何をもってしても、今夜おれがきみを奪うのをとめることはできない」

彼は指を下に滑らせて鎖骨をたどった。その指がさらに下へ向かうと、マディの呼吸が荒くなり胸が大きく波打った。彼はきついボディスに指を滑りこませてきた。ゆっくりと深く探り……指先がうずく胸の頂に触れる。

「ああ、神様」マディはうめき、彼のうなじを両手でつかんだ。

「繊細なうえに……感じやすい」彼は気だるげな手つきで、ふくらんだ胸の先端を転がした。

「これが好きなんだろう」

マディはまぶたを閉じてうなずいた。

彼が手を引っこめると泣きたくなったが、その手がドレスの紐《ひも》を解こうとしているのを見て安心した。けれども紐は細く、マディでさえ扱うのが難しかった。何度か試みたのち、彼はいらだって唸り、大きな手をドレスのなかに差し入れた。

生地を引き裂こうとしているのだと気づいた瞬間、マディは怒りをぶちまけそうになった。

このドレスのために借金までしたのよ！　しかし彼はマディを解放すると、眉根を寄せて集中しながら、ふたたび紐を解きにかかった。

そんな彼を見て、いっそう胸がとろけた。「わたしがやるわ」彼の両手を引き離し、左右のてのひらにそっとキスをする。

今夜、彼は身を引いてためらうことが何度かあった。今もそうしている。わたしが何か間違ったことをしたのかしら？　それとも、ふたりのあいだで起きていることが彼の過去の情事と大きく異なるから？　マディは後者のような気がしてならなかった。

ついに紐が解かれ、ドレスの胸元が大きく開かれた。彼がコルセットをゆっくり引きさげて胸をあらわにすると、マディは息をのんだ。ここは暗いし、はっきりとは見えないはず……。ひんやりした空気に胸を撫でられながら、顔をそむけたり両手で体を隠したりしないようこらえた。

彼の口から外国語がもれた。ゲール語のようだ。

「今、なんて言ったの？」マディはおずおずと尋ねた。

「ひと晩じゅうキスをするつもりだと言ったんだ」

彼は指の背で胸の頂をかすめ、反応をうかがうようにちらりとマディの顔を見た。彼女は息を詰め、彼の目の前で胸の先端がさらにつんと尖《とが》るのを感じた。

男のがさついた手が胸を包みこんだ。

「こんなにやわらかい肌は初めてだ」小ぶりな胸をすっぽりと覆われてもみしだかれるうち

にマディの体はほてり、脚のあいだが潤い始めた。

これを味わわずにどうやって今まで生きてきたのかしら？

彼が上着を脱ごうとして手を離すと、マディはつい背中をのけぞらした。彼の口から含み笑いともとれる声がもれた。「貪欲なお嬢さんだな」そう言いながらもうれしそうだ。ふたたび彼が触れてきた。「だったら、おれのシャツを脱がせてくれ」

からかわれているのだとしてもかまわない。彼女は欲望に突き動かされていた。

マディがボタンと格闘するあいだ、彼が胸のふくらみに鼻をすり寄せてきた。熱い息を吹きかけながらも口には含まない。そそり立つものの上でマディがもだえ始めるまで、ひたすらじらし続けた。

ついに彼の熱い口が胸に触れた。「ああ」尖った頂を舌でいたぶられ、マディはささやいた。彼の手がスカートの下に滑りこみ、膝から腿へ這いあがってくるのをぼんやりと感じる。

「ねえ……お願いだから、そんなに急がないで。あなたのことはほしいけど……あぁっ！」胸のつぼみを口に含まれ、強く吸われて叫んだ。「で、でも、ゆっくりできないかしら？」

彼が身を引いた。「なぜだ？」心底困惑しているようだ。

「そのほうが……もっと気持ちよさそうだから」

「おれはもう長いあいだ女性と寝ていない」張りつめた声で言って、彼はマディを座席におろした。「あとでひと晩じゅう、ゆっくり抱いてやる」上着を丸めて彼女の背後に押しこむ。

「だが今は、どうしてもきみのなかに入りたい」

彼はもう片方の胸の先端も同じように強く吸ってから、マディを押し倒した。

「ああ……いいわ」マディに触れる彼の手つきは独占欲もあらわで、少し……乱暴だった。それなのに、どうして快感を覚えるのだろう？「でも……」

彼が上体を起こして目を合わせた。「どうした？」

シャツが大きく開いてむきだしになった胸に目を奪われ、マディは何を言おうとしていたのか忘れた。

この人に触れていいのね。これこそわたしが夢見てきたことよ。直接触りたくて、忌々しい手袋をせっかちに外す。彼の胸の筋肉がマディの愛撫に反応して大きく収縮すると、思わず歓喜の吐息がもれた。

硬い胸板にてのひらを押し当て、くぼみや隆起に手を這わせるのは、天にものぼる心地だった。引きしまった滑らかな肌、臍へと続く縮れ毛……新たな感触を味わうたびに指先がうずく。彼がまぶたを閉じて顎をこわばらせる様子にも酔いしれた。

陶然とするあまり、マディはスカートをいきなりウエストまでまくりあげられたことにほとんど気づかなかった。

6

イーサンの体は燃えあがっていた。長い禁欲生活のあと、ようやく女を抱ける。おれの流儀ではないが、ひと晩じゅう彼女と過ごして何度でも奪いたい気分だ。この魅力的な体にあますところなくキスしたい。

彼女を滞在先へ送り届ける前に。

「まあ」彼女は今もおれの胸板に夢中のようだ。畏敬の念に満ちた手つきで触れてくる。そんな優しさにはなじみがなく、理解しがたいが、それでも彼女をとめられない。

「あなたの心臓、早鐘を打っているわ」胸の真ん中に彼女が触れた。「緊張しているの?」

「緊張などしていないさ」嘘をついたが、やけにぶっきらぼうな口調になった。あまりに久しぶりで、一度突いただけで果ててしまいそうだ。相手にどう思われるか気にするなんて生まれて初めてだな。彼女を歓ばせるだけでなく感心させたい。彼女の過去の相手をうわまわる男になりたい。

「あなたは長いあいだ女性と寝ていないと言ったわね。かなり長期間なの?」

「そうだ」イーサンは真実を明かしたことに自分でも驚いた。

「まあ、なんとかふたりでやり遂げられるわよ」彼女は冷静に応えながらも震えだした。どうやら緊張しているのはおれだけではないらしい。

だが、イーサンが滑らかな腿に手を這わせて下ばき《パンタレット》の隙間に指を滑りこませると、彼女は肩の力を抜いた。その脚のあいだに初めて触れた瞬間、彼は快感に身を震わせた。

「きみはもうおれを求めて濡れている」いやがうえにも興奮をかきたてられ、声がかすれる。片手で胸のふくらみに触れつつ、もう一方の手を秘められた場所に這わせて人差し指を濡らし、円を描くように芯《しん》を愛撫した。

彼女が叫び、背を弓なりにした。ほどなく腰を揺らし始め、撫でてやるたびにどんどん乱れていった。イーサンは秘所を味わって彼女のなかに指を入れたかったが、そんなことをすればたちまち絶頂に達してしまうのは目に見えている。

そのとき、ふと思った。二時間前のおれは、もう二度とこんな気分を味わえないかもしれないと恐れていたが、今はこうして彼女と抱きあい……。

童貞の少年さながらに早くも果てそうになっている。

手遅れになる前に彼女を奪わなければ。手を離して一気にパンタレットを引きさげたところ、彼女は身をくねらせてふたたびイーサンのてのひらに胸を押しつけた。

なんと情熱的な小娘だ。彼女とひとつになるのがどんな気分か想像すらできない。

下着をはぎとられてスカートをウエストまでまくりあげられた彼女が、身を震わせて奔放にすすり泣いた。なだめるように腿の内側を一回押すと、すぐさま膝が開いた。その素直な反応はとても初々しく、彼女は無垢なのかもしれないとイーサンは思い始めた。処女とは一度も寝たことがないし、今夜から手を出すつもりもない。

だが、彼女は高級娼婦のような口づけをする。イーサンがキスを深めて舌を絡ませたときも、それに応えた。とはいえ、念のために確認すべきだ。ズボンの留め金を外し、うめき声を押し殺しながらこわばりを取りだす。「おれを愛撫してくれ」処女であれば、ためらいがちに触れてくるはずだ。

彼女はうなずき、やわらかいてのひらでそれを包みこんだ。女に触れられるのはあまりに久しぶりで、つい腰を突きださずにはいられなかった。

眉根を寄せつつ、彼女はもう片方の手もおろし、慣れたしぐさで睾丸《こうがん》を持ちあげてから引っ張った。高ぶりの先端に親指でゆっくり円を描かれると、イーサンは白目をむいた。すべての疑念は払拭《ふっしょく》された。「もう充分だ。今すぐやめないと、きみの目の前で果ててしまう」

彼女が思案するように唇を噛むのを見て、イーサンは唸りそうになった。

「そうなったら、あなたは恥ずかしい?」

「いや、全然。実を言うと、今夜じゅうに自分自身を解き放つところをきみに見せるつもりだ」

「あなた、相当みだらな人ね」

「ああ、ベッドでは女性になんでもするし、相手にもそうするよう要求する」

彼女の滑らかな爪の表面でこすられたとたん、こわばりがさらなる愛撫を求めるように跳ねあがった。「あなたって、その、とても大きいのね」

「だがきみは気に入るはずだ、約束するよ」彼女の腿のあいだに身を横たえて、首筋に顔をうずめた。かぐわしい髪の香りや胸のふくらみの感触に、頭がどうかなってしまいそうだ。キスしただけで達しそうになり、彼女の巧みな愛撫に興奮をあおられた。

もはや下腹部のうずきしか感じられず、精を放つまで彼女に身を沈めたいとしか考えられない。

「とにかく、今は欲望を満たさせてくれ」かつてこれほどまでに燃えあがったことはなかった。「あとでゆっくり愛してやるから」

まぶたが重そうな彼女と見つめあいながら、イーサンは上体を起こし、膝で彼女の膝を大きく開かせた。潤った部分に高ぶりの先を押しつけて上下にこすり、押し入りたい衝動に抗う。

彼女がもだえ始めたところで、イーサンは腰を突きだして先端だけ入れた。熱い秘所に迎えられた瞬間、思わず達しそうになる。「ああ、最高だ」喉を詰まらせて言う。

一気に彼女を貫くと、濡れた襞《ひだ》に締めつけられ、衝撃を受けると同時に全身が燃えあがった。初めて女と交わったかのように。彼女の背中が弓なりになり、イーサンにもみしだかれた胸の頂がさらに尖って……。おれはこんな歓びをかつて味わったことがない。一度たりとも。

「ああ!」彼女が叫んだ。「これは……あまりにも――」

イーサンは唸った。「わかっているさ」もう一度突いて、ぶるっと身震いする。腰を引いた拍子に、熱く濡れた襞が強く締めつけてきた。早くも果てそうだ。根元まで身をうずめようと、ふたたび腰を突きだす。さらに奥へと――。

だが、勢いよく腰を押しのけられた。「い、いや!」

イーサンは激しくかぶりを振り、眉をひそめて彼女を見おろした。

「どうしたんだ? おれが何かしたか?」

「いいから、やめて!」

「やめるだって?」信じがたい思いで訊き返す。「今さら?」このうえなく官能的な彼女の体から離れるなんて冗談じゃない。三年も禁欲を貫いてきたことを思えばなおさらだ。「きみはすっかり熱くなって……すごく締まっている」

彼女は半狂乱になってイーサンを押しやろうとしていた。「お、お願い……あなたには想像もつかないでしょうけど……ものすごい痛みなの」彼女の口から嗚咽《おえつ》がもれた。

とたんにイーサンは凍りついた。「な、泣いているのか?」

彼女が返事をせずに顔をそむけると、イーサンは歯を食いしばって悪態をついた。頭が混乱するなか、なんとか身を引き始めた。彼を放すまいとする秘所に締めつけられ、めくるめく快感に抗いながら。

また腰を突きだしてはならないと自分の体に言い聞かせる。この至福の歓びはあきらめるしかない、もう味わえないのだと。

だが、手遅れだった。引き抜いたとたん、イーサンは叫び声をあげ、こらえきれず彼女の上に精を放ち始めた。自ら終わらせるべく、こわばりをつかんで上下に動かす。彼女の胸に額をのせ、誘惑に負けて先端を吸い、絶頂へとのぼりつめた。

やがてイーサンはぐったりと彼女に覆いかぶさり、荒い息を整えながら、たった今起きた出来事を理解しようとした。初めて押し入ったときは窮屈なほどの狭さと彼を包みこんだ熱しか感じなかったが、こうして振り返ってみると、彼女がためらっていたことや張りつめた膜が破れた感触が思いだされた。

彼女は処女だったのだ。

なぜ彼女はこんなことをしたのだろう？　どうしておれに純潔を捧げたんだ？

予定していた終わり方ではなかったものの、それでも彼女との交わりはすばらしかった。恍惚《こうこつ》となり、これが身も心も満たされるということなのかと思うほど幸せな気分を味わった。自分がなすべきことをついにやり遂げ、想像すらしなかった褒美を与えられたみたいに満足した。きっと次回はもっとすばらしいはずだ。

イーサンは肘をついて身を起こした。「なんで言ってくれなかったんだ？」彼女の頬に親指を滑らせると濡れていた。「頼むから泣かないでくれ」額にかかった彼女の髪をかきあげる。「おれは何も知らなかったんだ」

マディがまばたきをして涙越しに見つめ返すと、彼の目つきが満ち足りたものから疑いのまなざしに変わった。

ついに彼が身を起こし、マディはあわてて飛びのいた。その拍子に新たな痛みに襲われて鋭く息を吸い、また涙があふれた。彼がズボンの前を閉じている隙に、急いでスカートをおろす。マディの叫び声を無視して彼が動き続けたことを思いだすと、震えがとまらない。少なくとも三回〝やめて〟と頼んだのに、彼は聞こえなかったかのように目を閉じただけだった——あたかも歯止めがきかないみたいに。

あのとき彼の腰を押しのけなかったら……。マディは身を震わせた。

「もう一度訊くが、どうして何も言わなかったんだ?」

彼は怒りを募らせているようだ。たしかに処女だと伝えるべきだったたし、実際そうするつもりでいた。けれども彼の胸に目を奪われ、男性の体に初めて触れる興奮に圧倒されてしまったのだ。

マディは震える手でケープを引き寄せ、紐が解かれたボディスを覆ってから、パンタレットと手袋をかき集めた。「伝えようとしたけれど——」

「おれを罠にかけるつもりだったのか?」

「罠にかける? いったい何を言って——」

「きみは〝個人的な理由〟でおれと寝ることにしたと言っていたな」彼が遮った。「その理由は、おれの屋敷を見たことと関係があるんだろう」

「いいえ、ないわ!」

「きみは間違った相手を選んだよ、エンジェル」彼は嘲笑《あざわら》った。「今やきみは傷物だが、おれの知ったことじゃない」

傷物? 知ったことじゃないですって?

「おれは巧みに操られてだまされたけれど、きみに褒美を与える気はない。何があろうときみとは結婚しない」

泣きじゃくりながら、マディはささやいた。「そんなつもりでは……」

「くそっ、だったらなぜ降伏した? おれにさんざんなだめすかされるまでキスも許さなかったのに、馬車のなかで突然純潔を捧げるなんて! しかも資産家の夫を探していると告げたあとで」

マディは泣いたことを恥じて涙をぬぐった。

「別の男性と結婚するしかないと悟ったから、処女を捧げることにしたのよ」

「いったいどういうことだ?」

「地元に求婚者がいると話したでしょう。わたしが花婿にと願っていたすてきな男性もあなたも結婚する気がないとわかって、その縁談を受けることにしたの。でも望まない相手と結婚する前に、自分が惹かれる男性と愛を交わすのがどんな気分か知りたかったのよ」

「どうやらおれは、ほかの男が味わうはずだったものを楽しんでしまったようだ」彼は苦々しげな笑い声をもらした。「つまり、きみは純潔のままだと婚約者に信じこませるつもりだったんだな？　結婚もしないうちに浮気をしたわけだ」

「わたしは生まれて初めて、自分が望むものを手に入れるという決断をしたの」

「策略をめぐらしていたことを認めるんだな。きみはこれまで出会った嘘つき女たちとは違うと思ったなんて、われながら信じられない」

「ひどいわ！　わたしはあなたをたぶらかすつもりなんてなかった。ただ純粋にあなたがほしかっただけよ。それがそんなに信じがたいことなの？」たった今起きたことに傷つき、とまどいながら、マディは本音をもらした。「もっとも今となっては、どうしてあなたがほしくなったのか謎だけど」

「だが、きみはおれを求めた。それにすんでしまったことはどうしようもない。どれほど軽率に純潔を失おうと、その相手がいかに不適切だろうと、過去は取り消せないからな」彼は仮面を外して床に放り、顔の片側だけをこちらに向けてじっと座っていた。闇のなかに精悍な横顔が浮かびあがる。

わたしを奪った獣は見た目は美しい。ひと言も発することなく、まっすぐこちらを見ることもなく、どうするか決めかねているようだ。

「この馬車を使ってくれ」やがて彼はそう吐き捨てて、ふたりの座席のあいだに金を放った。

彼の言葉にマディは凍りついた。

嘘でしょう。何年も慎重に純潔を守ってきたのに、一瞬魔が差したせいで、わたしは軽率にもそれをこの獣に与えてしまった。このろくでなしに。

その見返りに得たのは、焼けつくような痛みと屈辱だけ。

自慢の直感は今回、まるで役に立たなかった。

彼が馬車の屋根を拳で叩いた。馬車がとまると、彼はわずかにこちらを向いた。

「おれは一、二週間留守にする。だが戻ってきたら、きみの処遇を決める」

マディは啞然とした。「わたしの処遇を決めるですって?」

どうやってわたしを見つけるつもりかしら? わたしはまだ仮面をつけているし、名前も明かしていない。それにこの男が戻ってくるころには、ロンドンから遠く離れているだろう。

もう二度と顔を合わせずにすむと思うと、一瞬涙がおさまった。

ル・デークス伯爵のほうが、このスコットランド人より優しく愛してくれたはずだ。この男よりひどいはずはない。喜んで伯爵のもとに戻ろう。

その考えを見透かしたかのように彼が言った。

「いいか、エンジェル、おれが戻る前に別の男と結婚しようなんて考えるんじゃないぞ」

彼は馬車をおりた。扉が閉まる前、彼がこう言うのが聞こえた気がした。

「そんなことをしたら、きみを未亡人にするからな」

7

自宅へ向かうイーサンの胸には、さまざまな思いが渦巻いていた。そのどれもがあの小娘に関することだった。

デービス・グレイを始末したときには、もう彼女は待ち構えていた求婚者と結婚しているかもしれないと気づいた。

なぜそんなことを気にするんだ？　昔から既婚女性を好むイーサンはそう自問したが、確固たる答えが見つからなかった。彼女を完全に自分のものにしたいということしか。もしあの娘が結婚すれば、おれは夫が正当な権利を行使したあとでのみ、彼女を手に入れることになる。

それはとても耐えられない。

彼女にこれほど独占欲を覚えるのは、初めて女性の純潔を奪ったからだ、とイーサンは自分に言い聞かせた。今夜、彼女を一人前の女にしたことに原始的な誇りを抱いたのだ。彼女と再会する前に、別の男が同じ歓びを得るなんて冗談じゃない。

しかし、彼女を完全にわがものにする方法はふたつしかない――妻にするか、愛人にするかだ。前者は不可能だし、後者であっても深入りしすぎだろう。彼女のことは過去の記憶として葬り去ろう……今は女に気を取られている場合ではないのだから。

これからの数日は、冷静さと集中力を維持しなければ殺されかねない。以前のグレイはたぐいまれな直感を備えていた。阿片中毒になったあとも、エドワード・ウェイランドから半年前に命じられた危険な任務より生還し、上司への復讐を実行するだけの強靭さを保っているらしい。

イーサンは、ヒューなら差し迫った危機に対処できるとクインに請けあった。だが今夜、数年ぶりにジェーンを目にしたヒューは欲求不満を抱えた顔つきをしていた。どうやら彼女への思いは少しも薄れていないらしい。これほどの年月がたったというのに。

あんな状態を許しておくわけにはいかない。もう一度、弟によく言って聞かせなければ……。

イーサンは自分の短所を自覚し、それを利用していた。冷淡で粗野な利己主義者だからこそ、容易に人殺しができるのだ。その短所を補う唯一の長所は、弟たちのためならいつでも命を投げだす覚悟があり、ふたりがそれなりの幸せをつかめるよう願っているということだった。

だが、どういうわけかヒューもコートもより多くを求め、必要とした。ふたりはほかの男なら期待して当然のものを得られない限り満足しない。弟たちがどれほどみじめな気分を味わっているかと思うと、イーサンは腹が立って仕方がなかった。

かつてそうしたように、ヒューにジェーンを手に入れることができない理由を思いださせなければ——そんなことをすれば弟との溝が深まるだけで、気が進まないが。今回も、マッカリック家に暗い影を落とすあの本を使うとしよう。

屋敷に帰りつくと、イーサンは『運命の書』を探しに書斎へ直行した。遠い昔、クランの占い師がマッカリック一族の未来を予言して、その書に記した。そこに書かれた出来事はすべて現実のものとなった。

何世紀も前の古書にしては保存状態がよく、表紙が不気味な輝きを放っていた。最後のページについた血痕《けっこん》だけが唯一の染みだ。このページには、イーサンたちの父親宛《あて》のメッセージが書かれていた。

一〇代目カリックに告ぐ

汝《なんじ》の妻、三人の浅黒き息子をもうけるであろう
その子らがもたらす喜びも、彼らがこの書を読むまでのこと
彼らが目にする文言により、汝の生命は若くして絶ち切られる
彼らは、死とともに歩むか、ひとりで歩むかしかない呪《のろ》われた男たち
汝はそれを知り、恐れながら死ぬことになる

結婚することなく、愛を知ることなく、結びつきを持つこともないのが彼らの運命
彼らは子をもうけることなく、汝の血筋は途絶えるであろう
彼らを追う者には死と苦しみが訪れる

続く最後の二行は血痕で読めなくなっている。

イーサンの弟はふたりとも予言を信じ、この警告に縛られていた。弟たちは『運命の書』にもとづいて生き、イーサンもそれを奨励した。だが、その本と彼自身の関係は……もっと複雑だった。

たしかに『運命の書』には力が宿っている。それは誰の目にも明らかだし、この本は不滅だ。そのうえ、予言を裏づける証拠がいくつもある。おれも弟たちも子供に恵まれず、三人とも死と隣りあわせの職に就き、三兄弟のうちふたりが結婚を考えたとき、ひとりの婚約者は命を落とし、もうひとりは死にかけた。

予言どおり、愛する父、リースは息子たちがこの文言を読んだ翌朝に息を引きとった。なかには単なる偶然で片づけられるものもある。三兄弟がいまだ子を持たず独身なのは、明らかになっていない未知の小児病が原因かもしれない――実は三人とも昔から家庭を持ちたいと思っていたのだが。以前コートは、イーサンが手当たり次第に女性と寝るのはそのせいだと疑っていた。ひょっとすると弟が正しいのだろうか。おれは誰でもいいから身ごもらせようとしていたのかもしれない。

そして、おれの婚約者が挙式前夜に命を落とした件に関しては……。

イーサンを取り巻く噂によれば、一族の本拠であるカリックリフの屋上で、彼が婚約者を追いつめて突き落としたことになっている。

イーサンは『運命の書』をあがめたりはしなかった。もともとマッカリック兄弟は呪われているのだから、わざわざこの本を持ちだすこともない。おれはこれまで合理的に生きてきた。それに呪われていようがいまいが、暗殺者や傭兵や〝それ以下の悪人〟は無垢な人間を汚してはならないと、なけなしの常識が告げている。

なのに、なぜ明日あの小娘に会いに行こうかと思案しているんだ？

〝ただ純粋にあなたがほしかっただけよ。それがそんなに信じがたいことなの？〟

夜が明けるまで、イーサンは天井をにらみながらベッドに横たわり、ゆうべの一部始終を振り返った。彼女に会いたいという不可解な衝動が今も胸を締めつけている。

あの小娘を頭から締めだしたいと願う一方で、昨夜はクインの自宅に押しかけて彼女を連れ去りたかった。彼女をつかまえて自分のものにしたいという欲求が新たにこみあげる。まったくもって理解できない。かつてこれほど女性を求めたことはなかった。

胸をあらわにした美しい娼婦を見ても体が反応しなかったことを、ふと思いだした。だが、あの小娘のやわらかい胸をてのひらに包みこんだことを思い浮かべると、下腹部がたちまち硬くなる。ゆうべ彼女と交わったばかりで、その快感が記憶に新しいせいかもしれないが、それでも自分の反応に困惑した。

あんなふうにおれの欲望をかきたてるのが彼女だけだったらどうする？　唐突な終わりを迎えたのに、彼女との営みは……信じられないくらいにすばらしかった。あの震える体に触れただけで……。

彼女なしでは、もう二度とあの強烈な欲求を味わえなかったらどうするんだ？

それに彼女に関して解き明かしたい疑問がいくつかある。処女だったなら、どうして仮面舞踏会の光景に衝撃を受けなかったのか？　なぜあれほど愛撫に長けているのか？

何より、どうして彼女はひと芝居打てば、おれが求婚すると思ったのだろう？

彼女と別れて以来、下腹部がみじめなほどうずいている理由もわかればありがたい。イーサンはいきりたったものをさすったとたん手をとめ、悪態をついて放した。どうして自らの手で欲望を処理しなければならないんだ？　彼女のなかでふたたび果てる代わりに。

仕方ない。

彼女を愛人にしよう。

今朝、彼女となんらかの取り決めを交わすことに決め、イーサンはあきらめの吐息をもらして起きあがった。顔を洗って身支度を終え、ひげを剃《そ》る準備をしながら、自分の計画にいくつか障害があることに気づいた。

第一に、あの小娘が言ったように本当におれをたぶらかそうとしていなかった場合は、彼女は非難されたことに激怒して、おれの提案をのまないかもしれない。

第二に、ゆうべおれは彼女を傷つけた。今思い返してみると、彼女は最初のうち快感にもだえていたが、途中から……苦しげにもがき始めた。

ゆうべの酔いが醒めた今、彼女に与えた痛みが相当なものだったことがわかる。急がないでと頼まれたのに、時間をかけて彼女の準備を整えてやることを怠った。欲望にわれを忘れるあまり、繊細で華奢な女性を発情した獣のごとく乱暴に奪ってしまった。

くそっ、彼女を傷つけるつもりも……泣かせるつもりもなかったのに。

おれは女の涙に動じたことはない。それは嘘偽りのない真実で、一〇代の頃から薄情だと思われてきた理由のひとつでもある。なのに、どうして彼女の涙にはこれほど心をかき乱されるんだ？

あのときは、彼女が泣きやむならなんだってすると一瞬誓いそうになった。

イーサンは慣れた手つきで、ぎざぎざの傷跡の端にそっと剃刀《かみそり》を滑らせた。そのほかの障害は……。ひょっとすると、クインはあの小娘を本気で気に入っているかもしれない。上司のエドワード・ウェイランドが介入してくる恐れもある。ウェイランド家と親しいことからして、彼女の両親は土地持ちの気どった貴族で、金には困っているものの、いまだに社会に対して強い影響力を持っているのだろう。彼らがイーサンに彼女との結婚を強いることはできないが、うるさく干渉してくるのは目に見えている。

とはいえ、誰しも弱みはあるものだ。だからこそ、あの小娘は裕福な夫を探していたのだろう――今やおれのせいで傷物になってしまったが。おそらく両親が借金を抱えているか、持参金の必要な妹たちがいるに違いない。

イーサンは彼女を愛人にして一時的な欲望を満たしたのち忘れ去るために、大金を払う覚悟はできていた。おれの望みは、いつでも彼女を抱けるよう近くに住まわせることだけだ。その見返りに家族の問題を解決してやろう。

ふたたび顔に剃刀を滑らせてから鏡をじっと見つめ、最大の障害に視線を注いだ。彼女と再会するときは仮面をつけないことになる。イーサンは数年ぶりに自分の姿をしげしげと眺めた。深い傷が右の頬骨に沿って伸び、頬を縦にも切り裂いている。縫い目の縁は均一にくぼみ、どんな表情を浮かべてもくっきりと白く浮かびあがった。

ブライマーは見事にやってのけたわけだ。

あの晩、バン・ローウェンは自分の誤解に気づくと馬小屋に駆けつけ、ブライマーがイーサンにした仕打ちを見て真っ青になった。放心状態の領主は賠償金を払うか、自分も同じ報復を受けると申しでた。

しかし、イーサンには領主夫妻やブライマーに対してもっと壮大な計画があった。解放されると、彼は苦痛に歯を食いしばりながらよろよろと自分の馬のもとへ向かった。気力だけでバン・ローウェンの領地から抜けだし、道路沿いの溝で二日間気を失っていた。

そのわずか数カ月後、イーサンの復讐が最終局面を迎える前に、バン・ローウェンは酔った末に決闘をした。銃を抜かずに振り向いて撃たれ、いわゆる〝紳士の自殺〟を遂げたのだ。

シルビーに関しては、無一文になって貧民街で朽ち果てるよう仕向けた。

タリーはなぜか見逃してやった。だが、おれと対峙《たいじ》してすっかり怖《お》じ気《け》づいたあの男はたちまち姿をくらまし、今も別の土地で怯えながら暮らしているはずだ。

ブライマーは八つ裂きにした。あのろくでなしがこの世で最後に目にしたものは、おれの顔に残された傷跡だ。

傷を負う前であれば、おれはあの娘と釣りあう相手だったろう。でも、今はひどい顔だと笑われるのが落ちだ。たしか彼女はこう豪語していたのだから――自分は〝男性美の熱愛者〟だと。

イーサンはにやりとしようとして不快な気分になった。われながら胸くそが悪くなる顔だ。バン・ローウェンへの憎悪が再燃し、彼は剃刀を洗面器に投げ入れた。

8

その一時間後、イーサンはヒューと鉢あわせして恒例の兄弟喧嘩《けんか》を繰り広げたのち、クインの屋敷へ向かった。今朝はこちらを凝視する通行人の視線がやたらと気になった。お返しに、威嚇するように思いきりにらんでやった。

クインの屋敷に到着したとき、イーサンは不安に駆られている自分に気づいた。きっとあの小娘はゆうべ傷つけられた腹いせに、おれを鼻であしらおうとするだろう。それでもかまわない。よくも悪くも、ふたりの関係について取り決めを交わすことができれば。

書斎にいたクインは、突然訪ねてきたイーサンを見て顔をしかめた。

「やれやれ、今度は別のマッカリック兄弟の相手をしないといけないのか。今朝はすでに、ヒューがほかの男とジェーンをめぐって喧嘩するのをやめさせたよ」

「ついさっきヒューと会ったが、何も言っていなかったぞ」ヒューのやつ、遠くで陰ながら彼女を愛するんじゃなかったのか？

「厳密には、あれは喧嘩とは言えない。双方が争うのが喧嘩だからな。怒り狂ったヒューを目の当たりにしたジェーンは、言うまでもないことだが、あいつと一緒に身を隠すのはもちろんそばに行くことすらいやがっている」

一緒に身を隠す。それが兄弟喧嘩の原因だった。ヒューはジェーンを連れてロンドンから脱出することに同意したのだ。それもふたりきりで。きっと悲惨な結果になるはずだ。

「それで、こんなところで何をしているんだ？」クインが尋ねた。「グレイを追跡していたんじゃないのか？」

「ゆうべ、やつの行きつけの場所をしらみつぶしに捜した。まだ大陸から到着していないようだ」

「だったらなんの用だ？」

「おまえの妹に招かれてここに滞在している女性と話したい」

「マデレンと？　グレイに関してか？　どうして彼女がやつの情報を持っているんだ？」

マデレンか。いい名前だ。だが、どこかで聞いた気がして、イーサンは眉をひそめた。

「これはグレイとは関係ない……個人的なことだ」

「彼女にいったいなんの話があるんだ？　そもそも、どこで知りあった？」

「ゆうべ仮面舞踏会で出会った」

「マデレンを怖がらせたのはおまえだったのか！」クインは立ちあがって窓辺に移動した。「かわいそうなあの娘を怯えさせるような男は、ロンドンにひとりしかいないとわかっているべきだった」

「怯えさせるだと？　まあ、汚れのない優しいお嬢さんだからな。ところで、彼女がおまえを罠にかけて結婚しようともくろんでいたのを知っているか？」

クインが振り向いた。「薄々感づいていたよ。幼い頃からぼくの奥さんになることを夢見ていたと打ち明けられたあと、彼女との結婚を考えられるか訊かれたからね。まったく狡猾《こうかつ》なことこのうえない――あれでよく安眠できるよ」

クインとの結婚を夢見ていた？　イーサンは歯ぎしりし、傷ひとつないクインの顔を急にぶちのめしたくなった。

「実を言うと、ぼくはマデレンとの結婚について考えてみた。彼女は秘密主義でたまに嘘もつくし、やたらと金のことを気にするが、優しくて愛嬌《あいきょう》がある知的な女性だ。どんな男でもマデレンを自分の妻と呼ぶことに誇りを覚えるだろう」

「だったら、なぜ手に入れない？」

「理由はわかるはずだ」クインは〈ネットワーク〉から女性を誘惑する役目を課せられ、しょっちゅう世界じゅうを飛びまわっている。「それに彼女には縁談がある」机に引き返しながら、彼は続けた。「すぐにその求婚を受け入れるはずだ」

そんなこと、許すものか。「相手は誰だ？」

「まさかぼくがそれを明かすとは思っていないよな？」

「おまえも知ってのとおり、そんなことは一日で調べがつく」イーサンの役目には誰もやりたがらない殺しだけでなく、情報取引も含まれていた。

「どうしてそんなにマデレンに興味があるんだ？　彼女は無垢なレディーで、おまえが普段楽しんでいるふしだらな娼婦とは違うぞ」

「おまえ、おれに殴られたいのか?」

「とにかくマデレンには近づくな、イーサン。仮面舞踏会でどんな恐ろしいことが起きたか知らないが、彼女はクローディアにさえ、そのことを話そうとしなかった。だが今朝顔を合わせたとき、ひと晩じゅう泣き明かしたような目をしていたよ」

　ひと晩じゅう泣き明かした? そんなにつらかったのか?

「恐ろしいことが起きたのはたしかだ、クイン。彼女はおれをたぶらかして結婚しようとし、そのもくろみは失敗に終わった」

「おまえをたぶらかして結婚しようとしただって?」クインはかすれた声で笑った。「よく言うよ。マデレンは目を奪われるほどの美人だぞ。当然ハンサムな男を求めているはずだ。その証拠に、彼女は今朝ロンドンから逃げだした」

　イーサンは凍りついた。「今、なんと言った?」

「彼女はもうここにはいない、一目散に逃げだしたよ」

　くそっ。おれはマデレンを追う前にグレイを仕とめなければならない。

「あの娘の名字と住所を教えてくれ」イーサンが机の背後にまわると、クインがあわてて立ちあがった。

「マデレンを狼《おおかみ》に投げ与えろというのか? どうしておまえが急に良家の令嬢に、それもぼくの妹の友人に興味を持ったのかわからないが、ぼくから情報を引きだそうとしても無駄だぞ」

「この件に関して彼女にとやかく言う権利はない。ゆうべおれに処女を捧げたのだから」

クインが呆然と目をみはり、殴りかかってきた。イーサンはその拳をつかんでとめた。

「ばかな真似はよせ、クイン。そろそろおれの我慢も限界だ」

クインは苦痛に歯を食いしばった。「イーサン、おまえに道徳観念が欠けているのは知っていたが、自分より一〇歳も年下の無垢な女性の純潔を奪うとは思わなかったよ」イーサンが手を離すと、クインは椅子に沈みこんで身を震わせた。「なんてことだ、マデレンは傷物になったのか。おまえが求婚するとは思えないし、彼女の婚約者はもう結婚を望まないだろう。すぐさまあとを追って、結婚を申しこまなければ」

「マデレンには近寄るな」イーサンは言った。「彼女はおれのものだ」それでもクインが異議を唱えそうな様子なので断言した。「彼女と結婚したら、おまえを殺す」

「おまえは彼女が誰かも知らないんだぞ!」クインが怒鳴った。「おまけに彼女と結婚する気もない」

「ああ」

「だったら何をしに来た? 彼女をどうするつもりだ?」

「グレイを始末したら考えるさ。おれはおまえのいとこの命を救うために旅立たなければならない。ぐずぐずしている暇はないんだ」おれはジェーンのことなどどうでもいいが、弟は彼女を愛している。彼女に万が一のことがあれば、ヒューは悲しみに打ちひしがれるだろう。

「おれがさっさとこの任務を終わらせたほうが、みんなのためだ。だから彼女の名前を教えてくれ。それから婚約者のことも」

クインは思案するような顔つきになり、しばらくイーサンを見つめていた。やがて何かに気づいたようにはっとした。「おまえはかわいいマデレンのとりこになったんだろう？　あの娘には人を惹きつける魅力があるからな。ぼくはそれを承知していたから用心していたが、おまえは……不意をつかれたわけだ」ひとりうなずき、イーサンに向かってにやりとする。「グレイはなんとしても始末しなければならないし、残念ながら、われわれが一番頼りにしているのはおまえだ。だから情報を提供する。だが、それだけの理由で手を貸すわけじゃない。この件では、おまえがマデレンに到底かなわないからだ。きっと彼女に翻弄《ほんろう》されて途方に暮れるぞ」

イーサンは乾いた声で笑った。「そうか？」

クインが目を合わせた。「イーサン、おまえが気の毒に思えてきたよ」

「いいから彼女の名前を教えろ」

「わかったよ。彼女の名前はマデレン・バン・ローウェンだ」

9

鋭い銃声に悲鳴、ガラスの割れる音。

やっとのことでマレ地区にたどりつき、マディはため息をもらした。ああ、懐かしのわが家……。

ドーバーからカレーまでの距離は四〇キロ足らずだが、英国海峡を渡る船旅はたいてい過酷をきわめる。彼女の帰途も例外ではなかった。小型蒸気船は一日の大半を油断ならない海流と突風でもみくちゃにされ、嘔吐物《おうとぶつ》の臭気が漂い、石炭の煙が充満していた。カレーから乗りこんだパリ行きの汽車の三等車両では、炭鉱労働者や派手に着飾った傲慢な男たちに言い寄られたあげく、金品まで盗まれそうになった。なぜか汽車に乗ると、マディは眠気に襲われ、それに抗わない限りたちまち居眠りしてしまうのだ。周囲の乗客にすられる恐れがあるとわかっていても、芝居に登場する催眠術師に耳元でささやかれたようにまぶたが重くなり、そのたびにびくっと飛び起きる。幸いすりの被害には遭わなかったが、今回も汽車の旅のあとは何時間も頭がぼうっとして足元がふらつき、気だるさが消えないだろう。

そんな困難な旅の末に待っているのが……このマレ地区だなんて。

マディを乗せた辻馬車が、彼女が暮らす古いアパートメントの前でとまった。遠い昔、このあたりは王族の行楽地だった。スレート屋根にゴシック様式のこの建物も一七世紀には領主館だったのかもしれない。だがその後、屋内が細かく仕切られて安いアパートメントに改装され、周辺同様、年月とともに荒廃した。

馬車からおり立ったとたん、訛りの強い英語が聞こえた。わたしの因縁の相手、クレネット姉妹のオデットとバーサに違いない。

「あら、お高くとまったマデレンのご帰還よ」金褐色に染めた髪をふんわりと揺らしながら、オデットが向かいの建物の正面階段から声をかけてきた。「しかも辻馬車で。乗合馬車なんか乗らないのね」

御者が後部の荷物入れからマディの旅行鞄《かばん》を引っ張りだすと、バーサが御者に言った。「気をつけたほうがいいわ、さもないと上の階まで鞄を運ばされるわよ。ちなみに彼女の部屋は六階ですからね」

マディはさっと振り向いて姉妹をにらみつけた。あのふたりはわたしが六階に住んでいることを何かとばかにする。パリでは、もっとも貧しい人々が最上階に住む。そして、わたしのアパートメントは六階までしかない。

「六階だって？」御者が眉を吊りあげ、てのひらを差しだしてきた。マディが代金を払うと、振り返りもせずに馬車で走り去った。

最高だわ。わたしはこの重たい旅行鞄を持って、一〇二段の階段をのぼらなければならない。それも明かりが灯《とも》っていない階段を。

「まあ、おてんば娘《ラ・ガミーヌ》が難儀なことね」オデットがくすくす笑った。

マディは身をこわばらせて両手を握りしめた。〝ラ・ガミーヌ〟という言葉は〝小悪魔〟や〝おてんば〟を指すが、〝浮浪児〟という意味もある。彼女はそう呼ばれるのが死ぬほどいやだった。

取っ組みあいの喧嘩をしようとした矢先、背後で声がした。「バーサ、オデット、さっさとお黙り」マディが振り向くと、親友のコリーンが薄暗いアパートメントから現れ、正面階段をおりてきた。同じイングランド出身のコリーンは母親のような存在だった。昔、どこにも行くあてのないマディを彼女は引きとってくれたのだ。

コリーンは旅行鞄の片端をつかむと眉をあげ、反対側を持つよう手振りで示した。マディはため息をついて指示に従った。ふたりは正面階段でいびきをかく無害な酔っ払いをよけながら建物に入り、トンネルのような階段へ向かった。漆黒の闇のなかでぐらつく階段をしょっちゅうのぼりおりしてきたおかげで、今では手すり代わりのロープに頼ることもない。

六階に到着して旅行鞄を落としたとたん、マディの向かいに住む青い瞳のビアトリクスがぱっと扉を開けた。階段の最上段がきしむたび、彼女はそうやって飛びだしてくる。マディかコリーンが外出し、ビアトリクスの生活必需品――コーヒー、クロワッサン、煙草《たばこ》――を買ってきてくれるのを期待して。そうなれば、一日二回以上階段を往復せずにすむからだ。

ビアトリクスはマレ地区で〝売春婦のビー〟として知られていた。マディはその呼び名を侮辱的なうえに無意味だと感じていた。この界隈の女性の大半が――バーサやオデットも含め――娼婦なのだから。

マディはビアトリクスの美しい瞳にちなんで〝青い瞳《ブルー・アイ》のビー〟というあだ名をつけたが、それは不吉な予言となってしまった。ビーが恋をしたモーリスという男が、しばしば彼女を殴っては目のまわりに黒い痣《ブラック・アイズ》を作ったからだ。マレ地区の住民はそれを〝ブルー・アイ〟と呼ぶ。今もビーの右目の周囲には痣《あざ》があった。

「どうだった、マディ?」ビーが息を弾ませて訊いた。「ロンドン行きは成功したの?」

マディは薄汚れてへとへとの状態でここに戻ってきた。それを見れば、答えはノーだと一目瞭然だ。けれども、ビーはちょっと鈍いときがある。

「いいえ、失敗したわ。前にも言ったけど、彼は到底手の届かない相手だったのよ」いつも身につけているリボンのネックレスに通した鍵《かぎ》で扉を開けた。色彩豊かな部屋のベッドに直行して、前のめりに倒れこむ。「結果はさんざんだったわ」すり切れた上掛けに突っ伏したまま、マディはつぶやいた。

コリーンがかたわらに座り、マディの肩を叩いた。

「だったら、お茶にしましょう。ロンドンでの出来事を何もかも話してちょうだい」

あの悲惨な体験について話すの? まあ、別にいいけど。これ以上気分が悪くなるはずがないもの。「わかったわ。お茶の用意をしましょう。たっぷりと」

湯を沸かすあいだ、友人たちはマディがすぐに売らなければならない豪華なドレスを旅行鞄から出し始めた。マディはバルコニーに面した窓を覆う緋色のカーテンを開けた。

彼女はこの部屋を内心誇らしく思い、金がないなりに内装に手をかけられたことに満足していた。漆喰《しっくい》の壁のひび割れは、色鮮やかな芝居のちらしやオペラのポスターで隠した。室内のいたるところに高級な生地があしらわれているのは、劇団が小道具を捨てるたび、劇場に勤める友人が知らせてくれるからだ。おかげで毎回くず拾いより先に現場に到着している。猫の額ほどのバルコニーではブリキの缶に蔦《つた》が生い茂り、ペチュニアが今も花を咲かせていた。屋根に住む気まぐれな黒猫《シャ・ノワール》がバルコニーで日なたぼっこをし、晩夏のそよ風に木製の風鐸《ふうたく》が揺れている。マディが六階に住んでいるのは貧しいからだけではなかった。この高さなら路地に充満する腐敗臭が立ちのぼってくることもないし、一面に広がる屋根や煙突の林の先のモンマルトルまで見渡せる。

マディが室内を振り向くと、ビーの顔に日が当たった。「誰にやられたの？　モーリス？　それとも客の男？」友人の腫れあがったまぶたを指して尋ねる。

ビーはため息をもらした。「モーリスよ。ひどく怒りっぽい人だから」哀れな声で続ける。「あんなに怒らせずにすめばいいんだけど」

マディはコリーンとともにうんざりした声をもらし、ビーに靴を投げつけようと身をかがめた。もっとましな男性とつきあうべきだと何度忠告しても、ビーは聞く耳を持たない。器量よしの優しい女性なのに、モーリス以上の相手が将来現れると思えないのだ。

マレ地区は住民にそういう影響を及ぼす。ここの人々の暗黙のモットーは〝状況は悪化の一途をたどる〟だ。自分の置かれた状況がいかに耐えがたいものであっても、必ず悪化すると結論づけている。よりよい生活を夢見た場合は特に。

〝運命として受け入れるのが一番だ〟と彼らは言う。それに対し、マディは内心でこう応える。〝幸運は勇者に味方する〟と。

でも、今回は違った……。

お茶の用意が整ったところで三人はバルコニーに移動し、牛乳箱に座って不ぞろいのカップで紅茶を飲んだ。シャ・ノワールはマディに持ちあげられても文句を言わず、膝の上に腰を落ち着けた。すっかりあたたまった猫の毛皮を撫でながら、彼女はにっこりした。

「その子はあなたに腹を立てていたんじゃなかったの？」ビーが大きな雄猫を顎で示した。

「ええ、何週間も許してもらえなかったわ」わたしはただ、シャ・ノワールにほかの飼い主を探したほうがいいと言っただけなのに。この子にはもっといい飼い主が見つかるはずだもの。そうよ、りんごの芯よりいい餌《えさ》を与えてくれる飼い主が。

マディは鉄製の手すりに伸ばした両脚をのせ、どれほどこれが――彼女たちとの気兼ねない友情が――恋しかったかを実感した。

クローディアやウェイランド家の女性たちと過ごすのも楽しかったが、もはや彼女たちとはほとんど共通点がない。一方、ビーやコリーンはいわば同類で、それぞれ秘めた悲しみや悲劇的な過去を背負っている。

マディ同様、ビーも幼くしてマレ地区に来た。母親は貧しい兵士と結婚し、ビーを連れて世界じゅうを従軍した。今でもビーは必ず夜明けに目を覚まし、太鼓の音を聞くと悲しみに襲われる。彼女と母親の食料と安全は、兵士の父親が生き延びるかどうかにかかっていた。親子はそんな生活をなんとか続けていたが、ビーが一二歳のときにすべてを失った。

イングランド人の司祭を父に持つコリーンは、彼女の町を訪れたしゃれたフランス人の仕立屋と一六歳のときに結婚した。彼は〝ぼくは仕立屋で自分の店も持っている〟と語ったそうだが、実際は〝店の四階上の部屋に住み、帆布を縫って生計を立て、稼いだ金はすべて飲み代に使ってしまう〟というのが真実だった。

コリーンはその後二回再婚したが、どちらの夫も人一倍冷淡なうえに怠け者だった。高い労働倫理を備える彼女は無関心さには耐えられたものの、怠惰さは容認できなかった。今はアパートメントの六階分の家賃と細々とした年金だけで暮らしているが、この建物の維持を自らの責任と考え、老朽化を食いとめようと骨身を削っている。だが、箒《ほうき》やぞうきんで絶え間なく掃除しても、過ぎゆく歳月やなおざりな状態に到底太刀打ちできなかった。

「もうだいぶ目が覚めた？」ビーが尋ねた。「あのイングランド人とどうなったか聞かせてちょうだい」

カップの紅茶を半分しか飲んでいないマディは手短に話すことにした。

「ロンドンに行って、媚を売ったり甘い言葉を投げかけたりして誘惑しようとしたけど、彼はそもそも結婚する気がなかったの。もちろん、わたしと一緒になる気もね。やっぱり思ったとおりだった」ふたりによってロンドン行きを強引に決められた彼女は、最後のひと言をややきつい口調でつけ加えた。こうなることは最初からわかっていた。でも、〝状況は悪化の一途をたどる〟という法則のせいではないのだと即座に頭で否定した。クインが教養を備えた裕福な男性であるのに対し、わたしが学のないどぶねずみで、共通の将来など望めないからだった。「つい二日前の晩、ぼくは結婚に向かない男だと言われたわ」

「男性からそう言われるのって最低よね」ビーがつぶやき、コリーンも同意するようにカップをかかげた。

まだあのスコットランド人の記憶は生々しかったが、マディは気づくとこうもらしていた。

「でも、別の男性が現れて……」

「それで？」コリーンが先を促す。

「その長身のたくましいハイランド人とは仮面舞踏会で出会ったの。彼とは……なぜか強いつながりを感じたわ」あの晩以来、どんなに忘れようとしても常に彼のことを考えている。

「名前すら知らないのに」

「ひと目惚れね」ビーが勢いよくうなずいた。

「ひと目惚れ？」マディは皮肉っぽく笑った。「わたしもそう思ったし、強いカクテルを飲んで彼の罪深いキスを味わったあとは、それを確信したわ」

ビーの瞳が輝いた。「まあ、マディ、ついに処女を捧げたのね？」

マディはため息をつくと、あの晩の出来事を洗いざらい話し、こう締めくくった。

「……そのあと彼は、まるでわたしが処理しなければならない厄介事だと言わんばかりにお金を放り、馬車にわたしを置き去りにしたの」

「二度目はそんなに痛くないわよ」ビーが請けあった。「みんな初体験では痛い思いをするの、特に相手がとってもたくましい男性なら……」

ビーの言うことが正しいとわかっていても、二度目はどんなだろうかと不安を覚えずにはいられない。もっとも、次のときは〝たくましい男性〟が相手でないことはたしかだ。

「帰りの道中で悟ったわ。もう二度と男性とベッドをともにしなくても平気だって」無頓着を装い、マディは一瞬太陽に顔を向けた。鼻のそばかすを増やすようなものだけど、かまうものですか。「結局その男はろくでなしだったし、懇願されたって彼と結婚する気はないわ」

「ご自慢の直感はどうしたの？」コリーンが尋ねた。「そんなにひどい男なら、近寄らないほうがいいと頭のなかで警告の声がしたはずよ」

「わたしの直感は、彼が……いい人だと告げていたのよ」マディはビーとコリーンが顔を見あわせるのを見逃さなかった。コリーンはマディが承認しない限り、男性には部屋を貸さないことにしている。

「どうしてロンドンの友達に自分の窮状を話さなかったの？」コリーンが訊いた。

「話そうと思ったし、お茶を飲んだりスコーンを食べたりしながらすべてを打ち明ける場面も想像したわ。まず、こう切りだすの。〝実は……父が亡くなったあと母とパリに移り住んだのは、母が故郷を恋しがったからじゃなくて、債権者に追われて夜逃げをしたからよ。貧民街で一年過ごしたあと、母がギヨームという資産家と結婚し、パリの高級住宅地でしばらく暮らしたわ。あなたたちがわたしの現住所だと思っているのがそこよ。でも、もう違うの！　メイドにお金を渡して自分宛の郵便物を保管してもらい、誰かが訪ねてきたら、わたしは留守だと告げてもらってる〟そして山場はこうよ。〝母が何年も前に亡くなったとき、けちな継父に家からつまみだされたのよ。今は危険だらけの汚い貧民街で暮らしているの。わたしは正真正銘の孤児なのよ。それも華々しい女相続人ではなく、無一文のみじめな孤児。クインを誘惑するためのドレスやまがいものの宝石を買えるだけのお金を盗めなくて、金貸しから借金もしたわ。返済が滞れば、喜んでわたしの腕をへし折るような金貸しからね〟」

コリーンが唇をすぼめて洟《はな》をすすった。

「まあ、そういうことなら話さなかったのも無理はないわね」

ビーも言った。「ああ、マディ、かわいそうに」

マディの芝居がかった話に退屈したようにシャ・ノワールがあくびをし、手すりに飛び移って歩きだした。彼女はそれを目で追った拍子に通りを見おろした。ちょうどそのとき、図体の大きな男がふたり現れた。「あれはトウマードの手下じゃない？」振り返らずに訊く。

「わたし以外にもトウマードにかかわった間抜けがいるの？」

マディはかなりの額の借金を負った。たまに煙草を売ったり、カフェで女給をしたり、競走馬に賭《か》けたり、財布をすったりして一年に手に入れる額よりも多い借金を。振り返ると、友人たちは悲しげな表情を浮かべていた。

「なんなの？　いいから話して。何を聞いたって、これ以上悪い一日になるはずがないわ」

「連中に見つからないうちになかへ入りましょう」コリーンが言った。三人はそれぞれ牛乳箱をつかみ、急いで部屋に入った。「マディ、トウマードの手下は昨日もあなたを捜しにやってきて、この建物に入れろと要求してきたわ。だから常に鍵をかけているの」

「あたしも常連客しか相手をしていないわ！」ビーが大きくうなずきながら言う。

「もうとり立てに来たの？」マディは呆然とした。「返済が遅れてもいないのに？」

「トウマードが利息を引きあげたと言っていたわ。一週間ごとに率があがるそうよ」

マディはふたたびベッドに沈みこんだ。「どうしてそんなことに？」

「知ってのとおり、このあたりでは噂話が一気に広まるわ」コリーンが応えた。「あなたはわざわざ借金までしてドレスを新調したあと旅立ったでしょう。だから花婿選びに乗りだしたんだと、みんな踏んでいるのよ。おそらくトウマードはバーサやオデットからその話を聞いて、あなたが金持ちをつかまえるのを期待しているんじゃないかしら」

だがそう言ったあとも、コリーンは石鹸水《せっけんすい》で荒れた手をもみしぼっていた。ビーもさっきから縁の欠けたカップをじっと見つめている。

「ほかにも何かあるんでしょう」マディは無理に笑みを作った。「わたしは何を聞かされても大丈夫よ」どんな悪い知らせも乗り越えてみせる。これまでだって、毎回どうにかしてきたのだから。

コリーンがためらいがちに口を開いた。

「トウマードには別のもくろみがあって、あなたに借金を返してほしくないのかもしれない」

マディははっと息をのんだ。バーサやオデットもそういう経緯で今の仕事を始めたと聞いたことがある。もともと女給だったふたりは借金を負い、腕をへし折られる代わりに、もっと儲《もう》かる商売に手を染めたと――トウマードが後ろ盾となって監督する商売に。

コリーンがカップを脇に置いた。「もしわたしたちがお金を用意できなければ……」

ビーの目が潤んできた。「マディは命からがら逃げるはめになるわ」

「大丈夫よ、ビー」マディはあわてて請けあった。「わたしはどこにも逃げないし、万事うまくいくから。あの伯爵と結婚することにしたの」

ル・デークス伯爵との縁組は何年も前に母が決めたもので、母からの唯一の遺産だった。マディは一四歳になったら伯爵と結婚することになっていた。けれども、その直前に母が亡くなるとマディは尻込みし、ギヨームから屋敷を追いだされた。

「でもあなたの直感によれば、ル・デークス伯爵は悪人なんでしょう」コリーンが言った。

「それに噂では……」

マディは震えそうになるのをこらえた。「心配しないで、わたしはル・デークス伯爵より長生きして、遺産を相続してみせるから」彼の三人の亡妻は、同じような野心を抱きながらも謎めいた状況で命を落としたと聞いている。「そうなればわたしたちは大金持ちになって、マレ地区とおさらばできるわ。万事うまくいくから、まあ、見ていてちょうだい」

10

マディが暮らしているのは情け容赦ない世界だった。マレ地区で育ちながら、彼女は周囲に目を配り、自分を取り巻く環境について学んだ。すぐにわかったのは、ここでは大半の人が礼儀作法や道徳観念を失い、最終的には食べ物や住まいや性交といった基本的欲求と、死や苦痛から逃れたいという強烈な本能しか持たなくなるということだった。

その本能に突き動かされて最後の一枚のドレスに身を包み、マディは重い足取りで一〇二段の階段をおりると、ル・デークス伯爵邸へと足を向けた。乗合馬車の料金を払うゆとりはなく、歩くしかなかった。そんな体力などないのに。つい一週間前に帰国したばかりだが、もう体重が減り、唯一手元に残したこの美しいドレスを含めすべての服のウエストを詰めたほどだ。

マレ地区では毎日無数の決断を下さなければならず、どれも一か八《ばち》かの賭けだった。それぞれの決断は、褒美をもたらすか過酷な運命を招くかする恐れがあった。

毎晩眠りにつく前、マディは一日の行動を振り返り、自分が弱みをさらさなかったかどうかを確認する。わたしは今日、無防備なことをしただろうかと。

ル・デークス伯爵のような男と結婚するのはきわめて危険だが、トウマードの罰やもくろみから逃れるにはそれしかない。ほかのドレスや人造石の宝石を売り払っても、トウマードの要求額を払い続けることは到底不可能だった。彼の手下からは、ますますしつこく追いまわされている。

マディが通りに出ると、見慣れた娼婦たちがいつもの裏通りでひざまずき、客の相手をしていた。男たちの苦悶《くもん》の表情にはつい目を奪われてしまう。若い客はたいてい軍服姿で、どうかやめないでくれと懇願する。一方、年配客はやめるなと命ずる。最後まで行きつかないことをあんなに恐れるなんて、何がそれほどすばらしいのだろうと、常々不思議だった。

あのスコットランド人も自らの手でしっかり果てた。マディはつまずき、危うくドレスの裾《すそ》を踏んづけそうになった。

彼と情熱を味わったおかげで、日頃目にする光景についてより理解が深まった。夜、ベッドにひとり横たわっていると、痛みを感じる前に与えられた歓びを思いだす。あんなに傷つけられたのに、彼のことが頭に浮かぶ――つかまえ損ねたクインよりも頻繁に。

土地が起伏するにつれ周囲はより高級な地区となり、自分にとって悩みの種であるパン屋の前に差しかかった。つい習慣で立ちどまり、ショーウィンドーを覗きこむ。

砂糖のかかったデニッシュが、まるで盗んでちょうだいと懇願するように棚に山積みだ。アイスクリームはカウンターの奥の専用の冷蔵庫に入っている。でも、触れただけで粉々になったり溶けたりするものを盗む方法はどうしても思いつかなかった。

食べ物を物ほしげに見つめるのは、まだ苦しみとしては序の口だ。本当のつらさを味わうのは、店内に座る中流階級の若い夫人たちを眺めるときだった。今、マディの飢えた目は夫人の一団に引き寄せられた。

マディと同年代の彼女たちは食べ物に手もつけず、噂話に興じたり、最新流行のイラストを眺めたりして、いかにも幸せそうだった。乳母車のなかの赤ん坊たちは銀製のおしゃぶりを持って喉を鳴らしている。きっと、どの女性にも立派な夫がいるに違いない——尊敬しあえる、妻や子供を守ってくれる夫が。

嫉妬のあまり涙がこみあげ、胃が締めつけられた。

あの一員になれるならなんだって差しだすわ。そうよ、なんだって。

彼女たちが持っているすべてがほしくてたまらない。幸せそうに丸々と太った赤ちゃんも。子供がいたら愛情を注ぎ、身勝手だった実の母よりはるかに立派に育ててみせるのに。それにあんなふうにボディスに時計をとめて、そろそろあたたかく安全なわが家に戻って夫と落ちあう頃かしら、と時刻を確かめてみたい。服飾雑誌をめくってドレスの新調を夢見るのではなく、実際に衣装一式をあつらえてみたい。

マディは裕福な結婚相手を探していると公言していたが、みんなが思っているようなことが理由ではなかった。高価な宝石も安っぽい飾りもあればうれしいけれど、それはおまけでしかない。心から求めているのは身の安全であり、自分や将来築くであろう家族の生活を保障するお金だ。

結婚相手として大金持ちに目を向けたのは、彼らがわたしの父のように全財産を失う可能性が低いからだ。誰よりも愛していた父は、薄情な母に代わって常に愛情を注いでくれたけれど、無防備な娘をこの世に置き去りにした。少しでも判断を誤れば、わたしを罰しようとする世界に……。

年老いたパン屋の店主が窓越しにこちらをじっと見た。高価なドレスをまとっていてもマディだと気づいたらしく、鋭い目でにらんでくる。店主は金を払う客には親切な顔を向けるが、彼女は目の敵にされ、箒で追い払われたことが何度もあった。下品なしぐさで店主を侮辱すると、マディは向きを変えて歩きだした。

マレ地区に住む独身女が、大勢の子供や家族を守ってくれる立派な夫との穏やかな家庭生活を夢見るなんてばかげているわ。まるで金のなる木をほしがるようなものよ。

それなのに、わたしは今も……愛を信じている。

年老いた父と若い母の不幸な結婚や、むさ苦しい部屋で繰り広げられるゆがんだ男女関係を目の当たりにしても、まだ自分を愛してくれる男性を待ち焦がれていた。

冷酷なこの世の中では、そんな夢など足かせでしかないのに……。

自分の夢とは裏腹に、わたしは腕をへし折られないためにル・デークス伯爵と結婚するのだ。

イーサンは情報提供者の首を絞めつけながら、無慈悲な目を向けた。いったん手をゆるめて息をつかせてやってから、さらにきつく絞めあげる。

「グレイについて知っているのはそれだけだと、まだ言い張るんだな?」

仰天した男が頭を動かせる範囲でうなずくと、イーサンはようやく手を離し、くずおれた男を路地に置き去りにした。

先ほどその男を引きずりだした湖水地方の酒場へ戻り、今度は奥のテーブルに陣どった。暗がりに身を潜め、先週わかったことについてじっくり考える。

何百キロも馬を走らせ、拳が痛むほど何人も情報提供者を殴り、根気強く捜索を行ってきた。その結果、デービス・グレイが阿片中毒で心身ともに消耗しながらも思考力を失っていないことが判明した。なんとあの男はひそかに英国に上陸していたのだ。

もっとも、グレイは自分の元情婦をナイフで惨殺するという重大な過ちを犯した。あの男が数ある武器のなかでナイフを好むことや、その残忍な手口が手がかりとなり、おおよその居場所は把握できた。

グレイがもうヒューのあとをつけているのはたしかだ。

なんとしても先まわりしなければ。これまでは必ずそうしてきた。とはいえ、おれたちはそれぞれ異なる強みを持った、ほぼ互角の相手だ。

グレイが技能に頼るのに対し、イーサンは荒々しい力で勝負した。四つの外国語を自在に操るグレイは不気味なほどすぐれた戦略家だが、ナイフによる殺しを得意とするのには理由があった――射撃が大の苦手なのだ。

一方、イーサンはこの世を生き抜くためのささやかな知恵を用いて、いつも確実に標的を仕とめられる。

ウェイランドはグレイを最強の殺し屋と見なしているが、イーサンは誰よりも執拗《しつよう》で冷酷な追跡者だと思われていた。

イーサンはグレイにかなり近づいている実感があったが、相手をおびきだせずにいた。そのため、向こうの動きを予測することにした。

ヒューはほんの数キロ北にある人里離れたイーサンの湖畔の家にジェーンを連れていき、数日滞在したのちスコットランドへ向かうことになっている。グレイはすでにその隠れ家のことを突きとめ、彼女のあとを追っているはずだ。だがそこに行きつくには、この酒場が運航する渡し船に乗るのが一番速い。さもないと何日もかけて北上したのち、ぐるりと南下するはめになる。船旅の出発点となるこの酒場でイーサンは見張り役を務め、グレイを待ち受けるつもりだった。

罠の準備は万端だし、まもなく獲物をとらえられるはずだ。

エドワード・ウェイランドはグレイを始末する必要性をさらに強調すべきだと思ったのか、ヒューとジェーンを出発前に便宜結婚させた。弟は一〇年前に彼女をあきらめたとき、かなり苦しんだ。だが、今はジェーンと行動をともにして結婚まで……。あいつは頭がどうかなってしまうに違いない。

ヒューは湖畔の家からハイランドに向かい、弟のコートが所有する家に身を潜めることになっている。おれがグレイをとらえるか始末することができなかった場合、せめてヒューがジェーンと逃げ延びられるよう時間稼ぎがしたい。ヒューは馬でスコットランドの森を通過するだろう。ライフルの扱いや狩猟に長けている弟にとって、荒野はなじみの場所だ……。

そのとき、アーサー・マックリーディーとうっすらひげの生えた息子が目に入り、思考が途切れた。よりによって彼らと鉢あわせするとは。

イーサンはマックリーディー家が湖水地方に狩猟小屋を所有し、秋はこのあたりでのんびり過ごすことを思いだした。あの一家のことならよく知っている――何しろ、アーサーの娘のサラとあと一歩で結婚するところだったのだ。

彼らと顔を合わせたことによって、自分が呪いを無視して普通の生活や結婚を望み、世継ぎをもうけようとしたときのことを思いだした。

バン・ローウェンたちに受けた仕打ちを乗り越えようとしたことを。

サラとは挙式の数日前まで一度も顔を合わすことなく、恋愛感情抜きで婚約が決まったが、納得のいく縁組だった。美人で名高いサラと裕福な若き大地主のイーサン。すべては滞りなく進むかに思えた――挙式の前夜、彼女がマッカリック家の古い要塞《ようさい》の小塔に立つまでは。

サラは癒《い》えたばかりの傷跡が残る彼の顔を見つめ、同情と嫌悪の表情を交互に浮かべた。

イーサンは手を伸ばして言った。〝サラ、きみはおれと結婚する必要はない……〟

「やあ、カバナー」アーサーがこちらに向かって礼儀正しく会釈した。

イーサンは威嚇するようににらんだ。アーサーはそうされて当然だ。マックリーディー親子はイーサンの脇を通り過ぎた。

ようやく女給がイーサンのテーブルにやってきた。視線をそらしているのは、目が合えば性的な誘いをかけられると思っているからだろう。こんな顔の男は、金を払わない限り女と寝られるわけがないからな。

イーサンは女性からこそこそ見られたり、ぎょっとされたりすることにうんざりしていた。女性がこの顔にまっすぐ目を向け、〝どうしてそんな傷を負ったの?〟と尋ねてくれたらどんなにいいか。もちろん真実を明かす気はないが、一度でいいから顔の傷について率直に語りあってみたい。

女給がこちらに顔を向けずに注文を訊いてきた。イーサンはぶっきらぼうに断ったものの、こう吐き捨てたい衝動に駆られた。〝おれがきみと寝たがるとでも思っているのか? つい五日前の晩、きみが引け目を感じるほどいい女と寝たばかりだ〟

それをきっかけに、またマデレンのことを考え始めた――マデレン・バン・ローウェンのことを。クインから彼女の正体を知らされたときは驚きを隠すのがやっとだった。だが、あのふたりのつながりは予想外とは言えない。ウェイランド一族の本拠は、バン・ローウェンが以前所有していたアイブリー・ホールのそばにある。やつが死んだのと同時に、おれがあの屋敷を手に入れたが。同じ国の上流階級に属す両家に交流があるのは当然だ。

それでも、自分があの〝マディ〟と寝たことが信じられなかった。あの晩、シルビーがマディの名を口にしたせいでバン・ローウェンは激高し、おれの運命は狂ったのだ。

マデレンの正体が判明したあと、イーサンは仮面舞踏会の夜の一部始終を振り返った。あの翌朝、彼女にやましい意図などなかったのだと自分を納得させた。しかしマデレンが想像を絶するほど卑劣な夫婦の娘だとわかって、彼女がいかに狡猾で尊大だったかに気づかされた。

絶望的な状況に立たされた人間は突拍子もないことをすると昔から聞いてはいたが、バン・ローウェン家にそれは当てはまらなかった。彼らを操るのはいとも簡単で、復讐を果たしても満足感はいっさい得られなかった。

バン・ローウェンはもともと経済的苦境に陥っていた。土地や株をすべて担保にして自分よりはるかに若い妻に宝石やドレスを買い与え、必死に彼女を幸せにしようとしたせいで。

イーサンはひそかにバン・ローウェンの債権を買い占め、復讐心に燃えながらも、あえてことを急がないようにした。バン・ローウェンたちには、連中を破滅に導いた張本人がイーサンであることを決して悟らせなかった。向こうもあのときの若いスコットランド人がイングランドの有力地主を破滅に追いこむとは夢にも思っていなかったはずだ。

イーサンは感情に乏しいとよく非難されてきた。だが実際は昔から人一倍感受性が強く、バン・ローウェン家に対する憎悪にすっかり取りつかれてしまった。バン・ローウェンとブライマーが死んでシルビーが無一文になった際、勝利をおさめたイーサンは復讐心を手放そうとした。

〈ネットワーク〉の任務のおかげで怒りがいくぶん薄れたと思っていたが、マデレンと出会ったのを機に、まだ憤怒《ふんぬ》の炎が燃え続けていることに気づかされた。

これでマデレンになぜフランス語訛りがあるのかもわかった。数年前に受けとった最後の報告書には、シルビーとその娘がマレ地区と呼ばれるパリの貧民街で暮らしていると書かれていた。

さらなる調査でシルビーがその貧民街の出身だと判明し、彼女が故郷に逃げ帰ったことにイーサンは満足感を覚えた。彼にしてみれば、シルビーが貧民街に根づくのは当然だった。それにあの領主夫妻の娘なら、みじめな状況でも狡猾な母親とともにうまくやっていくはずだ。

しかし、未亡人のシルビーはパリの資産家と再婚した。クインによれば、マデレンの現住所はサン・ロック教会周辺の高級住宅地らしい。シルビーが現在そこで暮らし、娘を豪華に着飾らせて、高慢な態度を教えこんだなら、彼女が充分罰を受けていないのは明らかだ。

あの女は図々《ずうずう》しくも娘をイングランドに送りこんでクインをつかまえさせようとする一方、イーサンでさえ足元に及ばない大金持ちのル・デークス伯爵を娘の婚約者として確保している。シルビーが娘の結婚によって恩恵を受けるかと思うと虫酸《むしず》が走る。

だがそれよりも、ル・デークス伯爵が若いマデレンで欲望を満たすことのほうが耐えられない。イーサンは両手をきつく握りしめた。

息を吐き、あえて肩の力を抜いた。ロンドンを発つ前に、ル・デークス伯爵に彼の婚約者が旅先でこっそり刺激的な一夜を楽しんだことを知らせなければ。

イーサンは狡猾な策略を得意とし、パリにはたまたま知人が大勢いる。

貪欲なバン・ローウェン一家に、裕福な伯爵などくれてやるものか。

しかし、マデレンの体に誰の血が流れているかわかったにもかかわらず、彼女への欲望は一向におさまらない。むしろ日に日に強まっている。相反する思いで頭がいっぱいになり、イーサンは次にどんな手を打つべきかわからなかった。

くそっ、今は任務に集中しろ。彼女のことをどうするかはあとで決めればいい。イーサンは席を立ち、通用口から夜の闇に踏みだした。

ちょうど通りかかったふたりの少年が、イーサンの顔を見るなり凍りついた。にらみつけると、ふたりとも逃げ去った。

きっとマデレンも同じように反応するのだろう。

何かが動く気配を視界の隅にとらえ、目をあげると――。

デービス・グレイが向かいの建物のバルコニーに立ち、やせこけた顔をしわくちゃにしてほほえんでいた。イーサンらしからぬ不注意さに驚いたらしく、目を丸くしている。グレイはすでに銃を抜き、撃鉄を起こしていた。

おれはなんてうかつだったんだ。激しい憤りに襲われ、イーサンも銃を抜いて発砲した。

だが、手遅れだった。敵の銃弾が命中し、胸で痛みが爆発した。

11

「もう絶望的だわ」

マディは舞踏会用のシルクのドレスをまとい、マレ地区の夜道をさまよっていた。

何を言っているの？　程度の差こそあれ、わたしの状況はいつだって絶望的じゃない。運命の女神が情けをかけてくれて、少しばかり運に恵まれるかもしれないと、どうして期待したりしたのだろう？

「今の状況は普段以上に絶望的よ」マディは言い直した。トウマードの手下ふたりがアパートメントの横の路地で待ち構えているせいで、彼らがあきらめるまで通りをさまようしかない。わたしは借金を抱え、返済できる見込みもない。唯一備わっていた価値は――わたしの純潔は――ばかげた結果と引き替えに失った。

おまけに、向こう見ずにふるまったあの晩の代償を払うことになった。

ル・デークス伯爵がロンドンの知りあいから、未来の花嫁が現地の放蕩者と奔放に過ごしたという噂を聞いたせいで。なんて偽善者なの！　伯爵はマディが今も純潔を保っているか、それとも別の男の子供を身ごもった可能性があるのか確かめると言い張った。まるで、今が老伯爵の育った中世であるかのように。

まだそんなことをする人がいるなんて知らなかったわ。思わずむっとして、〃でも、わたしは貞操帯をつけていたわ！〃と皮肉って泣き叫びたい衝動に駆られた。代わりに動揺を隠し、疑われたこと自体に憤慨した口調で一蹴《いっしゅう》すると、伯爵は求婚を撤回した。

伯爵に拒絶されるなんて、平手打ちされた気分だった。

それでもマディは婚約破棄に異を唱えなかった。長年男性にはうまく対処してきたし、この難局を打開してなんとかほしいものを手に入れる方法も心得ていた。とたんに泣きだしたり、伯爵の気まぐれな決断に取り乱すふりをしたり。その手が通じなければ色目を使うか、賄賂《わいろ》を受けとる医師に診察してもらうこともできただろう。だが……。

そうしなかった。

わたしは今日、みずからの身を無駄に危険にさらしてしまったのだろうか？

ええ、ほんの少し。

あのとき、わたしは自分の口から飛びだした言葉をまるで他人事のように聞いていた。〃いずれにしろ、あなたとなんか結婚したくなかった！　それにあなたの鬘はかびくさいわ〃

そうやって自らをあと戻りできない状況に追いこんだ。なぜだろう？　これまで軽率にふるまったことなどないのに――あのスコットランド人の件を除けば。

英国になど行かなければよかった。長年外国暮らしをして帰国したせいで、母国がますます恋しくなった。英国に住んでいた頃のわたしは横柄で向こう見ずだったが、どうやらその性格は葬り去られていなかったようだ。

「どうか、ほんのひとかけらでも幸運に恵まれますように！」切羽詰まった声で天に向かってささやく。するとその願いを嘲笑うように雷雲がふくれあがり、星空が曇り始めた。雨が降ったらどこへ行けばいいの？　あちこちにたむろする酔っ払いは、マディのアパートメントの前にいる路上生活者ほどおとなしいとは限らない。なかには凶暴なまでに縄張りを主張する者もいる。

嵐《あらし》の前触れのように空気がよどみ、じめじめしてきた。マディは嵐を忌み嫌っていた。人生で悲劇に見舞われたときは決まって雷鳴がとどろき、激しい雨が降っていたからだ。

決闘でマディの父親の介添人を務めた男性が父の死を知らせに来た朝も、稲妻が鳴っていた。父の葬儀当日は土砂降りだった。父を埋葬して帰宅すると、留守中にアイブリー・ホールが債権者の手に渡ったことを知らされ、母親ともども門前払いにされた。

指輪やブローチがひとつでもあれば何年も暮らしていけたはずだが、葬儀に宝石を身につけるのは礼儀に反するため、着の身着のままで去るしかなかった。雨粒が流れ落ちる馬車の窓越しにどんどん遠ざかっていくアイブリー・ホールを見つめながら、もう二度と戻れないのだと悟った。

一一歳の頃に火事で死にかけたときも、嵐による暴風にあおられて炎は勢いを増し、ときおり降る雨にもかき消されなかった。わたしは当時母と住んでいた地上数階の小さな部屋に閉じこめられた。燃えた梁が落下して腕が折れる前に、もう自分の死を確信していた。

炎をかいくぐってやっとの思いで窓にたどりつき、煙に目をしばたたいて通りを見おろしたときには呆然とした。

真っ先に逃げだしたらしく、母が表に立っていたのだ。

炎と恐怖に包まれたその瞬間、わたしは孤児も同然だという思いが頭をよぎった。

今でも火事の悪夢を見ては、最後はその思いに胸を引き裂かれる。

空がぱっと明るくなり、マディはびくっとした。とたんに大粒の雨が降りだし、あわてて近くの栗《くり》の木の下に避難した。

思わず笑い声がこぼれ、やがて木の葉の塊が降ってくると泣きだした。

イーサンは胸から流れ落ちた血の上に横たわり、激痛にさいなまれて石畳を引っ掻いていた。目を開けたところ、倒れた拍子に銃を手放していたことがわかった。グレイの足音が近づいてくるなか、酒場の正面から人々が出てくる気配がした。

歯を食いしばって手を振りまわしたら銃に触れた。腕を伸ばしたが、指先がグリップをかすめただけで銃は転がり……。

もう手遅れだ。目をあげると、グレイが銃を構えてこちらに狙いを定めていた。いつになくうれしそうな顔をしている。グレイは銃を持っていないほうの手で、自分のシャツと上着に開いた穴に指を突っこんでにやりとした。穴からはまだ煙が出ている。イーサンの銃弾は風で大きく波打った生地に当たっただけだったのだ。

「みんなの話では、おれよりおまえのほうが優秀なはずだが」グレイが言った。

そう、この一〇年は……。イーサンの口のなかで血の味がした。もう一発撃たれるまでもなく、おれは死ぬだろう。「ヒューがおまえを始末するはずだ」振り絞るように言う。

グレイが肩をすくめた。「誰もがそう言ったが、おれを仕とめるのはおまえだとずっと思っていたよ」

酒場の通用口がきしんで開き、路地にざわめきと薄明かりがもれた。グレイはさっと顔をあげ、イーサンに視線を戻すと、こっそり銃をしまった。

「おまえも知ってのとおり、さっきのは致命傷を負わせる一発だった」とまどい気味に同情的な笑みを浮かべる。「撃たれる前、女のことを考えていただろう？　そういう顔をしていたよ」踵《きびす》を返して駆けだしながら、彼は肩越しに言った。「おまえにとってその女が命を落とすだけの価値があるといいが」

イーサンは脇腹を下にし、苦痛に叫びたいのをこらえて銃を手探りしたが、グレイはすでに姿を消していた。

通用口から出てきた人物の姿は見えなかったものの、彼らの声は聞こえた。

イーサンが顔をしかめて曇った夜空を見つめる横で、マックリーディー親子は彼を助けるかどうかで言い争っていた。

「厄介事に巻きこまれるのはいやだよ」

「だが、マッカリックには借りがある」

「今はただのごろつきだろう」

「だからといって、こんなふうに撃たれて当然だと思うか？」

「弟に警告しろ」イーサンは口から血を垂らして呼びかけたが、親子は注意を向けようとしなかった。寒気がして体が震えだした。「聞いてくれ……」だが、ふたりとも気づかない。

おれはヒューの期待を完全に裏切った。こんなにも不注意だったことはかつてない。周囲を見まわしもせずに表へ出るなんて。死を目前にして、イーサンの頭はふたつの思いで占められていた。弟に警告すること……そして、あの小柄な魔女にもう二度と会えないこと。

イーサンは体の脇に手を差しこまれて激痛に身をこわばらせ、体を持ちあげられたとたん気を失った。

どのくらい気絶していたのか定かでないが、意識が戻ったときにはベッドに押さえつけられ、外科医の震える手で銃弾を抜きとられている最中だった。苦痛に絶叫するなか、銃弾と焼け焦げた服が取り除かれ、傷口にウイスキーをかけられた。

医者は縫合を始める前に、瓶に入った酒をあおった。「できる限りのことはした」処置がすむとその医者が言った。

「彼が生き延びる見込みは？」マックリーディーの若造が尋ねる。

朦朧《もうろう》としているイーサンの耳に、医者が答える声が聞こえた。「万が一、この男がこんな大怪我や今後の高熱から快復するようなことがあったら……わしは酒をやめるよ」

12

「こいつがいなくなったことに気づいたやつは果たしているんだろうか？」アーサー・マックリーディーが言った。「誰も捜しに来ないかもしれんな」

「ああ」アーサーの息子がうわの空で応えた。

「黙れ、この膝が弱った老いぼれめ！」イーサンは唸った。マックリーディー家の狩猟小屋に五週間も閉じこめられていたせいで、派手な壁紙を引っ掻きたいくらいだ。「おれに聞こえないとでも思っているのか？」

もちろん聞こえていた。毎日寝たきりで快復がはかばかしくないイーサンをよそに、マックリーディー親子が楽しんでいる様子が。トランプを切る音や、アーサーがパイプの灰を捨てる音、ふたりがドミノ牌《はい》をつなげる音。

そんな音を一日じゅう聞かされ、しまいには気が変になりそうだった。

どうして誰も捜しに来ないんだ？　まるで誰からもほしがられず、木につながれたまま忘れ去られた犬のような気分だ。

「地獄に落ちろ、マッカリック！」息子のほうが言い返した。

「おれが今いるのは、くそ忌々しい地獄じゃないのか？」毛布を握りしめ、イーサンは自分がいる部屋を見まわした。ここよりもたいていの戸棚のほうが広いはずだ。「おまえは勇ましい口を叩いているが、おれが立てるようになったら、その歯をへし折ってやる」

ほどなく、アーサーがいかめしい目つきで小部屋に入ってきた。

「イーサン、またおまえに口のきき方に関して説教する気はない」

最初に説教されたのは、賛美歌を読み聞かせようとしたマックリーディー夫人に対してイーサンが口汚く断ったときだった。彼女は脳の一部が破裂でもしたかのようにあわてて部屋を飛びだすと気絶した。

「おまえに借りがあろうとなかろうと追いだすからな」アーサーは静かにそう告げて立ち去った。

借り。マックリーディー家とは必ず〝借り〟の話になる。

イーサンはサラが自殺という汚名を背負うことなくカトリック教会で埋葬されるよう、自ら飛びおりたのではなく足を滑らせたのだと荒唐無稽な嘘をついた。それを知るマックリーディー一族は彼に負い目を感じているのだ。その嘘のせいで、イーサンは婚約者を突き落としたという噂に一〇年近くつきまとわれている。

アーサーは、イーサンが彼らのために サラの思い出を守ろうと嘘をついたわけではないと知っていた。イーサンにしてみれば、彼女にこの結婚を強いた家族に責任がある。だから連中と顔を合わせるたび、そのことを知らしめてきた。あいにく、今まではそういう機会にあまり恵まれなかったが。

ところが、今はマックリーディー家の狩猟小屋で身動きできずにいる。

二週間に及ぶ朦朧とした状態から目が覚めたとき、イーサンはただちに起きあがって自分の不注意が招いた結果を突きとめようとした。ヒューは大丈夫だろうか、弟もグレイにやられたのだろうかと。

だがとたんに傷口が開き、気を失った。その結果、頼りない医師にまた傷口を縫ってもらわなければならず、さらに一週間高熱にうなされ、最初に意識が戻ったときよりも衰弱してしまった。

その後も起きあがって出ていこうとするたびに傷口が開いて気絶した。部屋が狭いせいで、長身のイーサンは倒れると決まってどこかに頭を打ちつけ、結局一カ月以上もベッドから出られなかった。

彼はヒューとジェーンがスコットランドに向けて旅立ったかアーサーに尋ね、自分の状況をロンドンに電報で知らせるべく息子のほうに金を渡さなければならなかった。

アーサーがつかんだ情報によれば、ヒューはイーサンが撃たれた晩、湖畔の家を発ったらしい。少なくとも、おれが撃たれたのは完全に無駄ではなかったようだ。グレイがおれを仕とめようと待ち構えていたせいで、弟は自分の縄張りとも言えるハイランドへ出発できたのだから。

これで当分、ヒューの身は安全だろう。問題は、弟がこの世の何よりも求めている女性

──一時的にあいつの妻となったジェーン──とふたりきりでコートの屋敷に身を潜めていることだ。最悪の場合、呪いが現実となり、ヒューはジェーンを死の危険や苦痛にさらしかねない。たとえそうならなくても、冷酷な暗殺者で人づきあいの苦手な大男は、社交好きで美女と名高い彼女とはまったく不釣りあいだ。

おまけに、ヒューに殺しを命じているのはジェーンの父親で……。

しかしこんな状況では、ヒューにしてやれることは何もない。イーサンは焦燥感に駆られた。考えることしかできず、自分の失敗とマデレンについて交互に思いをめぐらせてはいらだった。

マデレンとル・デークス伯爵の縁談はぶち壊したものの、あれから何週間もたつし、彼女が別のカモを見つけていないとは限らない。マデレンは魅力的な女性だ。多額の持参金を用意すれば、相手も彼女が処女でないことに目をつぶるだろう。

おれはグレイに情けをかけたせいでこんなことになった。シルビーに罪の報いを受けさせずに見逃すような同じ過ちは犯さない。

グレイの件が片づき次第、シルビーのもとからマデレンを引き離して人里離れた地所へ連れていき、互いにとって有益な関係を結ぶとしよう。もしマデレンが同意しなければ、結婚の約束をするまでだ。それを実行するつもりはないが。

マデレンは両親から、顔に傷のある黒髪のスコットランド人には気をつけろと警告されただろうか?

いや、それはない。想像力に欠けるシルビーはそんなことを考えもしなかったはずだ。イーサンの顔を傷つけた半年後に死んだバン・ローウェンも、羞恥心と罪悪感にさいなまれるあまり、いっさい口を閉ざしていたに違いない。

もっとも、マデレンが警告されていようがいまいが関係ない。どんな手段を使っても彼女を手に入れる。おれは醜い傷を負わされた。美しい娘が与えられれば、この怒りも和らぐというものだ。ひとたびマデレンを手中におさめたら、飽きるまでむさぼり尽くす。

彼女がとことん堕落したところで放りだし、無数の間抜けな貴族をシルビーの魔の手から救ってやる。

マデレンはおれのことを、人を利用して振り返りもせずに立ち去る男だと言っていた。

ミス・バン・ローウェンはまだ、おれがいかに非道な男か少しもわかっていない。

13

頼むから誰かおれを捜しに来てくれ。翌日イーサンがそう思っていると、私道に馬車がとまる音がした。

正面の居間からヒューの声が聞こえたとたん、ほっとして目を閉じた。普段口数の少ない弟が、マックリーディー親子と会話を続けようとしている。決して洗練された話し方ではないが、ぎこちないながらも進んでしゃべっているようだ。

部屋に入ってきたヒューは元気そのものだった。それに……なぜか幸せそうだ。

「イーサン、会えてうれしいよ！」イーサンが必死に起きあがろうとするなか、ヒューが叫んだ。「グレイには兄さんを殺したと言われた」

イーサンは眉をひそめた。「おれたちはグレイと口をきくようになったのか？」

「もちろん違うよ」ヒューはにっこりした。「それがやつの最期の言葉だ」

「おまえが……殺したんだな？」ついにグレイは死んだのか？「どうやったんだ？」

何年も前から狙っていたのに、やつを仕とめたのがおれじゃないなんて。

「厳密には、おれが始末したわけじゃない」ヒューは襟を引っ張った。「ジェーンと一緒に息の根をとめたと言ったほうが正確だ。話せば長くなるから、家に戻る道中で説明するよ。ところで、もう帰る準備は整っているのか？」

「当たり前だろう。とっくに誰かが迎えに来ていい頃だ。何週間も前に電報を打ったんだからな」

「兄さんからの電報は一本も届いていないよ。おれは方々を捜しまわり、ロンドンの警官に田舎も捜索させた。それで兄さんがここにいることを突きとめたんだ」

「電報が届いていないだと？」イーサンが怒鳴るやいなや、マックリーディーの若造が外に飛びだす音がした。おれがここで足どめを食ったのはそのせいか？　あいつが電報代をくすねていたせいなのか？　「あのろくでなしを殺してやる」

「それはまた別の機会にしてくれ。おれはロンドンに戻らなければならない。着替えを手伝おうか？」イーサンがしぶしぶうなずくと、ヒューは兄がベッドの端へ移動するのに手を貸した。「傷跡を見せてくれ」弟はイーサンの傷跡を見るなり口笛を吹いた。「きわどかったな。あと数センチずれていたら――」

「ここに五週間も閉じこめられずにすんだ」

「これは弾痕だろう？　グレイに撃たれるなんて、どれだけのろのろ歩いていたんだ？」弟の問いに、イーサンは拳を握りしめた。「傷跡はかなりよくなっている。あと二週間もすれば抜糸できるだろう。それまで安静にしていればの話だが」ヒューが眉をひそめた。「どうして今もそんなに衰弱しているんだ？」

「ここの食い物がおがくずみたいな味だからだ」体重が数キロは減ったに違いない。

「だとしても、彼らには礼を言うべきだよ」

「冗談じゃない」

ヒューが声を落とした。「そうしないと、グレイがどんなふうに死んだか教えてやらないぞ。それに兄さんをここに置き去りにして……」

「それほど悪くなかっただろう?」ヒューは最後にもう一度兄を押した。

二〇分後、ヒューは御者とともにイーサンを馬車に乗せようと持ちあげていた。

イーサンは歯ぎしりし、座席の背にぐったりともたれた。

「黙れ、ヒュー」傷口が痛み、頭がくらくらする。おまけに弟に強要されて、マックリーディー親子に感謝の言葉もつぶやいた。だが、胸は興奮に高鳴っていた。グレイの死は任務の終了を意味する。つまり体力が戻り次第、パリに旅立てるのだ。

不意に空腹感がこみあげてきた。

「それで、グレイはいったいどうやって死んだんだ?」馬車が走りだすやいなや、イーサンは訊いた。

ヒューが窓の外に目をやって答えた。「ジェーンが矢を放って串刺《くし》しにしたあと、おれが……やつを転ばせた」

「やつは転んだせいでくたばったのか?」なんて情けない結末だ。

「実際はもっと壮絶だった」静かに言うと、ヒューはイーサンのほうに向き直った。「身の毛もよだつような苦悶の最期だったよ。ところで、兄さんはなぜグレイに不意をつかれたんだ？」

「おれが不注意だったからだ。おかげでとんだ目に遭った」肩をすくめ、イーサンは話をそらした。「ほかにはこの五週間で何があった？　おまえはもう離婚したのか？」

「いや、していない」

イーサンはため息をついた。「グレイは何週間も前に死んだんだろう。なのに、まだ離婚していないのか？」

「ああ……今も夫婦のままだし、ジェーンはおれのものだ」

「でも呪いは？」イーサンは弟の戯言《たわごと》に顔をしかめた。「それにおまえの過去は――」

「ジェーンはおれの過去も自分の父親のことも、すべて知っている。グレイが何もかもばらしたんだ。それから呪いのことだが……おれたちが考えていたような内容じゃなかった。コートはアナリアと結婚し、もうすぐ父親になる」

「そんなことはありえない」イーサンは頭が朦朧とし始めた。〝彼らは子をもうけることなく……〟

ヒューがかぶりを振った。「本当だ。アナリアはコートの子供を身ごもって、おなかが大きくなっている。おれはこの目で見た」

「それはコートの子供じゃない」

「兄さんはそう言うだろうとみんな思っていたよ。だけど、アナリアはすばらしい女性だ。

彼女にとってコートが唯一の男であるのは間違いない。それにアナリアはコートと何週間もふたりきりだったんだぞ」

アナリアと面識があるイーサンは、彼女が赤ん坊の父親について嘘をついたり、コート以外の男と寝たりしないとわかっていた。だが、その件だけで自分たちが長年信じてきた呪いを否定できるだろうか？「じゃあ、コートが今まで誰も妊娠させなかったことはどう説明する？　それなのにアナリアをあっという間に身ごもらせたのか？」

「あの本や過去の出来事を知る人はみな、予言の最後の二行には、おれたちがそれぞれ運命の女性を見つけることが書かれていると信じてる」

それこそまさにイーサンが恐れていたことだった——弟たちが高い期待を抱き、失望させられることこそ。けれども、ヒューの仮説に異を唱えられなかった。これまでは幾度となく、あの本を反論の材料にしてきたのだが。「おまえはそれを信じているのか？」

「ああ、そして兄さんも信じるよう願っているよ」

「おまえはおれが結婚して子供を持てると確信しているんだな？」この知らせに、イーサンは妙に落ち着かない気分になった。弟と話している自分を遠くから眺めているかのように感じる。

「ああ、運命の女性が見つかれば、兄さんは本来の人生を取り戻せる」

「おれは今だって——」

「いや」ヒューが遮った。「兄さんはカバナー伯爵だ。領地やクランのみんなに対して責任がある。それに子孫に爵位を受け継がせなければならない」

「今の職業のほうが満足感を得られそうだがな」

「父さんは兄さんにこんな人生は望んでいなかったはずだ。人を殺したり撃たれたりすることや、昼も夜もほぼ毎日孤独に過ごす人生なんて」ヒューは語気荒く言い返した。

「おまえとコートが急に身を固めたからといって、おれまで同じ衝動に駆られるとは限らないだろう。おれは狩りや危険が好きなんだ」

「だが、いつまで続けられる、イーサン？　体力はどんどん落ちる一方だ。おまけに今回はグレイにも撃たれた」

お互い承知のとおり、最後のひと言は侮辱的だった。イーサンは目を細めた。

「おまえは現在の仕事からあっさり手を引けるのか？」

「ああ、今は楽しみな人生が待っているからな」

「呪いや殺し屋の過去以外にも、ジェーンから遠ざかるべき理由があると思ったことはないのか？」イーサンは問いつめた。「詰まるところ、これは常識の問題だ。おまえたち弟は、とりわけ花嫁選びにおいて常識知らずだが」その瞬間はっとした。「ジェーンも妊娠したんだな。どうやら最近のマッカリック兄弟はいとも簡単に女性を身ごもらせるらしい。だから彼女と別れなかったんだろう。それでジェーンもおまえを受け入れるしかなかったのか」

「違う、彼女は妊娠していない。おれたちはもう少し待つことにした」イーサンの表情を見て、ヒューはあわててつけ加えた。「別に禁欲するわけじゃない」

「待つことにしただと？」イーサンはゆっくりとうなずいた。「傭兵の弟は大金持ちの女相続人を妊娠させて結婚し、もうひとりの弟は急進主義者のごとく避妊するわけか。当ててみせようか？　それはジェーンの思いつきだな？」

「ふたりで決めたことだよ。おれはこの結婚についてじっくり考えた。ジェーンを手放さずにいるかどうか何週間も悩み続けた。今でもジェーン・ウェイランドと結婚したと人に告げるたび、冗談だと思われて笑われるよ」ヒューは眉間に皺を寄せた。「それがたちまち癪《しゃく》に障るようになった」

「実際、滑稽じゃないか」歯に衣《きぬ》着せぬイーサンは言った。「彼女は有名な美女で機知に富み、大家族の出身だ。一方おまえは社交を嫌い、寡黙な性格だからな」

「ああ、でもジェーンはおれの妻になったことを喜んでいる。実は彼女も一〇代の頃から、おれと結婚したがっていたんだ」ヒューはやけに誇らしげな口ぶりだった。まさかジェーンがそんなことを望んでいたとは、イーサンは思いもしなかった。「それにおれは彼女のために変わろうと努力している」

「男はそんな簡単に自分を変えられないものだ」

「たいていの男はそうだ。だが、おれたちのような男がその気になれば、完全に生まれ変われる」

「どういうことだ？」

「コートを見てみろよ。あいつは兄さんに劣らない自分勝手だったが、今は違う」

〝おれは自分勝手じゃない〟とはイーサンはあえて否定しなかった。

「ああ、コートのところも荒唐無稽な組みあわせだ。アナリアが相続人である一方、コートの財産は金貨二枚にもならない。それにあいつは血にまみれた傭兵で、彼女は上流階級の令嬢だ。コートはどうやって彼女を養うんだ？　金を稼ぐために妻子を残して戦地へ赴くのか？」

「コートは傭兵を引退したよ」

イーサンは皮肉っぽく笑った。「だったら飢えることになる。それもハイランドの中央にあるコートの荒れ果てた屋敷で――あいつがアナリアの財産に頼って生活するなら話は別だが」眉間に深い皺を寄せる。「冗談じゃないぞ。コートが妻のすねをかじる最初のマッカリック家の男にならないうちに、財産を分け与えるとしよう」

「そうする必要はないよ。コートが前回の仕事にかかわっていたとき、おれはあいつのなけなしの貯金を投資した。その結果、コートは定収入を得られるようになった。それに、ジェーンと一緒にコートの屋敷に身を潜めて兄さんがグレイを仕とめるのを待つあいだ、暇つぶしにふたりで屋敷を改修したんだ。それがジェーンに触れずにいられる唯一の方法だったからな。今やコートの屋敷は立派なものだよ。アナリアも大いに気に入っている」

「そんな状態がいつまで続く？　おまえたちにはほとほとあきれたよ。もっと分別があると思っていたが」

「無分別なせいでこんなに幸せなら、おれは分別なんていらない」ヒューは説得するのをあきらめたらしく、座席の背にもたれた。「自分で実感するまで、兄さんには理解できないだろうな。まるで処女に男女の営みのすばらしさを説こうとするようなものさ」

それを聞いたとたん、またマデレンのことを思いだした。今までうまくやっていたのに。そう、少なくともこの一〇分間は彼女のことを考えなかった。

待てよ……。イーサンは目を細めた。「その手の愚かな議論には我慢ならない。母さんがこう言ったときと同じじゃないか。おれたちが女性を愛さない限り、父さんが亡くなった直後の母さんのおれたちに対する言動を理解することも許すこともできない、と」母にそう言われたときはこう言い返した。〝そんなの戯言だ。わざわざ橋から飛びおりなくても、それがろくでもない結果を招くことはわかる〟

おれは一生、母の仕打ちを許すことはできないだろう。母親が夫の死を息子たちのせいだと責めたて、あんなに理不尽にふるまうなんて、どんな理由があるにせよ許されることではない。母は髪をかきむしってわめきちらし、決して撤回できない言葉を口にした……。

ヒューが口を開いた。「いや、イーサン、母さんが言ったとおりだったよ」

「無論おまえは同意するだろう。今や〝結婚教〟の信者だものな。まったく、おもしろがればいいのか、うんざりすればいいのかわからない」

ヒューは窓の外をじっと見つめ、真剣な口調になった。「もし……ジェーンを失ったら、おれは何をしでかすかわからないし、自分が口にする言葉に注意も払わないはずだ」

「そんな話にはもううんざりだ」

「兄さんは結婚しようと思ったことはないのか?」

「ああ、一度も。結婚してはならないと思っていたし、おれの性格は控えめに言っても結婚向きじゃない」揺るぎない声で答えたものの、イーサンは生まれて初めてそのことに疑念を抱き始めていた。弟はふたりとも結婚して幸せそうだ。どうやら呪いはおれたちが思っていたような内容ではなかったらしい。

死の直前、人の脳裏にはこれまでの人生が走馬燈《そうまとう》のようによぎると聞いたことがある。イーサンは危うく死にかけたが、過去の記憶がよみがえることはなかった。もっとも、物心ついてから意味のある瞬間を味わったことがないのだから当然だろう。コートが傭兵仲間と分かちあっているような友情を誰かと結んだこともなければ、ヒューみたいにひとりの女性に無償の愛を抱き続けたこともない。

あの晩、路地で自分の死を確信したとき、それまでの人生がいかに無意味だったかに気づいた。どういうわけか、そんな大事なときに頭に浮かんだのはあの小娘だった……。

一五分ほどの沈黙のあと、ヒューが口を開いた。「ロンドンに着いたらどうするんだ?」

「パリへ旅立つ準備をする」残念ながら数日後まで出発できない。充分に食事をとって体力を回復させ、傷がさらに癒えるのを待つあいだ、念入りに計画を練るとしよう。

「パリになんの用だ?」

「マデレン・バン・ローウェンだよ」

「まだ彼女のことを考えているのか?」ヒューは驚いた顔をした。「こいつはおもしろい」

イーサンは肩をすくめた。「妙な深読みはするな」

「それは復讐とは関係ないだろうな？」

「もし関係があったら……？」イーサンはシルビーにしかるべき報いを受けさせて、ついに復讐を果たしたかった。その過程でマデレンに楽しませてもらったとしても、それは大いなる目的に比べればささいなことだ。

そう自分に言い聞かせたが、イーサンの頭の一部でささやく声がした。〝おまえはこの復讐を口実に彼女を追い求めるつもりだな〞

「マデレンに両親の罪の償いをさせるなんて言語道断だ」低い声でヒューがあとを続けた。

「もし彼女が運命の女性だったら？」

イーサンは愕然とした。「なんだって？　冗談はよせ」

「マデレンのことが頭から離れないように、ほかの女性について四六時中考えたことはあるか？」

女性に目をとめる年齢になって以来、ひとりの女性に魅了されたり、狂おしい思いを味わったりしたことはない。「たとえ呪いに関するおまえの考えを受け入れたとしても――そうするつもりもないが――状況はなんら変わらない。おれとマデレンほど絶望的な組みあわせはないからな。そんな可能性は考慮することすらばかげている」

「さらなる復讐のために無垢な女性の純潔を本当に奪うつもりか？」ヒューはイーサンが正しい答えを口にすることを祈るかのような面持ちだった。兄は自分が思っているようなろくでなしではない、と。

だが、イーサンはろくでなしだった。「いや」いったん口をつぐみ、ヒューが緊張を解いたところで告げる。「もう純潔は奪ったよ。あの仮面舞踏会の晩に」

「嘘だろう」ヒューが呆然とした。「それなら彼女と結婚すべきだ」

「よしてくれ」

「彼女はジェーンの友人だし、おれはこの件に関して黙っていないぞ、イーサン」

イーサンは威嚇するようにせせら笑った。「おれがマデレンに楽しませてもらうのを阻止するつもりか？　何をもってしても、おれをとめることはできない。もちろんおまえも」

ヒューはイーサンの顔をしげしげと眺めてから目を丸くした。

「そうか。だんだんわかってきたぞ」

「何が言いたい？」

「じゃあ、いくつか事実を述べるよ。マデレンは兄さんが数年ぶりに抱いた最初の女性だ。兄さんは彼女を忘れられずにいる。グレイを殺したいと何年も望みながら今やそれがかなわなくなり、普通なら無性に悔しがるだろう。グレイに傷を負わされたことはもちろん、自分ではなくジェーンにやつを仕とめられたことに憤慨するはずだ。以前の兄さんなら、這ってでもマックリーディーの若造をぶちのめしただろう。でも彼女を追いかけたくて仕方がないから、そんなことにはかまっていられないんだよな」

こんな挑発に乗るものか。

「おれはただマデレンと数週間楽しみたいだけだ。それ以上は望まない」

「幸運を祈っているよ、兄さん」そう告げたあと、ヒューはつぶやいた。「これで兄さんも〝結婚教〟の仲間だな」

14

マデレン・バン・ローウェンは本当にここに住んでいるのか？

イーサンは目の前の六階建てのアパートメントを見あげた。かつて豪邸だったのは間違いないが、今は少しでも寄りかかったら崩壊しそうに見える。何より驚いたのは、そのアパートメントがパリの貧民街でも一番すさんだ地区であるマレ地区の真ん中にあることだ。マデレンは最上階に住んでいるらしい。毎日水や食料を持って階段をあがるのは容易でないため、最上階はたいていもっとも貧しい住民で占められる。

イーサンは酔っ払いたちをよけながら正面階段をのぼり始めた。だが、扉には鍵がかかっていた。マデレンかほかの住民が出てくるまで待つしかない。階段をおりて最寄りの角に腰をおろす。壁にもたれて片方の膝を引き寄せ、彼女が住む世界をじっくりと眺めた。

これ見よがしに鉈《なた》や銃をベルトに差して闊歩《かっぽ》する男たち。熱心に男に声をかけ、そこらじゅうの路地で客の相手をする娼婦。薄汚れた肌をさらし裸で路上を駆けまわる子供たち。

ロンドンの貧民窟を彷彿《ほうふつ》させるが、ここのほうがより物騒で混沌《こんとん》としている。マデレンが本当にここで暮らしているとすれば、彼女はこの光景を毎日目の当たりにし、その一部でもあるのだ。

イーサンは青いドレスをまとった華奢なマデレンが路上の人々にまじっているところを想像しようとしたが、できなかった。それに、彼女がサン・ロック教会周辺の高級住宅街地よりもここで暮らすことを選んだとは思えない。おそらく彼女がロンドンで火遊びをしたという噂を聞きつけたシルビーが、クインもル・デークス伯爵もつかまえ損ねた娘を罰することにしたのだろう。だが、なぜマデレンは母親が暮らす豪邸の前でなかに入れてほしいと懇願していなかったんだ？

マックリーディーの狩猟小屋を発った一〇日後の今朝、イーサンはようやくパリに到着した。ホテルにチェックインするやいなや、クインから教わった住所を手がかりにサン・ロック教会周辺でマデレンを捜した。

シルビーに見つからないよう近所で聞きこみを行い、マデレンがパリに戻っているか、彼女の行きつけの場所はどこかを突きとめようとした。

しかし、イーサンがマデレンの風貌を説明するまで、みんな彼が誰のことを尋ねているのかわからなかった。

庭師によれば、マデレンは月に二、三回屋敷に立ち寄るらしい。一週間前にマデレンを乗合馬車で見かけた馬丁は、彼女が終点のひとつ手前の停留所でもおりなかったので困惑したと語った。マデレンのような女性が、どうして終点の貧民街へ行くのだろうと。

イーサンはシルビーが以前マレ地区に住んでいたことを思いだし、調べてみると、なんとそこがマデレンの現住所だと判明した。

　マデレンがマレ地区にいることを確認するのは簡単だった。〝英国女性のマディ〟とか〝おてんば娘《ラ・ガミーヌ》のマディ〟として、彼女はこの貧民街で有名だったからだ。みんなマデレンを気に入っているらしく、彼女について尋ねられると固く口を閉ざした。

　正面階段に腰かけた老女の一団も、イーサンがダイヤモンドの指輪をちらりと見せるまでは、彼を無視してパイプをくゆらせていた。その指輪はマデレンに……嫌われていた場合に備えて持参したものだ。彼女と結婚するつもりだと明かすと、老女たちはすぐにイーサンをこのアパートメントに案内し、自分たちの名前を覚えるよう要求した。マデレンが玉の輿《こし》に乗るのを手助けした〝見返り〟をあとで彼女に請求するために。

　イーサンはアパートメントの扉が開くのを待ちながら思った。マデレンにこの顔を見られても、ロンドンへ一緒に戻るよう説得できるだろう。彼女はどんな手を使ってもここから逃げだしたいはずだ。

　マデレン・バン・ローウェンはおれに借りができるわけだ。そいつは悪くないな――。

　アパートメントの扉が開くのを見たとたん、イーサンは緊張した。背が高い白髪まじりの女性がバケツを持って暗い屋内から現れた。玄関前に居座る酔っ払いなど目に入らないように迂回《うかい》して階段をおり、一ブロック先の給水ポンプに向かう。

　彼女の背後で扉がゆっくりと閉まり始めた。マデレンが隣人たちに長身のスコットランド人について警告しているといけないので、イーサンは入口に駆け寄ってなかへ滑りこんだ。

ロープの手すりを頼りに手探りで真っ暗な階段をのぼる。階段は今にも崩れそうで、通路は狭く横向きに進まなければならなかった。

マデレンが本当にこの最上階にいるとしたら、あと数秒で再会できる……。

六階にたどりついて階段の最上段がきしんだと同時に、赤ら顔の女性が部屋から飛びだしてきた。濃い頬紅や口紅からして娼婦に違いない。彼女の背後に目をやると、その読みは裏づけられた。煙草の煙越しに見えるのは、ベッドに縛りつけられて目隠しをされた男だ。男はぽかんとして、音がするほうに顔を向けていた。

マデレンのアパートメントはもちろんのこと、この界隈に一〇分いただけで、彼女があんなにも愛撫がうまかった理由がわかった。マデレンは娼婦が客の相手をする場面をしょっちゅう目にしていたはずだ。

「マデレン・バン・ローウェンを捜しているんだが」イーサンは娼婦に告げた。

「あなたは誰なの?」彼女は目をしばたたいて尋ねた。

よかった、彼女は英語を話すようだ。イーサンはフランス語を話せるが、死刑に処せられない限り使いたくなかった。

「ひょっとして、あなたがロンドンの男?」

マデレンはおれのことを話したのだろうか? だとしても、どんなことを言われたか見当もつかない。それでも思いきって答えた。「ああ」

「どっちの男? 一番目? それとも二番目?」イーサンの困惑顔を見て娼婦は続けた。

「イングランド人？　それともスコットランド人？」

マデレンはクインのことを話したんだな。まだあんなやつのことを考えているのか？

「スコットランド人だ」

娼婦は客の抗議の声を無視して背後の扉を閉め、指を組みあわせてうれしそうな顔をした。

「コリーンとあたしはマディからあなたのことを何もかも聞いたわ！　仮面舞踏会で出会ったんでしょう？」イーサンに向かって人差し指を振る。「あなたはあたしたちのマディをひどい目に遭わせたけど、ついに彼女を迎えに来たのね！」

マデレンはおれのことを洗いざらい女友達にしゃべったのか？　いったい何を言ったんだ？　それに彼女たちは、おれがマデレンを〝ひどい目に遭わせた〟ことをどう思ったのだろう？

娼婦は身を寄せると、何かたくらむように言った。「ちょうどいいときに迎えに来てくれたわ。もうすぐ借金の返済期限なのよ」借金だって？「あたしはビーよ」どうやら目の前の彼女はお人よしらしい。優しいがだまされやすい女性だ。「マディの親友なの」

「ああ、ビーか」その名前に聞き覚えがあるふりをした。「きみのことはいろいろと聞いているよ」

ビーはうれしそうに髪を撫でつけた。次の瞬間、眉をひそめてイーサンの顔を指さした。

「マディはあなたが戦争で傷を負ったとは言ってなかったけど、それはクリミア戦争の傷跡でしょう？」

「いや、そういうわけでは――」彼女が早くも肩をすくめて別の扉のほうを向いたので、イーサンは言葉を濁した。

「マディは今、留守よ。働きに行ってるの」ビーはブラウスのなかに手を突っこみ、リボンのネックレスに通した鍵束を取りだした。「でも彼女の部屋に入れてあげるから、そこで待てばいいわ」

「マデレンの勤め先を教えてもらえないか？」

「あの子はあちこちで働いているから居場所はわからないのよ。橋や街角。酒場やカフェ。どこにいるか見当もつかない」

イーサンは顔がこわばるのを感じた。「いったいなんの仕事をしているんだ？」あの晩から七週間近くたつし、マデレンは相当金に困っているはずだ。隣人と同じ仕事をしていてもおかしくない。

彼の形相を見て、ビーが叫んだ。「誤解しないで、マディは女給をしたり、ときどき煙草を売ったりしているだけよ」誇らしげにつけ加える。「それもトルコ煙草を」彼女はたしなめるような口調で続けた。「マディはいい子よ。決して男性相手の商売をしているわけじゃないわ」

「ああ、そうだろうとも」ほっと胸を撫でおろして如才なく言う。「ただ、彼女が働かなければならないことが気に入らない」

ビーの瞳がぱっと輝いた。「そのとおりよ！」そう叫ぶなり、勢いよく扉を開ける。「ここが彼女の部屋よ」彼女は満面の笑みを浮かべてイーサンを招き入れた。

その内装に彼は驚嘆した。

「驚いたでしょう？」ビーは当然のごとく誇らしげだ。マデレンの部屋は屋根裏部屋の一部で、天井が傾斜して梁が交差し、イーサンは天井が一番高いところでやっと背筋を伸ばせた。だが、彼女はそこをすばらしい空間に作り替えていた。

この手の古い豪邸の最上階は、もともと使用人部屋や勉強部屋として使われてきた。細長い部屋にあしらわれた繊細な金箔《きんぱく》や壁に張られた腰板から、当時の栄華がうかがえる。腰板の上の損傷が激しい壁は、色鮮やかなポスターで埋め尽くされていた。

寝室の大きな二枚の窓は赤いカーテンに縁どられ、狭いバルコニーに面している。外に目をやると、何にも遮られずにモンマルトルを望めることがわかった。バルコニーには緑が生い茂り、木製の風鐸が涼しげな音を響かせている。

「マディはここで過ごすのが大好きなの」

イーサンはうなずいてから言った。

「きみは……友人のところに戻らなくて大丈夫なのか？」

「ええ、あの人はどこにも行かないから」ビーはひと目でわかる事実を口にして無頓着に手を振った。「さあ、窓を開けてみたら？」

イーサンは掛け金を外して窓を大きく開いた。この時期にしてはあたたかい風が吹きこみ、風鐸が鳴ってカーテンがはためく。黒猫がバルコニーから飛びこんできて、イーサンのズボンを引っ掻いてから脚にすり寄ってくる。「これは彼女のペットかい？」

「いいえ、マディはシャ・ノワールに餌をやれないもの。この子は普段、こんなに人なつっこくないのよ。すっかり気に入られたみたいね」

イーサンは肩をすくめた。誰からも嫌われているので、自分になつく動物がいると驚かずにはいられない。実際、小動物は彼になつくか毛嫌いするかのどちらかだった。

マデレンの部屋に目を戻し、二枚目の窓へ近づいた。隣にバケツが吊されているところを見ると、彼女はバケツに水をくんで階段をのぼる代わりに、ここからバケツを引っ張りあげるのだろう。縦に並ぶふたつの滑車が、その重みを軽減するらしい。なんて賢い小娘だ。

二枚目の窓を通り過ぎると、ベルベットのカーテンの向こうに滑稽なほど小さな木製の浴槽があった。もっとも、マデレンはおれのように二メートル近い体を折り曲げて入る必要はないが。マットレスがない質素なベッドを覆うカバーは高級そうな布を複雑に縫いあわせたものだが、かなりすり切れていた。

てっきりル・デークス伯爵との婚約が破談になって、母親に家から追いだされたのだと思っていたが、この部屋は仮住まいには見えない。しばらく前からここで暮らしていたようだ。

今は午後のあたたかい日差しのおかげで快適だが、冬にこの部屋をあたためるのは至難の業だろう。屋根は間違いなく雨もりし、窓はガラスがひび割れ、ガラスの代わりに薄い布が張られている部分もある。美しい照明は今後数カ月のぬくもりを提供してはくれない。

ほかにも気づいたことがある。この部屋にはこんろや薬缶《やかん》はあるものの、食料は真っ赤なりんご一個しか見当たらない。

イーサンはなじみのない重苦しい気持ちに胸が締めつけられた。どうりでマデレンは物憂げな雰囲気を漂わせていたはずだ――それが彼女にまず惹かれた理由のひとつだったが。マデレンが金持ちの夫を探すのも当然だな。だが、裕福な母親やさらに金持ちの友人がいるのに、なぜ何年も極貧生活に耐えていたのだろう？

「どうして彼女は母親と暮らしていないんだ？」

ビーがまたしても目をしばたたいた。「マディから聞かなかったの？」

「何を？」

階段のほうから女性の声がした。「ビー！　そこにいるのはあなたなの？」

「ええ！」ビーはイーサンの耳元で叫んだ。「あたしよ！」

「この建物に男が忍びこんだと酔っ払いたちに言われたけど、その男はあなたの常連客？」

「いいえ！　あたしは誰も見かけてないわ」そう答えてから、ビーはイーサンに向かってささやいた。「もう行かなくちゃ！　あなたがここにいると知ったらコリーンは激怒するわ」ため息をもらす。「彼女はあたしみたいに男女の愛を理解していないのよ」

イーサンは声を落として尋ねた。「マデレンはいつ帰ってくるんだい？」

「わからないわ。あなたはここでゆっくりしていてちょうだい。何か用があったら向かいの扉をノックして」ビーは立ち去った。

イーサンは自分のまわりをうろつく猫とともに取り残され、マデレンのわずかな私物を探りだした。数枚のドレスはどれもすり切れていたが、大胆な色といいデザインといい現代風だった。ロンドン滞在用の服は見当たらない。きっともう売り払ったに違いない。おれと出会った晩に着ていた青いドレスも手放したのだろうか？

チェストは四つの引き出しのうち、ふたつしか使われていなかった。そのなかには何度も繕われた下着が丁寧に畳まれてしまってあった。

ゆるんだ窓台の下のくぼみは盗品の隠し場所になっていた。シルクのハンカチのなかからは彫りが施された銀のマネークリップがふたつ見つかった。しばらくしてから溶かして金銭に換えるつもりだろう。ほかには掛金帳も入っていた。それを見る限り、彼女が賭けに勝つことのほうが多かったようだ。掛金帳の隣にきちんと積み重ねられていたのは、この六月に購入された石炭や果物の配給切符だった。

こいつは興味深い。マデレンは泥棒兼賭博師《とばくし》である一方、冬の必需品の割引配給切符を夏に購入する堅実家でもあるようだ。

彼女の私物をもとの場所に戻したあと、ベッド脇の牛乳箱に目をやった。その上には『服飾批評』や『パリジャンの流行』といった雑誌とともに、『カルチェラタンのボヘミアン――ボヘミアンの生活風景』という本が置かれていた。その本について聞いた話を思いだし、イーサンは顔をしかめた。たしか〝貧しい芸術家《ボヘミアン》〟が食料や飲み物を調達したり、愛を交わしたりする様子を紹介する本だったはずだ。マデレンは屋根裏部屋に住む芸術家と自分自身を重ねあわせているのか？　たしかに彼女には、この部屋を美しく生まれ変わらせる芸術的才能が備わっているが。

ため息をもらして小さなベッドに横たわると、すぐに猫が喉を鳴らしてやってきた。ほかに誰もいないとわかっていたが、それでも周囲を見まわしてから猫を撫でてやった。

イーサンはこの復讐計画に大きな誤算があったことを認めざるをえなかった。シルビーは結婚前の娘をおれに連れ去られても気にもとめないだろう。強欲な母親からマデレンを引き離す計画はもはや復讐に値しない。彼女はすでに母親から縁を切られているのだから。

おれは黙って立ち去るべきかもしれないな。

マデレンの枕《まくら》をつかみ、彼女の香りをかぎたくて顔に近づけた。思わずうっとりと目を閉じる。やはり彼女をふたたび抱くまでは帰れない。

それにおれは謎解きが好きだ。もしマデレンの生活が謎でもなんでもなかった場合は……。

イーサンは心を決めると、部屋のなかを行ったり来たりし始めた。まるで……緊張しているかのように。おれほど経験豊富で辛辣《しんらつ》な皮肉屋が、あの小娘との再会を恐れるなんて。

だが、今度はこの顔を彼女に見られてしまう。

チェストの上に吊された、ひび割れた鏡に近づいた。マデレンはこの鏡を覗くたび、美しい自分の顔を目にするはずだ。イーサンは野獣のような自分の顔を眺めながら、しゃがれた笑い声をあげた。まさに美女と野獣だな。

でもこの野獣は、彼女にはない富を持っている。イーサンはそう自分に言い聞かせた。

ほどなく空が黄昏《たそがれ》に染まりだし、彼は日が沈む前にマデレンをひと目見られることを願ってバルコニーへ出た。すると、ごろつきの手下とおぼしきいかついふたり組がアパートメントの前で見張りを始めるのが目にとまった。ビーは借金がどうだとか言っていたが、あいつらはマデレンに会いに来たのか？

イーサンは肩をまわし、縫合された胸の傷跡が引きつれないか確かめた。あのふたりと戦うことになっても、傷口が開くことはないだろう――。

そのとき階段がきしむ音がした。高まる期待に全身がこわばる。玄関に駆け寄って勢いよく扉を開けると、同じことをしたビーと目が合った。通路越しに見つめあいながら、互いに眉をひそめた。

階段の最上段には、あのバケツを持った女性が立っていた――ただし、今手にしているのは箒だが。白髪まじりではあるものの顔に皺がなく、年齢を推測するのは難しかった。「マディの部屋にいるあなたは何者なの？」彼女が問いただした。「誰に入れてもらったの？」

白髪まじりの女の目を盗んでビーが必死にかぶりを振り、両手を振りまわした。

「おれはマデレンに会いに来た。きみが彼女の居場所を知らなければ、このままここで待たせてもらう」

「あなた、例のスコットランド人ね！　わたしのマディを傷つけた男でしょう！」女は箒の柄を握りしめ、高々と振りあげた。「あなたになんかマディの居場所を教えてやるもんですか。あの子が帰ってくる前に追い払ってやるわ。彼女はそうでなくても山ほど問題を抱えているのよ！」

ついにビーが歩みでた。「コリーン、ちょっと待ってよ。マディは本当に気に入ったのはこの人だと言ってたじゃない。本当に――」

「黙っていて、ビー！」

マデレンがこのおれに好意を抱いたのか？　イーサンはそう自問した自分を叱《しか》りつけた。まるでそのことを気にしているみたいじゃないか。

だが、ビーはなおも口の端でつぶやいた。「マディはスコットランド人のほうが――」

「それはこの男がマディにお金を放って、あの子を娼婦扱いする前の話でしょう」コリーンはイーサンをねめつけると、ビーに向き直って言った。「別にあなたを侮辱するつもりはないのよ」

「えっ？」どの言葉が侮辱にあたるのかわからないらしく、ビーは目をぱちくりさせた。

マデレンはおれが馬車の座席に放った金をそんなふうに受けとったのか？　あれは馬車代だったのに。「彼女に償いたいんだ。それにいくつかの誤解についても説明したい」

コリーンがイーサンの全身を眺めまわした。その鋭い目は彼の資産を五〇〇ポンド以下と見積もったようだ。不可解なことに、彼女の視線は顔の傷跡を素通りした。

「おれはただマデレンと話したいだけだ」コリーンの心が揺らいでいるのを察して、イーサンは言った。「どうか彼女の居場所を教えてくれ」さらにつけ加える。「おれもマデレンのことが好きなんだ」

「ほらね！」ビーが叫んだ。

コリーンはゆっくりと箒をおろして壁に立てかけた。「マディに求婚しに来たのでなければ、あなたにここにいる権利はないわ」

「それこそ、まさにおれがしようと思っていることだよ」

コリーンが安堵《あんど》の吐息をもらした。ビーが有頂天で拍手するとコリーンは言った。

「だったら教えるけど……。マディはモンマルトルの〈シルク・パース《シルク・パース》の財布〉の求人に応募すると言っていたわ」

イーサンはうなずいた。「ありがとう。今から行ってみるよ」

「丘の上の店よ」ビーが励ますようにほほえむ。「店の裏に並んで待っている人のなかに彼女を捜してみて」次の瞬間、彼女は真顔になってコリーンに向き直った。「〈シルク・パース〉ですって？　コリーン、それはたしかなの？」コリーンがうなずくと、ビーはイーサンが理解できない早口でフランス語をしゃべった。かろうじて聞きとれたのは〝彼女は彼がそう言ったと〟、〝そのあと、彼女のいとこもそう聞いて〟、〝彼は彼らに言ったそうよ〟、そして最後の〝バーサ〟という名前だけだった。

コリーンが青ざめた。

「なんだ？」イーサンは問いただした。「いったいどうした？」

「急いだほうがいいわ。マディがもうすぐ襲われるそうよ」

15

またマデレンに会っても強く惹かれるのだろうかという疑問は、酒場の外で彼女を目にした瞬間に答えが出た。

近くの角の壁に肩でもたれながら、イーサンは列に並ぶマデレンを眺めた。薄れゆく夕日に照らされた彼女は、思い描いていた以上に美しかった。仮面舞踏会の晩は、鮮やかな青い瞳とふっくらした唇と頑固そうな顎しか見えず、優美な顔は仮面に覆われていた。だが、今は小生意気そうにすっと通った鼻筋が見える。頬骨は高く、貴族的な雰囲気が漂う。

まさに目が覚めるような美人だ。

しかし、無邪気な青い目をしながらも無垢には見えない。むしろその正反対だ。マデレンはブラウスの襟元を大きく開け、イーサンの記憶にはない胸の谷間をさらしていた。白い首に黒いリボンのチョーカーを巻き、髪の一部を三つ編みにして金色の王冠のように結いあげて、残りの髪をふんわりと垂らしている。

頬には紅をさしてあった。スカートは奇妙なデザインで、ウエストから広がる代わりにヒップにぴったり張りついている。

今のマデレンはより大人っぽく、ほんの少し……みだらに見えた。まるで男に抱かれる準備が整っているかのようだ。イーサンは自分の体が一瞬にして燃えあがっても、もはや驚かなかった。

マデレンが状況を推しはかるように、列に並ぶほかの女性たちに目を走らせた。そうやって次の一手を考える姿は、用心深くずる賢い狐《きつね》を思わせる。

エプロンをつけた酒場の店主が裏口の扉を開けたとたん、女たちはみな気をつけの姿勢を取った。店主はフランス語で、今夜はふたりしか雇わないと告げた。それ以外の女性が敷地内をうろつけば逮捕されると。

たちまち女性たちはほかを押しのけて先頭に立とうとした。マデレンに到底勝ち目はなかった。太い腕を組んで威嚇するように彼女をにらむ大柄な女たちに立ち向かおうものなら、逆に襲われかねない。

その事実に気づいたらしく、マデレンは小競りあいから身を引き、煙草のトレイを首からさげた少女を守るように隣に寄り添った。

少女は競争に割りこむことすらできず、今にも泣きだしそうだった。マデレンは少女の顎をそっとつつくと、一枚の金貨を取りだしてかかげた。

「あなたたち全員を相手に一〇〇フラン賭けるわ」彼女は大声で切りだした。「わたしが今夜雇われるふたりのうちのひとりに選ばれると」

死肉に群がる禿鷲《はげわし》のように、女たちがマデレンと少女を取り囲み、飛びかかろうと身構えた。

イーサンが介入しようと歩きだしたちょうどそのとき、マデレンは金貨から目を離し、女性たちを見つめ返した。なんて愚かな真似を――。

一番たくましそうな女が金貨を奪おうとしてマデレンの手を叩いた。金貨は宙に舞い、三メートルほど先の煉瓦の舗道を転がった。女たちが互いに髪を引っ張ったり平手打ちしたりしながら金貨を追いかける。マデレンは仰天した煙草売りの少女を従えて店のなかに滑りこんだ。

女たちのひとりがフランス語で叫んだ。「これは芝居用の硬貨よ!」

一同は口をそろえて、あの小悪魔を殺してやるとわめきだした。

イーサンは物陰でにやりとした。まさにそのとおりだな。マデレンにはどこか小悪魔的なところがある。彼女が次に何をするのか確かめたい衝動に駆られ、彼は急いで酒場の正面の入口にまわった。

ほかの女給たちは、〝シガレット〟と呼ばれる煙草売りの少女とマディがまんまと雇われたことに驚いていた。マディがシガレットを助けたのは、同じぐらいの年頃だった自分を思いだしたからだ。当時のわたしはおなかをすかせ、運に恵まれることを……神に祈りながら必死に生きていた。

いいえ、わたしは今でも――。

ああ、最低！　バーサがカウンターの奥からわたしを嘲笑っている。バーサやオデットはときどき酒場で働くが、それは新たな客を開拓するためにほかならない。バーサがここにいるなんて、いやな予感がする。

〈シルク・パース〉に足を踏み入れるのは数年ぶりだ。でも、今までは腕をへし折られないよう必死に稼ぐ必要もなかった。きっと表の女性たちは仕返しをしようと待ち構えているに違いない。どうかお金で解決できますように。

店の内装は最後に来たときのままだった。正面入口のロビーに、フロアがふたつ。食事や飲み物が出される大きなフロアと、バーサのような人気者の女給が酒を給仕してさらにおかわりをすすめる薄暗い奥のフロアだ。

壁のところどころに取りつけられた燭台《しょくだい》は煙草の煙で黄ばんでいる。バーカウンターの背後には巨大な鏡が並び、エールやジンの商標名がそこに刻まれていた。

年配の男性客がすでに酔っ払って革命の歌を歌っているが、その小さな集団とひとりで飲んでいる数人を除けば、酒場はがらがらだった。少し前に入口の扉のベルが鳴ったけれど、バーサを見ていたせいでこの客は見逃した。

普段は客でごったがえす酒場に初めて雇われたときに限って、こんなにすいているなんて。マディはカウンターに頬杖《ほおづえ》をつき、鏡に映る自分を眺めた。頬紅をさし、顔用の絵の具で目の下の隈《くま》を隠したのにやつれて見える。

ふと、眉をひそめてうなじをさすった。誰かに見られている気がしたのだ。思わず鏡を覗きこんだが、広いフロアから彼女を見つめる人はひとりもいなかった。薄暗い奥のフロアに男の人影が見えるものの、容貌はもちろんのこと、その人がこちらを向いているのかさえ定かでない。好奇心がこみあげたが、マディは奥のフロアへ確かめに行くような真似はしなかった。

ただの気のせいよ、妙に神経質になっているからだわ。そう自分に言い聞かせて鏡に視線を戻し、頬杖をつく。どうかほんのひとかけらでも幸運に恵まれますように、とふたたび祈った。

運がめぐってきたら、わたしはマレ地区の大半の住民とは違って、それを躊躇《ちゅうちょ》せずにつかみとるわ。いつかあそこから抜けだせると信じなければいけない。

昔からマディはコリーンやビーとともにどこか――たとえばアメリカ――に旅立つことを夢見てきた。ボストンのような街でマディが婦人服店を開き、コリーンがマディのデザインしたドレスを仕立てるのだ。

初めてそれを思いついたとき、ビーの表情が曇った。

「でも、あたしは何をすればいいの?」

「モデルに決まっているじゃない」マディが答えると、コリーンも熱心にうなずいた。「モデルがいなければ婦人服店は開けないもの」

ビーの青い瞳がぱっと輝いた。「あたし、じっと立っているのはすごく得意なの! ああ、マディ、ぴくりとも動かないあたしを見たら、あなたはびっくりするわよ!」

今でもあのときの会話を思いだすと、ほほえまずにはいられない……。

マディの祈りが聞き届けられたように、イングランド人の観光客が列をなして入ってきた。バーサが彼らの注文を取りに行ったあと、パリ大学の金持ちの学生たちが現れた。この一団はみんなわたしのものよ。マディは満面の笑みを浮かべて学生のテーブルへ直行した。ほどなく、店内は実業家や中産階級の店主やボヘミアンであふれ返った。マディは三番目の連中には近寄らなかった――とりわけ、安物の陶製パイプをくわえ、コートの肘がすり切れた客には。

彼女はかつてないほどチップを稼ぎ、バーカウンターからレモン二個とさくらんぼを六、七個つまみ食いした。もっと食べようとうろついていたら、店主に気づかれて杖で思いきり指先を叩かれた。

頬の内側を噛みながらてのひらを振っていると、ふたたび誰かの視線を感じた。

幸い、まだトレイを持たせてもらえた。それからの二時間は、エールのジョッキやカクテルが入ったボウル、強いリキュールの瓶を数えきれないくらい運んだ。バーカウンターでバーサと顔を合わせるたび乱暴にぶつかられたが、重いトレイを持ったままバランスを保ち、サイズがふたつ小さいブーツで軽やかに歩いた。

それでも、絶えずうなじに視線を感じた。

シガレットの煙草が完売すると、マディは太っ腹な気分になり、少女を殴ろうと待ち構える女性たちに渡すよう稼いだチップのなかから銅貨を一五枚渡した。少女は首からかけた煙草のトレイをさっと脇にどけ、マディを抱きしめたのち三つ編みを揺らして立ち去った。

　向きを変えようとしたマディは、大学生に腰をつかまれて膝にのせられた。その学生が彼女をスパルタの女王やさまざまな妖精《ニンフ》にたとえ、ふたりの将来について夢や希望を語るあいだ、煙で曇る天井をじっと眺めた。学生の長話に退屈したマディはうっかり彼の足にグラスを落とし、すぐにおかわりを持ってくると約束した。もちろん、それを彼の勘定書に追加するつもりで。

　中年男性の四人組はもっとあからさまに誘いをかけてきた。目が合うとマディを手招きし、そのうちのひとりが、いくら払えば四人全員と寝るか尋ねてきた。一〇〇フランか、と。彼女は言い返したい気持ちをこらえ、引きつった笑みを浮かべた。男は四〇〇フランまで値を吊りあげたが、マディはきっぱりと首を横に振った——そんな大金は、よほど運に恵まれない限り一年かかっても稼げないとわかっていたけれど。

　四人組をなだめるために、マディは店の奥にいる感じのいい女性を紹介し、あとで自分に仲介料を払うよう彼女に伝えてほしいと頼んだ。

　意外にも、彼らはマディに対して態度を硬化させることなくカクテルのボウルを注文した。それは〈シルク・パース〉のメニューでもっとも高い品だ。彼女は急いで酒を取りに向かった。

　自分の幸運にほほえみながら、大きなボウルを足早にテーブルへと運び……。

イーサンはマデレンが普段どんな夜を過ごしているか観察し、彼女の現状を把握することにした――サン・ロック教会周辺の喫茶室でチョコレートを食べる代わりに、彼女が必死に働かなければならない理由を。だが、次第に落ち着かない気分になった。

ここはよくある酒場で、イーサンはいつも仕事でしているように観察するだけのつもりだった。しかし、いつもと違って客観的でいるのは難しかった。気がつくとマデレンの行動にすっかり目を奪われていた。男たちのいやらしい手を巧みにかわしたり、煙草売りの少女に気前よくふるまったり、茶目っ気のある冗談で男たちを笑わせたりする姿に。

マデレンは男から誘われるたび、尊大な拒絶の言葉を押し殺しているようだ。気づいた限りでも誘いは一〇回以上あり、イーサンは少なくとも一〇人以上の彼女の崇拝者を殺したい衝動に駆られた。

おれが客観的な傍観者なら、あとで店に舞い戻って、マデレンを杖で叩いた店主を罰しようなどとは思わないはずだ。それにあの若造がマデレンを膝にのせたときも、あいつの顔を床に叩きつけたくはならないだろう。

今夜はマデレンについて多くを学んだ。これまで目にした彼女の行為はどれも賞賛に値するものだった。

あの小娘は今も疲れを見せずに働き続け、誇らしげにカクテルのボウルを運んで――。

不意にマデレンが別の女に足を引っかけられて、前のめりになった。イーサンが反応する間もなく彼女は倒れ、クリスタルガラスのボウルが砕け散った。

店内は静まり返り、数人の男が忍び笑いをもらした。イーサンはそいつらをひとり残らずぶちのめしたくなった。

マデレンは立ちあがろうとしたが、酒で足を滑らせた。小さな拳で床を叩き、疲労と決意の入りまじった表情を浮かべている。イーサンが席を立って手を貸そうとした矢先、彼女は急いで立ちあがった。スカートのほこりを払いながら、ボウルが割れていないことを祈るように大きく息を吸って目を閉じる。しかしまぶたを開けたとき、その瞳は呆然として潤んでいた。

店主がガリア語で罵ったかと思うと、金を請求するようなしぐさをした。マデレンはぐいと顎をあげ、スカートのポケットに手を突っこんで足を引きずりながらバーカウンターに近づいた。そして名残惜しげに硬貨を一枚一枚握りしめてから差しだし、ボウル代を弁償した。その晩の稼ぎをすべて手渡したところで、店主が扉を指した。客たちが野次を飛ばしたものの、店主の決断は変わらなかった。

マデレンは堂々と胸を張って出入口に向かったが、あの女たちが表で待ち構えていることはわかっているはずだ。イーサンは足早にあとを追った。ロビーへにぎやかな集団が入ってくると、彼女はその騒ぎに紛れて店を出る前に傘立てから傘を一本くすねた。

イーサンも外へ出て、混雑した階段をおりるマデレンを忍び足でつけた。案の定、そこには彼女の敵が待ち受けていた。

マデレンは虚勢を張り、てのひらに傘を打ちつけながら尋ねた。

「最初にわたしを殴りたいのは誰かしら？」

イーサンはマデレンの真後ろに立ち、彼女の頭上から女たちに凶暴なまなざしを向けた。一番近くにいた女が目をみはってあとずさりした。ほかの女たちもそれにならい、全員が蜘蛛《くも》の子を散らすように逃げ去った。

「そうよ！」マデレンが女たちに呼びかけた。「わたしの名前をよく覚えておくことね！」

突然、彼女は凍りついた。一瞬ためらったあと、ゆっくりと振り返る。

イーサンの鼓動が激しくなった。何週間も待ち続けたあげく、ついにマデレンと再会するのだ。汗ばんだ額を袖でぬぐった。

おれがマデレンを必要とするより、彼女のほうがおれを必要としているはずだ。そう自分に言い聞かせてから尋ねる。

「あれはきみの友人たちか？」

16

悲鳴をあげたりびくっとしたりせずに、マディは傘の柄をクリケットのバットのように握りしめて振り返った。

背後の男の正体が判明したとたん、はっと息をのんだ。

「あなた、あのスコットランド人ね！」まさかと思うものの、男の目や訛り、そびえるような長身が彼に間違いないと告げている。相手の顔をしげしげと眺めたマディは、非の打ちどころがないと思っていた男性にひどい傷跡があるのを見て衝撃を受けた。

マディの反応に身構えているのか、彼は直立不動だった。彼女がぎざぎざの傷跡を見つめるあいだも、息さえしていないように見えた。

「どうしてあなたが仮面を外さなかったか、これでわかったわ」彼を見あげる。「二五センチもある醜い傷跡を隠さなければならなかったんですものね」

彼が目を細めた。「エンジェル、おれの体で二五センチの長さのものはたったひとつしかない。きみも覚えているだろうが、それはこの傷跡ではないよ」

「その傷は二五センチ以上あるわ」マディはにやりとした。「もうひとつのほうはよく覚えていないけど」あの焼けつくような痛みを忘れたかのように言う。「いつからわたしを監視していたの?」

「監視していたわけじゃない。きみが血に飢えたフランス人の女給たちに待ち伏せ攻撃されるのを阻止しようとしただけさ。さてと、そろそろおれの名前を明かすべきだな。おれはイーサン・マッカリックだ、そして——」

「どうして?」マディは傘を脇に放り、階段を駆けおりると通りを歩きだした。

追いかけてきたイーサンは眉間に皺を寄せていた。「どうしてって、何が?」

「どうしてわたしがあなたの名前を知らなきゃいけないの? なぜわたしがそれを知りたがっていると思うの? 別に知りたくなんかないわ。じゃあ、さようなら」今日という日がこれ以上悪化の一途をたどるとは思いもしなかった。さらなる災難が降りかからないうちに家へ帰ろうと、マディは歩調を速めた。窮屈なブーツを脱ぎ捨ててベッドにもぐりこみ、何日も眠り続け、このスコットランド人に会ったことさえ忘れよう。

「なぜおれがここにいるか知りたくないのか?」

彼女は例のごとく好奇心に駆られた。この人はどうやってわたしを見つけたのだろう? わたしについてどのくらい知っているの? でも彼にはロンドンでひどい仕打ちを受けたし、こんな一日を過ごしたあとでは……。

マディはカクテルのボウルのせいで失った金やひどく痛む足、死んだように眠りたいという願望のことしか考えられなかった。「ええ」立ちどまり、人差し指で顎を叩く。「わたしがロンドンの馬車のなかで間違った相手に捧げた純潔を返しに来てくれたなら話は別だけど」問いかけるように眉をあげる。「どうせ返せないんでしょう？　だったら……さようなら」イーサンの顔に浮かんだ表情にほくそ笑み、早足で歩きだした。いい気味だわ。このろくでなしは、わたしが彼との再会を喜ぶと思っていたらしい。

「家に帰るのか？」背後からイーサンの声がした。「アパートメントの玄関で待ち構えている、ごろつきの手下どもによろしく言ってくれ」マディの足取りが重くなるとつけ加えた。「いったいいくら借りたんだ？」

マディはかっとなって肩越しに言い返した。「そんなこと、あなたに関係ないでしょう」

ふたたびイーサンが追いつき、並んで歩き始めた。「きみに手を貸してやってもいい」

「どうして？　邪悪なあなたにも親切心があるから？」

「いや。実は頼みがあるんだ。おれの提案を聞いてくれたら――」

「マッカリックと言ったかしら？」彼がうなずくと、マディは言った。「あなたの提案は察しがつくけど、これっぽっちも興味がないわ！」

「そうかもしれないが、気が変わるかもしれないぞ。食事をしながら話しあおう」

「わたしは間抜けじゃないのよ。どうせまたベッドをともにしたいんでしょう。そんなことはありえないけど。その顔を見なくても同意しなかったわ。でも目の当たりにした今はこんな話につきあう気もないし、どんな条件を提示されてもわたしの気持ちは変わらない」

イーサンの歯ぎしりする音が聞こえてきそうだった。「おれはきみが必要とする多くのものを与えてやれる」

「どういうこと?」

「冬が近づいているのに、きみは雨もりして隙間風が入るあばら屋に住んでいる」

マディはつまずきそうになった。「わたしの部屋に入ったの?」

「ああ、ビーが入れてくれたんだ。彼女と少し話したよ」

「ということは、ビーがあなたにわたしの居場所を教えたのね? なぜ彼女はそんなことをしたのかしら? まさか脅したの?」マディは詰問した。「ビーにひどいことをしたのは、彼女が……娼婦だから?」

「いや、きみがおれを気に入ったと言っていたことから、ビーは協力してくれたんだ」イーサンが眉をあげて言った。

ビーったら、そんなことまで話したの? ああ、恥ずかしいったらないわ! きっとわたしは初めての舞踏会で照れ笑いする少女みたいに思われたはずだ。

「あの酒場へ行けばきみを見つけられると教えてくれたのはコリーンだよ」

コリーンまで彼に協力したの? 「どうして彼女たちがあなたに協力したのか見当もつかないわ。あなたの話は〝ろくでなしだった〟のひと言で締めくくったのに」

「きみがバーサとかいう女に痛めつけられないよう守ってくれ、とコリーンに懇願された」

マディは横目で彼を見た。

「そもそも、どうやってわたしのアパートメントを見つけたの?」

「クイン・ウェイランドからサン・ロック教会のそばの住所を教えてもらって、そこからマレ地区まできみの足取りをたどったんだ」

「あなたはクインの友人なの？」

「おれはウェイランド家と家族ぐるみのつきあいをしている。実は親戚《しんせき》でもあるんだよ。弟が最近ジェーン・ウェイランドと結婚したからな」

「変ね。最後に聞いたとき、たしかジェーンは裕福なイングランド人伯爵と結婚するはずだったけど」

「おれだって、なぜ彼女と弟が結婚したのかわからない」

「つまり仮面舞踏会の晩、あなたはわたしが誰か知っていたの？」

「いや、知っていたのは、きみがウェイランド家の知人だということだけだ。マデレン、最後に会って以来かなり体重が落ちたところを見ると、今夜の夕食はあの屋根裏部屋にあったりんご一個だろう。それにアパートメントの前にいる男たちは無慈悲なやつらに見えた」

そのどちらもマディは否定できなかった。

「おれはただ、一緒に食事をして話を聞いてほしいと頼んでいるだけだ」それでもマディが首を横に振ると、イーサンはいらだちの声をあげた。「おれと一緒にあたたかい食事をとるかあの男たちと顔を合わせるかで、そんなに思い悩む必要があるのか？」

トウマードの手下がいるなら、また路上をさまよわなければならない。それでもマディは言った。「ええ、悩むわ。あの晩のあなたは最低だったし、あの出来事を乗り越えられたのは、もう二度と会わなくていいと自分に言い聞かせたからよ。あなたはあとでわたしの処遇を決めると言っていたけど、冗談じゃない。あのときも今も、あなたとはいっさいかかわりたくないわ！ それに、わたしは一四歳のときから自分で自分の面倒を見てきたのよ」もう少しで自室のベッドにたどりつき、何もかも忘れられる。

「ああ、きみは立派にやっているよ。貧困や空腹にあえぎ、借金まで抱えているんだからな。こんな状況になるとわかっていたら、おれが戻ってくるまでクインの屋敷にとどまったんじゃないか？」イーサンが手を振って周囲を指し示した。

路上生活者が焚《た》き火のまわりに群がり、建物に長い影を落としている。銃声が響いて、どこかの暗がりで殴りあいが始まった。

「クインの話では、きみは頭が切れる現実主義者らしいし、少なくともおれの話に耳を貸す分別を備えていると思うがね」

「クインがあなたにわたしのことを話したの？」マディは歩調をゆるめて尋ねた。

「ああ、クインはおれがきみに会いにパリへ行こうとしていたことも知っている。きみがこんな場所に住んでいると知ったら、あいつは憤慨するはずだ」

クインに知られるくらいなら死んだほうがましよ！ マディはそわそわと両手を組んだ。でも、自尊心を守るためにこのスコットランド人についていくべきなの？ 今この瞬間、自尊心は好奇心を大きくうわまわり、彼女を破滅へと導いていた。とうとうマディは立ちどまった。「クインには知られたくないわ」

「だったら、ついてこい」イーサンが容赦ない口調で言う。おそらくその声音で常に他人に言うことを聞かせているのだろう。それが証拠に、マディが無言で眉を吊りあげると、彼はまごついていた。「一緒に来てくれたら、おれが泊まっているホテルにきみの部屋を用意させ、あたたかい食事をとらせてやるよ」

「あなたの泊まっているホテルですって！　わたしを間抜けだと思っているの？　それに、あなたは動いている乗り物のなかで女性を抱くのが好きなんだと思っていたわ」

イーサンはいらだちの声をもらすと、ポケットから小さな宝石箱を出して差しだした。

「一緒に食事をして、おれの提案に耳を傾けてくれたら、これをあげよう。ほかにはなんの見返りも求めない」

マディは彼の手から宝石箱を取り、くるりと向きを変えて蓋《ふた》を開けた。ダイヤモンドの指輪だわ！　「じっくり見てもいいかしら？」肩越しに尋ねる。

イーサンは眉をあげ、手振りで促した。「どうぞ」

街灯の明かりが必要だわ。でもマレ地区で唯一の街灯は当然のごとく破壊され、鉄の部分はくず鉄として売られてしまった。ただ石の重みからして、これがまがい物でないことはたしかだ。正真正銘のダイヤモンド。これさえあればトウマードの借金も返済できるし、何年も生活に困らない。「一回食事をするだけでこれをもらえるの？」

「そうだ、きみがどんな決断を下そうと指輪はあげるよ」

「わたしに下品なことはしないと誓う？」

「下品なこと？　ああ、誓おう」

マディは指輪が自分の細い指には大きすぎるのを見てとると、スカートのポケットから鍵を通した赤いリボンを取りだした。リボンの結び目を解いてアパートメントの鍵の隣に指輪を通し、ポケットにしまう。

イーサンに向き直ると、彼は満足げな笑みを押し隠そうとしていた。これでわたしが同意したも同然と思っているに違いない。「あなたは常にほしいものを手に入れてきたんでしょう。貧民街の女にぴしゃりとはねつけられるのは、あなたにとっていい薬かもね」

それを聞いて、イーサンは忍耐の限界に達したようだ。彼は一歩踏みだし、マディを肩にかつぎあげそうな顔つきになった。

「やめておいたほうがいいわよ」彼に向かって人差し指を振る。「わたしなら、そんな真似はしない。あなたはわたしをつかまえられっこないもの。わたしの縄張りではね」

イーサンはまた歯ぎしりしたようだが、何か妙案が浮かんだらしい。

彼は上着の内側からりんごを取りだした。わたしの大切なりんごを盗んだのね。

「やめて！」マディは叫んだが、イーサンがりんごをがぶりとかじり、おいしそうに頬張るのを見せつけられた。

「どうやら一緒に食事をすることになったようだな」彼はりんごを噛みながら言った。

17

イーサンがりんごの芯を放ると、マデレンは泣きだしそうになり、なぜか彼は罪悪感を覚えかけた。声音を和らげて言う。

「さあ、行こう、マデレン。りんごを犠牲にしただけのかいはあると約束するよ」

みすぼらしい身なりをしていても、マデレンはマレ地区では浮いて見えた。やつれてはいるが、髪は路上の焚き火にきらめき、瞳も明るくまわりの住民と違って目がくぼんでいない。か弱く見えるのに、わずか二、三ブロックも離れていないところで銃声が鳴り響いていたがぴくりともしなかった。

「いったんアパートメントに戻って、友人たちに無事を知らせないと」マデレンが言った。

「きっとふたりとも心配しているはずだわ」

「それを知らせるためだけに危険な場所を歩くのか？　そんなのはばかげている」

「危険なことなどないわよ」彼女は一笑に付した。

マデレンが夜間にここにいることすら、イーサンには耐えられなかった。

「銃声が聞こえなかったのか？」

あきれたようにマデレンが彼を見た。「別に彼らはわたしを狙っているわけじゃないわ。怖いなら、わたしが戻るまでここで待っていてちょうだい」

小生意気な魔女め。「おれは怖くなどない――」

「だったら、ここで待っていてもかまわないわね。コリーンやビーが心配しているのに、それを無視しろとは言わせないわよ」

これが別の状況であれば、友人に対するマデレンの忠誠心や気遣いに感心しただろう。だが、今は癪に障っただけだった。「おれがきみをひとりでアパートメントに行かせると思うのか？　とんでもない」

彼女が腰に片手を当てた。「だったら、どうするつもり？」

イーサンはさっとマデレンの肘をつかみ、彼女を引きずって丘の上へと戻り始めた。

「ちょっと、わたしはここで暮らしているのよ。ほんの五分だけ時間をちょうだい」マデレンはフランス語で彼を罵った。「あなたにあれこれ指図されるいわれはないわ！」彼女の硬いブーツがイーサンの向こうずねに当たった。

「くそっ、マデレン、ふたりにはホテルからメモを届ければいいだろう」

「日没後にマレ地区へメモを届けてくれる人なんかいないわ！」

「おれが充分に謝礼を払えばやってくれるはずだ」マデレンを肩にかつごうかとも思ったが、傷口が開く恐れがある。彼女がなおも抵抗するのでさらに言った。「じゃあ、食事も届けさせよう。それなら同意してくれるか？」

彼女が足を引きずるのをやめた。「どのくらいの量？」

「いくらでも、きみが望むだけ届けさせる」

マデレンの瞳がきらめいた。そんな輝きはすぐに見飽きると思っていたが……。

「その約束は必ず守ってもらう――」

真後ろから女性の悲鳴があがった。イーサンは振り向きざまにマデレンを背後へ押しやった。娼婦が真っ暗な路地の壁に押しつけられて背後から男に貫かれながら、爪をしげしげと眺めては快感を装ってうめいていた。そばには別の男が順番を待っている。

イーサンが後ろを見ると、マデレンはほんの数メートル先で交わる男女の姿に肩をすくめていた。あの晩、初めて彼女を目にしたときも同じように無頓着にふるまっていたのが思いだされる。

若い彼女が今までどんなことを目にしてきたのか想像もつかない。

傷口がどうなろうがかまうものか。「きみをこんな場所にいさせたくない」マデレンを肩にかつごうとした瞬間、娼婦を待っていた男が物陰から歩みでて奇妙な言葉で話しかけてきた。フランス人の犯罪者が仲間内で使う隠語だった。男はマデレンを指して眉を吊りあげた。

彼女が苦笑いをした。

「この人、あなたがもうわたしとことをすませたか知りたがっているわ」

イーサンの視界がかすんだ。マデレンが隠語で男の問いに答えるのがぼんやりと聞こえる。このろくでなしは彼女を娼婦と勘違いし、汚らしい路地で買おうとしたのだ……。

イーサンはマデレンを背後に引き戻すと同時に銃を抜いた。男もイーサンの形相を見て銃を取りだしたが、手遅れだった。先に銃を抜いたイーサンはすでに撃鉄を起こし、狙いを定めていたからだ。

マデレンが背後から顔を出して彼の肩に触れた。「やめて、マッカリック」緊張した声で言う。「もう行きましょう。食事に行く用意はできたわ」

「なぜこいつを殺しちゃいけないんだ？」

「彼の仲間がわたしやわたしの友人を捜しに来るからよ。あなたはわたしにここにいてほしくないんでしょう。さあ、食事に行きましょう。お願いだから……」

イーサンは彼女とともにあとずさりを始め、男から目をそらさずに銃を構えたまま角を曲がった。ようやく銃をしまうと苦痛に顔をしかめた。先ほどから傷口が痛みだしていた。

「常に銃を持ち歩いているの？」彼がそっけなくうなずくと、マデレンは訊いた。「どうして？」

犯罪者がおれの女を娼婦と間違えた場合、そいつを黙らせるためさ。イーサンは突然こみあげてきた保護本能を振り払おうとした。おれの女だと？　彼女は復讐の手段にすぎない。

マデレンが彼を見あげた。「銃を持っていて、それを使いこなせるのに、なぜ銃声に怯えるの？　第一、わたしがあなたを危険な目に遭わせるはずがないでしょう」眉間に皺を寄せる。「まあ、介入するのが面倒だったり、ほかにしなければならないことがあったりする場合は別だけど――」

「おれは怯えてなどいない」またしてもイーサンは言い返した。この件が片づく前に彼女の首を絞めてしまいそうだ。「くそっ、いいから来い……」

ホテルに到着したときもまだ階下のレストランは営業していたが、イーサンはマデレンをそこに連れていきたくなかった。顔を人にじろじろ見られることには慣れているものの、それに対する反応をマデレンにあれこれ分析されたくない。

「食事はおれの部屋でとる」彼女の手をつかみ、階段へと導いた。

激しく抵抗する代わりに、マデレンはイーサンの傷跡を見あげた。

「そんなにそれが気になるのね?」彼女はこそこそ盗み見るような真似はしなかった。

イーサンは目を細めた。「きみは気にならないのか?」

マデレンが肩をすくめる。ふたりは黙って階段をのぼった。イーサンの部屋に入るなり、彼女は口笛を吹いてくるりとまわった。

「まあ、ずいぶん豪華だこと。あなたはなんでも最高のものじゃないといやなのね?」

彼は呼び鈴を鳴らして接客係を呼んだ。「悪いか?」慎重に肩をすくめて上着を脱ぐ。

マデレンがバルコニーからの眺めを堪能して戻ってくると、お仕着せを着た接客係がメニューを持って現れた。接客係はイーサンが注文できるようひとつしかないメニューを差しだしたが、彼はマデレンのほうを手で指し示した。

彼女は堂々とうなずいてメニューを受けとり、磨きあげられたダイニングテーブルの椅子に座った。「あなたはフランス語が話せるの?」メニューをめくりながらイーサンに訊く。

「いや、まったく」彼は嘘をついた。「おれが話せるのはゲール語と英語だけだ」

「ロブスターをお願い」マデレンはすぐさまフランス語で接客係に告げてから、イーサンのほうをうかがった。彼は無表情に見つめ返した。彼女は注文を、スープ、チーズ、焼き菓子、フルーツ、サラダを添えたロブスター六人前に修正した。

「その半分を箱に詰めて、マレ地区のアパートメントまで誰かに届けさせて。わたしの……夫が四〇パーセントのチップを払うから」

「マレ地区ですか？」接客係が喉を詰まらせた。

マデレンはため息をもらした。「チップは七〇パーセントにするわ」

彼女がメニューに届け先の住所を走り書きするあいだ、イーサンは接客係に指示した。

「料理の準備が整う前にシャンパンを持ってきてくれ」続いてマデレンに言う。「どれでも好きなのを選んでいいぞ」

彼女はフランス語で告げた。「一番値が張るものを持ってきてちょうだい」

接客係はお辞儀をして出ていった。間を置かずにシャンパンとともに戻ってくるとグラスに注ぎ、ふたたび立ち去った。マデレンはすっかりくつろいだ様子でグラスを傾けながら、室内の探索を始めた。

イーサンは豪華な肘掛け椅子にどっかりと腰かけ、マデレンが引き出しを開けたり、クロゼットのなかを覗いたり、彼の鞄のなかまで引っかきまわしたりするのを満足げに眺めた。今の彼女も、警戒心が強くずる賢い狐を彷彿させる。

マデレンは部屋じゅうの布地に触れ、上掛けだけでなくクロゼットに吊されたイーサンのズボンにまで慈しむように指先を滑らせた。どうやら当人は無意識にやっているようだが、彼は強烈に意識し、自分がはいているズボンにもあんなふうに触れてほしいと思わずにはいられなかった。彼女はいとも簡単におれの体を燃えあがらせる。

マデレンがバスルームに入ったので、イーサンは見失わないよう身を乗りだした。彼女は泳げそうなくらい大きな浴槽をじっと見つめた。「際限なくお湯が出てくるの？」羨望《せんぼう》のまなざしで浴槽を眺めている。

「ああ。よかったら使ってくれ」

次の瞬間、マデレンのつぶやきが聞こえた気がした。

「ということは、自由に利用させてもらえるのね」

しばらくして料理が到着した頃には、マデレンはほろ酔い状態だった。あんなにやせていることを考えれば驚くに値しないが。大きなダイニングテーブルにもすべての料理がのりきらないことが判明すると、彼女は厚地のブラッセル絨毯《じゅうたん》の上に皿を並べるよう接客係に指示した。

接客係が立ち去るやいなや、マデレンは料理に取り囲まれるようにして床に腰をおろした。イーサンは肩をすくめ、傷口が開かないよう注意して隣に座った。

「相変わらず馴《な》れ馴れしいわね」彼女が言った。

「どういう意味だ？」イーサンがロブスターに手を伸ばすと、マデレンは手にしていたフォークを短剣のように持ち替えた。

　彼は降参するように両手をかかげ、マデレンの華奢な体に目を走らせた。

「たしかにきみのほうがおれより食べ物を必要としているな」

　それが皮肉なのか単に事実を述べた言葉なのか、彼女は判断しかねているようだ。イーサン自身、どちらなのかわからなかった。「さっきのはいったいどういう意味か教えてくれ」

「あの晩、あなたは馬車のなかですごく馴れ馴れしかったわ」

「そうかもな。男女が体を重ねたときはそれが普通だ」

　マデレンが目をむいた。「いいえ、あなたはまるで何年もわたしと一緒に暮らしているみたいにふるまっていた――幾晩も一緒に過ごしたことがあるかのように」

　たしかに、そんなふうに感じたことも……。

「ほら、あなたにはこれをあげるわ」マデレンがもったいぶって料理のつけあわせを差しだした。それから最初のひと口を頬張り、そのおいしさに目をぐるりとまわしてみせた。てっきりがつがつと料理をむさぼると思っていたが、マデレンはこれが最後の食事であるかのようにひと口ひと口を味わった。その官能的な食べ方は……ひどく刺激的だった。

　彼女がみずみずしい苺《いちご》とクロテッドクリームを口に入れると、イーサンは自分の唇を撫でた。彼女が指についたクリームをなめるのを見て、居心地悪そうに座り直す。男なら誰でも、マデレンが別のものをなめている光景を思い浮かべるはずだ。

　イーサンはとうとう我慢の限界に達した。

「もういいだろう」彼は手をついて立ちあがった。「そんなに食べたら具合が悪くなるぞ」マデレンの手をつかみ、立たせようとする。

彼女もしぶしぶ立ちあがった。「でも、一人前以上食べたわけじゃないわ」

「それでも、きみが普段食べる量よりはるかに多いはずだ」

イーサンがぶつぶつ言いながら何ものっていないダイニングテーブルにマデレンを導くと、彼女は肩越しに料理をじっと見つめた。彼はまたしても胸が締めつけられた。マデレンがイーサンにりんごを食べられて泣きそうになったときのように。

「マデレン、厨房《ちゅうぼう》にはまだたくさん食べ物がある。これが最後の食事というわけではないよ」

彼女はちっともおかしくなさそうに笑った。

「食事を一度も欠かしたことのない人が言いそうな台詞ね」

18

　このスコットランド人は、果物や焼き菓子、ロブスター、サラダ、三種類のデザートの盛りあわせが次々と運ばれてきても、眉ひとつあげなかった。マディはついさっき味わった料理を眺めながら、彼が言ったとおりだったと悟った――たしかにあのりんごを犠牲にしただけのことはあったわ。

　それでもイーサンがホテルの自分の部屋で食事をしたいと言いだしたときは警戒心がわき起こり、指輪を持って逃げそうになった。だが、彼は自分の顔を気にしてレストランに行きたくないのだと気づいた。あんなに目立つ傷があれば当然だろう。それにしても、出会った晩、彼が故意に真の姿を隠してわたしを奪ったことが信じられない。

　ダイニングテーブルの椅子に座ったマディの前にイーサンがシャンパングラスを置いた。わたしはもう頭がぼうっとしているのに、この人は一滴も飲んでいない。彼は先ほどから体の片側をかばっているが、今は痛みを感じるのか慎重にベッドに腰かけている。

「一四歳のときからひとり暮らしをしていると言っていたな」イーサンが口を開いた。「どうやって家賃と食事代を払っていたんだ？」

「今夜のわたしを見て不思議に思ったんでしょう?」

今日は稼いだ以上のお金を失ってしまった。でも、このスコットランド人からダイヤモンドの指輪をもらったわ! すぐにお金が必要だけど、指輪の値打ちに見あうだけの額で即刻売り払うのは困難だろう。もっとも、彼の鞄に入っていた金時計と食事とともに出てきた銀食器はくすねてある。

イーサンは賢明にも押し黙っていた。彼の質問に答えるのは気が進まないが、もっとごちそうを食べてうつわの銀食器を盗むにはそうするしかない。

「モンマルトルのそばのカフェでトランプを配ったり、煙草を売ったりしたわ」肩をすくめてシャンパンを口に含む。「あとはお祭りでいんちき賭博をしたり、片手間に競馬をしたり」

「きみのベッドの脇で本を見つけたが、まさか自分のことをボヘミアンだと思ってはいないよな」

「思うわけないでしょう。あの本は最近出版されて近所が舞台になっているから、ただでものを手に入れるこつを拾い読みしているだけよ。彼らにはこれっぽっちも同情していないわ。たとえ、わたしより貧しくても」マディはぼんやりとつぶやいた。「わたしより貧乏になるのがどれほど難しいかわかる?」かぶりを振って続ける。「ボヘミアンの多くは、自らマレ地区で飢えることを選んで裕福な家を飛びだした連中よ」

「クインの話では、きみの母親と継父はサン・ロック教会周辺の高級住宅地で暮らしているそうじゃないか。きみも家出した口じゃないのか?」

「わたしがあの屋敷を出たのは、気どり屋のボヘミアンとはまったく違う理由よ。でも、そのことは話したくない」

「貧民街に娘を住まわせるなんて、いったいどういう母親だ？」

マディはグラスを置いて立ちあがり、扉のほうを向いた。

大男にしては驚くほどのすばやさで、イーサンが彼女の手首をつかんだ。

「ちょっと待ってくれ」痛みに歯を食いしばるように言う。

マディは彼の手をにらみつけた。「そのことは話したくないと言ったでしょう」

「もう二度と持ちださないよ」

イーサンが手を離すと、彼女は衣ずれの音をさせて椅子に戻り、またシャンパンを飲み始めた。

「おれがパリに来た理由も聞かないで、さっさと立ち去ろうとするなんて驚いたな」

「ああ、あなたの〝提案〟ね。だいたい察しはつくわ。あの晩、聞かされたも同然だから」

「たしかにおれはきみを愛人にしようと思った。きみもこんな状況に陥るとわかっていたら、おれが戻るまでロンドンで待っていたんじゃないか？」

「あなたの愛人になんてなりたくないし、あの晩の行為は二度と繰り返したくない」マディはぶるっと身を震わせた。「そんなことをするなら死んだほうがましよ。あれにふたたび耐えるとすれば、結婚するしか――」

「だったら、きみと結婚することになりそうだな」

マディは嫌悪感に満ちた目で彼を見据えた。

「マッカリック、わたしは最低の一日を過ごしたのよ。だから、ここにじっと座ってそんな戯言に耳を傾けるつもりはないわ」

「おれがきみに会うためだけにやってきたと言ったら？　きみとスコットランドで結婚するために迎えに来たと言ったらどうする？」

「今はあなたの冗談につきあう気分じゃないの」イーサンの冷静な顔を見つめながら、マディは不安に駆られた。「ああ、なんてこと……本気なのね。わたしと是が非でも結婚すると決めたのね？」うろたえた声で言う。「わたしが結婚という言葉を持ちだしたのは、あなたがまた尻込みするに違いないと思ったからよ！」

とたんにイーサンは不機嫌な顔になったが、途方に暮れたようにうなじをさすった。

「わたしがあなたに求婚されて喜ぶとでも思っていたの？」マディは信じがたい思いでまくし立てた。なんて傲慢な男なの！「わたしの〝あばら屋〟を見てこう思ったのね？　きっとわたしが喜びの涙を流し、あなたを救世主扱いすると。わたしはひざまずくべきかしら？」

「いや。そんなことをすれば、スカートのポケットに詰めこまれた銀食器が鐘のように鳴り響くはずだ」

マディは眉をひそめた。ものを盗んで気づかれることはめったにないし、今夜は用心したつもりなのに。この人、鋭い観察眼をしているわ。「いったいなんのこと？」

感心なことにイーサンはその件を追及せず、結婚のことに話を戻した。

「今のきみは誰に求婚されても喜ぶはずだが」

「あなたは決して結婚しないと断言していたじゃない」わざと悲しげな声で続けた。「ああ、あのときちゃんと耳を傾けていたら！　その直後にあなたをたぶらかそうとしたりしなかったのに」

「状況が変わったんだ。最近怪我をしたのを機に自分の人生を見つめ直した。おれには爵位があり、跡継ぎが必要だ。だから結婚しなければならない」

「どんな爵位なの？」

「スコットランドのカバナー伯爵だ」

「わたしを伯爵夫人にしようというの？」マディは息をのんで目をみはった。「なんて斬新《ざんしん》な口説き文句かしら！　モンマルトルでもそんな話は聞いたことがないわ」

「おれが言ったことは真実だ」

「だったら、なぜわたしを選んだの？」

「ほかの花嫁候補には心を惹かれなくて、きみのことを思いだしたんだ。きみについていろいろ調べた結果、おれたちはお似合いだと判断した。きみは堅実な現実主義者で、頭も切れるという評判だからな」

「あなたにはもっと有利な縁談があるはずよ」

「きみは自分の魅力を過小評価している」

「いいえ。自分が美人で頭がいいことは知っているわ。でも、わたしには有力な親戚もいなければ持参金もない。あなたが気づいていないといけないから念のために言っておくけど、わたしは究極の貧乏人よ」

「おれには有力者の縁故など必要ないし、ふたりで一生かかっても使いきれないほど財産がある。だから、美人で頭がいいという理由だけで花嫁を選べるんだ」

マディは眉をひそめた。「どうしてわたしがあなたと結婚すると思うの?」

「仮面舞踏会で、きみは金持ちの結婚相手を探しに英国へ来たと言っていたじゃないか。おれには金がある。きみが高価な指輪をほしがっていたから、大枚をはたいた指輪も渡した。きみは伯爵夫人となり、夢見た以上の莫大《ばくだい》な富と複数の屋敷を手に入れて自分の思いどおりに使えるんだぞ」

伯爵夫人、富、屋敷ですって? この風変わりなスコットランド人は本当に伯爵なの? 今日わたしはほんの少しでも幸運に恵まれることを願った。絶え間ない苦悩から、つかのま解放されることを。

その直後にイーサン・マッカリックが現れ、わたしに求婚した。

いいえ、幸運はこんなふうに天から降ってきたりしない! わたしの場合は。どうもこの話は腑に落ちないわ!

「おれと一緒に来てくれたら、スコットランドで結婚するよ」

「なぜこの光の都で結婚しないの?」皮肉っぽい口調で言う。「あなたは明らかにロマンテイストだし、ここはパリなのに……」

「おれはクランの族長だ。彼らが全員出席できるよう、マッカリック家の本拠で盛大な式を挙げることが期待されている。それにみんなの前で結婚すれば、将来おれの子孫が爵位を引き継ぐ際にもめごとが起こらないだろう」

それでもマディが納得できない表情でいると、イーサンは静かに続けた。

「快適な人生、富、安全、そのすべてが手に入るんだぞ。おれと結婚するのがそんなにいやなのか?」彼はぼんやりと手の甲で傷跡を叩いた。

「ええ、でも、その顔のせいだと思う前に――」

イーサンは傷跡に触れていたことに自分でも驚いたのか、さっと手をおろした。

「あの晩の自分のふるまいを思いだしてみて。あなたはすばらしいはずだったひとときを台なしにしたのよ。わたしは冷酷さについて知り尽くしているつもりだったけど、あなたのおかげでさらに理解が深まったわ」

「あれはそれほどひどくなかっ――」

「たしかに女性のなかには、欲情したハイランド人にいやらしく撫でまわされて服をはぎとられ、激痛を味わわされることを好む人もいると聞くわ。わたしにはさっぱり理解できないけれど」マディは肩をすくめた。「わたしにひどい愛人だと思われていたと知って、さぞ不本意でしょうね」

イーサンから仏頂面を向けられ、彼女はほくそ笑んだ。

「おれだってやり直す機会を与えられれば、あんなふうにはしない」

「それで謝罪しているつもり？」

「謝罪などおれは無意味だと思っている。その代わり、きみに未来をあげるよ。そのほうがもっと価値があるはずだ」

「あの晩、あなたはわたしが痛がってもやめようとしなかった」

「知らなかったんだ――」

「あなたほど経験豊富な男性が、自分の下に横たわる女性が苦痛に泣きそうになっていたのに気づかなかったというの？」

イーサンはたじろぎそうになるのをこらえたようだ。

「きみは仮面をつけていた。だから涙が見えなかったんだ。誓って言うが、おれは気づいてすぐに動くのをやめた」

「そうね。それから……自分の手で終わらせて、わたしをさらに侮辱したのよね」

「きみを侮辱する気などなかった。あれは……不可抗力だ」

マディは眉をひそめた。「不可抗力？　いったいどういう……？」彼が欲望のあまりわれを忘れたのだとわかって顔がほてり、言いよどんだ。「だけど、わたしの苦痛に気づいてもそのまま続けそうになった事実は変わらないわ」

「だが、おれは続けなかった。それがいかに困難なことか、きみもいずれわかるさ」イーサンは彼女の右側に目をやり、ぼんやりと言った。「きみは苦痛を味わっていたから想像できないだろうが、おれが感じていたのは苦痛じゃない」

あのときのことを反芻《はんすう》するように彼が眉根を寄せると、マディの体にさざなみが走った。

「おれはかつてないほどの快感を味わっていた」

「だったら、どうしてやめたの？」

「きみを傷つけたくなかったからだ」イーサンが振り向いて彼女と目を合わせた。「ということは、おれはまったく救いようがない人間ではなかったらしい」

「救いですって？　あなたがわたしに救いを求めに来たのでなければいいけど。もしそうなら、あなたは間違った相手を選んだわ」

「いや、おれはきみが結婚してくれると期待して会いに来た」マディの全身に燃えるようなまなざしを這わせつつ、彼は言った。「そして、きみを手に入れるつもりだ」

19

イーサンはマデレンがこの求婚をちっとも喜ばないことにとまどっていた。

「それで、あなたはどのくらいお金持ちなの？　クインと同じくらい？」

「いや、あいつよりはるかに裕福だ」

それを聞いて喜ぶどころか、彼女は冷ややかな顔つきになった。

「あなたは裕福で爵位もあるし、そんなに年寄りでもない。その気になれば誰とだって結婚できるはずよ。なのに、持参金がなく素性も知れない小娘を選ぶというの？」

そんなに年寄りでもない、だと？「その件ならもう説明したはずだ」

「あれをうのみにはできないわ。あなたは自分自身や生い立ちに汚点があって、それを隠しているんでしょう。だから外国に住む小娘を選んだのね。わたしなら、あなたの不道徳な嗜《し》好《こう》や大酒飲みの噂や苦しい経済状況について知らないから――」

「酒は一滴も飲まないし、マッカリック家の財力は揺るぎない」なぜおれはこんなにむきになっているんだ？　彼女と実際に結婚する気もないのに。「もし、おれに不道徳な嗜好が唯一あるとすれば、それは毎晩お互いくたくたになるまで愛しあうつもりでいることだ」

マデレンの顔が嫌悪感にゆがんだ。

「わたしがあなたみたいな人を受け入れるのは、単に飢えの苦しみや借金取りの拷問から逃れるためだとわかっていても、本当にわたしがほしいの？」

「理由なんかどうだっていい。きみが結婚してくれさえすれば」

「そんなの変よ。わたしは貴族の領主がどういうものか知っているわ。彼らには決まって問題や秘密があるのよ」信じがたいことだが、マデレンはおれをうわまわる皮肉屋らしい。

イーサンは慎重に尋ねた。「おれがこれまで結婚相手を見つけられなかった理由は一目瞭然だろう？」

「その三〇センチの傷跡のせいだというの？」彼女はあきれた顔をした。

「くそっ、そんなに大きくないぞ」歯ぎしりしながら吐きだすように言う。

「まあ、長さは三〇センチ以下かもしれないけれど、曲がりくねった傷跡をたどればそのくらいになるわ」

イーサンは、女性がこの傷跡を直視して気まずい空気が一掃されることを願ってきた。この小娘はおれと真正面から向きあい、しっかりと目を合わせて傷跡について話している――おれが想像していたような口調ではないが。「愚かな小娘だ」

むっとした表情で、マデレンがベッドに座るイーサンに近づいてきた。片方の膝をベッドの端にのせたかと思うと、彼の顔をしげしげと眺める。彼女から漂う苺や女性らしい香りに、イーサンの下腹部がこわばった。マデレンのウエストをつかんでベッドに押し倒さないよう必死にこらえ——。

彼女が……傷跡に触れた。

真剣な顔をして唇を噛みながら、マデレンは指先で傷跡をたどった。

美しい女性がおれの顔に触り、感触を確かめている。醜い傷なのに、なぜ彼女は嫌悪感を示さないんだ？

傷跡の端まで手が届かなかったらしく、マデレンがイーサンの顔を引き寄せた。その手を払いのけ、彼女が次に何をするか確かめたい衝動にイーサンは抗った。彼女はなんと言うだろう？　おれについて……。

ついにマデレンは彼の顔に触れるのに飽きたようだ。

「まあ、わたしが間違っていたかもしれないわね。でも、これは大きな《ビッグ》傷跡よ。かなりの長さだわ。どうしてこんな傷を負ったの？　痛かった？」

「ものすごく痛かったに決まっているだろう」彼女が自分にこの傷を負わせた男の娘であることを思いだし、イーサンはかっとなった。

マデレンがすっと身を引き、親密な空気がかき消えた。尊大な顔で彼女は舌打ちをした。

「あなた、鋏《はさみ》を持って駆けまわったんでしょう？」

「いつかこの傷について何もかも話してやるよ」イーサンは嘘をついた。

彼女はむっとした様子でまた床に座り、口だけ動かして〝ビッグ〟と無言で告げると苺をつまんだ。

「ごちそうと指輪をありがとう」三〇分後、マディは帰ろうと立ちあがった。「どちらも気に入ったわ」

「マデレン、きみがくすねた時計は祖父の形見だ。それは渡せないが、別の時計なら喜んで買ってあげるよ」

彼女は顎を突きだしてポケットを手探りし、ベッドに金時計を放った。

「さっきじろじろ見ていた燭台もポケットに忍ばせたんだろう？」

ああ、もう、どうして見破られたのかしら？

「たいした腕前だな、シオナック」

「シオナックってどういう意味？」

「狐だよ。きみは狐を彷彿させる」

「わたしがあなたを見ると何を連想するかわかる？　羊の毛皮をかぶった狼よ。今夜のあなたはあの晩より礼儀正しかったけれど、無理をしているのは明らかだわ。それはあなたの本性じゃないもの」

「ああ、そうかもしれないな」正直な返事にマディは意表を突かれた。「おれは不作法で、求愛したりお世辞を言ったりする男じゃない。レディーの前であろうがなかろうが、思ったことをそのまま口にする人間だ。でも――」

「でも、その薄汚れた鎧《よろい》の奥を覗きこめば」マディは胸の前で両手を組み、甘ったるい声で遮った。「善良な男性が潜んでいると言いたいの？　自分を振り向かせるような理想の女性が現れるのを待っていただけだと？　〝ブルー・アイのビー〟なら、何度だってあなたが言うことをうのみにするでしょうね。わたしは違うけど」扉のノブに手をかける。

「いや、おれは善良だと言うつもりはなかった。そんなことはとても言えた義理じゃないからな。それに男が性格を変えられるとも思っていない。ただ、きみの結婚相手としておれ以上の男は現れないはずだと指摘するつもりだった。おれは決してきみを殴らないし、何不自由ない暮らしをさせてやる。きみはもう誰かに屈しなくてすむ。ウェイランド家に援助を求めなかったのは、きみの自尊心が高いせいだろう。ならば、連中と対等な立場になって英国に戻ればいいじゃないか？」

「一見、筋が通っているわね」だったら、どうして身を潜めた警官にスカーフを盗もうとしているところを一部始終見られているような気がするの？　不意に疑念がこみあげ、マディは目を細めた。「あなたはわたしの縁談について何も尋ねないのね。地元で求婚者が待っていると話したはずだけど」

「きみが貧乏暮らしを続けていることからして、その男とは結婚せず、今後もしないのは明らかだ。それに、ほかに花婿候補がいることを思いださせたくなかった」

「わたしは彼の求婚を受け入れるつもりだったけど断られたのよ。彼は長年待ち続けたくせに、わたしがもう純潔じゃないのではないかと疑ったの」

イーサンが眉をひそめた。「まさか、おれがその件にかかわっているとでも？　きみの処女を奪ったとそいつに手紙で知らせたとか？」依然としてマディが納得できない顔でいると、彼は続けた。「ここでひとつの疑問が生じる。きみはなぜその求婚者をずっと待たせていたんだ？」

「胸騒ぎがしたからよ」

嘲笑う代わりにイーサンはうなずいた。「それで、今は胸騒ぎがするのか？」

「さあ、どうかしら」マディは正直わからなかった。疲れ果てているうえに困惑し、酔っ払ってもいる。彼を信じるべきではないけれど、自分の直感に従うなら……。「この件についてじっくり考える時間が必要だわ」わたしは無防備なことをしているのだろうか？「結婚は大きな決断だもの」

イーサンがてのひらで顔を撫でた。「ならば、せめてここに泊まってくれ。あのごろつきの手下どもにつかまったらどうする？そいつのもとへただちに連れていかれるぞ」

「わたしは絶対つかまらないわ」それは真実ではない。ただ、これまで何度かつかまったものの、警察署まで引きずられていったことはなかった。

扉を開けると、すばやく立ちあがったイーサンに肘をつかまれた。

「また夜間に外出するのか？　そんなことは言語道断だ」彼はマディに逃げられるのを警戒しているようだ。「くそっ、マデレン、男に面倒を見てもらうのが、守ってもらうのが、そんなにいやなのか？」

守ってもらう？　パン屋で見かけた夫人たちがぱっと頭に浮かび、彼女は息をのんだ。これほど夢に手が届きそうになったことが、かつてあったかしら？

「おれはきみと一緒でなければ帰国しない」イーサンが声を和らげた。「きみはおれのものになる。そのためにに何をしたらいいのか見当もつかないが、絶対におれのものにしてみせる」

マディは男性の習性をよく心得ていた。彼らは愛しているふりは簡単にできるくせに、感じてもいない嫉妬は示せない。でもこの人は路上の男から、わたしとことをすませたか訊かれたとき、怒りの表情を浮かべて瞬時に銃を抜いた。

彼はすでに独占欲をあらわにしている。だったら、どうしてわたしはこんなに怯えているの？　傷つかないように心の防壁を築くことだってできるのに。

〝状況は悪化の一途をたどる〟イーサン・マッカリックを信用していないから、このチャンスをつかむことを恐れているの？　それとも、マレ地区に打ちのめされてしまったせい？

いいえ、決して打ちのめされたりしない。〝幸運は勇者に味方する〟のよ。

その瞬間、マディは流れに身を任せようと決意した。

「あなたの求婚を考慮することにしたわ」

イーサンは息を吐いて顔を引きしめたが、心底ほっとしたようだ。

「ただ、いくつか条件があるの……」

20

「結婚するまで体を許さないだと！」

「わたしは本気よ。同じ過ちを二度と繰り返すつもりはないの」

イーサンはマデレンがとどまってくれたことに深い安堵感を覚え、それを押し殺そうとしている最中にこのばかげた条件を突きつけられた。

「きみの過去についていっさい尋ねないこと、きみに対して誠実であること。そのふたつの条件には同意する。すぐに子供を持ちたいというきみの希望は——運がよければかなうだろう」彼は大胆な嘘をついた。「もちろんおれも全面的に協力する。だが、四番目の条件は到底受け入れられない。おれには男の欲求がある。婚約中だからといって、それがなくなるわけでは——」

マデレンが戸口へと向かいだした。なぜおれはことが簡単に運ぶと思ったのだろう？

「それがわたしの条件よ」彼女は振り返らずに言った。「かなり寛大だと思うけど」

「寛大さなら、おれだって負けないさ。きみは手に入れたその指輪で何年もりんごを食べ続けられるはずだ」

マデレンが振り向いた。「わたしはあなたに好意すら抱いていないのよ」

「だが、一度は好意を持ったと信頼できる筋から聞いている」

彼女は唇を引き結んだ。女友達を殺してやりたいと思っているのだろう。

「おまけにあなたはわたしを好きでもない」

イーサンはあえて否定しなかった。マデレンにはさまざまな感情を抱いているが、そのなかに好意は含まれていない。

「まるでおれと対等な立場であるかのような駆け引きだな。きみのような小娘が、どうして富と権力を備えた求婚者を失うような危険を冒す？　きみはもう傷物なんだぞ。資産家の多くは処女しか認めない。きみの純潔を奪ったおれがまだ結婚する気でいるとなれば、きみはありがたく思ってもいいはずだ」

「この交渉において自分が不利であることは百も承知よ。でも、あなたを信頼できないの。これっぽっちも」

「きみは優位に立つためにこの条件を盛りこみたいのか？　それとも結婚前に妊娠させられるのを恐れているのか？」

「その両方よ」彼女は即座に認めた。

マデレンが一歩も譲らないと見てとり、イーサンは言った。

「いいだろう。結婚するまで待つという条件をのむ――いつでもおれが求めるときに別のやり方で満たしてくれるなら」彼女がしかめっ面になるのを見て続ける。「どんなやり方でもかまわない、欲望さえ満たしてもらえれば」

「わたしを誘惑してもっと要求できると踏んでいるから、そんなことを言うんでしょう」

図星だ。こうも毎回、手の内を読まれると癪に障る。

「もっとも、あなたに対してはいっさいそのたぐいの興味はないし、そういう事態には陥らないけど」マデレンがつけ加えた。

「きみはまたおれを求めるようになるさ」

「よく言うわ！　たとえあなたから受けた仕打ちによって欲望の炎が消されていなかったとしても、あなたの本当の姿を見ればそうなるわよ」

イーサンは目を細めて近づいた。壁際までマデレンをあとずさりさせたところで、うなじをつかむ。「おれとのキスを楽しんだことは否定できないはずだ」ゆっくりと彼女を抱き寄せた。

マデレンの息遣いが乱れた。

「あ、あのときは、あなたがこういう人だと知らなかったからよ」

「おれがきみの純潔を奪う前に馬車のなかで起きたことについて考えたことはあるか？」

彼女の赤く染まった頬が、その答えを雄弁に物語っていた。

「おれは考えるよ。しかもしょっちゅう」望むものを手に入れるには控えめに誘惑しなければ。イーサンは意志の力を総動員してマデレンのうなじから手を離し、頬を包みこんだ。

「きみがおれのキスや愛撫を気に入っていたことも覚えている」

ちょうどイーサンの唇について考えていたらしく、マデレンは眉間に皺を寄せながら彼の口元を見つめた。

身をかがめて彼女の耳元でつぶやく。

「あのとき、きみはあと少しで絶頂に達するところだった」

マデレンがはっと息をのみ、身を震わせた。

チョーカーをつけた彼女の首筋に鼻をすり寄せた。

「なぜもう一度あの快感を味わおうとしないんだ？」

ふたりの乱れた呼吸の音だけが室内に響いた。

「今からキスをする。きみがそれに応えなければ、おれは立ち去り、二度とつきまとわない。だが、もしきみが反応したら……きみはおれのものだ」

「そんなことに同意する気はないわ」マデレンがごくりと唾《つば》をのみこむ。「あなたのくだらない——」彼はふたりの距離を縮めた。「テストになんか」彼女は握りしめた拳をイーサンの胸に押し当てた。「本当にばかげてい……」

イーサンがそっとキスをすると、マデレンは身をこわばらせて彼を押しのけようとした。けれど、彼女を放さずに舌で唇をじらし続けた。しばらくしてマデレンの拳がゆるみ、てのひらが彼の胸に触れた。

ついにマデレンが唇を開き、イーサンは何週間も夢見てきたように彼女をむさぼった。マデレンは彼の胸にてのひらを滑らせ、首の後ろで両手を組んで、悩ましげに身を押しつけてきた。

イーサンがさらに体を密着させたとたん、彼女はすすり泣きをもらしてキスに応え始めた。彼女の胸は勝利の念に満たされた。マデレンはおれに嫌悪感を抱かなかったのかもしれない。彼女にはこんな反応を装う理由などないのだから。

マデレンの舌の動きに全身の血がたぎり、イーサンは彼女の腰をつかんで股間に押しつけたくなった。おれは彼女を誘惑して味わい、甘い言葉でだますつもりでいた。だがキスをしただけで――またしても――われを忘れるとは思ってもいなかった。

マデレンに身をすり寄せられると、イーサンはうめきそうになった。彼女はあっという間におれの正気を失わせる。すでに自制心の限界に近づき、マデレンをベッドに放って無我夢中で覆いかぶさりたい衝動と闘っている状態だ。

われながら驚くほどの意志の力で、イーサンは彼女から手を離した。なんとか思考力を取り戻し、息を整えてから言う。「男女の営みはそれほど悪いものとは限らないよ、マデレン。おれはもう一度信頼してもらえるように努力する。そうしたら互いに歓びを与えられるはずだ」

彼女は困惑の表情にさらなる警戒心をにじませたが、イーサンは軽い口調を装った。

「二、三日もすれば、きみはベッドに横たわっておれを迎え入れることに慣れるだろう」

「どうして？　あなたに快感を与えるのはそんなに大変なの？　あの馬車ではさほど難しく思えなかったけど」

イーサンは歯を食いしばり、冷静な声を保った。

「いや、そうとは限らない。ただ、きみは一日に三、四回おれと愛を交わすことになる」

「あなたみたいに年をとった男性と？」

年をとった男性だと？　くそっ、彼女の首を絞めてやりたい。

「おれは何年も禁欲生活を送ってきた埋めあわせをする必要がある。今夜からそれを始めるつもりだ」

「わたしはまだ同意していないわよ、マッカリック」

「いや、同意するさ。だが、そうこう言う以前にきみを誘惑する権利がおれにはある」

長くためらった末に、マデレンは言った。「今夜わたしのために別の部屋を用意してくれたら、求婚を承諾してもいいわ。ほかのことに関しては何も保証しないけれど」

「なぜ別の部屋を用意しないといけないんだ？　現時点で、おれたちは婚約しているんだぞ」婚約か、耳慣れない響きだ。

「わたしはただ浴槽につかって、あれこれ考えたいだけよ。頭がくらくらするから」彼女の足元がふらついた。「わたしの一日がどんなだったか知っているなら……」

「きみが夜の闇に姿をくらまさないと、どうして確信できる？　現にきみは逃げたじゃないか」

「わたしが逃げないと約束したら？」

「浴槽につかる時間は与えてやる。でも、今後は一緒の部屋で寝るんだ」

マデレンは息を吐きだし、しぶしぶうなずいた。

「三〇分後に戻る」イーサンはそう言って部屋をあとにした。階段をおりて通りに出たとたん肌寒い空気を吸いこみ、彼女に対する体の反応を消し去ろうとした。

くそっ、今夜はマデレンに指一本触れずに乗りきるしかない――大いなる目的のためのささやかな犠牲だ。どのみち彼女に触れてもうまくいかないかもしれない。マデレンを捜しにパリへ行こうと決断して以来、一度に数時間しか眠れず、怪我の後遺症でまだ体は衰弱している。

イーサンはふと顔をしかめた。

今夜おれたちはどうやって寝るんだ？　マデレンと部屋を共有することに固執したのは当然としても、女とひと晩じゅう一緒に過ごすのは初めてで、なんだか妙な気分だ。目覚めたとき隣に女がいると思うとぞっとするし、プライバシーを侵害されると考えただけで怒りがこみあげる。

男女の営みのあと、女が吐息をもらしてしがみついてくると、イーサンは必ずベッドを飛びだした。さっさと服を着て、雨も雪もおかまいなしに外へ駆けだし、その場から逃げた。まったく、どいつもこいつもしつこくまとわりついてくる。

嘆かわしいことに、女性は愚かにも情事と愛情を一緒くたにし、ふたつが完全に別物であることをわかっていない――おれが前者にしか興味がないことも。イーサンに言わせれば、両者は両立するはずがない……。

明らかに夫婦と思われる年配の男女が笑いながら横を通り過ぎてホテルに入っていった。彼らをしげしげと眺めながら、イーサンは思った。なかには結婚してうまくいく夫婦もいるんだな。おれの両親も深く愛しあっていた。だが、ふたりの結婚生活は悲劇によって断ち切られた。弟たちの結婚はうまくいくのだろうか？

マデレンは本当におれとの結婚に同意したのか？

これが茶番だということを差し引いても、彼女がおれの求婚を受け入れた事実は変わらない――この顔を見たあとで承諾したという事実は。

イーサンは眉間に皺を寄せた。おれみたいな男がマデレンのような美人を手に入れられるとしたら、それは彼女が飢えや危険に直面し、おれに守ってもらえると信じているからにほかならない。そもそも、おれの顔がこんなに醜くなったのは彼女の両親のせいなのだが。

彼は内心、もうマデレンを自分のものと決めていた。彼女には貸しがあるし、あのやわらかい体で欲望を満たしてもかまわないはずだ。実際、いつでも好きなときに触れていいことになっている。おれが求めたらいかなるときでも欲望を満たすよう、さっきマデレンに告げなかったか？

それなのに、なぜ部屋を出た？　激しい怒りがこみあげ、イーサンは自分の権利を主張すべく足音も荒く階段をのぼりだした。

21

マディは大きな浴槽につかり、備えつけのラベンダーの香りのするシャンプーを洗い流した。ひょっとすると、わたしの状況は好転したのかもしれない。

あの指輪ひとつで借金地獄から抜けだせるはずだ。リボンのネックレスに通した指輪は、近くの棚の上で光っていた。

あのスコットランド人が本気で結婚を望んでいるなら、わたしは大金持ちになるわ！　しかも伯爵夫人に。

湯が肩まで届く深い浴槽に背をもたせかけ、立ちのぼる湯気のなかでようやく緊張を解いた。ああ、この心地よさは癖になりそう。

マディはふと顔をしかめた。でも、そのためにはイーサンに抱かれなければならない。彼がキスと同じくらい上手に愛を交わしてくれたらいいのに。けれど、この生活を手に入れるためなら我慢してみせる。少なくとも、イーサンはあの晩わたしを傷つけるつもりはなかったとわかった。その話を持ちだすたびに、彼はたじろいでいた。

マディがまぶたを開くと――。

イーサンがすぐそばにいて、こちらを見つめていた。

彼女は即座に立ちあがってタオルをつかんだ。毛布のように羽織ったものの、眼光鋭いイーサンに腕を見られてしまったかもしれない。なぜ彼の足音に気づかなかったのだろう?

「三〇分待ってくれると言ったじゃない!」

「きみはいつでもおれの求めに応じて欲望を満たしてくれると言った。今、そうしてほしいんだ」彼は上着を脱いだ。「タオルを外せ」

「裸になることには同意していないわ!」

「明かりに照らされたきみの体を一度もおれに見せずに結婚したいのか?」

「大半の女性はそう思うはずよ!」

イーサンがさっと腕を伸ばしてタオルをはぎとろうとした。マディはタオルを押さえたが、くるりと後ろを向かされ、両方の手首をしっかりと背後でつかまれた。彼はまるで傷跡でも探すかのように彼女の向きを変えさせ、胸のふくらみを目にしたとたん動きをとめた。

「この前は暗闇のなかで見ただけだ」イーサンは唸るような声で言い、大きなてのひらで片方の胸を包みこんだ。マディがその手の熱さに驚いて凍りつくと、彼は鋭く息を吸った。

イーサンはこの体をすべて目にしたのに、それでもまだわたしを求めているの? 別に彼のことなんてほしくないけれど! ああ、どうしてわたしの胸はもっと大きくないのかしら?

羞恥心がこみあげ、マディはぎゅっと目をつぶった。

彼が優しく胸をもみしだきながら言った。「ティーカップぐらいの大きさだな」

ああ、死んでしまいたいわ。

「きみは頭がいいかもしれないが、かわいげがない」イーサンは嘲笑った。

今すぐ死んでしまいたい。

彼は手をおろしてマディのヒップを包みこみ、男らしい低い声をもらした。

「きみは美しい」まるでその事実にいらだっているようだ。

そっとまぶたを開けると、イーサンの筋肉がこわばっていた。大きくそそり立ったものがズボンを押しあげている。

美しいですって？　明かりに照らされたわたしの裸を見たのに？

イーサンの手がマディの全身――ヒップや腹部や胸――を撫で始めた。まるで次にどこを触れればいいかわからず、この恩恵にとまどっているように。彼は眉根を寄せ、息を切らしてつぶやいた。「なんて美しいんだ……」

服を着たイーサンにじろじろ見られているというのに、愛撫されるごとにマディの歓びは高まっていった。彼はわたしを美しいと思っているんだわ。それが無性にうれしくて……まぶたを閉じた。何度も触れられるうち、ベッドに横たわって体を探られたいと思い始めた。どうしてこんなことになったの？

彼が太腿のあいだの茂みに手を滑らせた。「きみの髪と同じ金色だ」マディは身を震わせて、うめき声を押し殺した。

「さあ、きみを見せてくれ」マデレンが力を抜くのを感じて、イーサンは言った。

手首を放すと、彼女は勇気を振り絞るように息を吸いこんだ。頬を赤く染めて視線をそらし、明らかに体を隠したがっているものの、そうはしなかった。

おれはマデレンを愛撫して純潔も奪ったが、あのときは彼女がどれほど美しいか気づかず、それを堪能することもなかった。

ランプの光に照らされた白く滑らかな肩。長い巻き毛は濡れて垂れさがり、つんと尖った胸の頂をこすっている。イーサンは胸から下腹部へと流れ落ちる水を目で追いながら、その流れを舌と唇でたどりたい衝動に駆られた。

彼は低い唸り声を耳にし、それを発したのが自分だと知って驚いた。

マデレンはほっそりしているものの、均整の取れた実に女らしい体つきだ。細いウエストから腰にかけてのラインは砂時計を思わせる。丸みを帯びたヒップは最高に魅力的だ。それにその上のふたつのくぼみ……。イーサンはうめいた。くぼみに親指を当てて彼女を押さえつけたまま貫きたい。

だが、感じやすい小さな胸にも目を奪われてしまう。小ぶりながら丸い胸は先端がとても敏感で、そっと触れただけで尖った。イーサンは昔から豊満な胸を好んだが、彼女の胸をてのひらで包みこんで以来、その理由が思いだせなくなっていた。

マデレンは非の打ちどころがない――ただ一点を除いては。イーサンは彼女が隠そうとした傷跡に目を向けた。肘をつかみ、湯気で曇ったランプへと引き寄せて腕を持ちあげる。肘から下の三分の一を覆う傷跡は、赤い境界線のなかにねじれた白い筋が何本も走る典型的な火傷《やけど》の跡だった。

「きみも怪我をしたのか?」

マデレンが目を見開き、それから無表情になった。

「いつのことだ?」

腕をつかまれたまま、彼女は肩をすくめた。「さあ、いつだったかしら。ずいぶん前よ」

「燃えているものを避けようとして腕をあげたんだろう。そのときに骨折もしたんじゃないか?」

マデレンがぽかんと口を開けた。「どうして……わかるの?」

「おれは傷跡に詳しいからな」苦々しい笑みを浮かべる。「どこで火災に巻きこまれたんだ?」

一瞬ためらったのち、彼女は陽気な声で答えた。「昔、家族で暮らしていた屋敷で。使用人のひとりが酔って不注意にパイプに火をつけたせいよ」

「言い換えれば、酔っ払った住民のせいで、きみの屋根裏部屋が火事になったということか」

マデレンがぶるっと身を震わせてささやいた。

「わたしは昔から貧乏だったわけじゃないわ、マッカリック。以前は豪邸に住み、使用人や友人もいたし、パーティーも開いていたのよ」

「ああ、知っている」そのすべてを奪ったのが、このおれだ。「金持ちでなければ、ウェイランド家と親しいはずがない」

「お、お願いだから放してちょうだい」

ふたたび重苦しい気分になり、イーサンはとうとう彼女を解放した。マデレンがこちらに背を向けて浴槽にしゃがみこみ、髪が垂れさがった。悲しげに肩を丸めている。あばら骨が浮きでてはいないものの、充分に食事をとっていないことがうかがえた。

くそっ。今は良心に目覚めるときじゃない。マデレンにかける言葉を必死に探していると、今夜彼女にさんざん侮辱されたことを思いだした。

「おれの傷跡についてとやかく言うなんて、きみも神経が図太いな」

彼女がはっと息をのんだ。

この状況でなぜそんなことを口にしたのかイーサンはわかっていたが、それを口にしないほうがいい理由がわからないほど冷血漢ではなかった。

「さあ、立って、こっちに来い。おれはもっときみに触れたい」

「いやよ！　体をあなたに見せるだけでもつらいのに、嘲《あざけ》られるなんて――」

「嘲る？」彼は唖然として訊き返した。「きみの体に嘲るところなどひとつもないぞ！」

「この傷跡のことをからかったじゃない。それに、む……胸が小さいとも言ったわ」

「今夜、きみはおれを何度も侮辱した。わざわざ思いださせてもらわなくても、おれは自分がどんな見てくれか百も承知だというのに」

肩越しにちらりとこちらを見たマデレンの頰はさっきよりも赤かった。おれを侮辱したことに罪悪感を覚えたのだろうか？

「それときみの胸のことだが、おれの様子を見ていてもわからないなら、はっきり説明してやろう。おれはきみの華奢な体を見ただけで理性を失ってしまうんだ。だから、男がわれを忘れる姿を見たければ、おれのもとに来てその体を触らせてくれるだけでいい」それでもマデレンが浴槽から立ちあがろうとしないので続ける。「また触れられるのがいやなら、ここに来ておれに触ってくれ」

そう言ってみたところ、彼女は唇を嚙んだ。期待が持てそうな反応だ。イーサンはすぐさまシャツを頭から脱いだ。

「待って！　あなたに触れるのも気が進まない……」マデレンが言いよどみ、眉をひそめながら彼の縫合された胸部を凝視した。「いったいどうしたの？」

「心配するな。すぐ傷跡になって、またおれをけなす材料が増えるぞ」

その言葉を無視してマデレンは言った。

「体重も落ちたのね。これがあなたの言っていた怪我なの？」

「ああ」

「何があったの？」イーサンが答えずにいると、彼女は眉をひそめた。「マッカリック、鋏を持って駆けまわるのは本当にやめたほうがいいわよ」

「愚かな小娘め」クッション付きのスツールに腰をおろしてブーツを脱ぎながら、彼は気がつくと打ち明けていた。「撃たれたんだ」

マデレンの瞳が好奇心にきらめいた。彼女は浴槽の側面にもたれて両手に顎をのせた。

「撃たれたですって？」次の瞬間、納得した顔つきになった。「どうりで銃声にびくついていたはずね」

「おれはびくついてなど――」

「誰に撃たれたの？」

イーサンは肩をすくめた。「悪党さ」

「ほかにも重傷を負ったことがあるようね。そんなに危険な目に遭うなんて、あなたはいったい何者なの？　無法者？　反乱者？　そうだわ、傭兵でしょう！」

彼は自分の標的以外の人間に職業を隠したことがなかった。

「まあ、どれも少しずつ当てはまる」

マデレンはさらに何か言おうと口を開いたが、イーサンがズボンを脱ぐと顔をそむけた。彼はその隙に浴槽に入った。マデレンが息をのんで反対側に逃れようとするのを、肩をつかんでとめる。彼は浴槽にもたれて肩の力を抜き、マデレンを抱き寄せたが、その拍子に胸のふくらみに胴をこすられてうめき声をあげた。

優しく扱うんだと自分に言い聞かせつつ、マデレンの背中を撫でおろしてヒップをつかむ。

彼女は今でも怯えて逃げだしかねない。だが、明かりに照らされたマデレンの裸体を目にした今、怖がらせて遠ざけてしまうような真似はしたくなかった。

彼女がイーサンを押しのけようとするので、うなじをつかんで引き寄せた。

「マッカリック、やめて」マデレンは浴槽の左右の縁をつかんで距離を保とうとした。「わたし……こんなことは望んでいないわ」

「なぜだ？」彼女の胸の谷間に人差し指を滑らせる。

マデレンが身を震わせながら答えた。「もうへとへとで、途方に暮れているからよ。わたしはこの件についてじっくり考える必要があるの」

彼女の腕はイーサンに抗おうとして震え、胸も官能的に波打っていた。胸の先端が彼を嘲るように尖っている。ああ、そこを口に含んで何時間でも吸い続けたい。彼女にもおれの体に触れてほしい。

マデレンが酒場の床を拳で叩いていた光景が、ふと頭によみがえった。あのとき目の当たりにした悲壮な決意を思いだし、彼女の顔をしげしげと眺める。目の下にうっすら隈ができていた。彼女のような一日を味わえば無理もない。

マデレンの両手が浴槽の縁から滑り落ち……。

「きみには無性に気をそそられるが、今夜はゆっくり休ませてあげるよ」そう言いながら、イーサンは自分の耳を疑った。「キスと引き替えに」

マデレンはがっかりした表情で彼をちらりと見て、淡々と言った。

「わかったわ。さっさとやってちょうだい」

イーサンがマデレンの頬を両手で包むと、彼女が眉をひそめた。それでも頬に親指を滑らせ、彼女の額や鼻のてっぺんや唇にそっとキスをする。

やがて手を離したとき、少ししてマデレンがまばたきとともに目を開けた。

「狙ったものを手に入れるには」彼女がつぶやく。「ちょっと譲歩してから、すべて奪いとるのが鉄則よね」

「おれは何をしても批判されるのか、マデレン？」イーサンはなぜか愉快な気分になった。笑みをこらえていると、マデレンが彼の唇に視線を落とした。キスをしそうに見えたが、彼女は急に向きを変え、イーサンの手を振り払って浴槽から立ちあがった。

マデレンが浴槽を出てタオルのほうを向いたので、彼は自分でも驚いたことに手を伸ばして愛らしいヒップを叩いた。すばやく体を覆った彼女が、びっくりした目で振り返る。けれどもイーサンの表情に何かを見てとったらしく、とまどい気味に小さくほほえんだ。

マデレンは指輪を手に取ると、先ほどよりも肩の力を抜いてゆったりと浴室をあとにした。

イーサンは体を洗いながら自問した。下腹部がみじめにうずいているのに、どうしてこんなに浮かれているんだ？　きっと彼女がこちらの計画に同意したからに違いない。おれは最初の闘いを制したわけだ。

別に、マデレンがおれを受け入れて結婚を承諾したからじゃない……。

体を拭《ふ》いたあと、腰にタオルを巻いて寝室に戻った。マデレンは彼のシャツを着て袖をまくりあげていた。シャツはぶかぶかで、丈が膝まである。首には指輪を通した赤いリボンのネックレスが吊されていた。

マデレンはイーサンの分厚いグレーの靴下も無断で借用していた。足をすっぽり包みこんだ靴下は足首のまわりでたるんでいる。彼女が唇を噛んでもじもじしているのを見たとたん、また胸が締めつけられた。「勝手に借りたけど、どうか気を悪くしないで」

「まったくかまわないさ」彼女はなんて魅力的なんだろう。

「それで、わたしたちはどうやって寝るの？」

イーサンは身をこわばらせ、不機嫌になった。

「どうだっていい」彼女が一緒に寝るなどと言わなければ。

彼の胸中を察したかのように、マデレンが戸棚に近づいて毛布と枕を取りだした。

「実は、誰かが同じベッドにいるとよく眠れないの」

イーサンは啞然とした。

「つまり、おれと同じベッドで寝たくないわけか？」過去の女たちはおれと一緒に寝たがったが、この小娘はそんなことは身の毛もよだつと言わんばかりの顔つきだ。

「それもあって別の部屋に泊まりたかったのよ。でも、喜んでソファを使わせてもらう――」

彼はさっとマデレンを抱きあげ、抗議の言葉を無視してベッドに放り投げた。彼女はおれと一緒に寝させる――別々に寝ようとした罰だ。マデレンが羽根のように軽くなければ傷口が痛んだだろう。だが、かまうものか。

「今夜きみはおれとこのベッドで寝るんだ」タオルを脇に投げ、イーサンもベッドにもぐりこんだ。

「あなたと一緒に寝るなんていや！」彼女が膝立ちになり、急いでベッドの端へ移動しようとした。「マッカリック、それが五番目の条件よ」

イーサンはマデレンが寝間着代わりに着たシャツをぎゅっとつかんで引き戻した。反抗的な表情の彼女をもう一度抱きしめ、上掛けの下に押しこむ。

まだもがいているマデレンに彼は言った。

「ここにいろ、そうしたら明日、服を新調してやる」

どのみちそうしなければならない。みすぼらしい身なりの彼女と出歩くわけにはいかないからだ。すでに周囲からは、マデレンのような女性がどうしておれとともにいるのか不思議がられている。金目当ての女を連れていると思われて当然だが、自ら他人にそう思わせるなんて冗談じゃない。

彼女が肩をこわばらせて凍りついた。「でも……毎晩じゃないんでしょう？」

同じベッドに寝ることを心底恐れている口調だ。

「もちろん……ひと晩も欠かさずにだ」

「わたしが払うこの犠牲を決して忘れないでちょうだい」

マデレンは枕を叩き、ベッドの反対側の端に横たわった。

犠牲だって？　彼女はしつこくまとわりついてくる女ではないわけか。イーサンはほっと胸を撫でおろした。そうさ、これは喜ぶべきことだ。

しかし一時間後、マデレンが眠りに落ちても、イーサンはまだ彼女を見つめていた。マデレンの眠る姿には興味深い点がふたつあった。彼女はまったく音をたてず、ぎゅっと膝を抱えて丸まっている。それは殴られても身を守れない人間が取る姿勢だった。

おそらく過酷な生い立ちのせいで警戒心が強いのだろう。英国を離れて以来、マデレンの身にいったい何があったんだ？　火災に巻きこまれたなんて知らなかったし、あの傷跡からして、幼い頃に怪我をしたようだ。華奢で無防備に見えても、回復力には優れているのかもしれない。

ついこらえきれず、イーサンは枕の上で乾いたマデレンのブロンドの巻き毛をそっとつかんだ。滑らかな髪に親指を滑らせ、他人を抱きしめて眠る魅力の謎に思いを馳《は》せる。

それを心から好む男もいるようだ。まだ若かった頃、ヒューがジェーンと丸一日過ごして帰宅したことがあった。弟は彼女と会うたびにのぼせていたが、その日は特に夢見心地だった。ついにジェーンと寝たのかと訊くと、ヒューは憤慨した。「違うよ、おれはジェーンを抱きしめたんだ。彼女が眠っているあいだずっと」弟はうっとりと息をついた。「一時間以上も」

イーサンはマデレンのぬくもりを求めて手を伸ばした。彼女が目覚めないことを願いながらすり寄り、一分だけ試してみようとその背中に体を密着させた。だが、マデレンは目を覚ましして凍りついた。どうせ起こしてしまったのなら……。彼女に腕をまわして引き寄せた。

しばらくマデレンが緊張を解くのを待つ。しかし何分たっても、体はこわばったままだった。それならこのままおれの腕のなかにいさせよう。

さらに抱き寄せると、下腹部に彼女のヒップが密着した。うなじに顔をうずめた拍子にマデレンの髪の香りに包まれた。案の定、彼女に触れていた下腹部が屹立する。もう片方の手を彼女の下に滑りこませて、すっぽりと両腕に抱きしめた。

マデレンのなかに入りたくて仕方がないのに、どうしてまた奇妙な満足感を覚えているのだろう？　まるで自分のいるべき場所にいるような気分だ。

何日も体力を消耗していたイーサンは、ほどなくマデレンのぬくもりによって眠りに落ちていった。この魔女がほんの少しでも肩の力を抜いてくれたら、他人とベッドをともにするのも悪くないかもしれない。そんな考えが最後に頭をよぎった。

22

最近の男性はもうこんな体つきをしていないわ。マディは吐息をもらした。これは剣闘士や戦士のような体よ。

いろんな角度に頭を傾けながら、朝日の下で眠っているイーサンを観察する。彼は仰向けで片方の腕を頭上に伸ばし、ずり落ちた上掛けにウエストから下を覆われて、引きしまった上半身をさらしていた。分厚い上掛けが高ぶりに押しあげられているの見て、マディは頰を染めた。

今朝、彼女は空腹を感じることなく、あたたかくやわらかいベッドのなかで目覚めた。悪夢にうなされずにひと晩じゅうぐっすり眠ったあとで。食料、身の安全、雨風をしのげる場所という重要な欲求が満たされた今、彼女の体はまったく別の欲望が満たされることを望んでいた。

全身がほてり、イーサンの清潔で男らしい香りやその体から放たれる熱のせいでうずいている。マディはゆうべの出来事——浴槽のなかで胸が触れあったことやベッドで抱きしめられたこと——を思いだしつつ、イーサンの肌に指を滑らせたい衝動に必死で抗った。毎晩こんなふうに寝るのはごめんだけれど、彼といると驚くほど安心できる。ゆうべイーサンは彼女のヒップに下腹部を押しつけたものの、さらに誘惑しようとはしなかった。

愛の営みは今度も楽しめるとは思えないが、彼となら我慢できそうな気がしてきた。イーサンがキスと同じくらいその行為に長けていれば、彼の大きさに慣れるに従って楽しむことすらできるかもしれない。

もちろん、だからといって結婚前に体を奪わせるつもりはない。それは断固として避けなくては。結婚を約束されながら男に捨てられ、身重の体でマレ地区に舞い戻った女性が何人もいる。

でも、イーサンと結婚したら……。二度目はどんなかしら？　心待ちにしているとは言えないけど興味はある。

実際、イーサンの何もかもが好奇心をかきたてる。どうして射撃が得意なのか？　つい最近、彼を撃ったのは誰なのか？　イーサンの背中には弾痕とおぼしき傷跡が少なくともあとひとつある。そんな危険な目に遭うなんて、いったい何をしたのだろう？

彼の顔を切り刻み、深い傷を負わせたのは誰なの？

イーサンが傷跡を気に病んでいることは察しがついた。でも美しい男性を好むマディでさえ、その傷だけしか目に入らないわけではない。傷跡があっても彼は魅力的だし、目鼻立ちも整っている。すっと通った鼻筋、引きしまった唇、無精ひげが生えた角張った顎。

彼の魅力は人並み外れていて、欠点を補って余りある。

おそらくイーサンが暮らす高級なグロブナー・スクエアでは、みな非の打ちどころのない容貌なのだろう。だが、マディの世界は違う。体の一部を失い軍服をピンでとめて着ているクリミア戦争の帰還兵を見慣れているせいで、イーサンの傷がそれほどひどいとは思わない。無傷の肌は、わたしが花婿候補に求める男らしさやたくましさ、財力と比べたら取るに足りないものだ――このスコットランド人はその三つを間違いなく備えている。

マディはイーサンの魅力を頭のなかで並べあげた。裕福なうえに気前もいいようだ。罪深いほどキスが上手で、これまで目にした誰よりも均整の取れた精悍な体をしている。心優しい大男ではなく猛々《たけだけ》しいが、そこも気に入った。

欠点は、自分勝手な頑固者で、ぶっきらぼう、そのうえ押しが強く信頼できない点だろう。

イーサン・マッカリックは扱いにくい男かしら？　ええ、それはたしかね。きっとこれまで学んだ男性の操縦法を総動員しても、ありったけの忍耐力が必要になるだろう。

それでも努力の報われない生活や借金に別れを告げ、欲望と怒りでわたしの血をたぎらせる謎めいたスコットランド人と新たな生活を始められるなら、耐えてみせる。

マディはとうとうこらえきれず、イーサンが頭上に伸ばした腕の下側を指先でたどり、脇腹の筋肉がぴくっとするのをうっとりと眺めた。傷口のまわりをそっと撫でながら、誰かが彼を傷つけるか殺すかしようとした事実になぜか悲しくなった。どうしてイーサンが苦痛を味わったことがこんなにも気になるのだろう？　まだ赤の他人も同然なのに。

マディはかぶりを振った。もう自分に嘘をつくのはやめよう。出会ったときから、わたしはイーサン・マッカリックの何かに魅力を感じていた。男性にそんな思いをかきたてられたことはかつてない。彼の顔や傷跡を見る前から、抗えないほど惹かれていたのだ。それは彼の真の姿を目にしたあとも変わらなかった。そしてゆうべ、イーサンがわたしのヒップを叩いたときに浮かべたぎこちない笑みに新たな一面をかいま見て、彼に対する怒りが薄れ……。

ゆっくりと彼の胸を探索したあと、マディは平らな腹部へと指をさまよわせた。臍の下の縮れ毛をたどり、物憂げに爪で引っ掻く。

イーサンが片方の膝を立て、上掛けの下でこわばりが脈打った。はっと見あげると、彼が見つめていた。こんなにも荒々しいまなざしは見たことがない。漆黒の虹彩《こうさい》には琥珀色《こはくいろ》の斑点《はんてん》が散っている。

じっと顔を見られているというのに、マディは欲望を隠そうともしなかった。彼が困惑したように眉根を寄せた。

彼女が指の背で傷跡を撫でるとイーサンの表情が一変し、不機嫌な顔つきになった。「きみはなぜ丸まって眠るんだ?」声は朝方のほうがしゃがれているようだ。マディがぽかんとしていると彼は続けた。「きみはゆうべおれの腕のなかで寝入ったが、おれが目覚めたときはベッドの反対側で丸まっていた」妙に非難がましい物言いだ。

「さあ、なぜかしら。そのほうがあたたかいからかもしれないわ。冬のパリは凍えるほど寒くなるから」

「おれと密着する以上にあたたかいことはないはずだ」

「まあ、そうね。ただベッドに他人がいると窮屈な気がするだけよ」マディは震えそうになるのをかろうじてこらえた。火事のあと入院した病院での恐ろしい日々は、今でもありありと覚えている。同じベッドに横たわるほかの貧しい少女たちが、マディの骨折した腕にひと晩じゅうひっきりなしにぶつかってきた。一一歳のときに味わったあの痛みは記憶に鮮明に残っている。「あなたは窮屈に感じないの？」

イーサンがむっとした顔で威嚇するようににらんだ。彼はわたしにだけこういう顔を見せるんじゃないかしら。「いや、別に。きみはたいして場所を取らないからな」

忍耐よ、マディ。話題を変えようとして尋ねる。「それで、今日スコットランドに向けて発つの？」

「明日の晩に出発する予定だが、きみの服を一週間分用意できなければ延期も可能だ」

「本当にわたしを買い物に連れていくつもり？」

「そうすると言っただろう？」

「あなたがやると言ったことをすべて実行すれば、わたしは結婚し、おなかをすかせることなくあなたとスコットランドで暮らすことになるわ」今日からこの謎めいた男性との新たな人生が始まるのね。今度ばかりは自分の幸運を喜ばずにいられない。「スコットランドにはどうやって行くの？」

「ル・アーブルまで汽車で移動して、そこから船に乗る」

「ああ、海の玄関口の港町ね。そこからどのくらいかかるの？」

「汽船なら、たった四日で南西の海岸に到着する」

「汽船ですって！　わたしは今まで英国海峡を行き交う老朽船しか乗ったことがないわ」

「〈ブルー・リバンド号〉は豪華客船だ、ミス・バン・ローウェン。きみが盗める銀食器が山ほどあるぞ」彼の口調は辛辣だったかもしれないが、マディはふたりの計画に興奮するあまりにっこりした。イーサンは彼女の口元を見て顔をしかめ、さらに言った。「おれはアイルランドと海を隔てた海岸沿いに小さな屋敷を所有している。そこに一、二泊してから、マッカリック家の本拠のカリッククリフまで鉄道で北上する」

「カリッククリフはどんなところ？　わたしもそこを気に入ると思う？　あなたのクランはいい人たちなの？　わたしに好意を持ってくれるかしら？　疲れたり、おなかをすかせたりしていないときのわたしは人に好かれる性格なのよ」

「カリッククリフはハイランドにあるすばらしい土地で、城もある。どんな花嫁だって気に入るはずだ。おれのクランはやたらと生まじめで陰気な連中だよ。彼らはきみにどう接すればいいかわからず、途方に暮れるだろうな」

「つまり、わたしを気に入ってくれないってこと？」

「気にすることはない、どうせほとんどカリッククリフでは過ごさないんだ。それに連中はおれのことも嫌っている」

マディは異を唱えずにうなずいた。

「なんだ、ずいぶんすんなり納得するんだな」

「当然でしょう。あなたはそんなにまじめでもないし、陰気でもない。クランはあなたにどう接すればいいかわからないのよ」

イーサンはまるで彼女が奇妙な生き物であるかのように見つめた。「おれはまじめで陰気な性格だ」

「そんなことはないでしょう。仮面舞踏会でわたしを笑わせたじゃない。あなたのひねくれたユーモアの感覚は最高よ」

「おれは自分がどんな人間かよくわかっている」さっきよりもぶっきらぼうに言う。

「言い争う気はないわ。でもそうなると、どうしてクランはあなたを嫌っているのかしら？」

「この件は、きみがおれと数日過ごしたあとで話しあおう。きっとその頃には理由が明らかになっているはずだ」

マディは眉をひそめたものの、それ以上追及しないことにした。今はまだ。

「家族のことを聞かせて。あなたは大家族出身なの？　わたしは昔から大家族に憧《あこが》れていて、きょうだいがほしかったわ。あなたに弟がひとりいることは知っているけど……」そこで言葉を切る。「あなたは弟がジェーンと結婚したと言っていたわね。ということは、彼女はわたしの義妹になるんだわ！」

「ああ、そうだ。おれには最近結婚したばかりの弟がもうひとりいる。母親はまだ健在だが、まったくつきあいはない」

「まあ。でも、弟さんたちとは親しいんでしょう？」

「弟たちのためならなんだってするが、仲がいいとは言えないな」イーサンの声にかすかな悲しみがにじんだ。どんなときも感情を見せない人なのに、その声音は心中を物語っていた。

「もう質問はおしまいだ。旅に備えてやるべきことが山ほどある」

マディはうなずいた。「パリを発つ前に荷造りをしないと――」

「その必要はない。きみの服は新調すると言っただろう。それに、あんながらくたは鞄に詰める価値がない」

彼女は唇を引き結んだ。イーサンがわたしの貧乏暮らしをからかい続けるつもりなら、顔の傷跡が気にならないことを話さずにおいて正解だわ。彼の弱みを握っている必要がなくなるまで黙っておこう。

「どのみち、わたしは友人に私物を譲ってから別れを告げたいの」

「さあ、そんな時間があるかな」

イーサンの独善的で傲慢な態度にはいらいらするけれど、むやみに争っても無意味だ。忍耐強くふるまっていれば、いずれ彼に対処できるようになる。とにかく向こうの弱点を見つけるまでは口答えせずに黙っていればいい。それに、この件で口喧嘩をするつもりはない。友人に会うことを禁じられない限り。

「どうやらわたしたちは本当に結婚することになりそうだし、その傷を負った経緯をぜひとも聞きたいわ」マディがふたたび傷跡に触れると、彼はたじろぎそうになるのをこらえていた。

しばしためらったのち、イーサンが答えた。「ナイフを使った喧嘩のせいさ」

マディは目をみはった。

「誰かを殺したの？　喧嘩は途中でやめさせられたの？　あなたは勝ったの？」

「最初は勝てなかったが――」彼は不穏な笑みを浮かべた。「最終的には相手を倒した」

「妻に必要なものをすべてそろえてくれ」イーサンはパリで指折りの婦人服店の女主人に告げた。「彼女の鞄が行方不明になって服を新調することにしたんだ。一週間分のドレスを今日持って帰りたい」

店に入った直後、数人の女性店員がマデレンのすり切れたブーツや古びた服に嘲りの目を向けた。彼女は無頓着な顔を装ったが、恥ずかしがっているのは一目瞭然だった。なぜかそのことにイーサンは憤りを覚えた。あの店員たちめ、いったい何様のつもりだ？

彼は女主人に念を押した。「わたしの妻にはもっとも上質で高級なものしかふさわしくないと、きみもほかの者たちもしっかり理解しておいてくれ。妻の衣装一式や店員たちの態度は、それを反映してしかるべきだ」

女主人はいそいそとうなずき、鋭く手を叩いて店員たちに裏の試着室から急いでドレスや生地を持ってくるよう命じた。

マデレンがイーサンの腕をつかんで脇に引っ張ろうとした。「だめよ、マッカリック」とまどった声でささやく。「衣装一式ですって？　この店でそんなことをしたら大金を払うはめになるわ！　ラ・ペ通りに行けば安売り品の店があるから」

彼はあっけにとられた。「たしかきみは、おれたちには共通点が多そうだと言っていたな。おれがきみなら最高級品を買ってもらおうとするがね」

「わたしはあなたとの関係を短期的なものとして考えていないの。あなたが今後も裕福であり続けることが、わたしにとってとても重要なのよ」

「この件でくどくど言われないために、借地料だけで一年にいくら収入があるか教えてやろう」

イーサンが金額を告げると、マデレンはぽかんと口を開けてよろめいた。「嘘じゃないわよね？　わたしをからかっているわけではないのね？」彼は首を横に振った。「だったら大手を振って散財できるわ」

「ああ。それと店員たちにみすぼらしい服をじろじろ見られても気に病む必要はないぞ」恩着せがましい口調で言う。「彼女たちの意見など取るに足りないからな」

マデレンが眉を吊りあげた。「あなたも気に病む必要はないわ。彼女たちにそれが――」いったん言葉を切ってから、はっきりと告げる。「大きな傷跡だと思われたとしても」

イーサンがマデレンの貧しさを指摘すると、彼女は彼の傷跡をからかう。そのやりとりはふたりのあいだでゲームの一種になっているようだ。「さあ、買い物を楽しむといい。だが、きみは買ってもらうドレスが一着減ったぞ」

「言い換えれば、あなたがわたしからはぎとれるドレスも一着減ったわけね」

彼はいかめしい顔でマデレンを見おろした。「きみは何にでも言い返せるんだな」

「ええ。だけど、質問するほうが得意よ」そう言うと、彼女は移動してスカーフを眺め始めた。

マデレンには本当にまごつかされる。彼女はいささか頭がよすぎるのではないか？　用心しないと、あとでひどいしっぺ返しを食いそうだ。

今朝目覚めたとき、マデレンに見られている気配を感じ、彼女がそっと触れてくるまで寝たふりをしていた。まぶたを開くと、やはりじっと見つめられていた。

マデレンは明らかに欲情していて、瞳孔《どうこう》は開き、呼吸が浅かった。イーサンはその光景に酔いしれた。女性に心から求められていると実感したのは本当に久しぶりだった。

過去の女のなかにはこの傷跡にそそられる者もわずかにいたものの、彼女たちはみなベッドで快感より苦痛を求めた。イーサンも激しく愛を交わすのは好きだったが、女に鞭を当てる趣味はなかった。

マデレンは美しい女性で、その彼女から魅力的だと思われたなら、おれはそれほど醜くないのかもしれない。自分の顔をやたらと卑下し、この見てくれのせいで女性にもてなくなったと思いこんでいたが。

ほどなくマデレンは懐柔できるはずだ。完全降伏させて彼女に飽きたら、ほかの女性にも自分の魅力が通用するか試してみよう。激しく交わるのを好む、胸の大きい官能的な女たちに……。

そう考えながらも、イーサンの目はマデレンに引きつけられた。正直、彼女には驚かされた――その変わったふるまいに今も面食らっている。シルクを撫でるマデレンを眺めるうちに、また下腹部がこわばり始めた。もう二度とそんな感覚は味わえないかもしれないと恐れていたのに、彼女にはあっさり欲望を刺激されることに驚かずにはいられない。

イーサンは目を細めた。マデレンは夢中でスカーフに触れているように見えたが、実は巧みにすりをはたらいていた。かなりの腕前だ。おれが鋭い観察眼を身につけていなければ、まったく気づかなかっただろう。

マデレンに歩み寄った。「もとの場所に戻すんだ」押し殺した声で命じる。

自分は潔白だと言わんばかりに、彼女が純真な瞳で見つめ返してきた。

「いったいなんの話――」

肘をぎゅっとつかんで黙らせると、マデレンはとうとうブラウスの袖からシルクのスカーフを引きだした。

「マデレン、そんなつまらないものを盗むのはやめろ」

彼女が片方の眉をあげた。「全部つまらないものとは限らないでしょう?」

「くそっ、きみはおれよりたちが悪いな」イーサンは、誰かにひどい目に遭わされれば、その相手を懲らしめることに異存はなかった。むしろ喜んで仕返しする。でもここの店主に恨みはないし、この万引きで店はひどい損害を被るかもしれない。

「きみは窃盗や賭博を行い、裏社会の隠語も使う。このおれがふたりの道徳的模範となるなら、お互い地獄行きだぞ」

マデレンがイーサンを見あげてほほえんだ。「だけど、少なくとも一緒にいられるわ」

からかわれているとわかっていたが、それでも彼はマデレンに骨抜きにされ、怒りが薄れだした。

彼女が女主人の女性と一緒に服飾雑誌に目を通すあいだ、イーサンは英字新聞を添えたコーヒーをふるまわれた。新聞を読もうとしても、マデレンがつぶやくフランス語の軽やかな響きに注意を奪われてしまう。彼女が口にした質問や意見はもちろんのこと、年長の女主人に対する堂々とした話しぶりにイーサンは舌を巻いた。

「でも、この生地にはこんなふうに襞飾りをあしらったらどうかしら？ 綾織物《あやおりもの》も添えてみたら？」マデレンが言った。「どうして左右対称でなければならないの？ 濃緑色の綿繻子《めんしゅす》で斜めの曲線を描けば、流行の最先端であると同時に優雅にも見えるわ」

女主人が口ごもりながら答えた。

「いいえ、マダム。それは硬い襟でなければだめよ、首筋に沿ってぴんと立って、ここが開いている襟でないと。それにペチコートが見えるデザインなら豪華にしないとね。そうだわ、白いチュールに光沢仕あげを施した色鮮やかなシルクを重ねましょう！」

打ちあわせがすんでマデレンが手さげ袋《レティキュール》と手袋を選びに行くと、女主人がイーサンのもとにやってきた。彼女は圧倒された様子だった。おれも最近はしょっちゅうあんな顔をしているに違いない。

「奥様のお好みは……」仕立人が言葉を濁した。きっと風変わりだとか、おもしろいだとか言いたいのだろう。

「……すばらしいのひと言に尽きますわ。奥様は生地や色彩に関して優れた感覚をお持ちですね」

「まあ、そうだな」そんなことは百も承知だと言わんばかりに応える。「とにかく、あとでドレスのウエストを広げられるよう生地に余地を残して……」マデレンが目をみはってイーサンの肩越しに正面の窓を凝視しているのに気づき、言葉を切った。

彼はすばやく振り返った。ごろつきの手下が表にいるに違いない。しかし目に入ったのは、身なりのいい男と派手に着飾った女だった。ふたりが店に入ろうとするように歩調をゆるめた。

マデレンは男のほうしか目に入らないようだ。イーサンはその男から冷酷さと危険を感じとった――彼女の顔から血の気が引いたのも、おそらくそのせいだろう。

23

マディは反物の後ろに駆けこみ、布を広げてその内側に隠れ、息を整えようとした。イーサンの視線を感じる。きっと当惑しているに違いない。でもトウマードがすぐ外にいる！　しかも、今にも店に入ってきそうだわ。

いつもの習慣で、店に到着したときに裏口の場所は確認しておいた。そちらにじりじりと近づいていると、イーサンが女主人にこう言うのが聞こえた。「午前中は店を貸し切りにしてくれ」

「そう言われましても、ムッシュー――」

「店を閉めてほしい。わたしはきみが一週間に稼ぐ以上の金を、この二、三時間で遣う予定でいる。プライバシーが守られた状態で、ゆっくり買い物ができるのが条件だが」

マディは反物の陰から覗きながら、店側の視点に立ってイーサンを眺めてみた。その物腰から彼が資産家であることは明らかだ。服は簡素だが、仕立ては一流で紛れもなく高級品だった。イーサンは裕福な有力者に見える。おまけに傷跡のせいで威圧的だ。

女主人が扉に近づいて鍵をかけ、札を裏返して〝閉店〟と書かれた面を表にしてもマディは驚かなかった。

「カーテンもだ」イーサンが言う。「さもないと客が扉を叩く」

女主人は唇を引き結んで応えた。「かしこまりました、ムッシュー」カーテンを閉めるよう店員たちに手振りで指示する。

安堵のあまりドレスの胸元を握りしめそうになりながら、マディはイーサンにおどおどと感謝の笑みを向けた。彼は無表情でマディの唇や瞳に目を走らせたかと思うと、しかめっ面をして近寄ってきた。

「なぜ表の男を避けているんだ？」

詮索《せんさく》するようにじろじろ見られ、マディは嘘をつくのに四苦八苦した――そんな苦労をしたことはもう何年もないというのに。「ただ彼とは顔を合わせたくないだけよ」

「やつから何か盗んだのか？」

「とんでもない！　あの人に何かしたことはないわ。ただ……ちょっとお金を借りているの」

「あの男がきみに手下を差し向けたのか？」彼女がうなずくとイーサンは続けた。「なんのために借金をしたんだ？」

「ドレスよ。ロンドンへ行くためにドレスが必要だったから」

「いくら借りているんだ？」彼は金があるか確かめるようにポケットを叩いた。トウマードをお金で追い払うつもりかしら？　マディがためらっているとイーサンが言った。「答えてくれないのか、マデレン？」

「実はわからないの。向こうがどんどん利息を引きあげたから、金額が把握できなくて」

「つまり返済が遅れたのか？」

「いいえ、でも条件を変更されて……」

イーサンの目が細くなった。「ほう？ きみはそれを奇妙だと思わないのか？」

「思うわ。でも、誰かに苦情を申し立てられるわけじゃないし」

「いや、今ならできる」彼がマディの顎に指を添えた。「パリを発つ前にこの問題を片づけよう。きみにはこの件で思い悩んでほしくないからな」

ロンドンでの晩と同じく、イーサンはわたしを守ろうとしている。あのときのように賞賛のまなざしを向けると、彼はにらみつけてきた。

女主人が注意を引くために小さく咳払《せきばら》いをしたので、イーサンがぶっきらぼうに告げた。

「では、買い物を続けてくれ」

マディは裏の試着室へと導かれた。広々としたその部屋には銀製の茶器やワインの棚があった。顧客の母親や姉妹や友人にふるまうためだろう。きっとみんなで相談しながら衣装を新調したり、舞踏会用のドレスをあつらえたりするのだ。マディは自分に相談相手がひとりもいないことに寂しさを覚えた。

服を脱いでシュミーズだけの姿になったところに、イーサンがぶらりと入ってきた。彼はソファにどっかり腰をおろし、大柄の体で優雅にくつろいだ。まごついた様子はみじんもない。「妻の試着はわたしの前で行えばいい」退屈しきった声で言い、新聞の紙面を開く。「もうすっかり見慣れているからな」

女主人は肩をすくめただけだった。この手のことは日常茶飯事なのだろう。

ここがパリでなければマディは異を唱えたかもしれないが、ついさっきイーサンに債権者から救ってもらったばかりだ。その彼に反論できるはずがない。

トウマードと危うく顔を合わせそうになったせいで、このスコットランド人と一緒にいたいという気持ちがさらに強まった。トウマードと二度と会わずにすむなら——ああ、それに途方もない大金持ちになれるなら——たいていのことは我慢できるし、イーサンの前で試着だってしてみせる。

けれどもそう思った矢先、頭からドレスを脱がされるたびにシュミーズの裾が持ちあがり、彼にヒップをさらすはめになった。全面が鏡張りのせいで体の前側も。羞恥心にさいなまれていると、イーサンが彼女の傷跡に険しい目を向けていた。店員たちが同様にその傷を凝視していることにも気づいたようだ。

それから一時間、マディは昼用と夜用のドレス、スカート、ブラウス、マント、手袋と、次々に試着した。婦人用の帽子屋が呼ばれて帽子やボンネットの見立てを行い、靴屋が色鮮やかなサテンの靴やキッド革のブーツを持ってきた。

すでにマディは数日分の服を手に入れていたが、イーサンと女主人が部屋の外で言葉を交わしたあと、思いがけず追加のドレスも与えられた——別の女性のために仕立てられたと思われる衣装一式を。

ひと目見てひどい服だと思ったが、その趣味の悪い飾りの下に現代的な感覚を取り入れたすばらしいカットのドレスが隠れていることに気づいた。生地も上質だ。パリの裕福な女性は過剰に飾りたてるきらいがあるけれど、きっとことあるごとに自分の富を見せびらかしたいのだろう。

この衣装を自分自身のものにするために、マディはお針子たちにドレスの寸法を縮めてふんだんにあしらわれた飾り房やシルクでできた花、毛皮の玉房を外すよう指示した。イーサンから一度も口を挟まれることなく、マディは下着を除いたすべてを選び終えた。そのあと下着を試着するために、ストッキングとガーター以外をはぎとられた。

彼の視線を浴びながら、田舎者のように屈辱を覚えた。両手で体を隠したい気持ちをこらえ、ナイトドレスを着せられるたびに安堵の吐息をもらす。

イーサンは新聞を持っていたが、読んでいないのは明らかだ。しょっちゅう新聞を脇にどかしたあげく、ついにテーブルの上に置き、ソファから身を乗りだした。まぶたが重たげになったものの眼光は鋭く、マディの全身に視線を走らせている。イーサンがわたしにしてくれることを思えば、じっと見られることくらい耐えられるはずよ。彼の望みどおり、下着姿をさらすことにも。

彼はドレスにはいっさい興味を示さなかったが、下着に関しては強い口調で意見を口にした。「その赤い下着だ。それを着た妻を見たい」そう要求する声は低くしゃがれていた。

マディはごくりと唾をのみこみ、レースで縁どられたスリットがヒップまで伸びる深紅のナイトドレスを身につけた。その場にほかの女性がいるというのにイーサンのまなざしに体が反応し始め、彼が居心地悪そうに座り直すたび胸が重くなったように感じられた。レースのブラジャーに胸の先端をこすられると、今朝、指の下で彼の筋肉がぴくりと動いたさまが脳裏によみがえった。ゆうべ、どんなふうにイーサンに体を探られたかを思いだして……。

思わず頬の内側を噛み、吐息をこらえた。

イーサンは女性の買い物がこれほど楽しいとは思いもしなかった。

マデレンのために必要以上に散財しているのはわかっていたが、あまりに楽しくて自分をとめられなかった。彼女が官能的なシルクを身につけては脱ぐのを見守るうち、新聞を読むふりをやめた。新聞はそそり立つ下半身を隠す覆いと化した。

先ほどまでマデレンは鏡に映るイーサンをちらちらと盗み見ていた。だが今は彼の目を見据え、口を半開きにしている。胸の頂はつんと尖り、呼吸も浅い。

なんてことだ、彼女は……おれをほしがっているのか？　この体をあますところなく目にして顔の傷跡にも触れたのに、それでもおれを求めている。

イーサンは歓びに震えそうになった。マデレンの欲望は想像を絶するほど強力な媚薬《びやく》だ。

「出ていってくれ」彼はいきなりほかの女性たちに命じた。

「はい？」

「午前の休憩を取ってくれ。今すぐに」イーサンの形相を見るなり、全員が押し黙って試着室から飛びだした。

扉が閉まるとマデレンはごくりと唾をのみこんだが、ひと言も発しなかった。

「おれが何を求めているかわかるだろう。だから質問はするな」彼女に近づきながら上着を脱ぐ。「そのほうがいい」

「質問はしないけど、あなたはいつでも好きなときに欲望を満たすつもりなの？」

「ああ、きみとはそうだ。それにおれが満たそうとしているのは自分の欲望だけじゃない」

イーサンはスリットから手を滑りこませ、マデレンの脚のあいだに指を差し入れた。秘所に触れたとたん、しゃがれた声が彼女の口からもれた。そこは彼を求めてすっかり潤っていた。

「どうやら、おれよりきみのほうが満たされる必要があるようだ」

次の瞬間、マデレンが脚を閉じて彼の手を締めだした。

「おれに向かって脚を閉じるな」唸るように言う。

「だったら、わたしに恥ずかしい思いをさせるのはやめて！」

「おれはただ事実を述べているまでだ」

彼女は歯ぎしりをしながら言った。「せめて恥ずかしい思いをさせないように努力してちょうだい」

「きみの夫として、おれは拒否されることを認めないぞ、マデレン」

「あなたはまだわたしの夫じゃないわ」

「もしそうだったら、この部屋で奪わせてくれるのか？」

「ええ、それがあなたの望みなら」その返事にイーサンは意表をつかれたが、彼女はどうやら本気で言っているようだ。

「どうせすぐきみの夫になるのに、なんの違いがあるんだ？　おれは今ここできみのなかに入りたい」

マデレンがきっぱりとかぶりを振った。「結婚するまではだめよ」

「おれがまだ夫でないなら、妻でもないきみのために衣装一式をあつらえる必要もないのかもな」

彼女は身をこわばらせて腕組みをした。「わたしは娼婦じゃないわ。服を買ってもらおうともらうまいと、その見返りにあなたと寝たりしない。わたしがあなたに欲望を覚えるからといって――安定した暮らしを望んでいるからといって――あなたの言いなりになるほど切羽詰まっていると思ったら大間違いよ」

「それで、きみはおれを求めているのか？」

マデレンがぐいと顎をあげた。「ええ。だけど今からでも別れられるわ」

「エンジェル、それはもう手遅れだ……」

24

イーサンはマディの周囲をゆったりと歩きだした。触れたいのか、一気に奪いたいのか決めかねているように。

「きみは金や服のためだけにおれを必要としているわけじゃないと自分でもわかっているんだろう？」イーサンは憤慨しているようだが、マディは自分が何をしたせいで彼を怒らせたのか見当もつかなかった。ついにイーサンが目の前で立ちどまり、彼女の首筋に唇を押しつけてきた。ナイトドレスの紐を肩からおろされ、シルクとは対照的なざらついたてのひらに肌を撫でられる。「答えるんだ」

「ええ、そうよ」ナイトドレスが床に落ち、ストッキングとガーターだけの姿になった。

彼がゆっくりとうなずいた。「それならいい」そう言うと、黒髪の頭をマディの白い肌に近づけた。無性に胸にキスしたがっている様子を鏡で見て、喜びがこみあげる。彼の両手はとても大きく、てのひらにはたこができているが、マディの体に触れる手つきは優しかった。

胸の先端を口に含まれ、そのまわりを舌でなぞられた瞬間、彼女は恍惚となった。イーサンは両方の頂がつんと尖るまで吸い続けたあと、背筋を伸ばしてマディの後ろにまわった。

彼女の片方の膝の裏をつかんでスツールに足をのせ、鏡の前で両脚を開かせる。

マディが目をそらすと彼は言った。「そのままでいろ。おれはきみが見たい」彼女の顔を鏡に向けさせると同時に視線を鏡に這わせ、独占欲もあらわに胸や脚のあいだを長々と見つめる。ほとんどの人はイーサンの顔を美しいとは言わないだろうが、この瞬間の彼はこれまで目にしたどの男性よりたまらなく魅力的だった。

両手で触れてほしいと懇願しかけたとき、両脚のあいだをつかまれた。触れられることを望んでいたはずなのに、マディはびくっとした。

「肩の力を抜け。おれはここを撫でたいだけだ」イーサンは彼女の脚をさらに開かせた。「きみに触れるおれの指を見ろ」低い声が耳元で響く。「やめてほしくはないだろう？」

「ええ……」

「だったら、おれがほしいともう一度言ってくれ」

「あなたがほしいわ……。わかっているくせに」

勝ち誇ったように目を輝かせながら、彼はマディを鏡に押しつけ、濡れた秘所に背後から指を滑りこませた。湿った胸の先端が冷たい鏡に触れた瞬間、マディはうめき、われを忘れた。

イーサンがマデレンに指を差し入れると、驚くほどきつく締めつけられた。彼女の反応が鏡に映るよう、髪をもう片方の手に巻きつけて顔をあげさせた。なぜ彼女が経験豊富だなどと思ったのだろう？　マデレンの反応は飾り気がなく荒々しい。実に情熱的だ。その彼女がおれのもので、いつでも好きなときに触れられるのだ。

マデレンはリボンに通した指輪を胸の谷間に垂らし、ガーターとストッキング以外は何も身につけていなかった。赤いシルクのガーターが透けるように白い太腿を際立たせている。「なんて美しいんだ」気づくとそう口走っていた。滑らかでやわらかい肌。彼女の唇と同じ濃いピンク色をした胸の頂。

二本目の指を入れようとしたところ、彼女が鋭く息をのんだ。さっと後ろに手をまわしてイーサンの手首をつかみ、押しのけようとする。

「しいっ、もうやめるよ」イーサンは身を引いた。あの晩マデレンをひどく傷つけたことや――自分を受け入れる準備を整えてやらなかったことが思いだされ、ふたたび胸が苦しくなった。次に彼女と愛を交わすときは、奪ってほしいと懇願されるまでじっくり時間をかけて愛撫しよう。「さあ、おれの首に両腕をまわすんだ」彼女は躊躇した。「おれを信じてくれ」

マデレンがためらいがちに首に腕を巻きつけてきたので、イーサンは彼女の胸の頂をそっとつまんだ。口からうめき声がもれるのを待ち、片方の手を胸から腹部、秘められた部分へと這わせたが、マデレンは体を硬くした。「おれを信じろ。きみを絶頂に導かせてほしい……」

彼女は息をのみながらも、イーサンをとめようとはしなかった。彼は指で芯を広げ、その小さな突起にもう一方の手の人差し指を滑らせた。「こうされるのは好きか？」

「え……ええ、好きよ」マデレンがあえぐ。ほどなく彼女は身を震わせて、イーサンの首にまわした腕に力をこめた。彼女の体を開かせたまま何度も芯を撫でるうちに、さらに潤いが増して肌が輝いた。指の動きに合わせてマデレンが腰を揺らしだすと、彼はズボンのなかで果てそうになった。

絶頂を切望して眉根を寄せながら、マデレンが鏡のなかで彼と目を合わせた。「イーサン」初めてその名をささやく。

それは感謝の祈りのように響いた。

イーサンは瞬時に理解した。マデレンは情熱や快感を求めているが、今この瞬間に望んでいるのはそれだけではないと。彼女の瞳に映しだされたすさまじい渇望感に、思わずたじろいだ。だがうろたえたイーサンにとって幸いなことに、彼女はまぶたを閉じた。

「さあ、自らを解き放つんだ」自分のものとは思えないほど張りつめた声で耳元につぶやく。「おれのために達してくれ、マデレン」

マデレンが頂点にのぼりつめ、押し殺した声で叫んだ瞬間、彼女は自分のものだとイーサンは悟った。

彼は鏡に映るマデレンの弓なりになった背中や震える胸にみだらな視線を向けた。彼女がイーサンの指に向かって腰を揺らし、身をこわばらせたり震わせたりするさまに野性的な興奮を覚える。「そうだ、きみはこれが好きなんだろう」

指の動きをゆるめると、硬くなっていたマデレンの体から力が抜け始めた。彼は自分も絶頂に達したい衝動に駆られたが、ひどい愛人ではないことをさらに証明することにした。潤った秘所に人差し指を入れ、まわりに蜜《みつ》を広げたあと、いきなりまた激しくまさぐった。

「えっ?」彼女は叫び、腕をおろして逃れようとしたが、その腰をしっかりつかんで引き寄せる。「ああ! もう無理よ!」

だが、イーサンはマデレンが抵抗しなくなるまで容赦なく指を動かし、首筋にキスをして舌を這わせた。耳たぶを吸う頃には彼女も愛撫に応え始めた。

「今でもおれがひどい愛人だと思うか?」

「い、いいえ――」

「今度はいつ達しそうか教えてくれ」

「今よ、今」マデレンはうめくように言った。彼女が歓喜の頂に達するやいなや、イーサンは奥まで指を差し入れてすばやく突いた。「ああ、イーサン! すごく…… いいわ」マデレンが叫ぶ。

熱く濡れた襞に指を締めつけられながら、イーサンは首をのけぞらせて唸った。彼自身も爆発寸前だったが、快感の余韻でぐったりともたれかかってくるマデレンのなかを指で探り続けた。この感覚に彼女を慣れさせ、こんなふうに触れてもかまわないほどおれを信頼させたい。

マデレンの反応があまりにもすばらしかったので、イーサンの一部は彼女を満足させるだけでいいと考えていた。自分は与えるだけで奪わずにいられる男のふりをしようと。だが男の証がこれほどうずいていては、そこまで寛大な気分になれなかった。

ズボンの前を開き、そそり立ったものを引きだした。マデレンの腰をつかみ、ヒップに股間を押しつける。ふたつの丸みの谷間にこわばりを滑らせると唸り声がもれた。このままでも果てることはできるが、イーサンは彼女に触れてほしかった。声を絞りだすように言う。

「きみにこのうずきを癒《いや》してもらいたい」ヒップに沿って腰を動かす。「おれに触れてくれ」

マデレンは深く息を吸いこんでからうなずいた。手を伸ばして彼の先端をそっと指先でこすり、割れ目をゆっくりとなぞる。しかしイーサンは彼女の手首をつかみ、てのひらを開かせた。「じらさないでくれ」鏡のなかで彼女の目をとらえる。「おれは達したくてたまらないんだ、エンジェル」

「どうすれば……わたしにどうしてほしいの?」

「あの晩、馬車のなかでしたようにさすってくれ」

マデレンがこわばりの根元にてのひらを巻きつけて上に滑らせたとたん、イーサンはめくるめく歓喜の波にのまれた。おれは長いことこれを味わわずに、どうやって生きてきたのだろう?

「もっときつく」そう命じると、マデレンが手に力をこめた。「そうだ」彼女を促すように胸の頂を親指でこする。「いいぞ、マデレン……すごくいい」

イーサンは彼女を抱きしめて両方のふくらみをてのひらで覆い、唸り声や悪態を口からほとばしらせた。「もっと速く」マデレンが言われたとおりに手を動かすのに合わせ、彼も腰を突きだした。「賢い娘だ」彼女の湿った首筋につぶやく。「きみのおかげで達しそうだよ」

のぼりつめる寸前、マデレンの両手に自分の手を重ねて押しつけた。イーサンは叫び声とともに、官能的なガーターに向かって何度も熱い精を放った。

完全に果てたあとも震えながらマデレンの手のなかにとどまり、たった今味わった至福の歓びに驚いていた。彼女を奪ったあの晩を除けば、かつてこれほどの快感を経験したことがあっただろうか？

マデレンを抱きしめたまま一緒に息を整えたいと願う一方、彼女は身を振りほどこうとするはずだとイーサンは思った。だが、彼女はぐったりと頭を預けてきた。おかげでマデレンのあえぐたびに上下する胸や、美しい輝きを放つ肌を思う存分眺められた。

彼女は鏡越しにイーサンの目をとらえ、息を弾ませてささやいた。「チャンスを与えてくれたら、あなたのいい妻になるわ。だから、どうかお願い、もう二度とわたしを傷つけないで」

「ああ、決して傷つけないよ」マデレンを抱く腕に力をこめながら、イーサンは一瞬本気でその言葉を口にした気になった。

25

マデレンが爪先立ちになってイーサンの頬にキスをし、唇で傷跡に触れた――ためらう様子をまったく見せずに。

女性からそんなふうに優しくされたことがないので、イーサンはどう応えればいいかわからなかった。

彼女は今しがたの出来事に喜んでいるらしく、鼻歌を歌いながらバスルームへ向かった。体を清め、すでに仕立ててもらったドレスに着替えるためだ。

マデレンが新品のドレスに身を包み、つややかな髪を頭のてっぺんに編みあげて戻ってきたとき、イーサンは気づくとこう言っていた。「さあ、屋根裏部屋に戻るぞ。友達に何か土産を持っていきたいなら、シャンパンを二本勘定に加えよう」

「本当にいいの？　ビーとコリーンのために？」

「ああ」

その寛大な申し出によってマデレンから向けられた視線は、崇拝のまなざしとしか言いようがなかった――ロンドンでもそんなふうに見つめられたものだったが。イーサンは思わずシャツの襟を引っ張った。

上機嫌の女主人が休憩中に請求額を合算しておいたおかげで、支払いは手間取らずにすんだ。マデレンは合計金額をちらりと見るなり気絶しそうな顔をした。だが、あんな褒美を与えられるとわかっていたら、イーサンはその二〇倍でも支払っただろう。

店員たちがシャンパンのボトルを包み、手さげかごに詰めるあいだ、イーサンは女主人にマデレンの衣装の送付先は電報で知らせると告げた。今日じゅうに完成したものはホテルに届けるよう指示した。

店を出てマデレンに肘を差しだすと、彼女は躊躇せずに手を絡ませてきた。通行人があからさまに怪訝《けげん》そうな視線を投げかけてくる。きっと連中は、なぜマデレンがおれと一緒にいるのか不思議がっているに違いない。

イーサンはかつて自分がハンサムだったことを思いだした。金を払わなければ女から見向きもされない男ではなく。

あの頃のおれなら彼女に似合う男だったはずだ。

先ほどの出来事でマデレンに感謝の念のようなものを抱いていたが、そんな自分に嫌気が差した。まるで食べ物のかけらをもらって喜ぶ飢えた狼も同然だ――三三歳の大の男が股間を愛撫されただけでありがたがるなんて。

イーサンはかっとなって歯ぎしりした。

おれはこんなふうに落ちぶれるはずではなかった。

すべての原因はマデレンの両親にある。

以前は物事が白黒はっきりしていた。おれは一般の道徳観念に縛られない男で、彼女はおれを拷問するように命じたふたりの人間のあいだに生まれた娘だ。

今計画していることに、おれが躊躇したり思い直したりする理由などあるだろうか？　いや、あるはずはない。おれはただマデレンに飽きるまで、彼女を抱いて欲望を満たしたいだけだ。

「今日はありがとう」彼女がこちらを見あげてほほえんだ。

自分のために大枚をはたいてもらったことに感謝しているのだろうか？　それとも、ふたりのあいだで起きた出来事を喜んでいるのか？　いや、おれの知ったことじゃない。

「どういたしまして」こんな言葉を口にしたのは、たぶん生まれて初めてだな。

マレ地区に到着し、イーサンは辻馬車からおりるマデレンに手を貸した。ふたたび、ふたりは貧困にあえぐ混沌とした貧民街のまっただなかにいた。通りに立つ彼女は、ほこりのなかのひと粒のダイヤモンドのようだった。

「ねえ、見て、あそこにバーサがいるわ！」マデレンがささやいた。「ゆうべわたしの足を引っかけた子よ。彼女にわたしたちのことを見せつけなくちゃ」

イーサンは眉間に皺を寄せそうになるのをこらえた。マデレンはおれと一緒にいるところを見られたいのだろうか？　それとも、新品の豪華なドレスを見せびらかしたいだけなのか？　きっと後者だろうと決めつけた瞬間、わたしのものよと言わんばかりにヒップを叩かれた。

「マデレン」警告するように唸ると、彼女がぱっと手をあげた。

「ごめんなさい。つい我慢できなくて」

なぜ、おれは……妙に浮かれているんだ？

アパートメントにたどりつくと、イーサンはマデレンのあとについてなかに入り、階段へ向かった。

「ロープをしっかりつかんでね」彼女はシャンパンを持って先に立ち、暗闇のなかでも目が見えるように足早にのぼり始めた。

階段の最上段がきしんだとたん、ビーの部屋の扉が勢いよく開いた。だが、飛びだしてきてふたりを出迎えたのはコリーンだった。「トウマードの手下がまたやってきたの。逃げてちょうだい、マディ！　やつらはビーを殴って――」

「なんですって？」マデレンが叫んだ。「ビーを？」

コリーンはうなずいた。「ビーはあなたの居場所を教えないで、連中の顔に唾を吐いたのよ。怪我は治るだろうけど、今は横になって休んでいるわ」

それを聞いて、イーサンはまたマデレンを守りたいという思いに駆られた。「ビーの様子を見に行くんだ」彼女に言った。「おれはコリーンから詳しい話を聞く」

マデレンがビーの部屋に駆けこみ、その背後で扉が閉まると、コリーンが口を開いた。

「あなたのその目つきからして、本当にマディの面倒を見るつもりでいるようね」

一瞬ためらったあとで、イーサンはうなずいた。「彼女はおれの求婚を受け入れてくれた」

コリーンが安堵の吐息をもらした。

「だが、マデレンの過去について知りたいことがある。彼女は口を固く閉ざしているが」コリーンが悲しげにうなずくのを待ち、イーサンは尋ねた。「彼女はなぜ腕に火傷を負ったんだ？」

「一八四七年に起きた火災のせいよ。マディの住んでいた建物が蠟燭《ろうそく》の芯のように燃えあがって、あの子は上の階に閉じこめられてしまったの。腕を失ってもおかしくなかったし、危うく命を落とすところだったわ」

マデレンが一一、二歳の頃だったとすれば、実家を追いだされて異国の地に移り住んだ直後のはずだ。父親を亡くしたばかりで……。

「マディがトウマードを恐れる理由のひとつがそれよ。あいつの手下は人の腕をへし折るのが大好きだから」コリーンは続けた。「この数週間の彼女は、ぐつぐつ煮えるお粥《かゆ》の鍋《なべ》のまわりを怯えながら歩く猫みたいだった。見ていて胸が張り裂けそうになったわ」

マデレンが来る日も来る日も怯えていたかと思うと……。

トウマードのやつ、殺してやる。

「どうして彼女は母親と一緒に暮らしていないんだ？」

コリーンが声をひそめた。「マディは人に知られないようにしているけど、実は母親は……もう亡くなったの」

「嘘だろう」イーサンは声を荒らげた。コリーンがうなずくのを見て、耳の奥で鼓動が激しく響きだした。「亡くなっただと……」

おれはシルビーを憎み、傷つけてやりたいという執念に取りつかれて長い年月を無駄にした。その女がもはやこの世に存在していなかったとは。

コリーンが指を組みあわせた。「マディが孤児になったのは何年も前のことよ。彼女の母親が亡くなったのは、あの子が一四歳のときだから」

イーサンは鼻梁《びりよう》をつまんだ。「孤児……」

おれは自分が地獄に落ちると以前から思っていた。だが、今やそのことに疑問の余地はなくなった。彼は乾いた笑い声をもらした。どうか冗談であってくれ。

おれが純潔を奪った小娘は、無一文の宿なしだったうえに孤児だった。

「マデレンは英国に友人がいる。母親が死んだときに助けを求めていれば、友人たちは喜んで力を貸してくれたはずだ」

「マディがここで暮らし始めてからずいぶんたつわ。マレ地区に住むと……自分は価値のない人間だと思わされるようになるのよ、とりわけ幼い子は。彼女は自分を恥じているの。マディが英国男性のもとに行ったのは、ビーとわたしがしつこくせっついたからよ。それでようやく彼女はル・デークスと結婚する前に英国へ行くと約束したわ」

「ル・デークス？　伯爵のことか？　マデレンの母親が彼との婚約を決めたんじゃなかったか？」

「ええ、大昔に。でも彼女が亡くなったあと、マディは結婚式の前に逃げだしたの。わたしたちがル・デークスという選択肢を復活させたのは、つい最近のことよ。でも結局、マディに借金を負わせることにしかならなかった」

若く無防備なマデレンはトウマードの監視下に置かれることとなった。

イーサンはマデレンがシルビーと仲のいい親子で、ふたりが似た者同士であることを願っていた。しかしシルビーはすでに死亡し、マデレンはおれのせいで長年貧乏暮らしを強いられ、別の人間に対する復讐の巻き添えを食ってきた。たったひとりで苦しみながら。

そのうえ、おれは彼女をさらにこっぴどく傷つけるつもりだった。

マデレンの生活はこれ以上悪くなりようがないのに。

イーサンの脳裏に、彼女があの酒場で床から立ちあがったときの表情がよみがえった。この一〇年、マデレンは何度あんなふうに這いあがらなければならなかったのだろう？

今すぐ黙って立ち去るんだ。

マデレンはおれの名を感謝の祈りのように口にした——憧れの念を隠しもせずに……。いくらおれでも、彼女をいっそうつらい目に遭わせるほど極悪非道ではない。

イーサンは一瞬まぶたを閉じ、ついに自分自身に対して真実を認めた。パリにやってきたのはマデレンがほしかったからだ。復讐という目的は、おれみたいな男がマデレンのように若く純真な女性を利用することを正当化する口実にすぎない。

マデレンを罰する気がないなら、おれは彼女に対してなんの権利があるんだ？

何もない。まったく何も。

マデレンを連れ去って傷つけることはおろか、手元に置くこともできない。金貸しとの問題を解決してやったら、彼女のもとから立ち去ろう。あとでさらに送金したっていい。

彼女をここに置き去りにするのか？　一緒に英国へ連れていくと説得したあとで？

だが、ほかの選択肢などあるか？　マデレンを連れていけば、彼女を足かせだと感じるんじゃないか？　おれにはたったひとりで行う孤独な仕事があるし、もちろんその職に復帰するつもりだ。そうさ、彼女とくっついているわけにはいかない。

マデレンを救ったら別れよう。それしかない。「トウマードの居場所を教えてくれ」

26

「休んでいなくていいの？」

ビーがベッドから起きあがって身支度を始めたため、マディは訊いた。

「マディ、目に青痣をこしらえるたびに休んでいたら」ビーはわざと子供を諭すような口調で言った。「ほかに何もできなくなっちゃうわ。さあ、あなたの部屋のバルコニーに行きましょう。ゆうべ何があったか、ひとつ残らず話してちょうだい」

ビーが扉を開くと、イーサンとコリーンもちょうど話し終えたようだった。彼はビーの目元に険しい視線を向けるなり、顎をこわばらせた。

イーサンがマディに向かって言った。「すぐに戻る」

「トウマードに会いに行くつもり？」彼がさっとうなずくのを見て、マディはつけ加えた。

「わたしも一緒に行っていい？」

「冗談じゃない。きみはここにいろ。友人たちと別れる前に一緒にお茶を楽しむといい」

「わかったわ」イーサンの様子が一変したことにとまどいつつ、彼女は同意した。彼はマディの部屋に三人の女性を置いて立ち去る直前、彼女の目をまっすぐ見られないようだった。

マディたちが高価なシャンパンを売ることに決めたとき、ふたたび扉が開いた。イーサンが戻ってきたのだ。

シャンパンの栓を抜くために。

「世の中には、今この瞬間に楽しむべきものがある。そうだろう？」彼はまたしても憤慨した目でビーの顔を見た。それからマディに向かって言う。「これはきみがシャンパンをグラス売りしないようにするためだ」イーサンは彼女の新品のレティキュールに紙幣を突っこんだ。

マディは札束を見てぽかんと口を開けた。「四〇〇フランもあるわ！　わたしにピアノでも買ってほしいの？　それともふたり乗りの幌《ほろ》馬車を？」

「いいえ、ボートよ！」ビーが手を叩いて叫ぶ。

マディはビーにもたれ、ふざけるように肩で小突いた。イーサンはにこりともしなかった。

「じゃあ、シャンパンを注ぐとしましょう！」コリーンが縁の欠けた磁器のカップをこんろの下から取りだした。

カップを差しだされると、イーサンは手を振って断った。「おれは酒を飲まない」

「おかげであたしたちの飲む分が増えたわ」ビーが上機嫌な声で言った。トウマードの手下といざこざがあったのに、今日は人生最良の日だと思っているようだ。

「じゃあ、あとで」イーサンが言い、マディはさっとうなずいた。

「どうか気をつけてちょうだい」

イーサンの背後でふたたび扉が閉まり、階段をおりる足音が響きだすと、ビーが顔をあおいでささやいた。「ああ、惚れてしまいそう。マディ、彼ったら、ゆうべあたしたちにロブスターを届けさせたのよ。嘘じゃないわ」吐息とともにつけ加える。「おいしいロブスターを……」

マディはにっこりした。イーサンがこんな人だとは……思いもしなかった。彼はわたしに新たな一日と新たな始まりを与えてくれる。

思わずバルコニーに駆け寄り、遠ざかるイーサンを見送った。なんて長身でたくましく、自信に満ちあふれているのかしら。初めて目にしたときのように――あのとき、彼はこのわたしを捜していたのだ。

「あなたはダイヤモンドの原石を見つけたのかもしれないわね」背後でコリーンが言った。マディもそう思い始めていた。ロンドンで、イーサンはわたしのために戦ってくれた。そんなことをしてくれた人は今までひとりもいなかった。

「本当に男らしい人ね」ビーもふたりに加わった。

たしかにそれもある。マディはあの婦人服店で――二度も――彼にすばらしい快感を味わわせてもらったことを思いだし、顔を赤らめた。もうシーツの下で寝返りを打ちながら切望感と孤独にさいなまれる夜を過ごすことはないだろう。

「さあ、マディ」コリーンが洟をすすりながら言った。「あなたの婚約者が戻ってくる前にわたしたちはシャンパンを二本飲み干して、あなたの荷造りをしないと」

マディはうなずき、さっきもらった大金やしまっておいた配給切符、盗品を友人ふたりで分けあってもらうことにした。そして数少ない大切な私物を鞄に詰めたあと、彼女たちとベランダでシャンパンを飲みながら、イーサンの帰りを待った。

こんなふうに三人で過ごすのは最後かもしれないと気づき、マディは愕然とした。

「彼が本物の伯爵だったら、あとでもっとお金を送るわ」

本当はふたりを呼び寄せるつもりだけど、イーサンを完全に信用するまではむやみに期待を抱かせたくない。

「もし本物じゃなかったら？」ビーが尋ねる。

マディは口ごもった。「コリーン、万が一の場合に備えて、この部屋を二、三カ月誰にも貸さないでもらえる？」

「もちろんよ」コリーンはそう答えてから続けた。「でも、彼とうまくいくように祈っているわ。いいこと、頑固な男性には、お酢より甘い蜂蜜《はちみつ》を与えたほうが多くを得られるのよ」

マディはシャンパンをひと口飲んだ。「だけど、もし蜂蜜が尽きてしまったら……？」

どちらのほうがマデレンにとって不幸なのだろう？　トウマードを始末してアパートメントに引き返しながら、イーサンは自問した。おれみたいな男とかかわることか、ここに置き去りにされることか？

おれは自分勝手なろくでなしだ。もしマデレンを連れていけば、いずれこの高潔なうわべがはがれ落ちる。男はそう簡単に自分を変えられないものだ。

マデレンのもとから立ち去れ……とにかく今はそれだけを考えろ。早まったことはするな。だが、彼女を置き去りにするのは間違いだと感じる。実際、苦痛を覚えるほどに。

この貧民街から抜けだせなければ、マデレンはよくてもコリーンのようになり、身を粉にして働きながら早々と老けこむだろう。あるいはビーか、それよりもっと悪い状況に陥りかねない。その場合、悪臭にまみれた路地で客にスカートを持ちあげられることになる。そばには次の客が順番待ちをしているはずだ。

イーサンの拳は今も握りしめられたままだった。トウマードの思いどおりになっていたら、マデレンは数週間足らずでそうなる運命だったのだ。

もともとトウマードは始末しなければならないと思っていた。あの男がマデレンに何をするつもりか——彼女を働かせる前に味見する予定だと——冷酷に口にしたとき、イーサンの胸に殺意が燃えあがった。たとえトウマードが銃を抜かなかったとしても、おれはやつを冷酷に撃ち殺しただろう。

トウマードの手下の腕をへし折ったのは……まあ、単なる憂さ晴らしだ。

マデレンを置き去りにすれば、彼女のような小娘を餌食《えじき》にするトウマードの同類がわんさと現れるはずだ。それに彼女にはもう求婚相手もいない。忌々しいクインを除けば。そうだ、それを忘れてはならない。おれがマデレンをひとりで置き去りにしたと知ったら、クインは彼女を救うべくただちにパリへやってくるはずだ。そのほうがいいのかもしれない。

だがふたりが一緒になることを想像すると、胸が張り裂けそうになる。

くそっ、早まった真似はするな……。イーサンはあらかじめ計画を立てるのを好む性格だった。最初の計画が完全消滅した今、次の手を考えなければならない。彼は頭のなかで事実を羅列した。今まで目にした誰よりも魅力的な女性がおれを求めている。おれはマデレンのつらい過去にかかわっている一方、今は彼女の問題を解決できる。ふたたびマデレンを奪うまで満足しないと心に誓ったし、そう決めたからにはなんとしても実行する。彼女を連れ去って誘惑したのち、財産を分け与えればいい。マデレンをここから脱出させよう——最終的には本人も感謝するはずだ。

しかしアパートメントの裏手に到着したときも、イーサンはまだ決めかねていた。するとマデレンが安堵の笑みを浮かべて建物から駆けだしてきた。どこへ行っても落胆や恐怖の表情に迎えられることに慣れていた彼は、つい肩越しに後ろを見た。

互いに歩み寄ると、マデレンはイーサンが怪我をしていないか確かめるように視線を走らせた。ほどなくビーとコリーンがふたりを見送ろうと姿を見せ、マデレンに小さな鞄を渡した。

「手紙をちょうだい」コリーンがそう言って涙をぬぐった。

「もちろん書くわ」友人たちをぎゅっと抱きしめ、マデレンは洟をすすった。「ふたりで助けあってね」

ビーが泣き顔でうなずき、女性たちが最後にもう一度別れの言葉を交わしたあと、イーサンはマデレンと出発した。彼女はイーサンに導かれて丘のてっぺんに向かいながら、友人たちが見えなくなるまで肩越しに手を振った。

辻馬車を待っているあいだにイーサンは言った。「マデレン、きみに話がある」そこらじゅうの建物の正面階段にたむろしている連中に見られている気がする。「ちょっと考えたことがあるんだ」

「わかったわ」彼女は驚いた様子もなかった。おれに失望させられると予想していたのか？　なぜだ？　マデレンは忌々しいほどおれを好きなはずだ。おれのためなら命を投げだすであろう弟たちでさえ、おれを好きだとは思えないのに。おれはコートに警戒心を抱かせ、しょっちゅうヒューを失望させているからな。

ヒューは兄が無防備な小娘の純潔を奪ったと知ったらどう思うだろう？　そのうえ彼女をパリに置き去りにしたと知ったら？

ロンドンへ向かう馬車のなかでヒューが口にした言葉が頭に響いた。〝もし彼女が運命の女性だったら？〟その声がさらにこう続ける気がした。〝皮肉なのは、兄さんはどうにか運命の女性を見つけてそばにいてもらうこともできるのに、許されないほど彼女を傷つけようとしていることだ〟

だが、イーサンはすでにマデレンを傷つけていた。彼女と出会うずっと前に。一緒にいる時間が長くなるほど、また傷つける可能性が高まる。おれはそういう男だ。人を喜ばせる才能がまるっきり備わっていないのだから。

マデレンにおれの本性をわからせたほうがいいかもしれない。

「それで、わたしに話したいことって?」マディは失望の念を押し隠して尋ねた。妙にできすぎた話だと思っていたが、イーサンは考え直そうとしているようだ。彼が口を開いて、また黙りこむと、マディは訊いた。「トウマードへの借金を清算してくれたの?」

「きみはもうやつに借りはない」イーサンが謎めいた口調で答えた。

彼女は眉をひそめた。「彼を……殺したの?」

「ああ、やつの頭に銃弾をぶちこんでやった」イーサンが反応をうかがうようにちらりと彼女を見た。

マディは吐息をもらした。まさに戦から帰還した猛々しい擁護者ね。イーサンに向かってうなずくと、彼はマディが逃げださないことに困惑した様子だった。

「くそっ、どうしてそんな目でおれを見ているんだ? まったく気に入らない。おれはあの男を始末したと言ったんだぞ」

イーサンは考え直したわけではないのかもしれない——自分のしたことに罪悪感を抱いているだけなのかも。

「トウマードのことを気に病む必要はないわ。あの男がいないほうがマレ地区のためよ。でも、あなたは逃げたほうがいい。明日出航する汽船に今から乗りこめる?」

彼は凍りついてから、さっと頭を引いた。「きみのことがまるで理解できない。今、わかったよ。きみは頭がどうかしている」

マディは手を振って一蹴した。「トウマードに借金を清算すると持ちかけたの？」

イーサンは押し黙った。

「つまりあなたはお金を払おうとしたのに、トウマードが断ったのね。彼はもともと借金を返してもらうことなど望んでいなかった。バーサのようにわたしを働かせるつもりだったんでしょう」

イーサンは黒い目の奥に激しい怒りを燃やしながら、マディの瞳をひたと見据えた。憤怒に駆られた声で言う。「ああ、あいつ自身がきみと寝たあとで」

「そう」強烈な嫌悪感がこみあげた。「だったら、あなたにはほかにどうしようもなかったわ。トウマードはあなたからお金を受けとるのを拒み、わたしがいなくなったあとビーやコリーンを恐怖に陥れたはずよ。彼の手下はどうしたの？」

「腕をへし折ってやった」マディの表情を見て、イーサンは声を荒らげた。「やめろ！　そんな目でおれを見るな。気に入らないと言っただろう」

「わかったわ。でも、一刻も早くあなたをここから脱出させないと」辻馬車が通りかかり、彼女はすぐさま口笛を吹いたが、露骨に無視されて悪態をついた。次の瞬間、はっとして目を見開いた。「イーサン、傷の具合は？　傷口が開いたりしていないわよね？」

彼は口を開けて何か言おうとしたが、唇を引き結んで髪をかきむしった。

「まったく気にしないなんて、きみは……どうかしているんじゃないか。おれに対する警告を無視するとは、よほどこの地獄から抜けだしたいんだな」

「これまで幾度となく人の死を目の当たりにしてきたけど、トウマードの死は考えるにも値しないわよ」

「おれが人を殺したのはこれが初めてじゃない」

「そうだと思ったわ。あなたは危険が伴う秘密の仕事をしているんでしょう？」

「ああ、それにその仕事を辞める気はない──たとえ結婚しても」

マディはしげしげと彼の顔を見つめた。「あなたは罪悪感にさいなまれているわけじゃないのね？　わたしを追い払おうとしているんでしょう」

イーサンは応えなかった。ああ、そんなのいやよ！

わたしは指輪やお金や衣装を手に入れた。トウマードの問題も片づき、未来も取り戻した。なのにどうして、つかのまだったけど楽しかったわ、と軽くあしらえないの？

それはイーサンがほしいからよ。彼のぎこちない笑顔がもっと見たい。今朝与えてもらったものが──想像をはるかに超えた快感が──もっとほしい。

「そうなのね」お願い……どうか否定して！　だが、イーサンは沈黙したままだ。「だったら、ひとつ提案があるわ。わたしを追い払うために、何か身の毛もよだつことをしてちょうだい。わたしやわたしの友人を守ろうとして悪党を殺すより、もっと恐ろしいことを。わたしは一人前の女性よ」虚勢を張って言う。「あなたが心変わりをしたことをちゃんと受けとめられるわ」彼に捨てられたら何日も泣き暮らそうと思いつつ、嘘をついた。「わたしが何かしたせいで――」

「いや、きみは何もしていない」イーサンが即座に断言した。

「ゆうべは必死でわたしを追い求めたのに、なぜ今は目を見ることすらできないの？　昨夜と違うのは、あなたがもっとわたしのことを知っているということだけよ」こらえきれずに目が潤んでくる。

　彼はてのひらでうなじをこすった。「きみについて知ったことはすべて気に入ったよ。だから、おれなんかよりいい相手がいるんじゃないかと気づいただけさ」

「どういうこと？」

　イーサンは言葉を絞りだすように言った。「おれがクインに会ったとき、彼はきみが……不本意な状況に置かれているのかもしれないと感じていた」

「〝不本意な状況〟って？」

「クインはきみが困った状況にあるのではないかと思っていたんだ」イーサンの低い声がひび割れた。「あいつは……おれがそうしなければ、きみに求婚する気でいた」

　マディはぽかんと口を開いた。そのせいでイーサンはためらっているの？　クインのほうがいい人間だと思っているから？　たしかにクインはすばらしい人だし、彼と結婚できれば誇らしい。でも幼なじみのクインには、この知りあったばかりの荒々しいハイランド人ほど惹かれたことはない。

「きみはあいつを求めていたし――」

「クインはほしくないわ」静かな声で遮り、イーサンと目を合わせた。「あなたがほしいの」

彼はまるでマディに殴られたようにまごつき、拳に向かって咳きこんでからようやく口を開いた。「おれの言葉が聞こえなかったのか？　きみは望んでいた相手と結婚できるんだぞ」

「彼を求めていたのはあなたと出会う前よ」ついに辻馬車が目の前にとまった。「わたしはもう自分の意向を伝えたわ。さあ、わたしをどうするか決めてちょうだい。でも、それが最終決断よ」

イーサンは扉を開き、取っ手をぎゅっと握りしめたまま躊躇した。

マディは深く息を吸って言った。「いったん立ち去って一カ月後に迎えに来たり、数週間でわたしを放りだしたりするのは認めない――」

いらだちの声とともに、イーサンはマディの腰をつかんで馬車に放りこみ、唸るように言った。

「だったら、さっさと乗れ」

27

汽車の天井を見つめながら、イーサンは自分がしでかしたことの重大さに衝撃を受けていた。

この小娘はおれを気に入り、ぴったり張りついて離れないつもりらしい。殺人を犯したことを告げたとき、またしても賞賛の目を向けられた。

マデレンといると、ヒューと狩りに行ったときのことを思いだす。射撃の名手の弟はあっという間に狙いを定めて引き金を引く――銃の扱いに長けたイーサンでさえ目をみはる速さで。彼女といると同じ感覚を味わうのだ。しょっちゅう目をみはり、困惑させられる。用心しないと、彼女からあんなまなざしで見つめられることに慣れてしまいそうだ。

マデレンがまっすぐこちらを見て、クインではなくおれを選んだと言ったときは、彼女を勝ちとったことに言葉では言い表せないほどの喜びを覚え……。

「警告しておくけど」マデレンが口を開いた。「汽車に乗ると、わたしはすごく――」彼女はあくびをした。「眠くなるの」

出発して五分もしないうちに、マデレンの体から力が抜けた。イーサンの肩に額をぶつけるたび、びくっとして目を覚ます。

そんな彼女を見て、イーサンは言った。

「我慢しないで寝ればいい。きみの身に何も起こらないよう見張っているから」

マデレンがうなずく。「じゃあ、ちょっと寄りかかって……」彼女は熱っぽい目つきでイーサンの胸を見つめた。まるで、そこにもたれて眠るのを夢想するように。

「他人と一緒に寝るのは嫌いなんじゃないのか？」

「それはベッドのなかだけよ」

「どういうことだ？」イーサンは胸を叩き、マデレンを促した。彼女が身を預けてくると、その体に腕をまわした。「なぜベッドのなかだけなんだ？」

「腕を骨折したとき、貧困者向けの病院に入院したの。そこで四人の少女と小さな簡易ベッドに寝かされたのよ」マデレンの声が徐々に小さくなった。「毎晩、高熱に浮かされてもがく少女たちに何度も腕を叩かれたわ。床が凍えるほど冷たくてごみだらけでなければ、床に寝たでしょうね」彼女は黙りこみ、イーサンがそっとつつくと話を続けた。「退院できるようになっても、何日もそこで待たなければならなかったの」

「その頃にはもう母親が亡くなっていたんだな？」

マデレンがため息をもらした。「コリーンに聞いたのね」

「ああ。彼女を責めるなよ。きみも知ってのとおり、おれは口がうまいんだ。さあ、質問に答えてくれ」

「いいえ、母は亡くなっていなかったわ」

「じゃあ、なぜ退院できなかったんだ？」

「母は……わたしのことをしばらく忘れていたのよ。ちょうどその頃、新しい場所で暮らす準備をしていたから」

イーサンはしばし目を閉じた。おれはマデレンがシルビーと似た者同士であることを願っていた。だが、実際はおれとの共通点のほうが多かった。おれたちはふたりとも同じ女に傷つけられたのだ。

「どうして母親を亡くしていることを話さなかった？」

「孤児って……みじめな響きでしょう。それにマレ地区での暮らしがどれほど悲惨か、クローディアやクインに知られたくなかったの。あなたがふたりに黙っていてくれるかどうかわからなかったから」

「シルビーはなぜ死んだんだ？」

マデレンがたじろいだ。「母を知っているの？」眉間に皺を寄せる。

彼はさらりと嘘をついた。「一度も会ったことはない」

「でも、母の名前を口にしたわ」

「クインから両親の名前は聞いていたし、コリーンからも聞いた」イーサンは彼女の側頭部に手を添えて、また自分の胸に押しつけた。

「そう。母はわたしが一四歳のときにコレラで亡くなったの」

やつれ果てた末に死を迎える病だ。イーサンは仕事柄、コレラによる死を何度も目にしてきた。患者は脱水症状に陥り、苦痛や痙攣《けいれん》に襲われて筋肉が破壊され、全身の血がどろどろになる。そのあいだもずっと知覚は失われず、自分の死をひしひしと意識し続けるのだ。

イーサンはシルビーの死因に無慈悲な満足感を覚えたが、ふと眉をひそめた。「きみは……母親が亡くなったとき、一緒にいなかったんだろう?」

「いたわ。でも、母はあっという間に亡くなったのよ。たった一日で」

そうしてマデレンは、またひとつ恐ろしい光景を目の当たりにしたのか。「きみは母親から感染しなかったのか?」コレラは予防法を知らない者にはきわめて伝染しやすい病気だ。

彼女が身をこわばらせた。「わたしは見た目より強いのよ、イーサン」

「ああ、そうだろうとも」マデレンはおれが出会った誰よりも強い――たとえ無防備な宿なしに見えても。勇敢なうえに機知に富む女性だ。

おれは何時間でも彼女を見つめていられるだろう。

結局マデレンを一緒に連れてくることにしたが、そうしてよかったと心から思う。

マディは豪華な特等室でひとり目を覚ました。まぶしい日差しが丸い舷窓《げんそう》から差しこんでいるところを見ると、正午に近そうだ。ゆうべは汽車のなかで熟睡してしまったらしい。この数週間の不安による疲れが出たのだろう。イーサンがわたしを船に運び、ベッドに寝かしてくれたに違いない。

起きあがって室内を眺めながら、彼女は金箔の装飾がほどこされた紫檀材《したんざい》のベッドや色鮮やかな上掛けに指を滑らせた。

ベッドと浴槽はあのホテルのものと同じくらい大きかった。実際、この部屋の何もかもが大きい。イーサンはなんでも最高級のものを選ぶのね。

彼を見つけて船内を探索するため、マディはすばやく顔を洗い、コバルトブルーのシルク生地であつらえた散歩用のドレスを身につけた。おそろいの色のリボンがついたつばの広い帽子を鞄から取りだしたところにイーサンが戻ってきた。

「よかった。もう起きていたんだな」

「おはよう」マディは明るい笑顔を向けた。

彼女を見て、イーサンが眉根を寄せた。「しっかり休んだと見える」

「そのはずよ。なにしろ一八時間も寝たんだもの」マディはぐるりと室内を指し示した。

「いい部屋だわ。あなたは豪華客船だと言っていたけど嘘じゃなかったのね」

イーサンは壁に固定された机の椅子に腰かけると、彼女にベッドに座るよう手振りで促した。「きみに話しておきたいことがある。決まりごとをいくつか」

「いいわよ」マディは座って両手を膝に置いた。

「第一に、盗みはいっさい行わないこと。第二に、おれたちは夫婦としてふるまう。つまり、きみはあの酒場でしていたように男といちゃついてはならない」イーサンはにらみながら言った。「絶対に何も盗むなよ、いいな?」

彼女はきょとんとした。「わたしに……すりをはたらいてほしくないのね」真顔になって続ける。「わたしは喜んで他人のものを盗んでいたわけじゃないわ。必要に駆られて、そうしただけ。その必要性がなくなればもうしない。単純なことよ」

「男といちゃつくのはどうなんだ？」

「妬《や》いているの？」

「そんなわけがないだろう。ただ、きみが男たちをもてあそぶ様子が目に余れば、まわりはおれたちの結婚に疑念を抱くはずだ」

「決まりごとはそれだけかしら？　だったら守るのは簡単よ。それで、わたしたちは結婚してどれくらいだと人に言えばいいの？」

「一週間。これがおれたちの新婚旅行だ」

「人前に出るときは、わたしにちやほやしてほしい？」

「いや。むしろかまわれたくない。常に一緒にいる理由はないからな」マディが驚いた顔をするとイーサンは続けた。「いいか、マデレン、おれは長年独身だったうえに、人とのかかわりを極力避けてきた。きみに絶えずつきまとわれたら、いらいらするに決まっている」

そこまで言われると傷ついたが、彼女は無頓着にこめかみを叩いた。「邪魔するなってことね」

「この船にはおれたちのほかに一五〇人以上の乗客がいる。きみが努力すれば、ほかのご夫人のひとりと友達になれるさ」

ずだ」


「わたしはまだあなたの妻じゃないわ」

「連中はそんなことは知らない。だから、きみはおれがいなくても朝から晩まで楽しめるはずだ」

「わたしは友達を作って忙しくし、あなたの邪魔をしないように努力するわけね」

「だが日が沈んだら、この船室に戻ってくるんだ」

「了解よ。あなたの指示ははっきりと理解したわ」爪先立ちになって彼の頬にキスをしてから、レティキュールをつかんだ。

「もう出かけるのか？」

「ええ」陽気な口調で答える。「じゃあ、ごきげんよう、イーサン」

船室から出る前に見た彼の面食らった顔ったら、最高だわ。わたしが是が非でもそばにいようとすると思っていたのかしら？　イーサンにもっと一緒に過ごすことを無理強いはできない。自然にそうなるべきだ。

それに、一緒にいたくない人間の世話を担うのがどれほど大変か、わたしは身に染みて知っている。実の母は鼻につく性格で、その欲深さにはしょっちゅう悩まされた。わたしは決してあんなふうにふるまいたくない。むしろ、よそよそしく距離を保つようにしたいわ。

甲板に出ると、この〈ブルー・リバンド号〉が今まで見たことがないほど立派な客船だとわかった。すべての帆を広げた優美な汽船には、海面との境に外輪がなかった。あとでイーサンにその理由を訊いてみよう。ふたつの煙突がなければ帆船かと思うところだ。

今夜の満潮まで出港はしないが、船はすでに満員らしい。甲板を散歩する何組もの夫婦が目に入った。トランプが吹き飛ばされないように特別な札立てがついたゲーム用のテーブルもある。明るい陽光に輝く甲板で、子守が子供たちを追いかけている。

イーサンの言葉に傷ついたマディは、その活気ある光景に気が紛れた。これから丸一日のんびり過ごせるのだから、ぜひとも楽しまなくては。長椅子に横たわってお茶を運ばせ、窮屈なブーツで足が痛まない幸せに浸ろう。これこそ人生よ！

ぴんと張ったドレスの生地が、風にあおられて心地よい音をたてた。甲板にさっと目を走らせると、視界に入ったどの女性より自分のドレスは高級だった。

椅子に座った若い夫人たちがマディを品定めしている――パリのパン屋で見かけた女性たちを彷彿させるが、この一団のほうが裕福だ。マディはわずかに顎をあげ、通り過ぎる際に王族さながらに会釈した。

夫人たちはみな、真珠のイヤリングやチョーカー、ダイヤモンドのブローチといった宝石を身につけていた。マディは耳や喉元が寂しく感じられたが、気にしなかった。宝石で飾り立てていない理由をでっちあげ、平然とその場を乗りきればいい。

大胆不敵さが女王を生むのだから。

船が英国に入港する頃には、ほかの夫人にこう信じこませているだろう。無数にある宝石を身につけたいが、マディは流行に抗えない性格で、今年は宝石をあしらわないのがパリの流行なのだと。もちろん宮廷での晩餐会《ばんさんかい》は例外だけれど。

28

「マデレン、くそっ」イーサンが叫んだ。「起きろと言っているだろう！」

彼女はベッドからぱっと身を起こし、あえぎながら息を吸った。頬は濡れ、シーツは皺くちゃになっている。涙がとめどなく流れ落ちるにまかせ、暗闇をぼうっと見つめた。

イーサンが手さげランプの明かりを灯し、眉根を寄せて足早に戻ってきた。マディの肩をぎこちなく叩いたあと、手を引っこめる。「さあ……泣きやむんだ、今すぐに」彼女の涙にうろたえているようだ。「どうして悪夢など見たんだ？　住み慣れた街をあとにしたからか？」

「いいえ、悪夢はよく見るの」マディはささやいた。

ああ、恥ずかしい。昨日は彼と船室で落ちあったあと食事をし、キスを交わして触れあい、すてきな夜を過ごしたのに。

イーサンには悪夢のことを知られたくなかった。今はまだ。

ふと、以前に読んだ『ゴーディズ・レディーズブック』という婦人雑誌を思いだした。未来の花婿候補はにこやかな屈託のない女性を好むという特集記事があった。その記事は〝幸せな家庭出身の花嫁は幸福な家庭を築く！〟と明言していた。

わたしがそういう女性といかにかけ離れているか、イーサンに見られてしまった。

「どんな悪夢を見たか話したいか？」

そうしたくても、悪夢の詳細を話す心の準備はできていない――自分も実の母のようなひどい母親になるのではないかと恐れていることも。

マディがかぶりを振ると、イーサンはほっとした様子だった。それでも感心なことに、こうつけ加えた。「だったら、明日でもいいぞ」

「そうね」マディは洟をすすってランプを指した。「あれをつけたままでもいい？」彼が眉をひそめるのを見て、あわてて言う。「オイル代を請求されるのでなければ」

「きみが望むなら、昼間のように明るく照らしたっていい」

「昔から不思議に思っていたの。明かりをつけるゆとりがあるなら、なぜ部屋を暗くするのかしらって」最後の涙をぬぐい去り、マディは尋ねた。「あなたは悪夢を見たことがある？」

「ああ、以前は。だが、もう見なくなった」

「本当に？」イーサンが素直に話してくれたことに驚いて訊く。「どうやって悪夢を追い払ったの？」

「悩みの種を片づけたのさ」マディがいぶかしげな顔をすると、彼は続けた。「おれはひどい目に遭わされたら、水に流したりしない。誰かに苦痛を味わわされたら――」イーサンの顔に浮かんだ凶暴な表情に彼女は背筋が凍る思いがした。「おれはその恨みを晴らす」

いかさまをしないよう努力しつつ、マディは若い夫人仲間相手にブラックジャックの親を務めていた。夫人たちはマディを途方もない金持ちだと思いこみ、その服装を非常に前衛的だと考え、彼女を真似て宝石を身につけるのを控えるほどだった。

イーサンはわたしがひとりどころか一三人も友人を作ったことに仰天したようだ。新たな友人たちのおかげで、毎日彼と離れているあいだも忙しくしていられた。

イーサンもかびくさいクラブ室で農業雑誌に目を通せたはずだ。

婚約して四日しかたっていないのに、もう彼が恋しい。

けれど、あの悪夢を見て以来、イーサンはいっそうよそよそしくなった。マディは日没まで彼と離れているために何時間もトランプやさいころのゲームに興じ、女性たちの夫や子供の話に耳を傾けた。

夫人仲間でマディが一番気に入っているのは、オウェナ・デキンディアアレンだった。ベルギー人の実業家と結婚したウェールズ出身の現実的な女性で、若干二〇歳でもう子供がふたりもいる。

物思いにふけっていたマディは、オウェナの言葉を危うく聞き逃しそうになった。

「マデレンと違って、わたしたちはあんなに妻にご執心な夫に恵まれているとは限らないわね」

マディはトランプを切る手をゆるめて眉をひそめた。「どういう意味?」

「最初はあなたのご主人も、わたしの夫のネビルのように妻の賭博を監視しているだけかと思ったの。でも、ご主人は単にあなたを眺めるのが好きなのよ」

「ええ、そうね」マディは小ばかにするような口調になった。「わたしにそこまでご執心だから、夫は一日に一度しか会いに来ないのね」

別の女性が口を挟んだ。「それは違うわ。ご主人は一日に一度しかあなたのもとに来ないけど、近くにいる姿はよく見かけるもの」

「ご主人は――」オウェナがにっこりした。「とても険しい顔で……飢えたような表情だったわ」女性たちが忍び笑いをもらし、駝鳥《だちょう》の羽根の扇をひらめかせた。

近くまで来ていながら、どうしてイーサンはわたしに話しかけないのだろう？　マディはぼんやりとトランプを切りながら自問した。なぜあんなによそよそしいの？

次の瞬間はっと気づいて、トランプが四方に飛び散った。イーサンはわたしに恋心を抱き始めたんだわ！

マディは謝罪の言葉をつぶやき、テーブルやひとりの夫人のバケツ形の帽子からトランプをあわててかき集めた。そう、彼は恋に落ちかけている。だからあんなに冷たいのよ！

「わたしが親になりましょうか、マデレン？」オウェナがにやにやしながら尋ねた。「あなたは気が散っているようだから」

「ええ、お願い」マディの頭はめまぐるしく回転し始め……。

わたしは実の母親から愛されず、クインの愛情も得られなかった。イーサンですら、わたしをたいして好きではなさそうに見えるときがある。それでもマディは自分が魅力的な人間だと図々しく信じていた。

わたしはたいていの人から好かれるし、昔から友人を作るのは得意だった。もしその魅力を利用したら？　わたしはほぼ無敵のはずだ。イーサンに勝ち目はない。きっと彼は今にもわたしに心を捧げそうだと気づいたのだろう。だから日に日に冷たくなっているのだ。

イーサンが自分自身を守るため、ぶっきらぼうにふるまうのも当然かもしれない。あの年齢まで独身だった彼にとって、結婚はともかく女性に心を差しだすのは並大抵のことではないはずだ。

それにイーサンの言動には、わたしへの愛情が高まっている徴候がすでに読みとれる。毎晩深夜になると、わたしたちは愛撫やキスを交わし、とりとめのない話をしながらお互いの体を探る。イーサンはどう触れられるのが好きか口にする一方、わたしが彼にしてもらいたいことも知りたがった。

イーサンはよくわたしの首や胸にそっと鼻をすり寄せ、優しい口づけをする。わたしを褒めたり歓びを与えたりしたあと、自分の腕のなかで眠るように命じる。

船室でふたりきりのときはいつでも、イーサンは平然と裸で歩きまわった――あんなにすばらしい体なら、それも当たり前だけど。わたしはうつ伏せになって両手に顎をのせ、彼に驚嘆のまなざしを注ぐ。服に覆われていない体の動きをじっくり眺めていると、マレ地区で目にしたいくつかの光景が思いだされた。それにイーサンを当てはめるにつれて、好奇心がどんどん高まっていった。

毎朝マディは洗面台の前に立つイーサンの体を探り、彼はひげそりに集中できず四苦八苦する。イーサンの背中からウエスト、さらに下へ向かって指を滑らせると、決まってベッドにいざなわれた。

彼への思いは募る一方だ。顔を合わせるたびにまた会いたくなり、愛情もふくらみつつある。とりわけ、イーサンがマディの大好きなユーモアの感覚をふたたび見せるようになってからは。彼がぎこちない笑みを浮かべてからかうたび、彼女の心はとろけた。

今日の朝食の席で、イーサンが新聞の後ろから顔を覗かせて言った。「きみは乗客相手の賭博でいかさまをしているのか？」

「まるで、そうでもしないとわたしが勝てないみたいな物言いね。ここの乗客に勝つのは牛を仕とめるくらい簡単よ」

「牛をばかにしないほうがいいぞ」彼はスコットランド訛りの低い声で重々しく言った。「やつらはずる賢いからな」

マディは流し目をくれて言った。「イーサン、もしわたしが牛に追いつめられたら、命がけで守ってくれる？」

「ああ」彼はまた新聞を読み始めた。「その牛を殴り倒してやるよ」

彼女が笑いだすと、イーサンもしまいには新聞を畳んで置き、眉根を寄せながら慣れない様子で口元をほころばせた。

マディは幸せの吐息をもらした。もちろんイーサンはわたしに抗おうとするだろう。でも、そんなことをしたって無駄よ。

この瞬間、ブラックジャックの席でマディは決心した。あのハイランド人の愛を勝ちとろうと。

自分にかまうなとマデレンに告げた件で問題となったのは、彼女がその言葉に従ったことだ。

イーサンはマデレンがひとりかふたりの女性と親しくなることを予想していた。まさか、彼女の一挙手一投足をお手本とするにぎやかな女性の取り巻き集団が誕生するとは思ってもみなかった。彼女たちはマデレンにならい、宝石を身につけるのさえやめてしまった。

マデレンが魅力的な社交家だと知ってはいたものの、あれほどたやすく友達を作るとは驚きだ。おれにはそんな離れ業は到底無理だし、昔から人と親しくなるのは不得意だった。

彼女は日がな一日トランプや噂話に興じ、なんの苦もなくおれから離れている。

つまりこちらがマデレンに会いたい場合、船内を捜しまわらなければならない。イーサンは彼女と距離を置くべく一日の大半をクラブ室で過ごしていた。男性乗客の大半は有閑貴族や地主のため、船内の読み物といえば主に農業雑誌だった。

イーサンはその分野に疎かった。榴弾砲《りゅうだんほう》を設置したり、一キロ半の距離から標的の額を撃ち抜いたりするのはお手のものだし、ヨーロッパやアジア各国の地政学的状況にも精通している。だがローム土壌に適した最新の農業技術に関しては、完全にお手あげだった。

イーサンはまず地所のひとつであるカリヨンを訪ねて運営状況を確認することにし、雑誌をむさぼり読んだ。農業知識を得るために——そしてマデレンのことを頭から締めだすために。

しかしきたるべき夜を思うと、距離を保つのは容易でなかった。これまで数回会いに行ったが、マデレンは必ず満面の笑みを浮かべるので、顔を合わせるのがますますうれしくなった。彼を見てそんなふうに誰かがほほえんでくれた記憶はなく、毎回背後を振り返りたい衝動をこらえた。

今日は最長でも一時間しか我慢できず、気づくとマデレンの行く先々に足を向けていた。ただ遠くから眺めるだけでもかまわなかった。

イーサンは彼女をひとり占めできる夜を指折り数えて待ち、まさに恋わずらいのような状態で何日も過ごしていた。

このおれが、イーサン・マッカリックが、女性の関心を引きたいと思うなんて。

どうもマデレンに対して警戒心がゆるんでいるようだ。彼女はカリッククリフや弟夫婦をどう思うだろうと、気づけば思案している——夫婦か、耳慣れない響きだ。

マデレンはすでにジェーンと友人同士だ。おれがあの小娘をこっぴどく傷つければ、厄介なことになるだろう。

クインはなんと予告していた？　〝きっと彼女に翻弄されて途方に暮れるぞ〟クイン、おまえの予想は見事に的中したよ。イーサンは頬をゆるめた。だが、彼女はおまえでなくこのおれを選んだ。

以前はすべてが無味乾燥だった。他人とも距離を置いていたが、今はそうできるかわからない。少なくともマデレンとは。彼女について気に入らない点を必死に探すたび、ふたりの相性がいい証拠が新たに見つかる始末だ。

毎晩ふたりはそれぞれの欲望にふける。おれはこの一〇年に感じた以上の歓びをマデレンの手によって味わった。用心しないとそれに慣れてしまいそうだ。

来る日も来る日も夜明けに向けて、ベッドのなかでは争いが繰り広げられる。マデレンが丸まって眠るのを見ると胸が苦しくなり、なんとか彼女を自分に寄り添わせて寝させようとするせいで。

そんなことに躍起になるなんて、一週間前だったら考えもつかなかった。

マデレンをもう一度完全に自分のものにすれば、この絶え間ない欲求もおさまるに違いない。

そう考えて、彼女に触れるたびにさらに多くを奪った。マデレンのなかにより長く指をとどめ、満たされたいという思いを抱かせて、体がイーサンを求めるように仕向けた。おれが逆の立場なら、それによって欲望が高まると思ったからだ。言わば調教だな。

イーサンは自分がさらに何かを求めていることに気づいたが、具体的には彼女に何を求めているのかわからなかった。

マデレンの決意は依然として揺るぎない。結婚しない限り、本当におれとひとつになる気はないらしい。

となると、英国に上陸して数週間足らずで結婚を迫られることになる。おれが応じなければ、彼女は立ち去るだろう。

どちらも受け入れられない筋書きだ。

ふと、ある計画が頭に浮かんだ。過去の女たちはおれに粗野に扱われるのが好きだった。冷酷で傲慢な態度が功を奏し、これまで無数のそんな女性とベッドをともにした——マデレンにもこの手が通じるかもしれない。

29

その晩、ふたりは食事をして一緒に浴槽につかったあと、裸のままベッドに横たわった。マディの仮説はイーサンの言動によって何度も裏づけられた。

彼はしきりにシャンパンをすすめてきたものの、マディに対して無愛想でそっけなかった。うろたえた独身男が必死に最後の抵抗を試みているのだと、彼女は内心おかしかった。

イーサンの不機嫌さには対処できる。とりわけ今日のような一日のあとは。食べきれないほど料理が出てきて、さほど苦に思わない。彼と人生を分かちあうことが日増しに魅力的に思えてきて、さほど苦に思わない。

をふるまわれ、ベランダからバケツで水を引っ張りあげることなくお茶を楽しんだ。ンと浴槽で軽く戯れたあと、ふたりのあいだには欲望を思う存分満たす期待感が漂っている。イーサ

「イーサン、今夜はなぜかわたしに腹を立てているようね」マディは無邪気に尋ねた。「何かあなたの気に障るようなことをしたかしら？」あなたの心を覆う防壁を脅かす以外に。

「おれはきみを抱きたいだけだ」イーサンがぶっきらぼうに答えた。「きみはおれのものになって当然だし、おれはすでに一度きみを奪っている。今夜はまたひとつに結ばれるつもりだ」

「正直、あなたの気まぐれには頭が混乱してついていけないわ。シャンパンのせいで神経過敏になっているのかもしれないけれど、あなたのわたしに対する態度はころころ変わって――」

イーサンがマディをベッドに押し倒して覆いかぶさってきた。だが、彼女は少しも怖いと思わなかった。

「そのまま横たわっていろ、この小娘め」

マディはくすくす笑った。「今、小娘って呼んだ？　そんなことを言うと年がばれるわよ。ときどき、あなたの年齢を忘れてしまうわ。それで何歳なの？　三七？　三八？」

「三三だ」すっかり途方に暮れた顔で、イーサンは彼女を放した。「おれは……その、きみには年上すぎるか？」

「そんなことはまったくないわ、イーサン」正直に答える。

「だったら認めろ、おれと寝ないのはこの傷跡のせいだと。傷を負う前は、女性を誘惑するのに苦労したことなど一度もなか――」

マディは噴きだし、おなかを抱えて転げまわった。「褒め言葉を期待しているの？」

「そんなわけないだろう。いいから、笑うのをやめるんだ！」

何度か試みたのち、彼女はようやく笑いをとめた。「ごめんなさい、あなたがそんなにうぬぼれ屋だとは思いもしなかったから」

「おれは褒め言葉を期待したわけじゃない」

「それならさっきの言葉をどう説明するの？　わたしがあなたと寝ない理由は、あなたの容姿とは無関係だと知っているくせに。あなたの貪欲な虚栄心を満たすために言うけれど――」

「くそっ、おれはそんな――」

「わたしはあなたをこのうえなく魅力的で男らしく、ハンサムだと思っているわ」

イーサンが言いかけた言葉は喉の奥で消えてしまったようだ。困惑した様子で、彼は眉根を寄せた。

「あの朝パリでそう伝えるつもりだったけど、あなたがわたしの貧乏暮らしをからかい続けるから、あなたの唯一の弱みを手放す気になれなかったのよ」

彼は目をそらして尋ねた。「それで、この傷跡のことは？」

「どんな戦いでその怪我をしたにせよ、あなたが傷ついたことに胸が痛むわ」マディは傷跡を指で撫でた。今回もイーサンはそれを拒まず、一瞬まぶたを閉じただけだった。「だけどこの傷跡は、あなたが過酷な人生によって鍛え抜かれた強い男性である証拠よ」

イーサンがうなじをこすった。「きみのことがまるで理解できない」

「これはテストの一種なんでしょう？　わたしの愛情の深さを確かめ、わたしがあなたの不機嫌な態度やあなたとの結婚生活に耐えられるか見きわめたいのね？」

「ああ、きみがそう信じたいなら。おれへの愛情を証明する方法はひとつしかない。今すぐおれに抱かれることだ」

「そんなのずるいわ」

「おれを納得させたくないのか？」

マディは唇を嚙んだ。これまで何度も目にして、ずっと興味があったことを試してみたいと言ったら、イーサンはどう反応するかしら？　もっとも、彼はわたしが大胆すぎると非難するような人には見えない。

「ねえ」イーサンの胸に唇を押し当てた。「ほかのやり方で愛情を証明することも可能なんじゃない？」さらに唇をさげた。彼の全身がこわばり、下腹部が脈打つ。「ずっと頭に思い描いてきたことがあるの」

「まさかきみは」イーサンが激しくかぶりを振った。「そんなこと――」

マディが臍の下に生える毛をたどり、男性の証に熱い息を吹きかけると、彼は鋭く息を吸った。いきなり彼女の頰を両手で包む。

「ああ、きみはなんてきれいなんだ」イーサンがぶるっと身を震わせて膝を立てる。「前から……こうしたいと思っていたのか？」

「ええ」彼の引きしまった腹部にキスをした。「あなたがひげを剃っているのを眺めていたときに」

「この件でおれをからかったら承知しないぞ」苦痛を感じているのか、イーサンは眉間に皺を寄せた。「おれがどれほどそれを熱望しているか、きみにはわかりっこない」

「こうしてみたいとずっと思っていたのよ」屹立したものにゆっくり頰をすり寄せると、彼の膝がすとんと落ちて大きく開いた。

「髪を脇によけろ。きみがおれを口に含むところが見たい」

マディは片方の肩の前に髪を寄せてから、ふたたび身をかがめた。こわばりの先に息を吹きかけ、先端の割れ目に舌を滑らせる。

とたんにイーサンが白目をむいた。

その反応にマディは勇気づけられた。彼はわたしが与えようとしている快感を切望している。そそり立ったもののてっぺんに舌で円を描き、うっとりとまぶたを閉じた。わたしもこれを求めているんだわ。彼女は新たな快感に夢中になりながらイーサンをじらし、ひと晩じゅうこうしていたいと思った。

「ああ、そうだ。さあ、口に含んでくれ……」

マディはためらいながらも彼の命令を無視し、主導権を握っていることを実感した。湿った先端を何度もなめるうちに、とうとうイーサンが怒ったように身をのけぞらせた。

「こんなふうにされるのは久しぶりなんだ」喉を詰まらせて言う。「もてあそぶのはあとにしろ」彼は震える手でマディの頭をつかみ、股間に導いた。

だが、彼女は頭を引いた。「わたしは初めての経験を堪能したいの」

「おれの欲求を――満たしてくれ」イーサンが唸るように言う。

「いやだと言ったら？」

唇をすぼめたマディに息を吹きかけられると、彼は身震いして腰を突きあげた。

「どうやらすべての切り札を握っているのはわたしのようね――」

目にもとまらぬ速さでイーサンが彼女の腰をつかみ、仰向けにした。抗議の声をあげるマディを引っ張り、同じやり方で応酬する体勢を整える。彼女の手首を背後にまわして動きを封じると同時に、イーサンは威嚇するように覆いかぶさってきた。

「どうやら、ちっちゃなお嬢さんはおれのような男をもてあそんではいけなかったようだ」

イーサンが脚のあいだに腰を割りこませてくるあいだ、マディはなすすべもなくあえいだ。これほど欲望を覚えたことはない。「とりわけベッドのなかでは」

イーサンはマデレンの膝の下に肩を入れ、彼女の脚を背中にのせた。

滑らかな内腿に唇を這わせると、マデレンの息遣いが乱れ、胸が激しく上下した。ゆっくりと腹部をなめ、徐々に臍から下へ唇をおろしていく。

「脚を開け」彼女が求めに応じて秘所をさらけだすとイーサンの下腹部は脈打ち、そのなかに押し入りたいと訴えた。

自分もお返しにじらすだけのつもりだったが、マデレンがどれほど官能的かを目の当たりにし、脚のあいだに口を押しつけずにはいられなかった。初めて舌で味わう彼女は、滑らかに潤っていた。

イーサンはうめき、やわらかい腿をぎゅっとつかんだ。マデレンも叫び声をあげ、彼の口に向かって体を波打たせる。舌で深く探っては敏感な突起をなめるうち、彼女がわれを忘れてイーサンの背中に踵《かかと》を食いこませた。

そこで彼はどうにか身を引いた。

マデレンが顔をあげて目を開き、困惑したように眉をひそめた。「も、もっと……」切れ切れに言う。ひどく飢えた目で見つめられ、イーサンは求めに抗うのがやっとだった。

「これでおれの気持ちがわかっただろう？」

「ええ」マデレンは手を振りほどこうともがき始め、彼はいつまで愛撫を中断したまま我慢できるかわからなくなった。「イーサン、も、もうあなたをじらしたりしないわ。約束する」

「いいだろう」いっそう大きく脚を開かせ、より深く探って、すばらしい味をさらに堪能する。

「ああ、神様」マデレンのうめき声にイーサンも呼吸を荒らげ、腰を揺らし始めた。襞を開き、舌と唇で芯を挟んでゆっくりと吸いあげる。「そう、いいわ」彼女が叫び、背中を弓なりにして腰を動かした。「ああ、イーサン……」

マデレンが絶頂に達しながら自分の名を呼ぶのを見て、彼は夢を見ているような心地だった。男がこれほどの快感を味わうことなどあるのだろうか？　イーサンはマデレンが燃え尽きて、彼の肩や首のまわりで脚を震わせるまで吸い続けた。

それから手を離して横たわると、彼女がイーサンの胸に手を置き、首に顔をすり寄せてきた。

「あなたがしてくれたこと、すごく気に入ったわ」そう耳元でささやかれて誇らしさに胸がふくらみ、下腹部が耐えがたいほど脈打った。

やがてマデレンは彼の体をキスでたどり始め、彼女の髪がほてって敏感になった肌をこすった。小さな熱い口にそそり立ったものを含まれた瞬間、イーサンは叫んだ。その濡れた口にむさぼられて……。

彼は唸るように言った。「いいぞ。そうだ、深く」情熱に溺《おぼ》れつつも、マデレンの頭をつかんで腰を突きあげたい衝動はこらえる。彼女はうめきながら貪欲に口を動かしていた。イーサンはマデレンの行為を第三者として眺めているような気分だった。彼女は舌を這わせたりキスしたりして、こわばりを慈しんでいる。

まさに信じがたい経験だ。彼女は優しく愛撫しながらも、ふしだらにイーサンを惑わしていた。

しかしマデレンが彼を口に含んだまま絶頂に導こうとしたとき、イーサンは己が完全に自制心を失う寸前だと悟り、敗北のうめき声をあげて彼女を押しやった。

「イーサン?」呆然とした声で尋ねるマデレンを胸に引き寄せる。「わたし、何か間違ったことをした?」

「いや、何も。ただきみに……これを嫌いになってほしくないんだ」みだらな気分で、今にも爆発しそうだ。イーサンは彼女の首に腕をまわしてキスをした。

マデレンに彼女自身の蜜を味わわせると、彼は股間のものを握りしめた。

「おれの大好きなことだから」彼女の唇に向かって言う。「きみにも同じくらい好きになってもらいたい」激しく手を動かし、もう片方の手でマデレンのヒップをもみしだく。いったん動きをとめて訊いた。「おれを見たいか?」

目を丸くしたマデレンがうなずいたので、彼女の首にまわした腕をゆるめ、そそり立ったものをしごく姿を見せた。

マデレンの視線を浴びることで、欲望はさらに高まった。迎えた絶頂はすさまじかった。イーサンは大声をあげて背中をのけぞらせ、息をのむ彼女の前で腹の上に精を放った。

ついに彼が果てると、ふたりは横たわったまま息を整えようとした。心底満たされた気分で、イーサンはマデレンを抱きしめながら髪を撫でた。まさか彼女がおれを口で愛撫するのを楽しむとは。だが、これでまた相性がいい証拠が見つかった。

ようやく起きあがって体を拭き、振り向いた瞬間、マデレンが叫んだ。

「まあ、イーサン! 傷口から出血しているわ!」

彼は胸を見おろして肩をすくめた。

「こっちに来て」マデレンが膝立ちになって手招きした。「ちょっと見せてちょうだい」イーサンがベッドに戻ると、彼女は身を近づけてしげしげと眺めた。「よかった、傷口は開いていないわ。でも、思ったより出血しているわね」

マデレンが立ちあがって濡らしたタオルを取りに行き、彼は首を傾けて魅力的なヒップにじっと見入った。「きみが面倒見のいい性格だとは思わなかったよ」ぼんやりと言う。

タオルを片手に彼女が応えた。「あなたのような男性が相手だとそうなるの」

「おれのような？」

マデレンはイーサンとともにベッドの上に戻った。「ええ、あなたはわたしが賭けている黒い競走馬だから」彼の額にかかった前髪をそっとかきあげて目を合わせる。「あなたにはお砂糖とりんごをたっぷりあげるの」

「繁殖用の牝馬《ひんば》はどうなんだ？　ぜひともお近づきになりたい牝馬がいるんだが」

「きっとその牝馬もたくましい種馬にのしかかられたいと思っているけど、まず自分の将来のためによりよい草原を確保しなければならないのよ」

いつになく魅了された声でつぶやいた。「まったく、ばかで生意気な小娘だな」

するとマデレンがあの笑みを浮かべた。そのとたん、イーサンは男が女に夢中になる理由がわかった気がした。

30

その日の深夜は突風が吹き荒れ、船は縦揺れが続いていた。

「きみがマレ地区に行きついた経緯を話してくれ」イーサンがマディの注意を嵐からそらすように言った。彼女はベッドのヘッドボードにもたれた彼の胸に寄りかかっていた。

「クインはなんと言っていたの？」マディは彼の顔が見えるように身を引いた。

「きみの父親が決闘で亡くなると、屋敷を債権者に押さえられ、フランス人の母親がきみをパリに連れていったと」

彼女は肩をすくめた。「まあ、だいたいそんなところよ」

「そんなはずはない。おれは何もかも知りたいんだ」

「そうすれば、わたしに冷たくするときに利用できるから？」

「いや、ただきみに興味があるんだ」

「だったら話すけど、まずあなたが何かわたしの知らないことを明かさないとだめよ」

イーサンが眉をひそめた。「たとえばどんなことを？」

「あなたの過去について話して。邪《よこしま》な秘密とか」

彼はじっくり思案しているらしく、かなりたってから口を開いた。

「おれは以前、自分が呪われていると思っていた」

マディは目を見開いた。「本当に？」

「ああ。おれの一族には何世紀にもわたって代々受け継がれている書物がある。その本に書かれた予言はすべて現実のものとなった。そこにはおれたち兄弟に関する予言もあるんだ」

いぶかしむように彼を見つめる。

「わたしをからかっているんでしょう？　あなたは迷信深い人には見えないわ」

「もちろん迷信深いさ。おれはスコットランド人だぞ」

「いずれにしても、それは邪な秘密には思えない。あなたみたいに自分の運命をちゃんと支配できている屈強な男性が、そんなばかげた予言を信じていたなんてかわいいわね」

「かわいいだと？」イーサンはむっとしたように訊き返した。「そういうきみには、ばかげた迷信などないんだろうな？」

「あるわ。大ありよ。でも、わたしは自分の人生を支配できたことなどほとんどないわ」

ふたりは押し黙った。

マディは彼の肩に触れた。「イーサン、わたしは無理強いされてあなたについてきたわけじゃない。自ら選んでそうしたのよ。それに、そうしてよかったと思ってる」

彼は警戒する顔つきになった。「おれはきみの質問に答えた。今度はきみの番だ」

「決して自慢できる話じゃないし、わたしに対するあなたの印象が悪くなったらいやなんだけど」

「どういうことだ？」

「〝幸せな家庭出身の花嫁は幸福な家庭を築く！〟レディーのご意見番とも言うべき『ゴーディズ・レディーズブック』にそう書かれていたわ」

「きみの印象が悪くなることは絶対にない。だから話してくれ」

「詳細な話と大まかな要約とどちらがいい？」

「何もかも包み隠さず話してほしい」

深く息を吸いこんでから、マディは語りだした。「みんなが思っているのと違って、わたしの人生は父が亡くなった日を境に崩壊したわけじゃないの。その半年前の晩からよ」

いまだに真相がわからない、秘密と怒りに彩られた夜からだ。

「すべてが現実ではないように思えたわ、イーサン」船のすぐ外で雷鳴がとどろき、彼女は思わず身を震わせた。「ある晩、ぐっすり眠って目覚めたら、まったく別の人生に変わっていたの。他人だらけの異世界に迷いこんだ気がした。説明するのは難しいけれど」

イーサンが大きなざらついた手でマディの腕をさすった。「話してごらん」

「あの夜に何が起きたのか、何年も突きとめようとしてきたわ」さまざまな記憶がよみがえり、眉間に皺を寄せる。「目が覚めて最初に気づいたのは、使用人たちがびくびくしていたことよ。彼らはわたしが前夜のことをどのくらい知っているのか推しはかるように、こちらをじっとうかがっていた。やがて、わが家でもっとも信頼されていた使用人ふたりが解雇されたことが判明したわ——父の腹心の部下と母の相談役のメイドが」マディは言葉を切って、イーサンの顔をしげしげと眺めた。「あなたはわたしがこれから話すことを、ひとつ残らずからかうつもり？」

「いや、何もからかったりしないよ」

彼女は息を吐きだしてから告白した。

「父は……母が別の男性とベッドにいるところを発見したんだと思うわ」

「なぜそう思うんだ？」イーサンが慎重な声で尋ねた。

「普段は穏やかな父が……あの晩、母を殴ったからよ」母が目のまわりに青痣をこしらえ、父はもっとも愛しているはずの妻を見るのも耐えられない様子だったのを今でも鮮明に思いだす。

「だからといって——」

「その夜、父は予定より早く旅から戻ったの。それにあの母のことだから、しょっちゅう浮気していたとしても驚かないわ。母は自分勝手な意志の弱い女性で、父は母よりずっと年上だったのよ」

「なるほど」イーサンの体は硬直していた。マディは彼を見つめて自問した。イーサンは嫌悪感を覚えたのだろうか？　それとも、わたしが何を口にするか恐れているの？

「明くる日、父はうわの空でわたしの頭をぽんと叩いて言ったわ。〝マディ、わたしは過ちを犯してしまった〟と。そしてよろよろと部屋から出ていった。以来、父は人が変わってしまったの。父も母も赤の他人のようだった」

「そのあと何があったんだ？」

マディは彼のこわばった顎に目をとめた。「このことを話すべきかどうかわからない」

「おれはどうしても知りたいんだ、マデレン」

「でも──」険しいまなざしを向けられて言葉を切り、やがてつぶやいた。「わかったわ」


イーサンはその出来事を知っているだけでなく、それを引き起こした張本人でもあった。マデレンが苦悩に満ちた声で悲劇の結果を語りだした。

「それから半年後に父が亡くなり、債権者が押しかけてきたわ。母とわたしは父の葬儀から戻ると、激しい嵐のなかアイブリー・ホールから追い払われたの──それが子供の頃に住んでいた屋敷の名前よ。怖くてたまらなかったわ。母がわたしの面倒をまったく見られない人だったから特に。一度、こう尋ねたことがあったの。〝わたしたちが住む場所はすぐに見つかるの？〟すると母は〝もちろんよ。すぐにいい場所が見つかるわ〟と答える代わりに怒りだした。〝わたしにはあなたの知っていることしかわからないわよ、マデレン。それであなたはどう思うの？　教えてちょうだい〟と言ったわ」

わたしたちが住む場所、か……。

マデレンが住み慣れた環境から切り離された一一歳の少女の苦難を詳しく語るにつれ、イーサンは胸に涙が滴り落ちるのを感じた。自宅から締めだされ、大好きな人形やドレスやペットを失うことが幼い少女にとってどんなにつらいことだったかを彼は思い知った。

彼女が初めてマレ地区を目にしたとき、それがどれほど不潔で恐ろしく見えたかを……。

マデレンが真実の全容をほぼ解明できるだけの情報を得ていることもわかった。彼女が洞察力に優れ、よく気がつく子供だったのは明らかだ。あの晩、自宅に知らない男がいたのではないかとすでに疑っているのだから。

彼女がさまざまな事実を突きとめ、その男がイーサンだと断定するまで、あとどのくらいだろう？

マデレンがついにリボンに吊した指輪を握りしめながら身を丸めて眠りに落ちると、イーサンは彼女をじっと見つめてやわらかい髪を撫でずにはいられなかった。

今夜、彼はマデレンの勇気や不屈の精神をより深く理解した。そのふたつの資質に比べると、自分の欠点がいっそう際立った。

そんなことは知りたくなかったし、認めるのはつらい。

一般的に悪人が行いを改めようとしないのは、努力を怠り、正しい選択の仕方がわからないせいだと考えられている。だが、すべての原因は当人の過去にあると考える人間は少ない。己の悪《あ》しき行為を別の角度から振り返るのは、まさに地獄のようだ。

一〇年前、今のマデレンよりも年長だったおれは自己憐憫《れんびん》に浸り、酒に溺れて冷酷非道にふるまい、その結果罰を受けた。彼女のほうはおれに謙虚な気持ちを抱かせるほどの気骨と決意を備えていただけなのに、両親の過ちのせいで罰せられた。

イーサンによって罰せられたのだ。そのことをどう打ち明けるか、彼はたびたび想像した。〝あの晩、おれは酔っ払ってシルビーと、いや、きみの母親と寝ることにした。彼女はおれに強姦されたときみの父親に訴えた。不実な妻を持つ気弱な夫はその嘘をうのみにして、部下に汚れ仕事をさせた。おれの顔を切り刻んだのはブライマーだ。だから後日、やつを八つ裂きにしてやった。おれはきみの父親を破産させて事実上の自殺に追いこんだあと、彼の屋敷や資産を手に入れて、きみやきみの母親を路上に放りだした〟

その時点でまだマデレンが悲鳴をあげて逃げだしていなければ、こう締めくくる。〝シルビーはたった一一歳のきみを地獄に連れていった。おれはそれを承知しながらきみを助けようとせず、ただ傍観していた。さらにそれだけでは飽き足らず、きみと伯爵の婚約をぶち壊し、きみを欺いて利用しようとパリへやってきた〟

〝もし彼女が運命の女性だったら？〟ヒューにはそう訊かれた。イーサンは乾いた笑い声をもらした。

ヒューは知る由もないが、マデレンが〝運命の女性〟かどうかは関係ない。呪いが嘘だったかどうかも。おれは決して彼女を手に入れることはできない。すでに取り返しのつかないことをして、最終的にマデレンに憎まれると決まっているのだから。

今、彼女と分かちあっていることもいずれ終わる。忌々しい常套句《じょうとうく》を用いれば……。またしても〝賽《さい》は投げられた〟のだ。

31

「あれが〝小さな屋敷〟なの？」

ぽかんと口を開けそうになるのをこらえながら、マディは近づきつつある海辺の豪邸を馬車の窓から眺めた。

「ああ。ここは村にある組み鐘にちなんでカリヨンと呼ばれているんだ」砂利に覆われた長い私道を進んでいく馬車のなかで、イーサンは答えた。「この屋敷はほかの邸宅に比べ、はるかに地味で辺鄙《へんぴ》な場所にある」

彼女は唾をのみこんでうなずいた。「ええ、そうね」

多くの城同様、その立派な族長館は切石の土台に築かれていたが、ここの切石は暗いクリーム色で表面が滑らかだった。馬車は私道沿いのひな壇式の庭、壁に囲まれた庭、自然風庭園を通り過ぎた。芝の小道や地所を流れる澄んだ小川も見える。

「とてもきれいだわ」マディはぼんやりと言ったが、〝きれい〟などという言葉ではとても言い表せない。一羽の孔雀《くじゃく》が緑の芝生を気どった様子で横切るのが目に入った。カリヨンはまるでおとぎの国のようだ。「あれは……孔雀よね」

「祖母が変わり者で、孔雀を連れてきたんだ。今ではほぼ野生化している」

「あそこにあるのは椰子《やし》の木？」

「ああ、あたたかい海流のせいで、このあたりの気候は温暖なんだよ。雪が降ったり海面が氷で覆われたりすることはめったにない」

わたしは将来、ここをイーサンとともに所有することになるの？

「こんなにすばらしい邸宅は今まで見たことがないわ」

「いや、執事が管理を怠ったせいでひどい有様さ」

「なぜそう思うの？」

「この時期はさっき通った裏の耕地に干し草の束が置かれて、秋の作物が植えられているはずだ。しかし、どちらも見当たらなかった。母屋や馬小屋の窓枠は塗装がはげかけてるし、柵《さく》はどれもそこらじゅう修理が必要に見える。おれの到着を使用人に電報で知らせておいたのに、噴水の水も出ていない。きっと壊れているんだろう。おれは自分の屋敷をこんな状態にしたことはない——かつて一度も」

「それほどひどいとは思わないけど」イーサンの気持ちを明るくしようとして言った。

彼は窓の外を眺めた。「だろうな」

「どういう意味？」

「マレ地区と比べたら、なんだって豪華に見えるんじゃないか？」

マディも同じことを考えていたが、イーサンの当てこすりにはうんざりし始めていた。英国に到着して以来、彼はまた冷たくなった――これまで以上に。お酢ではなく甘い蜂蜜を与えるのよ、とマディは自分に言い聞かせる。

とはいえ、蜂蜜も底をつく寸前だ。「あなたにどこから救ってもらったか、今日は思いださせられずにすみそうだと思っていたのに」

「おれはただ頭に浮かんだことを口にしただけだ」イーサンはそう言い返したが、馬車が母屋の前でとまると口喧嘩は棚あげになった。「噂をすれば影だ」出迎えに現れた中年の男女を見て、彼が告げる。「あれが執事のサイラスだよ」

イーサンは馬車をおりる彼女に手を貸し、執事を無視して言った。

「マデレン、彼女がここの家政婦のソーシャだ。ソーシャ、こちらがおれの妻のレディー・カバナーだ」

彼がそう紹介しなければならない理由を理解する反面、マディは嘘をつくのが居心地悪かった。ソーシャがはにかむようにほほえみ、膝を折ってお辞儀をした。

「レディー・カバナーをおれたちの部屋に案内して、妻に必要なものをすべてそろえてくれ」それからイーサンはマディに向かって言った。「では、夕食の席で」

ソーシャがふたたび深々とお辞儀をして玄関扉のほうを向き、マディの先に立って屋敷に入った。玄関広間の床は大理石のタイルに覆われ、天井が高かった。馬蹄形《ばていけい》の曲線を描く優雅な木製の階段は絨毯が敷きつめられている。

ソーシャの後ろから階段をのぼり、二階の広い踊り場に出たところで、マディは手すり越しにイーサンをちらりと見おろした。彼は見るからに怯えたサイラスを従えて足音も荒く玄関広間を横切り、別の方向へ向かっていた。

目をあげると、ソーシャが重い扉を開けて足早に主寝室へ入るところだった。あとに続いたマディの前に、美しい鏡板が張られた夫婦の寝室が現れた。マディの寝室が淡い色彩なのに対し、イーサンの寝室はもっと暗い色調だった。床は分厚い絨毯に覆われ、ここも天井が高い。

夫婦の寝室をつなぐ戸口にたたずみ、四柱式の自分の優美なベッドからイーサンの巨大なベッドに視線を移す。彼のベッドは普通の部屋ほどの大きさだった。船の特等室で一緒に寝泊まりする必要がなくなった今、イーサンはお互いがどこに寝ることを望んでいるのだろう？

「すばらしいわ」マディはソーシャに言った。ただ、建物自体もそうだが、室内装飾がやや重厚すぎる。さっき通り過ぎた部屋のなかには……不気味な雰囲気が漂うものさえあった。この館《やかた》をあまり堅苦しくない快適な空間に生まれ変わらせるのは、やりがいがありそうだわ。

マディは自分が女主人として屋敷に変化をもたらすことができると気づいた。一段落したら、ここに戻ってきて改装してもかまわないかイーサンに尋ねてみよう。

「ええ、ここはすばらしいお屋敷です」ソーシャが内気そうな声で言った。「それに、この眺めをごらんください」カーテンを開き、壁一面を占める背の高い張りだし窓とガラス戸をあらわにした。

ソーシャがガラス戸を開けて外に出るよう促す。大理石のバルコニーに出たとたん、マディは息をするのも忘れた。

海……真正面に海原が見えた。紺碧《こんぺき》の海は陽光にきらめき、どこまでも広がっている。屋敷は岩だらけの岬や一面の砂浜から奥まった崖《がけ》の上にそびえていた。眼下には、バルコニーと同様に手すりのついた大理石のテラスがあった。屋敷のこちら側は、どの部屋からも砂浜とアイルランド海が望める。

「まあ」マディはささやいた。ここの庭園や丘を目にした瞬間、カリヨンのとりこになったが、この海にもすっかり心を奪われた。

それでも、こみあげる不安によって興奮は抑えられていた。こんな立派なお屋敷の女主人になるなんて……あまりにも現実離れしている。

幸運は勇者に味方するのよ。マディはそう自分に言い聞かせた。ええ、だけどこれは荒唐無稽すぎるわ。

「それで、サイラスが職務怠慢だった理由はわかったの?」イーサンと堅苦しく気づまりな夕食をともにしたあと、マディは尋ねた。彼はマディを誘うことなく無愛想に書斎へ移動したが、彼女はあとについていった。

「ああ。一日じゅう酒に溺れていたらしい」イーサンはどっしりとしたマホガニー材の机の向こうに座った。「この屋敷は惨憺《さんたん》たるありさまだ。それを考えると、ほかの執事たちに任せた数多くの館もどうなっているかわかったものではない」

彼がひどく気に病んでいるので、マディは近づいて肩をもんだ。

「きっと代わりの優秀な執事が見つかるわ。誰にとっても、カリヨンの執事に選ばれるのは名誉なはずだもの」

「そうだな」

「新聞に募集広告を掲載して、問いあわせの手紙を転送してもらえばいいのよ」

「どういう意味だ？」彼女のてのひらの下でイーサンの体がこわばった。「この問題が解決するまで、ここを離れるつもりはない」

マディは落ち着いた声を装って尋ねた。「じゃあ、どのくらいここで足どめされるの？」

「おれは新しい執事を見つけて、その男に館の運営のあれこれを叩きこまなければならないんだ」

彼女は手を引っこめて、机の前に移動した。「どのくらい？」

「一週間。いや、二週間かな」

マディは落胆した。

「あなたと結婚しないまま、そんなに長いあいだここにはいられないわ」

彼女の懸念を一蹴するようにイーサンが手を振る。

「みんなにはもう結婚したと告げてある」

「ソーシャから近くに村があると聞いたわ。そこで結婚してくれたら、いくらでも必要なだけここにいられるわよ」

「まったく、きみの頭にはそれしかないのか？　おれの小作人たちはサイラスのせいで三年間も過酷な冬に耐えてきたんだぞ。彼らには干し草も今年の冬用の貯蔵野菜もない」

「どういうこと？　あの執事はいったい何をしたの？」

「いや、何もしなかったことが問題なんだ。耕地が洪水になっても、サイラスは水を抜かなかった。一年じゅう正しい周期で種まきをする指示も怠った。ほかにも職務怠慢は山ほどある」

「それなのに、どうして誰もあなたに手紙で知らせなかったの？」

「小作人たちは読み書きができないんだ！　それは彼らのせいじゃない。おれの責任だ」

イーサンは鼻梁をつまみ、疲れたように息を吐いた。

「マデレン、おれはこの窮状をなんとかするために一日の大半を留守にする。きみがひとりで楽しんでくれるといいが」

「大丈夫よ」失望のため息をもらす。「日が暮れるまであなたに会えない生活には慣れているもの」彼女は立ちあがって出ていこうとしたが、戸口で振り返った。「わたしがここに滞在するのは最長でも一〇日よ」

「どういう意味だ？　それは脅しか？」

「いいえ、ただ自分の意思を表明しているだけ。自分勝手かもしれないけれど、わたしには保証された生活が必要なの」

イーサンが目を細めた。「おれを信用していないんだな」

マディがうなずくと、彼は愕然とした顔になった。「ええ、信用していないわ、今はまだ」

「では、おれのような男がきみの信頼を勝ちとるにはどうすればいいんだ？」

「正直、わたしにもわからないの。時間をかけて努力するしかないんじゃないかしら」

「一〇日間で？　ミス・バン・ローウェンはたった一〇日しか猶予を与えてくれないのか」


あの汽船での日々が別世界の出来事のように思える。

イーサンは今、領地のひとつに滞在し、使用人たちにはマデレンを妻だと紹介した。その嘘よりも、自分がそれをすらすらと口にしたことのほうが気がかりだった。

執事の件は深刻な問題だが、イーサンはこの状況を利用することにした。募集広告を出して問いあわせの手紙を転送させることも、もちろんマデレンとここで結婚することもできたのだが。

おれは常に自分の判断を貫き、計画に固執する性格だ。ところが最近では手綱がゆるみ、制御力を失いつつある。

代々マッカリック家が治めてきたさまざまな領地はきちんと運営されれば採算が合い、利益も見こめるはずだった。だから保有する決断を下した。自分の留守を任せられる優秀な人間も雇ったつもりでいた。

ところがカリヨンの小作人たちが困窮していた事実が発覚し、ほかの領地も気になり始めた。〈ネットワーク〉の仕事に戻ったとき、おれには各地の状況を確認して不正をただす余裕はなかった。

それが第一の過ちだ。

おれはバン・ローウェンのひとり娘に対する怒りを和らげることにした。今や彼女を求める気持ちは日増しに募る一方だ。それが第二の過ちだ。

イーサンは自分が残忍で勝手な男と知りながらも、それを改めたいとは思わなかった。だが、近頃は己よりマデレンの要求を優先したくなる。これもさらなる過ちだ。

昔からベッドのなかで完全に自制心を失うことはなかったが、彼女にキスをされるとわれを忘れてしまう。

おれはマデレンを……わがものにしたい。くそっ、彼女を一〇年間も地獄に住まわせておきながら、一緒に明るい家庭を築くことを夢見るなんてもってのほかだ。

幼い頃から、イーサンは何事に対しても感受性が強かった。もしマデレンに今以上の深い思いを抱いたあげくに彼女を失えば、二度と立ち直れないだろう。

彼はウイスキーの瓶やグラスを見つめている自分に気づいた。おれはさらなる過ちを犯すのだろうか？

32

「いいのよ、イーサン」マディはカリヨンを探索しながら、小石を蹴ってひとり言をつぶやいた。「わたしはひとりで見てまわれるわ」実際、この三日間それしかしていない。

最初の散策で、ドーム型のガラス屋根とガラス板に覆われた豪華な温室を発見した。柑橘《かんきつ》類《るい》が取り放題だと思って歓声をあげようとしたが、温室はもはや使用されておらず、発育の悪いオレンジの木が二本あるだけだった。かつて温風と蒸気を供給したと見られる立派な暖房炉のパイプが床下を這っているものの、今は故障していた。

別の日は屋上のバルコニーに続く階段を見つけた。歴代の族長夫人は夫の帰りを待ちわびて、そこから海を眺めたのだろう。彼女たちのなかに、屋上へのぼって別の方角を眺めた人はいるかしら……。

マディは毎日イーサンから離れているために長い散歩へ出かけた。ソーシャは親切だったが、館の女主人とは距離を置きたい様子だった。マディはひしひしと孤独を感じ、ビーやコリーンが恋しくてたまらなかった。

たまたまイーサンと日中に行きあっても、彼はぶっきらぼうな態度で近づきがたかった。

ただ、夜にマディのもとへやってくるイーサンは……まったく異なるメッセージを体で伝えていた。

互いに触れあいながら、イーサンはよくマディの首に鼻をすり寄せ、彼女がどれほど快感を与えてくれるかを口にする。マディが彼の望むようなやり方でキスをしたり愛撫したりすると、必ず褒めちぎる。そんなすばらしくロマンティックな言動に心を満たされ、彼女はイーサンと愛を交わすことを切望し始めた。今度ひとつに結ばれるときはどんな気分になるのだろうと、しきりに想像するようにもなった。彼と夜をともに過ごすたび、最後の一線を越えるのを拒否するのがより困難になっていった。不可解にも、イーサンはそれをあまり求めなくなってきたが。

双方の欲求が満たされると、イーサンはマディの顔を両手で挟み、泣きたくなるほど優しい口づけをしてくれる。毎晩イーサンは彼女を腕に抱いて体を重ねたまま眠らせようとし、マディもたくましい彼のぬくもりに徐々に慣れていった。

夜は慈しまれて守られていると感じる反面、昼間はこのうえなく孤独だった。

イーサンの態度の落差に、マディは頭がどうかなりそうだった。わたしに対するふるまいをころころ変えるのは、領地のことが心配でたまらないからだろうか？　わたしは自分から決して近づかないようにしているし、彼の邪魔をしたと非難されるいわれはない。

たしかにわたしは花婿候補にとって――それが裕福で有力な貴族であればなおさら――魅力的でない面を備えている。持参金も教養もないうえに元犯罪者だ。イーサンはそれを承知で求婚してくれた。

けれど、家族の忌まわしい過去を明かしたことによって、彼に嫌われてしまったのかもしれない……。

イーサンはマデレンがパンくずで孔雀を餌づけしようとする様子を書斎の窓から見守った。孔雀が羽を広げてマデレンを追いかけだすと、彼女は笑いながら芝生を駆け抜けた。

ああ、彼女のもとに行きたい。

たった一週間で、マデレンと一緒にいなくても状況は変わらないと気づいた。彼女のことが片時も頭から離れない。きちんと食事をとらず、熟睡もできなかった。つらい別れが日ごと近づいていることに憤りながら。

こんなにもマデレンに心を奪われるはずではなかった。

明るい笑顔や笑い声を絶やさない彼女は、おれみたいに非情なろくでなしが――死に瀕《ひん》した男が必死に生きたいと願うように――熱望する女性そのものだ。

マデレンとは何かとても深いつながりを感じる。それが絆《きずな》なのか、満たされたいという思いなのかはわからない。自分自身にさえ説明できないほどだ。ただ、彼女がもう自分の一部になった気がすることもある――昔からそうだったかのように。

マデレンへの思いが募るにつれ、別れたら身の破滅だと確信するようになった。別れなければどうなるだろう、と幾度となく自問した。

〈ネットワーク〉を辞めて、ずっと保留にしてきたもうひとつの人生を始める可能性についてもときおり考えた。

妻をめとり、領地を管理し、小作人たちの面倒を見る人生。土地と密接にかかわる仕事にはどこか強く引かれる。そういう暮らしがおれを呼んでいるのだ。

だが以前、同じことを考えたとき、それは悲劇を招いた。

あのときは爵位に対する義務感からサラ・マックリーディーと結婚することにした。そして今は自分自身がそういう人生を必要としているのかもしれない。もしマデレンがそばにいてくれるなら。

しかし彼女を手元に置けば、いずれこれまで以上に傷つけることになる。それは避けられない。おれがマデレンのつらい生い立ちに関与したことや今回の裏切りを知れば、彼女は衝撃に打ちひしがれるだろう。

自分の罪を軽くするために、マデレンの両親が彼女の思っているような人物ではないと知らせるべきだろうか？　彼女が愛情深く語る父親は哀れな寝取られ男で、母親は単に自分勝手なわがまま女ではなく根っからの悪人だと。

マデレンは、両親のせいで二三歳の男が拷問を受けたことを知る必要があるのか？

おれとマデレンほど悲惨な組みあわせはない。彼女と子供をもうければ、それはバン・ローウェンの孫になる——シルビーの孫に。それにおれはマデレンにひもじい暮らしを強いた。

最悪だ……。

くそっ、すでにマデレンとは結婚しないと決断したし、おれはいったんこうと決めたら揺るがない男なのに。いったいいつ自分の計画を見失ったんだ？　最初は別れるはずだったじゃないか。彼女が必ず幸せになるよう金を渡し、自分の屋敷を一軒、いや、ひとつ残らず与えようと思っていた。ところがいつしかマデレンに心を奪われ、別れを告げられなくなってしまった。すっかり罠にはまったわけだ。

おれはマデレンを傷つけたが、彼女は無意識に何千倍もの仕返しをしている――彼女が自分らしくふるまうだけで。マデレンがごちそうを食べたがるたびに、毎晩悪夢に頰を濡らしながら目覚めるたびに、おれの胸は引き裂かれる。

マデレンに夢中になるのと同時に、イーサンは罪悪感といらだちにさいなまれた。激しい後悔の念がわき起こり、これまでそんな感情に苦しんだことのない彼は途方に暮れた。

耐えがたい罪悪感を抱かされることに怒りを覚え、マデレンが理想の妻の資質をすべて備えていることにいらいらした。

長いあいだ酒は一滴も飲んでいなかったが、イーサンはよろめきながら酒瓶に近づき、震える手でウイスキーを注いだ。

グラスをじっと見つめてつぶやく。「これも過ちだ」

イーサンはマディを追い払おうとするように、このふた晩は彼女のもとへ来ないで酒を飲んでいた。酒は一滴も飲まないと言っていたのに。

マレ地区で正面階段に寝そべっていた酔っ払いたちのほうが、イーサンより陽気なのはたしかだ。

昼間に顔を合わすと、イーサンはマディに怒鳴るようになった。実際、彼女がカリヨンにいること自体をいやがっているようなときもある。彼は書斎の窓からマディを見つめ、険しい表情を浮かべたり、彼女が不安になるほど憤ったまなざしを向けてきたりした。

マディは毎日、屋上のバルコニーにのぼった。晴れた日はアイルランドの海岸まで見渡せた。自分の状況に思いをめぐらせながら何時間も海を眺め、渡し船がアイルランドとのあいだを行き交う様子を見守った。

イーサンの言動は仕事の重圧によるものではないと、ついにマディは認めた。イーサンは自分と結婚するためならわたしがどんな仕打ちにも耐えると信じているか、わたしを追い払おうとしているのだろう。

その日の夕方、階下におりたところ、イーサンは書斎の椅子に座ってウイスキーが入ったクリスタルのグラスをぼんやりと見つめていた。彼がすっかり酔っ払っているのを見て、マディは落胆した。

招かれもせずに書斎へ入り、机の前の椅子に腰かける。「今日はどうだった、イーサン?」

彼が肩をすくめたので、さらに尋ねた。「あなたは何をしたの?」

「仕事だ」

「お酒を飲んでいたんでしょう」

「観察眼が鋭いな」

　蜂蜜を与えるのよ！　わたしは忍耐強くなれるはず。「新しい執事は見つかりそう？」

「いいや」

「何かお手伝いしましょうか？　わたしは時間をもてあましているから」必死にいらだちを抑えてつけ加える。

「いや、手伝ってもらうことは何もない」

「わたしたちは四日後に旅立つのよ」

　とうとうイーサンがこちらを向いた。「おれがそれを知らないとでも思っているのか？　きみがそのことを忘れさせてくれるわけじゃあるまいし。なんでもマデレン中心だからな」

「ここに到着してから、もう何日にもなる――」

「おれはまだカリヨンの問題を解決していないんだ！」

　マディはできるだけ冷静な声で言った。

「もう少しお酒の量を控えれば仕事がはかどるんじゃない？」

　イーサンが凶暴な顔つきになり、日に焼けた肌に傷跡がくっきりと浮かびあがった。

「エンジェル、おれに説教するのはやめておけ。とりわけ今夜は」

「わたしが何かしたの、イーサン？　あなたにいやな思いをさせた？　なんらかの面で喜ばせてあげられなかった？」

「ああ、まだきみと結ばれていない」

もう我慢できない！　蜂蜜なんて知るもんですか！

「結婚さえすればそれもできるわ。ふたりで同意したじゃない！　わたしが土壇場になってそう言いだしたわけではないでしょう」

「ああ、だがきみがその意志を貫くとは思ってもみなかったし、知っていたらそんなばかげたことには同意しなかった」

「あなたって本当に忌々しいときがあるわ。それに、自分と結婚しないほうがいいと念押しするのがよほど好きなのね」薄々気づいていたけれど、イーサンはわざとそうしているのだろう。男性の習性ならよくわかっている。

彼はわたしとの結婚から逃れようとしているのよ。

「きみにはおれ以上の花婿候補は現れない」イーサンがグラスをかかげた。「それを決して忘れるな」

マディは息をのみ、平手打ちされたように頭を引いた。平手打ちされるよりひどい。だって彼の言ったことは……真実だから。

「わかったわ。なんだかうんざりね」

イーサンがおもしろくもなさそうに笑った。「ああ、さっきからそう言っている――」

「わたしはもううんざりだと言ったのよ、イーサン」

33

マディは完全に打ちのめされていた。

ビーの部屋の向かいに住んでいたせいでわかったことがある。男性のなかには、恋人がどんなに魅力的でも、その女性がいくら彼を喜ばせようとしても、彼女を大切にすべきだということに気づかない人がいるのだ。イーサンはビーの恋人と違ってわたしを殴ったことはないけれど、それでも心に傷を負わせることはできる。

ゆうべは夜明け近くまで眠らず、自分の選択肢について熟考した。隣の部屋からはイーサンが歩きまわる足音がずっと聞こえていた。

眠りにつく前、マディは驚くべき結論にたどりついた。イーサン以上の花婿候補が現れないという意見には同意しないと。

目覚めたとたん、彼女は荷造りを始めた。

今思えば、イーサンの提案を受け入れたとき、わたしはおなかをすかせてトウマードに怯えていた。そんな状況下でなら、イーサンを天の賜物《たまもの》と思っても当然だ。

けれども、彼の奴隷にはならない。わたしにはほかに選択肢がある。最悪でも、イーサンからもらった指輪を売り払えば数年間はしのげるはずだ。

その日の朝、階下におりてきた彼はマディの鞄を見るなり言った。

「おれを置いて出ていくのか?」

「観察眼が鋭いわね」彼女は昨晩のイーサンの台詞を口にし、彼がもう酔っ払っていることに啞然とした。

イーサンは壁にもたれて腕組みをした。「どうやって出ていくつもりだ?」

「郵便馬車に乗せてもらうわ。一日の大半を外で過ごしていたから、郵便馬車が隔日で五時ちょうどにやってくることに気づいたの」

彼のにやけた笑みがたちまち消えるのを見て、マディは胸がすっとした。

「愚かな小娘め。待ちきれないからといって、結婚と富をあきらめる気か? おれはまだカリヨンの問題を解決していないと言っただろう」

彼女は哀れみのまなざしを向けた。「そうね、でもこちらはもう片がついたわ。イーサン、わたしはこれまで何度も不本意な状況に長く置かれてきたの。だから、あなたが不本意な状況から逃げだしたいと思っていることに気づいた。本当はわたしとの結婚を望んでいないんでしょう。それを充分に思い知らされたわ。わたしはあなたを楽にしてあげようとしているだけよ」

「いや、違う。おれにさらなるプレッシャーをかけるつもりだろう。そんなのはただの脅しだ。いいか、おれは圧力には屈しないぞ」

「わたしは本気よ」

「きみはここに一〇日間滞在すると言ったじゃないか。まだ三日残っているぞ」

「わたしをもてあそぶのはやめて、イーサン。あなたはこの村でわたしと結婚して、その後故郷でふたたび式を挙げることもできたはずよ。いろんなことを違うやり方でできたはず。わたしはただ誠実な夫にきちんと扱われたいだけなの。ほんのささいなことで、わたしはあなたを愛するようになるのよ」

「おれを愛するだと？」彼がせせら笑った。「きみに少し思いやりをかけて、下半身をズボンで覆っていればそれでいいのか？」

酔ったイーサンの下品な物言いに、マディは嫌悪感をあらわにした。

「おれがいなければ状況が好転すると思っているのか？　あの貧民窟に舞い戻ればよくなると？」

「実はクローディアに会いに行こうと――」

「クインだな」イーサンの目が細くなった。「前にも言ったが、きみの最愛の男はきみに求婚するつもりでいる。仮面舞踏会の晩にきみの純潔を奪ったとおれが話したあとは特に」

マディは息をのんだ。「あのことを彼に話したの？」ああ、なんて恥ずかしい。「あなたは正真正銘のろくでなしよ！　おかげで立ち去るのがすごく楽になったわ。クインという選択肢があることを思いださせてくれてありがとう。まだわたしに興味があるか、ぜひ訊いてみるわね」

イーサンは歯ぎしりしながらマデレンを見つめ返した。

「ああ、そうしろよ」怒りに任せて吐き捨てる。「今日じゅうにやつを手に入れられるぞ」

「そうできるか試さないのは愚かよね。クインは親切で高潔な人だし、結婚すると約束したら、きっと守るはずだもの！」

マデレンは本気でおれと別れるつもりなのか？　イーサンは頭が朦朧とした。

おれはいつから彼女のとりこになったのだろう？　マデレンのいない人生を想像しただけで、頭がどうかなりそうになるなんて。実際、彼女とクインが一緒にいるところを思い浮かべて具合が悪くなってきた。あのふたりは忌々しいくらいにお似合いだ。彼女とおれという組みあわせと違って。

こんな状況は終わりにしなければ。

彼女の勝ちだ。おれがマデレンと結婚しようがしまいが、彼女がおれを打ち負かしたことは変わらない。

「きみがおれを待てないほど自分勝手で忍耐力がないなら仕方ないな」イーサンが胸に燃えさかる怒りをあらわにすると、マデレンは青ざめた。

くそっ。彼女をおれから引き離してやる方法ならわかっている。

イーサンはマデレンをどこか田舎に住まわせたら、復活した性欲をほかの女性で満たすつもりだった。この年齢でもちょっとした刺激でたちまちマデレンに欲望を覚えるのだから

――しかもその気になれば一日に五回も――精力を取り戻したことは間違いない。

なぜもっと早く思いつかなかったのだろう？　この欲求を経験豊富な女性で満たして、元の非情な男に戻ろう。そうすれば、当初の計画どおりマデレンと別れられるはずだ。仕事にも復帰できる。おれにおあつらえ向きの孤独な仕事に。

イーサンは心を決めて言った。「きみはおれを追い払いたくてたまらないようだから、望みどおりにしてやるよ」つんと顎を突きだしたマデレンをその場に残して飛びだし、彼は村まで馬を駆った。

波止場のそばの宿に到着すると階下の酒場に入った。堂々と胸を張り、マデレンのような女性――彼との結婚を切望する美人――で欲望を満たしてきた男の自信をたっぷり漂わせながら。

もっとも、彼女はもうおれとの結婚を望んでいないかもしれない。何しろ出ていこうとしているのだ。かまうものか。どうせマデレンとはもう終わりだ。終わらせなければならないんだ。

イーサンは仕切り席に沈みこんだ。店内はにぎわっていた。哀れなろくでなしたちが妻から逃れてきたに違いない。おれとは無縁の人生だな。

マデレンを手放せ。もうこんな状況は続けられない。この三晩距離を置こうとしたが、彼女がいないと一睡もできず、部屋を歩きまわって酒を飲むはめになった。

マデレンを苦しめたという罪悪感が、剃刀のように鋭くイーサンの心を切り裂いた。

別の女と寝て、彼女のことは忘れろ。良識さえあれば……。

そのとき、イーサンを品定めしながらほほえんでいる魅力的な黒髪の女給が目にとまった。彼女はイーサンの顔の両側を目にしたはずだ。その女は、パリで再会した晩にマデレンが身につけていたのと同じようなチョーカーを首にかけている――マデレンのものほど見た目はよくないが。

ただ、この女給は胸が大きく、イーサンの好みだった。あの胸に顔をこすりつけよう。船旅のあいだ、イーサンがマデレンの小ぶりな胸に顔をうずめると、彼女は激しく乱れた。無精ひげの生えた顎をすり寄せてから、先端のつぼみを吸う。すると秘所に目をくれる間もなく、マデレンはとろけて絶頂に達するのだ。

イーサンは体がうずきだし、血液が下腹部にたまり始めた。女給がその反応に目をとめて、自分に対するものだと誤解した。彼女の息遣いが乱れ、胸がふくらむ。違う、おれはあの女に欲情しているわけじゃない。

それがどうした？　このふしだらな女と寝るためにマデレンのことを思い浮かべなければならないなら、そうするまでだ。

マデレンから自由になれ。さもないと想像を絶する苦しみが待っているぞ。

ウイスキーを二杯飲み干したあと、唇をすぼめた別の女が目に入った。あの表情からして、どういうわけかおれを気に入ったようだ。

それからさらにウイスキーを三杯飲み、気づくと黒髪の女給と階上の部屋に足を踏み入れていた。ふらつきながら扉を閉めようとしたとき、驚いたことに唇をすぼめた女も参加しに来た。

まさに昔どおりだ。おれの顔には邪な笑みが浮かんでいるに違いない。男はそう簡単に自分を変えられないものさ。


マディは屋上のバルコニーに座って何時間も馬車を待ちわびていた。無言で涙を流し、海峡をつなぐ渡し船を最後にもう一度眺める。

イーサンは戻ってこなかった。

何を期待していたの？　彼がひざまずいて、もう一度機会をくれと懇願するとでも？　それとも立ち去るわたしを礼儀正しく見送ると思ったの？　憤慨しながら、マディは涙をぬぐった。

もうイーサンが恋しかった。彼は何日もひどい態度をとり続けたけれど、一緒に過ごす夜は情熱と快感と優しさに満ちあふれていた。生まれてこのかた、誰かをあれほど身近に感じたことはない。

わたしはお互いのためにもっと闘うべきだったのだろうか？　彼にもっと時間を与えればよかったの？

マディは悲しげにかぶりを振った。人に愛情を強いることはできないと身に染みて知っている――イーサンにわたしを恋しがらせることができないように。わたしは彼に愛してもらうために、思いつく限りのことをした。

それでも後悔の念がこみあげる。今のような状態でイーサンのもとにとどまるのか、彼のいない人生を歩んでいくのか？

彼女はごくりと唾をのみこんだ。イーサンとはあれ以来一線を越えないようにしてきたけれど、それが間違いだったのかもしれない。

またひと粒の涙が頬を伝った。わたしはすっかり彼に心を奪われてしまったのだから。

34

女給が唇を重ねようとしたが、イーサンは顔をそむけて彼女の首にキスをした。パリでの夜、マデレンにそうしたように、リボンのチョーカーに唇をこすりつける。あのときは、彼女がこれほど大切な存在になるとは思ってもみなかった。

女給の味は悪くないが、どうもしっくりこない。匂いもいい。だが、それもやはりしっくりこなかった。

マデレンの香りや滑らかな肌の味を想像するんだ。

女給がイーサンのシャツのボタンを外すあいだ、唇をすぼめた女が彼の胸板にキスを落としていった。ふたりはイーサンからシャツをはぎとると、臍に向かって交互にゆっくり唇を這わせた。次に何が起こるかは一目瞭然だ。マデレンは喜んでおれを口に含み、それをみだらであると同時に愛情深い行為にしてくれた。

片方の女性が彼のベルトを外し始めた。

〝……ほんのささいなことで、わたしはあなたを愛するようになるのよ〟マデレンはそう言っていた。自分はただ誠実な夫にきちんと扱われたいだけだと――それさえかなえば、おれを愛するようになると。

愛する。このおれを？

マデレンがおれに愛情を抱けば、過去の仕打ちも許してくれるだろう。

そうさ、きっと許してくれるはずだ。当時のおれはマデレンのことを直接知らず、彼女を傷つけるつもりはなかった。だが今……この女たちと寝たら……。

すべてをあきらめる前に、せめてマデレンに愛してもらう努力をしなくていいのか？　ほしいものを手に入れるために闘うことを彼女から教わったんじゃないのか？

「やめろ」しゃがれた声で命じた。

しかし、女たちはおかまいなしにズボンを脱がせ始めた。

好きにさせておけ……。ひとりどころかふたりの女と寝られるんだぞ、なのにあきらめるのか？　いったいおれはどうしてしまったんだ？　男として復活する日をずっと夢見てきたのに。復活したあかつきには思う存分欲望を満たそうと心に決めていたのに。マデレンはおれの求めに応じるべきだったんだ。それに自分勝手に圧力をかけたり、結婚についてくどくど話したりすべきではなかった。おれは圧力には屈しない――。

だが、マデレンがこのおれを愛してくれるんだぞ。

その瞬間、稲妻に打たれたようにはっきりと悟った。

ああ、なんてことだ、おれの運命の女性はマデレンだ。そうさ、おれには彼女しかいない。

これまでも、これからもずっと。

「やめろ！」イーサンは大声をあげ、女たちの指を引きはがして自分のものをズボンのなかに押しこんだ。ひどく動揺して足元がふらついている。

マデレンという未来がありながら、一〇年前のように自暴自棄にふるまってしまった。意志薄弱で、運命をただ受け入れ、酒に溺れて……。あの頃のおれと同年代のマデレンはよりよい生活を求めて必死に闘っているのに。弟が言っていたように、おれはすっかり生まれ変われるはずだ。

だが、とんでもなく愚かで取り返しのつかないことをしそうになっているせいで、マデレンを永遠に失う恐れがある。イーサンの体に震えが走った。

「いったいどうしたの？」女給が困惑した声で訊いた。

一〇年前のあの晩、シルビーや女給たちを冷たくあしらってどんな罰を受けたか思いだし、イーサンは言った。「すまない。おれは結婚しているのに、ばかな真似をしてしまった」正真正銘の愚か者だ。ベルトを締めてシャツのボタンをとめると、丸めた上着を小脇に抱えた。

唇をすぼめた女が口を開いた。「男の人は結婚したからといって、ほかの女性に手を出すのをやめたりしないわ」

「おれは違う」

女たちはため息をもらし、女給のほうが言った。

「奥さんはあなたのようなご主人を持って幸運ね」

「いや、幸運なのはおれのほうさ」揺るぎない声で応えると、部屋を出て階段をおりた。

激情に駆られることには慣れているが、マデレンが自分のもとから去ると思うと途方もない不安に襲われた。まさに最悪の状況だ。ひとりの女性の愛を必死に求めながら、それを失おうとしている。

酒場のふしだらな女たちとベッドで転げまわろうとするなんて、まったく救いようのないばかめ。いったい何を考えていたんだ？

今、何時だ？　三時半か。郵便馬車が到着するのは五時だ。馬を駆れば、その前にカリヨンへたどりつく。

しかし手ぶらで戻れば、使い古しの口約束を繰り返しても、マデレンは立ち去りかねない。村の登記官事務所に寄って特別結婚許可証を手に入れるのもひとつの手だが、彼女と行き違いになってしまう恐れがある。

マデレンの行動は予測不可能だ。出ていく前におれが帰らなければ、彼女は二度とよりを戻さないという決断を下すかもしれない。この数日間の自分の行動を振り返るとすでに手遅れな気もするが、マデレンを取り戻すために全力を尽くそう。

すばやく心を決め、イーサンは登記官事務所に直行した。自分の秘密の過去に対する不安が絶えず頭をよぎったが、それを振り払った。マデレンを手に入れろ、と自らに命じ続けながら。彼女をわがものにするんだ。

それ以外のことは、マデレンが立ち去るのを食いとめたあとで考えればいい。

イーサンは必死の形相で登記官事務所に駆けこんだ。無精ひげを生やしてウイスキーの匂いをぷんぷんさせた顔に傷のあるハイランダー人がカウンターを拳で叩くと、村の役人は震えあがった。特別結婚許可証の申請には数日かかると役人が説明するのがぼんやり聞こえ、イーサンは言い返した。ここは駆け落ち婚を認めるスコットランドだろう、それに融通を利かせてくれたら、この村に新しい教会を建ててやってもいいぞ、と。

教会か——贖罪《しょくざい》にはうってつけだ。四五分後、イーサンは結婚許可証を手に事務所から飛びだし、馬にまたがってがむしゃらにカリヨンを目指した。

以前、父に言われたことがある。自分を弱くさせる女性こそ、一緒になる運命の相手だと。けれどもその女性を自分のものにしたら、彼女がおまえを強くしてくれる、と。

マデレンはただひたすら待っていてくれたのだ。

郵便馬車が丘をのぼってカリヨンに近づくのが目に入ったとたん胃が締めつけられ、イーサンはさらに馬を駆り立てた。どうにか先に私道へたどりつき、馬から飛びおりると、胸の傷跡が痛みだした。

私道の先にはマデレンがたたずみ、足元には鞄が置かれている。黒いキッド革の手袋をはめ、透けるように薄い黒のベールを帽子から頰に垂らした姿はまさにレディーそのものだ。だが、同時に氷のように冷たく見えた。もし行き違いになっていたら彼女は旅立ち、二度と振り返らなかったに違いない。

イーサンはマデレンが無性にほしかった。生涯おれのそばにいてほしい。驚くべきことは、昨日の時点なら彼女がおれを受け入れていたということだ。今はどうなんだ?

眉根を寄せて息を切らしながら、イーサンは結婚許可証をかかげた。

「おれと結婚してくれないか?」

マデレンが小首を傾げた。

子狐は相変わらず用心深いな。だが、それも当然だ。おれはマデレンに快適さや安心感を与える努力を少しもしなかった。彼女が結婚に固執したのは自分勝手なせいじゃない――慎重だからだ。

「明日の午前一〇時に結婚してくれたら、きみのいい夫になる」感情のこもった揺るぎない声で言う。それが本心だ。「きみをこんなふうに扱うなんて、おれがばかだった」

「どうしてあんなに冷たくしたの?」彼女がいぶかしげに尋ねた。「パリまでわたしを迎えに来ておきながら」

イーサンはマデレンに近づいた。

「あれはおれの人生において最良の決断だった」馬車が近づいてくるのが目に入り、ごくりと唾をのみこむ。「マディ、おれは今までろくでなしだった。おれ以上の花婿候補など現れないと言ったが、真っ赤な嘘だ。そのことは誰よりもこのおれが知っている」彼は髪をかきあげた。「今まで誰かが自分の姓を名乗ってくれると思ったことは一度もなかった。おれの名前もおれ自身もいささか……汚れているからな。きっと今すぐ別れたほうが、きみのためなんだろう――どれほどおれがきみにとどまってほしいと願っていても」

マデレンが彼の肩越しにちらりと馬車を見た。彼女は話に耳を傾けてもいないようだ。いや、なんとしてもマデレンを引きとめなければ。

彼女の目の前に立って話を続けた。「マディ、おれはうまくやれるか、いい夫になれるかわからないが、そうなりたいと思っている。そしてふたたび伯爵として領地を治めたい。もっとも、それはきみが妻になってくれる場合に限る。きみがどうにかおれを許してくれるなら――」

「あの危険な職業を辞めるというの？」マデレンは依然として彼を見ようとしなかった。

「きみがそばにいてくれるなら喜んで辞めるよ」

「結婚許可証を取りに行っていたから、こんな時間まで戻ってこなかったの？」

イーサンはばつが悪くなって顔を赤らめた。「それを手に入れるために、村に新しく教会を建てると約束しなければならなかった」そう言い逃れた。

「今朝から今までに何が変わったの？」

「自分の目の前にあるものにやっと気づいたんだ」ついにマデレンが彼と目を合わせた。

「どうかおれと結婚すると言ってくれ」

永遠とも思えるほど長いあいだ彼女は押し黙り、やがてつぶやいた。「いいわ」

イーサンは驚きに目をみはり、安堵のあまり膝がくずおれそうになった。

「つまり……きみは……おれと……明日の朝？」

マデレンがうなずく。「でも、後悔させないでね、イーサン」

「ああ、させないさ」震える手で彼女を胸に抱き寄せ、髪に顔をうずめた。これこそおれの好きな香りだ。「おれは今まで本当に愚かだったよ」

マデレンとの関係を危険にさらすなんて、いったい何を考えていたんだ？　たった今、一発の銃弾をかわした気分だ——そして何発か食らった気分でもある。まだ明るい気持ちにはなれない。

おれがどこに行っていたかを知れば、マデレンは衝撃を受けるはずだ。彼女はおれを見あげて大きな青い瞳から涙を流し、おれは泣きやませるためなら自分の心臓を差しだすだろう。

イーサンはマデレンをさらにきつく抱きしめた。目の前にとまった馬車を追い払うように手を振る。「彼女はここにとどまることにした」

馬車が走り去ったあと、イーサンはほほえんでマデレンに向き直ったが、彼女はただ親密さを味わうように彼の胸に頭を預けていた。

「あなたが恋しかったわ、イーサン」このうえなく気をそそる声に彼はぶるっと身を震わせ、瞬時に欲望を覚えた。最後にマデレンの体に触れたのは三日前だが、ずいぶん昔のような気がする。

軽く唇を重ねるだけのつもりで、頭をさげてマデレンにキスをした。だが、いつものように一気に燃えあがってしまった。マデレンを抱きながら何度も口づけを交わし、片方の腕で彼女の背中を支えながら、もう一方の手でヒップをつかむ。

マデレンがうめき声をもらすと、イーサンはどうにか身を引いて互いの体勢を立て直した。かぶりを振って、彼女のヒップから手を離す。「誰かに見られるかもしれない」今度ばかりは人目が気になった。妻をふしだらな女だと思われたくない。

「今日は市の立つ日よ。みんな町へ出かけているわ」

だから酒場がにぎわっていたのか？　くそっ、誰かに見られたか？　その噂がマデレンの耳にも入るだろうか？

「わたしが恋しくなかったの？」はにかむように、マデレンが小声で訊いた。それが何を意味するかは明白だった。

「きみには想像もつかないほど恋しかったさ、でも結婚するまで待てる。きみがそう望むなら」

「あの……前みたいにできない？　毎晩していたように？」

彼女も同じことを切望していると知って、イーサンは驚愕した。

「できるさ」そう答えるなり、マデレンを抱きあげた。「きみが望むならなんだって」

唇を重ねると同時に屋敷に入り、階段をのぼる。

踊り場にたどりついたところで、両手に顔を挟まれて小さな舌に唇をなめられ、思わずふらついた。

寝室に入ってイーサンが扉を足で閉めたとたん、ふたりは無我夢中でキスをしながら互いの服につかみかかった。マデレンをシュミーズ姿にしたあと、彼は自分のシャツを乱暴に脱ぎ捨てた。

彼女はイーサンのベルトを外そうとしていた。「ああ、あなたがほし……」言葉を切り、彼を見つめて眉間に皺を寄せる。「イーサン、どうしてお臍の下に口紅がついているの？」

まずい。

「それも二種類の口紅が」

ああ、最悪だ。

「ち、違うんだ……」

イーサンはとびきりの嘘をつこうとしたが、生まれて初めて――これほど必要に駆られたことはないというのに――嘘が口から出てこなかった。

マデレンの目が潤んで下唇が震えだし、こうささやかれても。「イーサン？」

彼女が部屋から飛びだす前に見せた目つきから、イーサンは悟った。自分の心臓はあまりにもどす黒く、捧げることすらできないのだと。

35

「おれは何もやってない!」マディの寝室の扉の前で、イーサンがまた怒鳴った。

彼女はどん底から頂点に舞いあがり、ふたたび突き落とされた。イーサンが馬車と競うようにカリヨンへ戻ってきたときは胸が高鳴った。私道に立って真剣な面持ちで結婚許可証を握りしめる彼を見た瞬間、マディは降伏した。

でも、今は……。「いいから、ひとりにして!」

今まで数々の悲しみや苦難に耐えてきたけれど、これほど胸を引き裂かれる思いをしたことはない。わたしはなぜイーサンを信じ続けてきたのだろう? 彼は信頼に値することなど何ひとつしていないのに。

「くそっ、たしかに酒場へ行って部屋を借りた。それは認める。だが、おれはやってない。女たちにもやめろと言った」

「じゃあ、相手はふたりだったの?」マディは不意に吐き気に襲われた。証拠は目にしたものの、彼がひとりだけではなくふたりの女性と一緒だったという事実を信じまいとしていたのだ。

「ちょっと待て、事実はそれほどひどくない――」

「あなたはふたりの女性を階上《うえ》の客室に連れていったんでしょう。もしかしたら、もっと多かったかもしれないわね？」

「だが、おれは彼女たちに何もしなかった」

「ええ、そうでしょうとも！　お臍のすぐ下にキスされたところで、彼女たちをとめたんですものね。男性の多くは下半身に女性が口を近づけているときも、分別を失わずに最高の決断を下すんだわ。とりわけ酔っ払っているときは！」

「おれは何もできなかった。なんならきみを酒場へ連れていって、彼女たちに尋ねてもらってもかまわない」彼は当惑した声で続けた。「きみのせいで、ほかの女性に興味が持てなくなったんだ」

マディはイーサンが女性たちと深い関係になる前にやめたことをしぶしぶ信じた。だけど、そんなことは関係ないわ。「わたしと婚約してからまだ二週間もたっていないのに、自分の浮気を誇るような物言いね。わたしたちが何年も連れ添ったら、いったいどうなるの？」

「きみは先走りしすぎじゃないか？」

「まあ、信じられない！　あなたになんか出会わなければよかった。わたしがばかだったわ！　何度こんな目に遭えば、あなたが憎むべき男性だと学ぶのかしら？」

おまけに郵便馬車が巡回して戻ってくるのを明後日まで待たなければならない。

「わかった。勝手にしろ」

マディは横になって膝を引き寄せ、時間がたつのも忘れて泣き続けた。イーサンが彼の寝室に入って延々と歩きまわったあげく、寝る支度をする音がした。

よくもこんなときに寝られるわね。

ゲール語で苦々しく悪態をつく声が聞こえ、彼はまた歩きだした。

「くそっ」そうつぶやいてから、イーサンはマディの部屋の扉の前で言った。「おれはきみがいないと眠れない」

「ひとり寝に慣れることね」

「たとえおれが何かしたとしても――実際にはしていないが――おれたちはまだ結婚していないじゃないか」

なんて憎らしい人。

「今の発言で、わたしたちが結婚する可能性は消滅したわ」

その次の晩、イーサンは鍵がかかったマデレンの部屋の前をまたしても行ったり来たりしながら、なかに入れてくれと頼んでいる自分が信じられなかった。

おれはマデレンに魔法をかけられたのだ。ああ、彼女と一緒に寝るのが恋しい。ゆうべ彼女は何時間も泣き続けたが、あれはおれを苦しめるためとしか思えない。軽率なふるまいをしたおれに責め苦を与えるためとしか。

マデレンは知る由もないが、言い争いの最中、おれはひどいことを口走ったときに扉の陰でひるんだ。人と争うときに相手を怒らせようとする習慣は、そう簡単に直らない――彼女を傷つければ自分も傷つくとわかっていても。

「いいかげんにしろ、マディ。もう充分におれを罰しただろう。おれにはきみと一緒に寝る権利があるんだ」

「別の女性を求めた時点で、あなたはその権利を失ったのよ。あら、失礼、正確には別の女性たちだったわね」

「おれは彼女たちを求めてはいなかった」

「ええ、そうでしょうとも」皮肉たっぷりな口調だ。

「おれはずっときみのことを考え、きみに触れていると想像していたんだ」

「なんて恥知らずな人！」彼女が叫んだ。「ろくでなし！」

「いいから扉を開けろ！」

「絶対にいやよ」

「開けるんだ、さもないと蹴破るぞ！　おれが前にもそうしたのを見ただろう」

「まさか――」

イーサンは扉を蹴ってしならせた。後ろにさがってもう一度脚を構え……その瞬間、マデレンが扉を開けた。

彼は勢いよく部屋に飛びこんで床を転がった。

マデレンはつんと顎をあげ、両手のほこりを払うようなしぐさをすると、彼の横を通って出ていこうとした。

「くそっ、マディ」遠ざかる彼女に呼びかける。「傷口が完全に開いてしまった」

「なんですって？」マデレンが叫んで駆け寄ってきた。「さあ、見せて！」

「やっぱりな！」イーサンは彼女のウエストをつかんで膝の上に引き寄せた。「まだおれのことを気にかけているんだろう！」

マデレンがあんぐりと口を開けた。「信じられない！　あなたって人は冷酷なうえにひねくれ――」

「ならば、きみは冷酷なひねくれ者の妻になるわけだ」

「冗談じゃないわ」両手を握りしめ、彼女はイーサンの胸を殴ろうとした。

「きみに殴られたらすごく痛そうだが、話を聞いてもらえるなら、いくら殴られてもかまわない」

マデレンは拳をおろして逃れようとしたが、ぎゅっとつかまれて歯のあいだからいらだちの声をもらした。「五分だけおれの話を聞いてくれるなら、手を離してやる」

「お断りよ」

イーサンはその言葉を無視して、鋭く息を吸いながら立ちあがった。そして彼女の肘をつかみ、ベッドへと導いた。

「おれは何もしなかったともう一度言えば、少しは慰めになるのか？」

マディはベッドの端に座り、胸の前で腕を組んだ。「たとえそれが本当だったとしても、あなたがしようと思った事実は変わらない。あなたは別の女性、いいえ、女性たちと寝るつもりで出かけたんでしょう！」

「ああ、できるだけ多くの女と寝るつもりだったよ！」彼の告白にマディは息をのんだ。

「おれは善良な男じゃない」イーサンは歩きまわり始めた。「おれを知る者はみな、おれを最悪のろくでなしだと思っている。実の弟たちでさえも」彼女の前を通り過ぎながら言う。

弟たちまで？　よくもそんな——。マディはかぶりを振った。わたしだって彼らに同感よ！

「若い頃、おれは毎晩違う女と寝ていた。相手が既婚者なら、なおさら好都合だった。だが長年味わった快感をかき集めても、きみと味わう歓びのほんのひとかけらにも満たない」イーサンが彼女の反応を推しはかるようにちらりとそちらを見た。「きみには……もっと多くを求めているからだ。そのことに気づいて、おれは心底恐ろしくなった」

「どうして？」

彼は髪をかきあげた。「きみがおれの過去の何かを知り、それを許せずに出ていってしまったらどうなる？　言っておくが、おれは死人も同然になるだろう」

マディの口がわずかに開いた。

「きみはとても美しい。とびきりの美人で頭も切れる。やがて不安から解放され、飢えや恐怖の記憶が薄れたら、おれを見て、なぜこんな男と結婚したのかといぶかしむはずだ」

イーサンがあまりにも……苦悩している様子なので、彼女は何も言えなかった。

「きみへの思いは一種の病のようだ。きみのせいで、おれはすっかり混乱している。もはや何をどうすればいいかわからず、きみのことしか考えられない」

彼はマディの前に椅子を引き寄せて腰をおろし、膝に肘をついた。「何かおもしろいものを目にすると、きみもそう思うだろうかという疑問が真っ先に頭に浮かぶ。自分の好きな食べ物はきみにも食べさせたくなる。そのあいだじゅう、おれはいったいどうしてしまったのかと頭を抱えているんだ。だって……おかしいだろう。生まれてこのかた、こんなふうに誰かの望みを自分の欲求より優先させたことなどなかったんだから」

彼女はかぶりを振った。

「でも、それはあなたがしたことや、その理由の説明にはならないわ」

「マディ、おれはきみと出会うまで長いあいだ女性と寝ていなかった。この三年……禁欲生活を送ってきたんだ。おれは本来の自分じゃなかった。だから、元に戻ったら思う存分欲望を満たそうと心に誓った。そしてきみと出会い、すべてが元どおりになった。それで……別の女性と寝れば……その、きみへの気持ちが薄れるんじゃないかと思ったんだ。だがそんなことをしても、きみ以外の女性と一緒にいることを想像すらできないと思い知らされただけだった」

心底困惑して衝撃を受けているイーサンを見て、マディの怒りが和らいだ。彼はわたしを愛し始めたんだわ。

ようやく。

こんなことを認めるのは癪だが、イーサンが酒場で女性と寝るのをやめたことには感心する。マレ地区で猥褻な光景を数多く目にしたけれど、男性が絶頂に達する前にきっぱり身を引いたところは一度も見たことがない。とはいえ……。

「これが逆の立場だったらどう思う？　ふたりの男性がわたしの体にキスしたとしたら？」

イーサンがさっと青ざめて拳を握りしめた。「そいつらを殺したくなる」

「なぜ彼女たちと寝なかったの？」

「きみは……おれが誠実なら、おれを愛するようになると言っただろう」彼は目をそらしてつぶやいた。「おれは……きみに愛されたいと思ったんだ」

マディは頭痛を和らげようとこめかみに指を当てた。「それで、クインは？」

イーサンが顔をしかめる。「クインがどうした？」

「わたしたちが親密な関係になったことを、どうしてわざわざ彼に告げたの？」

「ああ、そのことか」彼は釈明した。「クインにきみを迎えに行かせたくなかったからだ」

マディにはふたりの会話が想像もできなかった。「あなたは後悔しているの、イーサン？」

「知ってのとおり、おれは謝罪など無意味だと思っている　それに最終的にはきみを裏切らなかった」彼女の目を見つめながら、イーサンは続けた。「だが、マディ、きみを傷つけて心から申し訳なかったと思っているよ」

彼は許しを求めているのだ。そしてわたしを……求めている。心の底から。

でも、それだけで充分なの？　わたしはもうこんなことに耐えられそうにない。甘い言葉にだまされて幸せに手を伸ばし、つかもうとした矢先に奪われるなんてことには。「わたしはこのことをじっくり考える必要があるわ」

「もちろん、そうしてくれ」イーサンは立ちあがったが、彼女が座ったままでいると眉をひそめた。「だが、おれのベッドに戻って考えることはできないか？」

マディは鋭くにらんだ。

「おれは何もしないよ」

「あなたは昨日、ふたりの女性にキスされたばかりでしょう。わたしに少しは考える時間を与えてちょうだい、イーサン」

早朝、イーサンはマデレンの叫び声を耳にした。数日ぶりに悪夢を見たのだろう。

彼女のもとに駆けつけて抱きあげる。

「しいっ、大丈夫だよ」イーサンは背中をさすった。彼女はこうされるのが好きなのだ。

「マディ、悪夢は終わったんだ」もうぎこちなく背中を叩いたりしないぞ。おれは彼女を慰めるのが上手になったからな。

涙がおさまる頃には、マデレンは彼に抱かれながら膝の上でぐったりしていた。イーサンは彼女の髪に唇を寄せて言った。「いつでもきみがおれを必要とするときに、そばにいさせてほしい。明日の朝、おれと結婚してくれ」

長いためらいの末に、彼女が訊いた。「どうしたらあなたを信頼できるの？」

「もう一度だけ機会をくれ。決して後悔はさせない」

とうとうマデレンは震えながらうなずいた。

「あなたが誠実であり続けると誓うなら、機会をあげるわ」

イーサンは彼女の頬を両手で包み、濡れてきらめく瞳を見つめた。

「マディ、おれは誓うよ。きみに忠実であると」

「でも、イーサン、わたしはもう希望を踏みつぶされるのには耐えられないの。これが最後よ、こんなことに同意するのはこれっきり。だからお願い、もう二度とわたしを傷つけないで」

「ああ、傷つけないと誓う」イーサンはついに本気でその言葉を口にした――彼女が悲しい思いをしないよう全力を尽くそう。

だがどんなにそう決意していても、過去の罪によって嘘つきだと証明されてしまうのが怖い。あの真実は破壊的な結果をもたらし、マデレンをいっそう傷つけるだろう。

なんとしても、彼女には真実を悟られないようにしなければならない。

36

ああ、わたしはいったい何をしているのだろう？　マディは結婚式の最中に自問した。本当にイーサンと結婚するつもり？　その気がないなら、二分後に誓いの言葉を交わす前に逃げないと。

イーサンと結婚しようと躍起になっていたんじゃなかったの？　ええ、でもそれは二日前までの話よ！　今は彼について確信が持てない……。

結婚式は村の登記官のミスター・バーナビーによって執り行われていた。彼は高齢の穏やかなスコットランド人で、イーサンほど顕著ではないものの訛りがあった。これまでのところ、何もかもが現実ではないように感じられる。

登記官の声がぼんやりと聞こえた。

「わたしはスコットランド法にもとづき、民事婚を執り行うべく戸籍本庁長官から任命されました。本日わたしたちがここに集いましたのは、イーサン・ロス・マッカリックとマデレン・イゾベル・バン・ローウェンの結婚式を挙げるためであり……」

さまざまな思いが頭のなかで交錯していたが、マディは平静な面持ちを保とうとした。イーサンは隣で緊張しながら鷹《たか》のような目で彼女を見守っている。マディが逃げだしたくてうずうずしているのを見抜いているのだろう。

今朝目覚めたとき、この二日間マディを苦しめていた悲しみはかき消えていた。代わりに……不安だけが胸を占めていた。

なぜかしら？　イーサンは心底自分の行為を悔やみ、最悪の事態は回避されたのに。ゆうべの彼はとても思いやり深く、わたしが眠りに落ちるまで髪を撫でてくれた。それに、とうとうあのパン屋にいた若い夫人たちのようになれるのよ。

わたしはやっとのことでまとってきた鎧を捨ててしまおうとしているのだろうか？

マディは扇で顔をあおいだ。この息苦しい部屋を出て、ひと息つきたい。小さなブーケを握りしめたてのひらは汗ばみ、コルセットに締めつけられた上半身がひりひりする。いらだたしげに短く息を吐き、クリーム色のベールを顔から遠ざけた。どうやらわたしは不安に駆られているだけでなく、被害妄想にもとらわれているみたいだ――登記官がわたしの名前を口にしたとき、イーサンがうろたえたように感じるなんて。

イーサンが宣誓する直前、マディは彼を盗み見た。堂々と胸を張ったイーサンは彼女と一緒になることを誇りに思うと同時にほっとしているようだ。次の瞬間、彼がごくりと唾をのみこむのが見えた。イーサンも緊張しているんだわ。それでも隣に立って、わたしと生涯の誓いを交わそうとしている。

結婚式の最中に不安に襲われるのはごく自然な反応よ。なにひとつおかしいことなんてない。

　誓いの言葉を口にしながらマディを見おろすイーサンの目に切望の色を見てとり、彼女はたじろいだ。彼の声は低くしゃがれていたが説得力があった。

「わたし、イーサン・マッカリックはマデレン・バン・ローウェンを愛し、敬い、慈しむと誓います。よいときも苦しきときも、誠実かつ正直で献身的な夫となることを誓います。この誓いを今日から残りの一生、守っていきます」

　ああ、イーサン。マディはその日初めて息をついた。落ち着きを取り戻し、不安から解放された。これまでの人生のすべては、この瞬間や、この男性へとわたしを導いていたんだわ。情熱的な黒い目でじっと見つめ、わたしに触れるときだけ優しい手つきになる、誇り高く勇ましいハイランド人へと。

　マデレンをよく見ろ……。彼女が宣誓の言葉を述べるあいだ、イーサンは思った。おれはこの女性を妻と呼ぶために全力を尽くさずにはいられない。

　鮮やかな青い瞳に知性を輝かせ、マデレンが誇らしげに顎をあげた。今朝は見るからに緊張していたが、それでもこの式をやり遂げようとしている。おれに賭けるなんて、まったく勇敢な小娘だ。

　彼女を手に入れるためなら、おれは嘘もつくし、盗みもはたらくし、殺人だって犯すだろう。

誓いの言葉を交わしたあと、イーサンは心に決めた。ただちに自分の過去の所業を覆い隠し、心配の種を摘みとろうと。

「あなた方がわたしの前で行った宣誓により、おふたりを、イーサン・ロス・マッカリックとマデレン・イゾベル・マッカリックを夫婦とします」

安堵の思いがこみあげ、イーサンはマデレンの手をつかんだ。

「イーサン、わたしたちは裸になってベッドにいるのよ」カリヨンに戻ってきてほどなく、マディは口を開いた。「何か理由があって、わたしとひとつになるのを先延ばしにしているの？」

互いに相手の服を脱がせながら、イーサンは彼女の頭がぼうっとなるほどキスをして、突然ぴたりとやめたのだ。

彼がマディを見おろした。「別に時間稼ぎをしているわけじゃない。ただ、この瞬間をじっくりと味わっているだけさ。男はしょっちゅう結婚するわけではないし、ここまでたどりつくのに時間がかかったからな」

「わたしには待っただけの価値があると思う？」

「たしかにきみには待たされた。だがきみが手に入らなければ、おれは一生結婚しなかっただろう。それに、きみはこれを先延ばしにしたほうがいいかもしれないぞ。いったん結ばれたら、決しておれから逃れられないからな」

彼女はイーサンの胸にてのひらを押し当てた。彼の心臓は激しく打っていた。

「また緊張しているの？」

「ああ」彼が真剣な顔でうなずく。「前回試したときは、明らかにきみの期待に添えなかったからな」

マディはにっこりした。「でも、今回は大丈夫だと確信しているわ」

イーサンは官能的な笑みを浮かべ、彼女の胸を軽く噛んだ。「だったら、マディ・マッカリック、この婚姻を完全なものにするとしよう」

マディが両腕を伸ばして引き寄せようとすると、イーサンは指の背で彼女の腹部を撫でた。

「なんて美しいんだ。きみも緊張しているのか？」

「本当のことが知りたい？」

「ああ」

「ちょっと怯えているわ、イーサン」

「今回はゆっくり進めるよ。きみがまた痛みを感じることはない」

マディは腰を揺らした。「もう痛みを感じていないわ」

「おれだってそうさ」イーサンは彼女の脚のあいだをそっとつかむと、秘めた部分に指を一本差し入れてうめいた。「エンジェル、もっと体の力を抜くんだ」

「無理よ」みじめな声でささやく。「もう少し待つべきかしら？　わたし、気が変わったわ」

イーサンが額を触れあわせた。「マディ、きみはもうすっかり準備が整っている。待てば待つほど不安がふくらむだけだ。それが今わかった」

「でも初めて結ばれたあと、あなたはひどい態度をとったわ。いったん降伏したら、あんなふうに冷たく嘲笑われたり、いやなことを言われたりするんじゃないかと心配なの。それに、そのあと……」

「そのあと？」

「あなたに捨てられるんじゃないかと」

「マディ、今やおれたちは切っても切れない関係だ。きみはもうおれから決して離れられないぞ」彼女の気分を明るくしようとしたのか、イーサンはさらに言った。「だからこの状況を楽しむべきだし、心配する必要はない」

マディは息をのみ、彼に横向きにされてヒップを軽く叩かれると笑い声をあげた。

「あなたって恥知らずね！」興奮に瞳をきらめかせながら、マデレンが息を切らして言った。

「そうとも。だが、きみはそんなおれが好きなんだろう」驚いたことに、彼女は否定しなかった。「おれを信じてくれ。もう失望はさせないから」

永遠とも思える時間じらされたあとマデレンがうなずき、イーサンはついにこのときを迎えたのだと悟った。結婚して初めて妻と結ばれようとしている。なんとしても、彼女に最高の気分を味わわせてやらなければ。

マデレンが唇を嚙んだ。「何をしてほしいか教えて」

自ら苦痛を招くことになるのを承知で、イーサンは言った。「おれの上にのってほしい」彼女が眉をひそめるとつけ加えた。「そうすれば、きみは好きなだけゆっくり動ける。できる範囲でおれを受け入れればいい——きみのペースで」

彼が仰向けになってマディを自分の上に横たわらせると、彼女は緊張気味につぶやいた。

「イーサン?」

マデレンの背を撫でおろして、後ろから秘所に指を一本、さらにもう一本滑りこませる。彼女が身をのけぞらせるのを見て、イーサンはうめいた。

何度も指を抜き差しするうちに、マデレンは彼の上で大きく脚を開いた。

「いいぞ、その調子だ」

三本目の指を入れようとした矢先、彼女があえぎ声をあげ、イーサンの唇をなめた。

「今から指を引き抜く。きみは満たされたいと思うはずだ」

彼が指を動かすと、マデレンの口からすすり泣きがもれた。

「おれのものを握って——」彼女の手をつかんでそれに巻きつけさせる。「準備が整ったら、きみのなかに入れてくれ」

マデレンの手に手を重ねたまま、硬くなったものの先端を脚のあいだへ導く。彼女の蜜に触れたとたんイーサンは鋭く息を吐き、快感に歯を食いしばった。濡れた襞に高ぶりの先をこすりつけてから、マデレンの手を放す。

彼女があえぎながら、イーサンの欲望のあかしを秘所へと引き寄せた。マデレンのヒップがさがってきて互いの体が一瞬密着するたびに、彼は腰をあげないようこらえた。先端がわずかに入っただけなのにきつい。

マデレンがこわばりの先で敏感な突起に円を描きだすと、彼は危うく果てそうになった。意志の力を総動員したおかげで、なんとか腰を突きあげずにすんだ。衝動に抗うあまり汗が噴きだし、マデレンが身もだえして彼の湿った胸に胸をすり寄せた。

これは拷問だ。まさに責め苦だ。彼女はおれに何をしているのかわかっていない。

「なかに入れてくれ、マディ」かすれた声で言う。「最高の快楽を味わわせてあげるから」

彼女を仰向けにして一気に押し入り、激しく突いて達するまで、あとどのくらい持ちこたえられるだろう？

次の瞬間、イーサンは悟った。マデレンが自分のペースで進められるよう、おれはいくらだって耐えられる——。

彼女がこわばりの先端を入れた。

「そうだ」イーサンが唸り声をもらして膝を広げると、マデレンはしなやかな体を波打たせた。彼女を押し倒したい衝動に抗うべく、イーサンは頭上のヘッドボードをつかんだ。「きみは最高の妻だ」快感に身が震える。「ああ……もっと深く……」

37

マディはこれ以上イーサンを迎え入れるのは無理だと思った。だが、イーサンが必死に自制している姿を――目のまわりに皺が寄り、顎がこわばっているのを――見て、彼のために試してみることにした。

「イーサン、どうしたらいいかわからないわ」ほかの女性が同じことをするのは見たことがあるけれど、実際にしてみるのは難しい。マディはぎこちなく、不安な気分だった。

「いったん腰をあげてから……もっと深くおろすんだ」イーサンが切れ切れに言う。

「やり方を教えて」

「今きみに触れたら自制心を失ってしまう」腕の筋肉を隆起させて、彼は頭上のヘッドボードを両手でつかんでいた。息遣いは荒く、胸が激しく上下している。「きみを一気に引きおろしたくてたまらない」黒い目がマディの瞳をとらえた。「そして奥深くまで身をうずめて……」

「あなたはそんなことしないわ。わたしはあなたを信じてる。だからお願い、やり方を教えてちょうだい」自分でもかなりうろたえているとわかる口調で言った。

「ああ、マディ。これは楽しむべきものなんだ」イーサンが張りつめた体とは裏腹な声で応えた。

マディは手を伸ばして彼の両手をつかみ、その手がぶるぶる震えていることに驚きながらも、自分の腰へと導いた。イーサンが唸り声をあげ、とっさに腰を突きあげてくる。彼の手が腰をつかんで引きあげ……さっきよりも深くおろした。

とたんに甘い戦慄がマディの体を駆け抜けた。「ああ、いいわ！」

ふたたび腰を持ちあげられ、またおろされた。ずっと身構えていたものの、まったく痛みは感じない。押し広げられる感触に恍惚となり、もっと満たされたい思いに駆られた。彼の言うとおりだわ――わたしにはこれが必要だったのね。

「なんとしても、きみを絶頂に導く」彼がかすれた声で言う。「膝を大きく開いてくれ」

マディは言われたとおりにした。腰を引きさげられたが、痛みはなく逆に快感がこみあげた。「イーサン……あなたに満たされるのはすごくいい気分よ」驚嘆した声でささやく。

彼は返事の代わりにうめき声をもらして身を震わせた。

マデレンは腰をあげて前かがみになり、イーサンの肩をつかんでできるだけ彼を受け入れようとした。

きらめく巻き毛が彼女の顔を縁どり、輝く瞳には不安ではなく絶対の信頼が浮かんでいる。そのあまりの美しさにイーサンは畏敬の念を覚えた。

マデレンの視線をとらえ、ゲール語で誓いの言葉をつぶやく。永遠に彼女を自分に縛りつける古代の誓いの言葉を。彼女はゲール語を理解できないはずだが意味はわかったらしく、小さな手で彼の顔を包んでそっと唇を重ねてきた。

ふたたびマデレンが腰をあげ、甘い声で言った。「もっとあなたがほしいわ、イーサン」背後に手を伸ばして彼の内腿に爪を滑らせ、睾丸をつかむ。満足そうにほほえむ様子からして、男性自身が脈打つのを感じたに違いない。

「きみのなかに入りたい」イーサンは膝を立ててマデレンを挟みこみ、魅力的な胸を両手で包みこんだ。つんと尖った先端を親指で何度もいたぶる。マデレンがイーサンの上でもだえ始めると、足を踏ん張って彼女を揺らした。彼女が叫び声をあげてのけぞった拍子に、長い髪が垂れてイーサンの脚にかかった。

情熱的な営みを性急に進めないよう、イーサンは彼女の腰をじわじわと引きおろした。二本の指の腹で芯を愛撫すると、マデレンは感覚を確かめるように用心深く腰を揺らした。濡れた秘所に指を抜き差しするうちに彼女の体は波打ち、その動きは激しくなっていった。絶頂を求めてうめきながら腰を上下させるマデレンにイーサンは目をみはり、驚嘆の声をもらすのがやっとだった。「ああ、きみはなんて賢いんだ」

彼はまだ半分しか入っておらず、マデレンがもっと受け入れられることはわかっている。だが、さらに歓びを与えたい……前回よりも満足させられるように……。

とはいえ、これほどの快感にいつまで耐えられるだろう？　「さあ、達するんだ」愛撫の手を速めて命じる。

マデレンが絶頂を迎えるやいなや、彼は収縮する襞にぎゅっと締めつけられて精を放った。彼女のなかで爆発して子宮の熱にのまれていく。イーサンは何度も突きあげた。

マデレンは彼にぐったりと覆いかぶさり、激しい鼓動を響かせていた。歓喜の余韻に身を震わせながらも、イーサンは突き続けた。

この快感を手放すまいと彼女を仰向けにし、なおも貫く。

「もう一度愛してもいいか？」いつになく欲求が高まっている。

イーサンを見あげるマデレンの瞳に嫌悪感はなく、欲望の色すらなかった。どういうわけか、おれは彼女のような女性に愛してもらえたらしい。

「わたしはあなたのものよ、イーサン……あなたが望めば、なんでもあなたのもの」

無我夢中でマデレンを奪い、永遠に自分のものだという印をつけたい衝動がイーサンを鞭打った。今にも屈してしまいそうだ。

「きみを傷つけたくない。だが……おれはどうしても……激しく愛しあいたいんだ」

彼女が腰を突きあげた。「あなたの望みどおりにして」

イーサンの目が欲望に燃えあがるのを見て、マディは前言を撤回しそうになった。

彼はマディのうなじをつかんで頭を持ちあげた。「決してきみを放さない」そう言うなり唇を奪う。「絶対に……」イーサンの自制心は今にも砕けそうだ。彼女に覆いかぶさる大きな体は汗ばみ、筋肉が張りつめている。こわばった首筋から胸、くっきりとへこんだ腹部まで。

イーサンはマディの片方の膝を胸に押しつけさせ、その脚に片腕を巻きつけてのしかかるように押し入ってきた。彼がもう一方の手で芯を愛撫し始めると、マディは無上の歓びにもだえた。

ひと突きごとにイーサンが彼女の脚を押し、さらに体を開かせる。彼女に胸をこすりつける感触を堪能しているようだ。

だが、やがてそのリズムは激しいものとなった。もうこれ以上は深く突けないだろうと思うたび、イーサンはさらに勢いよく貫き、マディは驚嘆と快感が入りまじる叫び声をあげた。

これはわたしが想像していた彼との愛の営みをはるかに超えているわ。マディはイーサンに爪を食いこませながら、彼の燃えるようなまなざしや体の動き、てのひらの下で波打つ筋肉にすっかり魅了された。

長いあいだ待ったかいがあった……。

イーサンがマディの両膝の裏をつかんで開いた太腿のあいだに何度も押し入ってくると、彼女は枕の上で頭を激しく振った。欲望に抗い、このひとときをいつまでも引き延ばしたかった。しかし彼の絶え間ない猛攻撃が相手では、負け戦を戦っているようなものだ。

ふたたび絶頂を迎えようとしていることに彼女が気づいたとき、イーサンが吐きだすように言った。「きみがまた達するのを感じたい」

マディがのぼりつめてイーサンの名前を叫んだ瞬間、彼の口からうめき声がもれた。目を合わせたまま、イーサンは彼女のなかに熱い精を放ち、しゃがれた声で宣言した。

「おれのものだ」そして、ぐったりとマディに覆いかぶさった。


マデレンの首筋に荒い息を吐きかけながら、イーサンは強く彼女を抱きしめた。ふたりのあいだで起きたことには心を揺さぶられずにはいられない。

おれはまったく知らなかった。

彼女がイーサンの汗ばんだ背中に爪を滑らせ、畏敬の念に満ちた声でささやく。

「ああ、イーサン、あなたは完全に名誉を回復したわ」

彼はマデレンを抱く腕にさらに力をこめた。彼女を手放すことなど考えられない。絶対に。

これが女性を愛するということなのだ。

以前のおれはまるっきり無知で、試しもせずに愛など理解できるわけがないと嘲笑っていた。

マデレンが与えてくれたものに比べると、過去の経験がいかに虚しいものだったかわかった。これまでは空腹を感じず、まったく味わうことなく食べ物をむさぼっていたようなものだ。

今は飢えることを覚え、ごちそうも楽しんだ。

もう二度と過去には戻りたくない。

38

〝おれたちのような男がその気になれば、完全に生まれ変われる〟

ヒューが言ったとおりだった。ベッドに横たわったイーサンは、眠っているマデレンを抱きしめながら思った。漆黒の冬の闇に包まれた表では激しく雨が降っているが、暖炉の前のベッドのなかはあたたかい。

不可解なことに、イーサンは自分がすっかり生まれ変わりつつあるというより、元の自分に戻っている気がした――思いやり深く愛想がよかったことなど一度もないのに。ただ、マデレンに対してそのようにふるまうのはたやすかった。

彼女といると夫らしい気分になる。それどころか……いい夫であるとさえ感じた。結婚したあと、マデレンはハイランド地方に向かうのを春まで延期できないかと尋ねてきた。カリヨンが気に入り、冬場はここで過ごしたいというのだ。そんなことはお安いご用だった。

この二カ月間、マデレンはおれの人生を興奮や刺激で満たしてくれた。長年の苦労にもかかわらず、彼女のそういう資質が失われなかったことは今もって不思議だが、そうならなくて本当によかった。マデレンはマレ地区の呪縛《じゅばく》から解放されたらしく、悪夢を見ることもめったになくなった。

毎晩彼女はイーサンの腕のなかで眠り、小さな体で彼に覆いかぶさったまま寝入ってしまうことも多かった。イーサンとしては大歓迎だった。そのまま彼女を抱きしめて容易に押し入ることができるからだ。

午後にイーサンが領地の用事で出かけて戻るたび、マデレンは屋敷から駆けだしてきて満面の笑みで彼の腕のなかに飛びこみ、勢いよく胸をぶつける。〝あなたが恋しかったわ〟抱きとめられた彼女は、決まってイーサンの首筋にそうささやいた。彼がほんの数時間しか留守にしていないときでも。

先週、イーサンは言った。

「マディ、きみが駆け寄ってくるのを見て、おれがどんな気持ちになるかわかるかい？」

彼女は身を引き、小さくほほえんだ。「じゃあ、もう少しであなたが玄関にたどりつくのも待ちきれないわたしの気持ちがわかる？」

イーサンは昔から自分のことを辛辣で冷酷な人間だと思っていた。それなのに少なくとも一日に一度、明るい笑い声をあげて逃げる華奢な妻を屋敷で追いまわしているなんて、いったいどういうことだろう？

実際、この屋敷は笑い声で満ちあふれている。マデレンがカリヨンを憩いの場に生まれ変わらせてくれたのだ。彼女は近隣住民とも親しくなり、近頃はさまざまな招待状が毎日のように届く。

マデレンはイーサンと他者の架け橋となった。住民たちはおれも彼女のように気さくで陽気だと思ったようだ。マデレンをクランのもとに連れていけば、彼女は故郷でのおれの印象も一変させるだろう。

マデレンは、いたずら好きな子供六人と海岸のそばに住むアグネス・ハレーという未亡人を特に気に入っていた。マデレンが子供たちと凧《たこ》揚げをしたり、野良猫や野良犬を手なずけて拾ってきたり、短気な孔雀から逃げまわったりして楽しげに遊ぶ様子を見ると、彼女の幼少期が短く断ち切られたことを思いださずにはいられない。

たまにイーサンはマデレンに過去を隠すという決断をしたことに疑念を抱き、告白したい衝動に駆られた。だが、彼女は毎日心から幸せだと口にする。ならば、わざわざそれを壊すことはない。

ときには自分をごまかし、このすべてが終わる可能性があるのだということを忘れられることもあった。

そういうときは無上の幸せを感じる。以前にもそんなことがあった。父は亡くなる前の週、おれを一四歳の誕生日にヘブリディーズ諸島へ狩りに連れていくと約束してくれた。誕生日はそのわずか二週間後だった。

おれは遺体を目にしたあとも、父の死を忘れ続けた。何日ものあいだ、目覚めるたびに狩りへ行く日がまた一日近づいたと笑顔でベッドを飛びだした。だが次の瞬間には一気にすべてを思いだし、それを忘れていたことや、そんな悲劇のあとで幸せな気分になった自分を恥じた。

イーサンは天井を見つめながら、マデレンをぎゅっと抱き寄せた。父の死後、彼女と一緒になるまで心が満たされたことはなかった。

マデレンが真実を突きとめるとは思えない。あの晩の関係者はみな何年も前に英国を離れたか、死んだかしている。

用心のため、イーサンはアイブリー・ホールの土地管理人を解雇した。案の定、その男は事業に長けているわけでも、特に仕事熱心なわけでもなかった。その後、アイブリー・ホールをマデレンに譲渡し、あらゆる手段を講じて元の所有者の身元を隠すよう弁護士に指示した。譲渡手続きが完了したあと、新たに管理人を雇った。経験は浅いが、誰に尋ねても非常に仕事熱心だと評判の若者を。

過去の関係者でイーサンとマデレンの居場所を知る者はひとりもいない。実際、何も知らない連中がほとんどだ。コリーンはここの住所を知っているが、それはマデレンが彼女とビーに送金しているからだ。おれがそうするよう強くすすめた。もしマデレンが幼い頃コリーンに面倒を見てもらわなければ、彼女はおそらく……死んでいただろう。あのふたりはマデレンにとって家族も同然だし、これからも妻の親族に対するように世話をするつもりだ。

マデレンを自分のものにした今、イーサンは過去の所業の償いとして彼女を思いきり甘やかす決意だった。マデレンのためにごちそうを用意させ、しきりに食べるようすすめたおかげで、彼女は日に日に輝きを増し、つくべきところに肉がついた。ついに指輪がぴったりはまるほど指が太くなると、マデレンは誇らしげな笑みを浮かべた。

イーサンは自分のせいで妻が貧民街で飢えていたことを思いだすたび自己嫌悪に駆られたが、罪滅ぼしとしてその苦悩に耐えた。そして彼女を満足させようとさらに努力した。

「わたしが何を恋しいかわかる？」数週間前、マデレンが言った。「アイブリー・ホールで飼っていた馬よ。栗毛で表情豊かな目をしたすばらしい牝馬だった。わたしがあの子を気に入っていたように、あの子もわたしを大好きだったはずだわ」

当然ながら、イーサンはマデレンに栗毛の牝馬を買い与えた。妻に夢中な世の中の夫同様、マデレンが少しでもほほえんでくれるなら竜退治も辞さない構えだった。イーサンは彼女を毎日乗馬に連れだした。

マデレンの馬と同じ厩舎から取り寄せたイーサンの雄々しい牡馬は、彼を毛嫌いした。相変わらず、彼は動物にはすっかりなつかれるか心底嫌われるかのどちらかだった。

マデレンは率直に指摘した。「あなたはすべての動物から嫌われているようね――猫は例外だけど」イーサンの表情を見て、あわててつけ加えた。「でも、猫に認められるのは名誉なことよ」

忌々しい牡馬はことあるごとに跳ねあがってイーサンを振り落とそうとしたり、わざと木の脇をすり抜けて鞍《くら》から転落させようとしたりした。マデレンはそれを見て大笑いし、鞍から落ちないよう牝馬にしがみついた。いつまでも笑い続ける彼女を見て、イーサンもしまいには頰をゆるめた。

妻にものを買い与えすぎだとわかっていても、イーサンはやめられなかった。彼にはそうするだけの財力があり、マデレンは今まで必需品さえあきらめざるをえなかったのだ。マデレンはひとそろえの衣装と宝石を持って当然だが、彼女自身がその気になって選ぶのを待たなければならなかった。イーサンが夫の役目として知っていることがあるとすれば、それは妻の準備が整うまで待つということだ。

二週間前、マデレンに真珠のチョーカーを贈ると、彼女は弱々しくほほえんだ。

「イーサン、こんなにしてもらうと、ちょっと……恐縮するわ」

「きみは金持ちの夫がほしかったんじゃないのか？　裕福な夫はこういうふうにふるまうものだ」

「わたしは宝石や豪華な衣装がほしくて裕福な男性を求めたわけではないわ。安全で安定した暮らしがほしかっただけよ。自分自身や未来の子供たちのために……」

子供たち。もしおれがマデレンに子供を授けてやれなかったら？　イーサンはふたたびそう思い、彼女の隣で身をこわばらせた。

あまりにも長くあの呪いに縛られてきたせいで、マデレンをまだ身ごもらせていないことに不安を覚えた。それに、おれが何カ月かけてもなしえないことをコートがわずかな期間でやってのけたと思うと癪に障る。

もっとも、子供を持とうと考えたことはなかった——これまでは。だが、マデレンとなら考えられそうな気がする。それが当然の結論であるかのように、いくつかの思いが頭をよぎった。

まだ眠っている彼女を仰向けにし、上掛けを引きおろして裸体をしげしげと眺めた。平らな腹部を撫で、そこが彼の子を宿してふくらんでいく様子を想像すると、それを楽しみにしている自分に気づいた。

頭に思い描いた光景に股間のものが硬くなる。原始的な衝動、血が沸き立つような興奮、すさまじい独占欲がこみあげ、イーサンは激しい欲望に駆られた。

マデレンに自分の種を植えつけて守り、おなかの大きくなる彼女が幸せでいられるよう面倒を見るのだと思うと……。

思わずマデレンに覆いかぶさり、両手首をつかんで押し入ったとたん、彼女が目を覚まして息をのんだ。マデレンがもらすうめき声を聞きながら、イーサンは動きを速め、無我夢中で突き続けた。

39

うららかな春の朝、浜辺に向かうマディのあとを黒い子猫がついてきた。イーサンが彼女のために村から連れてきた子猫だ。マディはその猫を〝ちび黒猫《プチ・シャ・ノワール》〟と呼んでいた。

砂浜に毛布を敷いて腰をおろすと、彼女は子猫が飛びかかってくるまで指で砂をかきまわした。だが、プチ・シャ・ノワールはすぐにじゃれるのに飽きて甘えてきた。猫の耳を撫でてやりながら波を眺め、イーサンの妻として暮らしたこの数カ月を振り返る。

彼は粗野で押しが強い秘密主義のハイランド人から、優しく思いやりのある夫へとごく自然に変化していった。

けれどもそれはマディの想像であって、現実はかなり異なる。

イーサンは滑稽なほど過保護で、こんな命令もした。

「ひとりきりで浜辺に行ってはいけない。それにひとりで村へ行くなど言語道断だ」

「わたしがどこで育ったか忘れたの？　海辺の村にどんな危険が潜んでいようと対処できるわよ。そもそも、何から身を守らなければならないの？　帆立貝？　海草？　ああ、貝殻ね！　貝殻はいつだって油断ならないわ！」

「好きなだけからかえばいいさ。だが、この件は絶対に譲らないぞ。ソーシャを連れていくんだ」

ときおりイーサンはふさぎこみ、何時間も海を眺めていることがあった。マディは彼が何を考えているのか知りたくてたまらなかった。

イーサンは独占欲が強く、彼女をひとり占めしたがった。

「客が訪ねてくるとはどういうことだ？」つい今朝も、そう詰問してきた。「ほんの二週間前に客を迎えたばかりじゃないか。きみはおれとふたりきりで過ごすのがいやなのか？」

わたしの夫は、人一倍、嫉妬深くなることがある。一度アイルランドで週末を過ごしたとき、アメリカ人の大物実業家が渡し船でマディに言い寄ってきたことがあった。あの男性の青痣がいずれ薄れることが、せめてもの慰めだ。実業家は二度と殴られないよう、ハイランド人の妻には目もくれなくなったに違いない。

イーサンはわたしが思った以上に迷信深かった。たとえば、クランの予言者が彼とわたしの結婚を五〇〇年前に予言していたと信じている。

それにイーサンの収入がいくらあるか知らなければ、彼を浪費家だと決めつけるところだ。屋敷には小包が絶え間なく届き、イーサンはわたしに馬やダイヤモンド、サファイア、エメラルド、一生かかっても着られない量の衣装を買い与えてくれた。彼がわたしのために購入できるものは、もう村には何もない。先日も温室を改修したいと何気なく口にしたら、一週間もしないうちに暖房炉の新しい部品と柑橘類の苗が届いた。

わたしの貧しかった過去を埋めあわせるために、こんなにも贈り物をくれるのだろうかと勘ぐらずにはいられない。何かをもらうたび、自分がいかに貧乏だったか思い知らされることを彼は知らないだろう。

イーサンによれば、彼の一番下の弟の妻は裕福なうえに、スペイン王家の血筋らしい。マディは、夫の弟がふたりとも教養ある女相続人と結婚した一方、イーサンは貧民街の気丈な小娘と一緒になったことを痛烈に意識した。彼女はイーサンの家族に会うのを恐れていたが、なぜか彼も同じ気持ちのようだ。

やがて、マディは子供の頃に暮らしていたアイブリー・ホールをイーサンに見せたいと願うようになった。そうすれば彼もわたしが富に囲まれて育ち、ある時点まで幸せな幼少期を送っていたことを知って、やたらと物を与えようとしなくなるだろう。

イーサンは夏に訪ねて様子を確かめたい領地があると言った。アイブリー・ホールはその途中にあり、汽車を使えば一時間弱で行ける。マディは所有者に屋敷を少しだけ見学させてもらえないか問いあわせることにした。もう一度だけ見せてもらえないかと。

きっとイーサンはアイブリー・ホールに連れていってくれるはずだ。そう確信しながらも、マディは思案した。どういうわけかアイブリー・ホールのことを口にするたび、夫は身をこわばらせる。本人は気づいていないようだが、マディが生家について話すと、必ず彼にかすかな変化が生じる。その変化は彼女が両親のことを口にするときも決まって見られた。

イーサンはわたしの両親に会ったことも、アイブリー・ホールに行ったこともないと主張しているけれど、ときどき……嘘をついているのではないかと思ってしまう。

彼は何度もマディの母親の名を口にし、そのたびに彼女はびくっとした。一度、実の母のような好ましくない母親になることを恐れていると打ち明けたら、激しく反論されて面食らった。「どうしてそんな躍起になって否定するの？　本当にあなたは母に会ったことがないの？」

「ああ、ない。だが、きみが母親からひどい仕打ちを受けたのは明らかだ。冷酷さのかけらもないきみが、そんな母親みたいになるはずがない」イーサンはよどみなく答えた。

ふたりの結婚には暗い影があったが、明るい面も多かった。

イーサンはコリーンやビーをマディの身内と見なし、ふたりを呼び寄せるようすすめてくれた。コリーンの勤労意欲を目の当たりにした彼は、信頼できる執事が見つからないこともあって、彼女を執事として雇うとさえ言った。〝じゃあ、ビーの仕事は？〟と尋ねると、イーサンはこう提案した。「話し相手というのはどうだ？　それか、きみが田舎で野良猫や野良犬を何匹も拾い集めていることを考えると、ペットの世話係もいいかもしれない」

マディは友人たちに英国へ来るよう懇願したが、ふたりは〝状況は悪化の一途をたどる〟というマレ地区のモットーを持ちだしてためらった。それでもカリヨンについて書いた手紙を送るたび、彼女たちを徐々に説き伏せられそうな気がした。うれしいことに、それが実現するまで目の玉が飛び出るような大金を送ることをイーサンから提案された。

ようになった。

イーサンは日に日に笑うことが多くなり、しょっちゅうおどけたユーモアの感覚を見せるようになった。

ある朝、温室で植物を鉢に植えていると、彼がぶらりと入ってきた。

「これはいったいなんだ？」まじめくさった顔で詰問した。「おれにはこの運動の目的がちっとも理解できないぞ」

マディが眉をひそめて見おろすと、目を丸くした子猫がイーサンのズボンに歯と爪でしっかりしがみついていた。

彼女は大笑いして涙を流した。

「まるでくっついて離れない毬《いが》みたいだ」イーサンはそうぼやくと、子猫にしがみつかれたまま出ていった。

この結婚のほかのいい面といえば……イーサンの愛の営みが息をのむほどすばらしいことだ。ただ、わたしに対する欲望には、贈り物をくれるときと同じ気負いが感じられる。

今週乗馬に出かけて雨が降りだしたときも、イーサンは小川のほとりのオークの木の下にマディを導いた。春雨が降るなか、彼女を木の幹に押しつけ、濡れた首筋にキスをした。

マディは息をのんだ。「今、ここで？」

返事の代わりにイーサンがゆっくりとスカートを引きあげ、パンタレットを左右に引き裂くと、マディは期待に打ち震えた。湿ったブラウス越しに胸を吸われた瞬間、快感の波にのみこまれた。胸の頂を熱い口に含まれ、彼の筋肉がてのひらの下で波打つ感覚にわれを忘れた。イーサンの体から漂うさわやかな香りが、苔《こけ》むした岩や香り豊かな荒野の匂いとまざりあっていた。

イーサンはマディを持ちあげてから、大きな手で彼女の顔を自分の胸に押し当てた。もう片方の腕を彼女のヒップにまわして固定すると、そのまま押し入ってきた。マディがうめき声をあげてまたたく間にのぼりつめるとともに、彼の突きが激しくなった。彼女が絶頂に達した瞬間、イーサンは身を沈めて鋭く息を吸った。「どうかこれで……」

彼自身はそう口走ったことに気づいていなかった。その言葉や、なおも突き続ける姿に切羽詰まったものを感じ、マディは不安を覚えた。

そういうとき、いやな予感がふくらみ始める。イーサンが不可解な行動をとり、ふたりのあいだにまだ秘密や障害や嘘が残っているのではないかと感じるときに。

こんなふうに不安が募るのは、かつて満ち足りた生活をしていたときに突然人生が崩壊したからだわ。当時のわたしはマレ地区と向きあう準備がまったくできていなかった。心の底から怯え、このうえなく……無力だった。

あれ以来、何度も苦境から這いあがり、生き延びるすべを身につけた。過去を振り返ると、自分でもいったいどう乗り越えてきたのかわからない。

〝状況は悪化の一途をたどる〟マディはこらえきれずに、夫からもらった小遣いを貯《た》めるようになった。

40

イーサンはマデレンのお気に入りの場所のひとつで彼女を見つけた。マデレンは温室で黒い子猫と一緒にあたたかくなったガラスにもたれていた。イーサンがあの子猫になつかれているせいで、彼は猫に好かれる人間だという彼女の仮説がまた証明された。挨拶《あいさつ》代わりにマデレンの首筋にゆっくりキスをしてから、イーサンは言った。

「弟から手紙が届いた」

「何かあったの？」

「わからない」ヒューの謎めいたメッセージは、〈ネットワーク〉の仕事と家族絡みの用件のどちらであってもおかしくない。「緊急だということしか。弟はおれに至急ロンドンへ来てもらいたがっている。きみはどのくらいで支度が整う？」

「向こうには何日滞在するの？」

「長くはないはずだ。三日か四日だろう」

「だったら、ここに残ろうかしら？　あなたは急がないといけないでしょうし」

「なぜだ？　何か問題でもあるのか？」

「いいえ、そうじゃないわ。ただちょっと気分がすぐれないだけ」

イーサンはマデレンの顎をつかんで左右に向けさせた。

「こんな寒い場所にいるからだ」ガラスは日差しであたたまっているものの、午前中の温室のなかは肌寒くてじめじめしている。それにまだ暖房炉を修理できていない。本当は修理工を雇いたいが、妻はおれがなんでもできると思いこんでいる。だから彼は暇さえあれば、火花を散らすボイラーの下にもぐっていた。

「イーサン、この温室にはなんの問題もない――」

「おれが具合の悪いきみを置き去りにするなんて思ってはいないだろうな？」

「わたしは病気じゃないわ。最近のあなたはすごく貪欲で、わたしをひと晩じゅう寝かせてくれないでしょう。もっとも、あなたがここにいれば貪欲に求めてほしいけど」マデレンはにっこりしたが、どこか疲れて見えた。「アグネスと彼女の子供たちに数日間泊まりに来てもらうわ。きっと楽しいはずよ。わたしたちはお菓子を食べてゲームをし、町を襲う野蛮人みたいにあなたの屋敷をめちゃくちゃにするの」

「おれたちの屋敷だろう」イーサンは訂正した。「自分が壊すもののすべてを半分所有していることを忘れるなよ」

イーサンはマデレンと離れるのは気が進まなかったが、彼女が彼の家族と会いたがっていないことを知っていた。それに、まだマデレンを身内に引きあわせることはできない。ヒューがジェーンに何もかも話した可能性がある。定かではないが。マデレンがおれ以外の口から真実を耳にする危険は避けるべきだ。たった三日彼女をここに置いていくことができないせいで、今の幸せな生活を壊す気か？

それにエドワード・ウェイランドと直接会って、正式に辞意を伝えなければ。

「ああ、わかったよ。だが、アグネスと彼女の子供たちが泊まりに来てくれるのが条件だ。おれは四日以内に戻る予定だが、そうならなければ誰かにきみを迎えに来させる」

その朝、マディはイーサンを見送るやいなや――長々とキスをしていたせいで、彼は汽車に乗り遅れそうになった――ソーシャとともに必死でスコーンを焼き始めた。六人の子供にはかなりの数のスコーンが必要なはずだ。

アグネスと子供たちは昼さがりまで到着しないので、マディはすっかりほてった体を休めようと階上にあがった。

早くもイーサンが恋しくて仕方ないが、今朝一緒に旅立たなくて正解だった。第一に、彼の家族と顔を合わせると思うと吐き気がこみあげる。第二に、アグネスにいくつか訊きたいことがあった。六人の子供を持つ未亡人に。

わたしが身ごもっているかどうか確かめるのに手を貸してくれる人がいるとすれば、それはアグネスだ。

いずれにしても、子供たちが来てくれるのは楽しみだった。あの子たちが見たこともないような砦《とりで》をカーテンと枕で作ってあげたい。

マディは新しい書き物机の前に座り、最近届いた手紙の山をかき集めた。昨日は忙しすぎて、今週の束をより分けていない。彼女の口元がほころんだ。イーサンったら、情熱的で飽くことを知らないんだから。

封筒をぱらぱらとめくると、さまざまな招待状に加え、コリーンや〈ブルー・リバンド号〉で親しくなったオウェナ・デキンディアレンからの手紙が届いていることがわかった。見慣れない分厚い書状が目にとまり、マディは眉をひそめた。封を開け、差出人の住所を確かめる。アイブリー・ホールからだわ！　すばやく文面に目を通した。

自分の身元と屋敷とのつながりを説明し、見学許可を求める手紙を書いたのは、つい二週間前だ。土地管理人はただちに返事をくれたに違いない。その男性は前書きで自分が最近雇われたばかりであることを記し、今回の件に困惑したことを詫《わ》びながらも、こう綴っていた。

〝ですが、レディー・カバナー、奥様ご自身がアイブリー・ホールの現所有者でいらっしゃいます〟

いったいどういうこと……？　マディは目を丸くした。イーサンがわたしのためにアイブリー・ホールを買いとったの？

「まったく、あの人ったら！」いらだちの声をあげたものの、笑みがこぼれた。彼はいつわたしにこのことを告げるつもりだったのかしら？

マディは自分がアイブリー・ホールの所有者であることがにわかに信じられなかった。イーサンはついに勤勉な雇い人をわたしたちの領地や地所のひとつに見つけたようだ――封筒には、地所に対して行われた数々の改良の詳細な報告書も同封されていた。

興奮に打ち震えながら便箋《びんせん》をめくり、二枚目に目を通したが、内容は次第に不可解なものになっていった。〝奥様からのお問いあわせに、わたしは非常に困惑し……何時間もかけて念入りに調査した結果……四カ月前にご主人が奥様にアイブリー・ホールを譲渡なさっていたことが判明し……ご主人はそれまで一〇年近く屋敷を所有し……奥様のお父上が剝奪《はくだつ》された所有権を引き継がれ……〟

「まさかそんな」マディはささやき、震える手を額に当てた。

どうしてイーサンはわたしの生家を所有していたことを教えてくれなかったの？　しかも一〇年近くも。彼はアイブリー・ホールとわたしのつながりに気づいていたはずよ。イーサンがアイブリー・ホールからわたしたちを締めだした張本人であるはずがない。あの屋敷が差し押さえられたことは知っているし、自分の家に入るのさえ許されなかったことは決して忘れていないけれど、父が埋葬されたその日にわたしと母を路上に放りだしたのがイーサンだなんてありえない。

あまりに荒唐無稽すぎる。マディは手紙を読み返したが、どれほど願っても内容は変わらなかった。

これは単なる偶然じゃないわ。夫はわたしを故意にあざむいたのよ。アイブリー・ホールや両親について話すたび、イーサンがよそよそしくなったことを思いだす。マディ、よく考えなさい。やがてイーサンについてわかっていた事実から、ぼんやりとした光景が頭に浮かび始めた。

イーサンはわたしに会いにパリまでやってきた――好きでもなかったはずなのに。そのうえ、自分の爵位にふさわしい相手ではなく貧民街育ちのわたしに求婚した。でも、それ以降はかたくなに結婚を拒んだ。わたしが立ち去ると脅すまでは。彼は以前、わたしに対して不可解な怒りを抱いていたし、最近はやたらと贈り物をくれる。

〝きみがおれの過去の何かを知り、それを許せずに出ていってしまったらどうなる？〟イーサンにそう訊かれたこともあった。彼は何かを埋めあわせようとしていたが、それはわたしが考えていたようなことのためではなかったのだ。

イーサンは無情にもわたしたちの資産を差し押さえ、母とわたしに極貧生活を強いた。でも、どうして？　イーサンは何か恨みを抱いているに違いない。なぜわたしの家族に恨みを？

そういえば彼から〝シルビーはなぜ死んだんだ？〟と尋ねられたことがあった。マディは目を細めた。やっぱり母と面識があったんだわ！　なのに、どうして何度も否定したのだろう？

ふたりはどういう知りあいだったの？

マディは胃がきりきりと痛みだした。母は目をみはるような美人で、身持ちが悪かった。イーサンは毎晩違う人妻を寝取っていた放蕩者だ。彼はこうも認めていた。〝相手が既婚者なら、なおさら好都合だった〟

イーサンは母と親密な関係だったの？　あれほど嘘をつきとおすなんて、それ以外に考えられない。

マディは多くの疑問に思い悩みながら、自分の人生を崩壊させたあの夜の真相を解き明かしたいと常々思ってきた。今やその答えが手の届くところにある気がする。

予定より早く帰宅した父が、はるかに年下の妻と……イーサンがベッドにいる場面を発見したのだろうか？

とっさに口を覆い、悲鳴を押さえた。顔に傷のない二三歳のイーサンはさぞかしハンサムだったはずだ。わたしにとって誰よりも大切だった父は、愛する妻がたくましいハイランド人の若者とベッドにいるのを見て打ちのめされたに違いない。

もっとも、それが真実だという確証はない。実際に母とイーサンが……。

マディは激しくかぶりを振った。これはわたしの単なる妄想かもしれない。でもイーサンが繰り返し嘘をつき、わたしの家族に復讐を企てたことは疑念の余地がない。彼がなぜわたしの両親を罰し、わたしを犠牲にしたのかは謎だ。ただ、たとえ両親が罰を受けて当然だったとしても、わたしにはいっさい非がないわ。

たまたま不運な状況に陥るのと、特定の人間に人生を破滅させられるのとではまるで異なる。わたしはふたたび悲劇に引きずりこまれるいわれはない。

イーサンの過去の仕打ちやわたしをあざむいたという事実を考えると、すべてが偽りだったのかと思わずにはいられなかった。わたしたちは登記官の立ち会いのもと簡素な式を挙げたけれど、わたしは正式に彼の妻になったわけではないのかもしれない。

結局、あのパン屋にいた夫人たちのようにはなれなかったのかも……。

イーサンはマディの目を見つめ、もう一度機会をくれるなら二度と傷つけないと誓った。何もかも偽りだった。彼は数々の嘘に加え、その誓いも破った。故意の裏切りだ。

わたしは利用されたのよ。マディは茫然《ぼうぜん》自失となり感覚が麻痺《まひ》した気分なのに、自分の鼓動を感じて驚いた。静まり返った部屋に、今にもその音が聞こえてきそうだ。

マレ地区をあとにして決して振り返るなと、一度イーサンに言われたことがある。あのとき、彼はどうするつもりだったのだろう？　わたしの友人たちがやってきて一緒に暮らし始め、わたしたちに、いえ、イーサンに依存するようになったら？　彼はそうなることを期待して、コリーンとビーを英国に呼び寄せるよう主張したのかもしれない。

いったいどうすればいいの？　今わかっているのは、イーサンが戻ってくる前にできるだけ遠ざかりたいということだけだ。マディは立ちあがり、涙に曇る目で吹きさらしの海を窓から眺めた。

わたしはカリヨンをおとぎの国のようだと思ったけれど、空想の産物でしかなかったことが証明された。ここのすべてが幻だ。孔雀も、椰子の木も、宝石も、紺碧のアイルランド海に沈む夕日も。真実にしてはあまりにもできすぎているもの……。

なんてばかだったの。

わたしは夫の嘘やこんな偽りの生活より、不潔で危険なマレ地区や過酷な現実を選ぶわ。

〃もう一度だけ機会をくれ〃イーサンはそう言いながらも、わたしの信頼を裏切ることになると知っていたのだ。わたしがいずれ彼の嘘に気づくことも。〃きみがおれの過去の何かを知り、それを許せずに出ていってしまったらどうなる？〃

あのとき、わたしはもう二度と傷つけないでと懇願した。あと何度、希望を踏みにじられることに耐えなければならないの？　あと何回それに耐えられる？

もう無理よ。今度ばかりは本当に無理。

〃決してきみを放さない〃とイーサンは誓い、わたしはそれを信じた。いずれかの時点で、イーサンはわたしに恋をしたのだろう——嘘をつきながらも、彼のような男性に可能な限りで愛情を抱いたのだ。

実際、わたしに対するイーサンの思いは一途《いちず》なものに思える。わたしが姿を消せば、彼はわたしを見つけるまで気が休まらないに違いない。

けれど、わたしは〃小悪魔《ラ・ガミーヌ》〃のマディだ。どんな状況でも切り抜けてみせる。イーサンにもらった宝石や、貯めてきたへそくりがあるもの。

マレ地区に戻ろう。友人たちと合流して……。

三人でどこか別の場所へ行くために。

41

イーサンが目を向けないうちに、グロブナー・スクエアの屋敷から叫び声があがった。

驚いたことに、コートとヒューは建物の外にたたずんでいるだけで、悲鳴のもとに駆けつけようともしない。コートは人殺しでもしそうな顔つきだ。

イーサンは馬からおりた。「なぜ二階にあがらない――」また叫び声が聞こえ、コートがそれに応えるように苦しげな唸り声をもらして煉瓦の壁を拳で叩いた。すでに何度か同じことをしたらしく、壁に血の跡がついている。

「やめろ、コート」ヒューがいらだたしげに言った。「そんなふうにおまえが自分自身を傷つけたら、彼女はそれをとめなかったおれに腹を立てるはずだ」

「どうしておれは締めだされたんだ？」コートは声を嗄《か》らし、うつろな目をしていた。

「さあ、どうしてだろうな」ヒューが皮肉っぽく言う。

イーサンはようやく口を開いた。「いったい何が起きているんだ？」

「おれはみんなに頼まれて、コートをここに引きとめている」ヒューが答えた。

「みんなとは誰だ？」

「おれたちが出した手紙を受けとらなかったのか？」

「カリヨンには手紙ではなく短い電報が届いただけ――」

「まだあそこを所有しているかわからなくて、兄さんがあまり立ち寄りそうもない領地には電報しか打たなかった」ヒューは目を細めた。「あそこで何をしていたんだ？」

「冬を越したのさ。さあ、おれの質問に答えろ。いったい何が起きているんだ？」

「兄さんの姪《めい》か甥《おい》が生まれるんだよ」ヒューが誇らしげに言った。「それと、コートが正気を失いかけている」

「生まれる？」イーサンはよろめいて馬にもたれた。だが、忌々しい馬が脇にどいたせいで尻餅《しりもち》をつきそうになった。「今、この瞬間にか？」

コートが吐きだすように言った。

「彼女はおれを締めだした。なぜみんなはおれを追いだしたんだ？」

ヒューが答える。「さっきも言ったが、おれにもさっぱりわからない」続いてイーサンに向かって言った。「アナリアのお産は一〇時間前に始まった。兄さんはちょうどいいところに来てくれたよ。コートが邪魔をしないよう押さえつけるのを手伝ってくれ」

「アナリアのお産だと」イーサンは愕然とした。これまで出産の場に近づいたことは一度もない。

コートが逆上した目でイーサンをにらんだ。「おれに喧嘩をふっかけるなよ、イーサン。赤ん坊はおれの子だ。おれはアナのことを知り尽くしているし、あれはわが子だと確信している。それを否定するような言葉を口にしたら殺すからな」

イーサンは両方のてのひらをかかげた。「何も言うつもりはないよ」

コートは困惑顔になった。

「おれにがみがみ説教したり、あの忌々しい『運命の書』を投げつけたりしないのか？」

「いや、ただ……おまえの幸せを願うだけだ」

ヒューまで眉をひそめた。

「母さんもここにいる」イーサンに向かって言う。「兄さんと話したがっているよ」

「母さんがここに？　おれの家にいるのか？」

「だが、母さんは――」

ひときわ大きな悲鳴が聞こえ、コートの顔から血の気が引いた。彼は玄関扉に駆け寄ったが、ヒューに襟をつかまれて引き戻されると、拳を振りまわして悪態をついた。

「イーサン、手を貸してくれ」ヒューが言った。

「ああ、わかった。コート、落ち着け」イーサンは末の弟を押さえつけるのに協力した。

「世の中ではお産はしょっちゅうだ」

しゃがれた声でコートが言い返す。「そんな戯言をまた口にしたら……」

「こいつは死ぬほど苦しんでいるんだ」ヒューが説明した。「アナリアを身ごもらせることを望んでいなかったから」

「なぜだ？」イーサンは面食らった。男はみな、それを望むものだろう。そうではないのか？　おれは躍起になってマディを身ごもらせようとしてきたぞ。

「コートはアナリアの身を危険にさらすことを望んでいない。それに彼女を誰かと分かちあいたいとも。もし彼女を妊娠させられるとわかっていたら、コートは回避しようとしたはずだ」

「アナたちはおれを追い払った」コートがみじめな声で言った。

「こいつの気をそらすのを手伝ってくれないか？」ヒューがつぶやく。

「どうやるんだ？」ヒューが肩をすくめるのを見て、イーサンは言った。「コート、もう子供の名前は決めてあるのか？」

玄関扉を見つめたまま、コートがうわの空でつぶやいた。

「男の子だったら、アナの兄のアレイクサンドレにちなんでアレイクスだ。アレイクサンドレを牢獄《ろうごく》にぶちこんだ罪滅ぼしに。もし女の子なら、母さんにちなんでフィオナと名づけるつもりでいる」

娘におれたちの母親の名前をつけるだと？　みんな、頭がどうかしたんじゃないか？

「どうして叫び声がやんだ？」コートが声をあげ、兄たちの手を振り払おうともがいた。

「おれが確かめてくる。そいつをつかまえていてくれ」ヒューは階段に向かった。ほどなく、二階から彼の声がした。「コートを連れてきていいそうだ」

コートがイーサンの脇をすり抜けて階段を駆けあがった。イーサンがあわててあとを追うと、コートの寝室の戸口には母が立っていた。

「アナリアから二階にあがっていいと言われてよかったわね、コートランド。あなたの息子が生まれたわ。美しい男の子よ」フィオナはコートの背後をちらりと見て言った。「久しぶりね、イーサン。間に合うように手紙が届いてよかったわ」

この状況に対していろいろな意味でいらだち、イーサンは顔をしかめた。

「おれはくそ忌々しい手紙なんか受けとらなかった」

「まあ、なんて下品な言葉遣いなの！」フィオナがとがめた。

「おれはもう一〇年以上、母さんと口を利いていない」イーサンは荒々しい口調で言った。「それなのに、おれの屋敷でおれを叱りつけられると思っているのか？」

「ええ」フィオナは平然としている。「今もあなたの母親であることに変わりないもの」

コートは部屋に駆けこんでベッドに直行した。ヒューがなかに入ってジェーンの隣に移動するとイーサンも足を踏み入れ、必死に平静を装った。ジェーンもいたのか？

「やあ、ジェーン」イーサンは素っ気なく会釈した。

「こんにちは、イーサン」挨拶してから、彼女はつけ加えた。「デービス・グレイの件では本当にお世話になったわね。おかげで彼の動きがずいぶん鈍っていて、まんまと仕とめられたわ」

その生意気な物言いにイーサンは眉をあげた。ジェーンはマデレンの友人だと自分に言い聞かせ、手厳しく言い返すのをこらえた。

「シアナ」ヒューが警告するように、ジェーンの名前をゲール語で呼んだ。すると彼女はヒューと手をつなぎ、明るい笑みを投げかけた。いかめしい頑固者の弟も、その笑顔のとりこになっているようだ。

コートがベッドのかたわらにひざまずいてアナリアの手を取った。

「わが愛する人《モ・クリ》、もう二度とお産はしないと誓ってくれ。こんなことはもう無理だ」

アナリアは眠たげな笑みを浮かべた。「あなたがどれほど大変だったかわかっているわ。まあ、コートランド、その手はどうしたの？　かわいそうに……」

コートがアナリアを身ごもらせることができたなら、なぜおれはマデレンを妊娠させられないんだ？　たちまちイーサンは恐怖に襲われた。すでに身ごもらせていたとしたら？　アナリアはかろうじてお産を乗りきったように見えるが、マデレンは彼女よりもさらに華奢だ。

フィオナが言った。「コートランド、自分の息子を見たくないの？」

コートは息子にまるで興味がないらしく、母親にしかめっ面を向け、アナリアの首に顔をうずめた。哀れな弟は妻にぴったり寄り添いたくて仕方がないらしい。

「彼女を抱きあげてもいいかな？」コートが訊いた。

ジェーンがきっぱりと言った。「だめよ、コート、今はまだ。アナリアには休養が必要なの」

コートは妻にいっそうすり寄ると、一同を振り返った。「そっと触れると約束するよ」

「だめよ、コート！」フィオナとジェーンが口をそろえた。

母がつけ加える。「でも、アレイクスなら抱きあげてもいいわ」

イーサンは唖然とした。コートは赤ん坊に目もくれようとしない。

「コートランドはまだ息子に関心が持てないようだけど――」フィオナがヒューとイーサンのもとに赤ん坊を連れてきた。「あなたたちは甥と対面したいんじゃない？」

ヒューがつぶやいた。「赤ん坊に触れたことなんてない」

「一度もないの？」ジェーンが笑って尋ねた。イーサンは黙っていたが、彼も弟と同じく赤ん坊に触れたことなどなかった。

そして、皮肉屋のイーサンでさえ、ひと目見ただけでその赤ん坊がマッカリック家の一員だと確信した。

あの呪いは完全に間違っていたのだ。だが、その脅威が取り除かれても、イーサンの人生にはもうひとつの暗雲が残っている。常に重くのしかかる秘密が……。

「わたしが眠っているあいだ……」アナリアが眠そうな顔でコートにほほえんだ。「アレイクスの面倒を見てちょうだいね」コートがようやくうなずくと、彼女は眠りに落ちた。

コートの不安を察して、フィオナが言った。「アナリアはお産で何時間も眠らなかったのよ。しばらく寝かせてあげて」弟が反論しようとすると遮った。「あなたはアナリアにとって最善のことをしてあげたいでしょう。今の彼女に必要なのは睡眠なの。アナリアは自分より、階下《した》で待つあなたのことを案じていたのよ。さあ、お兄さんたちと赤ちゃんを連れてしばらく外に出ていなさい」

母が赤ん坊の正しい抱き方を教えてアレイクスを差しだしたので、コートは不安そうに目を見開いたが、大きく息を吸ってとうとう息子を受けとった。

「そう、それでいいわ。赤ちゃんの頭の後ろを手で支えて……」

五分後、兄弟そろって部屋を出て扉を閉めると、ヒューが頭を掻いた。

「おれの勘違いかもしれないが、体よく追い払われて赤ん坊を押しつけられたような気がするな」

イーサンはうなずき、不当に扱われたことに毒づこうとしたが、眉間に皺を寄せて息子を見おろすコートに目をとめた。

「立派な赤ん坊じゃないか、コート。おまえは誇りに思うべきだ」

「きっとすぐに乗馬や魚釣りを、息子に教えることになるぞ」ヒューもつけ加えた。

赤ん坊はもう小さな拳を振りまわしている――間違いなくマッカリック家の男だ。

「おれの息子、か」コートが言った。「耳慣れない響きだな」

ヒューが含み笑いをもらした。「〝おれの妻〟と口にするとき、おれも同じことを感じるよ」続いてイーサンに問いかける。「兄さんはいつ人生を一変させるんだ?」

「たぶん、おまえが思うより早く」

ヒューが眉をあげた。コートはすっかり息子に夢中で、まったく反応しなかった。

赤ん坊がコートの指をつかむようなしぐさをしたとたん、彼は驚嘆してぱっと顔をあげた。

「今のを見たか?」向きを変えて部屋を歩きまわりながら、ひとりつぶやく。「おれの息子は天才だ」

「聞くところによると、子供が成長するにつれて、ますます親ばかになるらしい」ヒューが皮肉っぽく言った。

「たしかにそのようだな」

「それで、この数カ月に何があったんだ？」ヒューが訊いてきた。「ジェーンもクローディアもマデレン・バン・ローウェンのパリの住所宛に手紙を出したが、返事は受けとっていない。兄さんがそれに関係している気がするんだが」弟はイーサンの返事に身構えているようだ。

「ああ、そのとおりだ。なぜなら、彼女はもうバン・ローウェンじゃない」

にやにやしながら、ヒューがイーサンの背中を叩いた。「おれがこのことでどれほど気をもんでいたか知らないだろう。でも今は……兄さんを誇りに思うよ」

イーサンは唖然とした。ヒューにそんなことを言われたのは初めてだ。それに、弟から賞賛されるのは悪くない気分だった。

「すべてを打ち明けても、彼女は兄さんを受け入れてくれたんだな？」

「おれは――」イーサンはうなじをこすった。「マディに……何もかも話したわけじゃない。あえて知らせる必要はないからな」言い訳がましくつけ加える。

ヒューが真顔になり、哀れみの表情を浮かべた。

「結婚相手が寛大な女性であることを願ったほうがいいぞ、兄さん」

42

鋭い銃声、悲鳴、ガラスの割れる音。

マディはため息をついた。ああ、懐かしの故郷……。

もしかしたら、マレ地区に逃げ帰ったのはいささか軽率だったかもしれない。あれから半年もたつせいか、これほどひどい状態だったことをすっかり忘れていた。

マディは今朝早く到着し、自分の部屋のバルコニーでまたコリーンやビーとお茶を飲んだ。少なくとも、その再会はうれしかった――ふたりとの友情がずっと恋しかったのだ。

イーサンとのことをすべてぶちまけると、コリーンがすぐさま尋ねた。

「それで、あなたが詰め寄ったとき、彼はなんと言ったの？」

「わたし……すっかり頭に来ていたから――」マディはふたりにじっと見つめられて顔を赤らめた。「彼の言い訳なんて聞きたくなかった。わかった事実だけで充分だもの」

コリーンはマディに失望したようだった。「だから彼の話を聞こうともしなかったの？」

マディは紅茶のカップを見つめてつぶやいた。

「ええ。でも彼はしょっちゅう嘘をつくし、何を言われても信用できないわ」

「前にもあなたみたいな人がいたわ」コリーンが悲しげに言う。「まるでマレ地区に戻りたがっているとしか思えないような人が」

ビーが思慮深くうなずいた。「ええ、そうね」

「わたしは戻りたくなんかなかったわ！」

マレ地区に帰ってきて以来、ここが記憶していたより過酷で不潔なことを思い知らされている。

「ただ、もてあそばれてだまされることにうんざりしたのよ。それに、イーサンがわたしの母と関係を持ったかもしれないと言ったでしょう？」想像するだけで吐き気がこみあげる。

「わたしはあなたたちを迎えに来ただけよ。どこか別の場所で三人そろって新たな生活を始めるために。いつも話していたようなお店を開いてもいいわ。わたしたちがやっていけるだけのお金は充分にあるから」

「〝状況は悪化の一途をたどる〟ものよ、マディ」コリーンが肩をすくめた。「わたしのここでの暮らしはそんなに悪くないわ」

「ビー、あなたはどうなの？」マディは尋ねた。「ドレスのモデルになりたくないの？」

「マディ、またあとで話せない？」ビーはふくらはぎをさすった。「脚や背中が痛いのよ」

「わたしたちは階段のない場所で暮らせるのよ」マディは明るくふるまおうとした。

ビーはほほえんだが、疲れ果てているようだ。

「あたしは何時間か昼寝がしたいわ。そのあと話しましょう」

「ええ、もちろんよ、ビー。ゆっくり休んで」マディは女友達を抱きしめた。

立ち去る前に、ビーは窓からバルコニーを振り返った。

「自分勝手だとわかっているけど、理由がなんであれ、あなたに会えてうれしいわ、マディ」そう言うと、彼女は自分の部屋に向かった。

だが、コリーンはマディが戻ってきたことを喜んではいなかった。

「あなたはつらい経験を通して、その場に踏みとどまって闘うべきときと、逃げだすべきときがあることを学んだと思っていたわ。両者は紙一重だけど」ため息をもらす。「今回は一歩も引かずにあのスコットランド人と対峙すべきだったのに」

ばつが悪くなり、マディは顔を赤らめた。今は、そのスコットランド人の赤ちゃんを身ごもった可能性が高いことを打ち明けるべきではないだろう……。

翌朝マディは冷たいベッドで目覚め、力を振り絞って起きあがると身支度をした。

イーサンと過ごした数カ月間で、過去の悲劇を乗り越えて新しい生活にうまくなじんだつもりだった。けれども夫の過去の所業を知り、あの悲劇を引き起こした黒幕が判明した今、すべてを見つめ直した。数々の失望や胸が張り裂けんばかりの悲しみを一気に振り返ると、どうやって今まで生き延びてきたのか不思議でならない。

あと何度這いあがって、スカートのほこりを払わなければならないのだろう?

マディが髪を結いあげたとき、近所の教会の鐘が鳴りだした。眉をひそめてバルコニーに出るとシャ・ノワールが近寄ってきたので、抱きあげてぎゅっと抱きしめた。カリヨンのあの子猫がもう恋しくて仕方がない。

不意にシャ・ノワールが鋭く唸った。「どうしたの？」黒猫はまた唸って身をよじった。

「わかったわ、今おろしてあげる――」

黒猫は血がにじむほど強くマディの腕を引っ掻いて姿を消した。教会の鐘が立て続けに鳴り、その音は次第に大きくなりながら町じゅうに響き渡った。

ノートルダム大聖堂の鐘までが鳴りだすと、マディはごくりと唾をのみこんだ。ミサは今行われていないはずだ。前回こんなふうに鐘が鳴ったときを思いだし、不安が胸に広がった。あわてて室内に駆けこみ、玄関から飛びだす。コリーンやビーの部屋の扉を叩いたが、ふたりとも返事をしない。

路上の人々は、どこで何が起きているか知っているはず……。恐怖と闘いつつ通りに出ようと、息を切らして狭い階段を駆けおりた。

あと四階分おりて、それから――。

ブーツの爪先が何か分厚いものにめりこんだ。悲鳴をあげて腕を振りまわしながら、マディは前のめりに倒れた――がっしりとしていながらも、やわらかく湿ったものの上に。

平静を取り戻したとたん、彼女は自分が暗がりに手足を投げだした死体の上に倒れていることに気づいた。

寝室の鏡にできた丸いひび割れ。

それを目にした瞬間、イーサンはソーシャに尋ねるまでもなく悟った。マデレンは立ち去ったのだ。どういうわけか真相を突きとめ、鏡に指輪を投げつけたのだろう。だが、いかなるときも現実主義者の彼女は指輪を置いてはいかなかった。

マデレンが指輪だけでなくすべての宝石を持ち去ったと知って、イーサンはがっくりと肩を落とした。彼女はおれから遠く離れる気だ。

ソーシャの口からは、マデレンが何通か手紙を受けとり、顔面が蒼白《そうはく》になったということしかわからなかった。彼女は呆然とした様子で荷造りをし、あの子猫を引きとれるようになるまで面倒を見てほしいとソーシャに頼んで出ていったという。

イーサンはマデレンとの結婚を拒もうとしたとき、彼女がクローディアを訪ねようとしていたことを思いだし、悪魔に追われるかのごとくロンドンへ直行した。やっとの思いでクインの屋敷にたどりつくと、書斎に駆けこんだ。「マディはどこだ？」

クインがあんぐりと口を開けた。「いったいどうした？　ひどい格好じゃないか」

「彼女はどこだ？」イーサンは声を荒らげた。

「ぼくの予想どおりだな」クインが取り澄まして言った。「マディに翻弄されて、すっかり途方に暮れているんだろう。それで、なんでおまえに彼女の居場所を教えなければならないんだ？」

「さっさと教えろ」イーサンはてのひらで顔をぬぐった。「マディとは結婚したが、彼女は

「マディがおまえと結婚しただって？　だが、彼女がつい最近クローディアによこした手紙によれば、この春はアイブリー・ホールで過ごすそうだぞ。今やあの屋敷は彼女のものだとか。おまえと結婚したなら、なぜ出ていったんだ？」

アイブリー・ホールだって？　マデレンはおれをあざむこうとしている。その理由はわかるが。

姿をくらます気だな……。彼女がいなくなって三日になる。そのあいだにすべてを売り払って船の切符を買い、世界じゅうのどこにでも旅立てるはずだ。

「彼女はアイブリー・ホールにはいない」イーサンは鼻梁をつまんだ。「パリに戻ったんだ」

「そうでないことを願ったほうがいい」クインがいきなり席を立った。

イーサンは目を細めた。「なぜだ？」

「つい最近受けとった知らせによれば、パリで……病が発生したらしい」

クインの顔つきを見て、イーサンの胸は恐怖に締めつけられた。「どんな病だ？」

「イーサン……コレラだよ」

43

「とにかく落ち着け」クインは言った。「最初に受けとった電報によれば、コレラの発生を下層地域に封じこめているらしい。サン・ロック教会のそばに住んでいるマデレンは今のところ大丈夫だろう。だが、いずれにしろ急いだほうがいい。市内の状況はますます不安定になるだろうし、今にも戒厳令が敷かれるんじゃないかと噂されている。前回コレラが発生したときに何が起きたか覚えているだろう？」

イーサンはごくりと唾をのみこんだ。コレラ絡みの暴動の最中、ほんの数時間で一六〇〇名もの人々が兵士に射殺された。病にかかってもいないのに命を落としたのだ。いや、死者の数は二〇〇〇人を下らないだろう。

「彼女はサン・ロック教会のそばにはいない」イーサンは自分の馬へ引き返した。「おそらくマレ地区だ」

クインがすぐに追いかけてきた。「そんなところで彼女はいったい何をしているんだ？」

「それはどうだっていい――」

「くそっ、イーサン……そこがもっとも深刻な地域なんだ」

イーサンは心臓がとまった気がした。「なんだって?」

「すでにマレ地区は隔離されているという話だ。マデレンがなぜあんな貧民街にいるのか見当もつかないが、もしいるとすれば救出する必要が……」クインは激しくかぶりを振った。「〈ネットワーク〉はおまえが軍が隔離している土地からこっそり患者を連れだすことを正式には奨励しない。知ってのとおり国家間の条約があるからな。だが、おまえは人命救助の方法を心得ているし、今回も無事にやり遂げられるはずだ」

イーサンはコレラの被害地に赴いたことが何度もあった。最新の医学書にはこう明記されている。伝染病を防ぐには、清潔さを保ち、節酒を心がけ、注意深い換気が欠かせないと。だが、彼は現場でこう学んだ。現場に持ちこむものはすべて煮沸消毒し、持ちだされたものは全部燃やし、疑わしいものには片っ端からウイスキーをかけろと。

「だから非公式に」クインが静かな声で続けた。「交通手段の手配に協力する。おまえは現地に到着したら、マデレンがどこにいようと、どんな状況であろうと救出しろ。わかったか? さっさと彼女を連れだすんだ、くれぐれも隔離地帯への侵入に気づかれるなよ」彼はイーサンの目を見据えた。「さもないと、ふたりともその場で射殺されるぞ」

弱々しい朝日がマレ地区を包み始めた。

昨日は逃げる体力のある人々が路上にひしめいていた。しかし今は避難する人もまばらで、敗北を受け入れたかのように足取りが重い。

マディはアパートメントの正面階段にぽつんと座り、膝を抱えてその上に顎をのせていた。涼しい春の風に吹かれて身が震えているのに、額には玉の汗が浮かんでいる。忌々しい鐘の音は鳴りやむことがなかった。遠くから連隊の太鼓の音が聞こえ、マレ地区が強制的に隔離されたことを思い知らされた。

正面階段に酔っ払いはいなかった。その多くはコレラにかかって、あっという間に死んだ。二日前の晩、ひとりが助けを求めてアパートメントのなかに這いあがってきたが、階段で息絶えた。

マディはその男の上に倒れ、今や自分も感染してしまった。彼女は額をぬぐった。きみは狐みたいだとイーサンに言われたことがあったが、この罠から抜けだす方法は見つからない。どのみち、もう手遅れだ。ビーも間に合わなかった。マディの目にまた涙があふれた。

ほんの数十メートル先で、教区の市場の若者が両膝をついている。くぐもった叫び声をあげ、彼は地面をかきむしって苦しそうに白い液体を一気に吐いた。近くにいた人々が悲鳴をあげて逃げだした。

若者を助けたい気持ちに駆られたが、マディは知りあいをひとりも助けられなかった。コレラが野火のごとくマレ地区を蹂躙《じゅうりん》し、そこらじゅうで住民がばたばたと倒れた。ちょうどそのとき、また誰かが発症したらしく、アパートメントの裏のほうで嘔吐する音がした。細い通りを挟んだ向かいの建物から、泣きはらした目をしたバーサが現れ、正面階段に座りこんだ。彼女もコレラにかかっているとひと目でわかった。

マディは今回マレ地区に戻ってきたとき、バーサたち姉妹から嘲られるのを覚悟した。今となっては、そんないがみあいなどささいなことに思える。

目が合うと、バーサが口を開いた。「ビーの具合はどうなの？」

「けっ、今朝亡くなったわ」マディは喉を詰まらせ、いっそう身を震わせた。

バーサが真剣な面持ちでうなずいた。「それはお気の毒だったわね。でも、コリーンはまだ具合がいいんでしょう？」

「ええ。今は休んでいるわ」今朝ビーがベッドのなかで亡くなっているのを発見したあと、コリーンは泣き疲れて眠りに落ちた。マディはビーのことを思いだしてぶるっと身震いした。

「オデットはどう？」彼女は初期に感染した患者のひとりだと聞いている。バーサは姉を置き去りにして自分だけ助かろうとするのを拒んだらしい。

「オデットはゆうべのうちに亡くなったの」

マディは言った。「それはお気の毒に」

バーサが涙をぬぐう。長い沈黙が落ちたのち、彼女は言った。

「お互い、こんなふうになるはずじゃなかったのにね」

マディはうなずき、涙を流しながら悲しげにほほえんだ。人の願望や夢が、状況によってこれほどがらりと変わるなんて。先週のわたしは妊娠していることを心から望み、イーサンにもその知らせを喜んでもらいたいと思っていた。

今の願いは、コレラが発生したパリでもう一度生き延びることだ。もしそれがかなわなかったとしても、イーサンがわたしの死によって自分を責めないことを願うわ。彼が過去に何をしたにせよ、こんな罪悪感を背負いわれはないもの。

ああ、せめて、生きたまま火葬用の薪《まき》で焼かれませんように……。

「少なくとも、あなたはこの貧民街以外の世界を一度は目にしたのよね」バーサが言った。

「英国はみんなが言うほど美しいところなの？」

「ええ」カリヨンを思い浮かべて、マディの声がひび割れた。「本当に美しいところよ」

イーサンが深夜に到着したとき、マレ地区の暗い通りにはひとけがまったくなかった。聞こえるのは鳴り続ける教会の鐘の音に、近づいてくる太鼓の低い音、ときおり響く銃声だけだ。どの建物も扉が開け放たれ、私物が路上に散乱していた。

住民たちは命からがら逃げだしたのだろう。そんななかでマデレンがひとりぼっちだったと思うと、怒りがこみあげた。

クインのつてを使っても、イーサンは渡し船の出港を待たなければならなかった。パリの噂が飛び交い、船長の多くがフランスまで三キロの海峡を渡るのを拒んだからだ。

待たされる時間は苦痛以外の何物でもなかった。このうえない無力感に襲われながら歩きまわり、コレラの潜伏期間が四時間から五日と短いことは考えまいとした。イーサンはコレラに感染して数時間で息絶えた人を何人も見てきた。症状の進行は驚異的に速い。

マデレンがここに戻って少なくとも二日、いや、三日たっているかも……。

イーサンがフランスに到着したとき、パリ行きの汽車はほとんど運行していなかった。やっとの思いでマデレンのアパートメントにたどりついた彼は、彼女を案じるあまり半狂乱になっていた。開いた入口から飛びこみ、一気に六階まで駆けあがって、鍵のかかった扉を蹴破った。

マデレンの部屋は、ふたりが旅立ったときのままだった。色鮮やかな寝具一式とマットレスがなくなっている以外は。

イーサンは血の気が引いた。

ビーの部屋の扉は開け放たれていた。彼女のベッドも寝具が取り払われているのを見て、不意に汗が噴きだした。病の魔の手がここまで及んだのだ。

彼はコリーンの部屋の扉を蹴り開けた。彼女の部屋は手つかずの状態だった。

足音も荒く階段をおり、がらんとした通りに駆けだした。マデレンを見つけるためにどこを捜せばいいのか、見当もつかない。周囲を見まわして何度も彼女の名を叫ぶと、その声がこだまして――。

「あのおてんば娘《ラ・ガミーヌ》を捜しているの？」弱々しい女性の声がした。

ぱっと振り向くと、向かいの建物からひとりの女性が足を引きずって近づいてきた。あの酒場でマデレンを転ばせた女だ。たしかバーサといったな。

「彼女はどこにいる？」イーサンは問いただした。

「マデレンは倒れたわ」バーサが脇腹を押さえて言った。顔はチョークのように真っ白だが、目のまわりにコレラ患者特有の黒い隈ができている。「階段で死んだ男につまずいて、死の病にかかったの。昨日、ビーの遺体を回収しに来た人たちに連れ去られたわ。コリーンがとめようとしたけど、だめだった」

イーサンの耳の奥で鼓動が激しくとどろいた。バーサの言葉が意味することさえ考えられない。そうさ、そんなことがあるはずがない。

「誰がどこにマディを連れ去ったんだ？」彼女が身を折り曲げて白い液体を吐くと、イーサンは怒鳴った。「くそっ、バーサ！　どうか教えてくれ」

彼女はびくっとして身を起こした。「〈ロテル・デュー〉っていう病院よ。四ブロック先の北側にあるわ。でもあの子はもう手遅れだから、今頃は火葬用の薪に横たえられて――」

イーサンはすでに全速力で駆けだしていた。自分の息遣い以外、何も聞こえなかった。

病院の入口は警備されていが、兵士はふたりだけだった。望んでなかに入る者も、退院できる者もいないと踏んでいるからだろう。

イーサンはほとんど速度をゆるめずに兵士たちに突進した。あいだに割りこみながら激しく腕を振りまわし、ふたりとも殴って気絶させた。

病院内は混沌とし、無意味な煙や香が充満していた。あたりは患者で埋め尽くされ、ヒステリックな甲高い叫び声が響き、どこを向いても縮こまってすすり泣く人の姿があった。

ひとりの看護婦が、名札のついた私物の袋や書類が散乱する机の奥に駆けこむのが見えた。

「妻はマデレン・マッカリックだ」

「おれは妻を捜している」イーサンは急いで言った。「妻はマデレン・マッカリックだ」

「どうやって入ってきたんですか?」看護婦は無精ひげを生やして顔に傷跡のあるイーサンをうさんくさそうに眺めた。彼女も目のまわりに隈があり、額と上唇の上に玉の汗を浮かべている。すでに感染しているらしい。

さっと見まわすと、看護婦の大半がそうだった。

「外交特権だ」彼はなんとかそう言い逃れた。マデレンを今夜フランスから出さないと、兵士を襲って彼女を連れだした罪でつかまりかねないな。

看護婦はイーサンの返事に眉をひそめたものの、机の上の重そうな革表紙の名簿を引き寄せた。何枚かページをめくったあとで言う。「そういう名前の患者はここにはいません」

「だったら、マディだ」イーサンはかっとなったが、看護婦はそれでもかぶりを振った。

「名字はバン・ローウェン」

看護婦がふたたびページをめくり、青ざめた顔で見あげた。イーサンの体が震えだした。

「妻がどこにいるか教えてくれ」低い声で言う。躊躇する看護婦を見て、机越しに手を伸ばして絞め殺したい衝動に駆られた。

「すみません、ムッシュー。もう手遅れです」

44

イーサンは言葉を失い、ごくりと唾をのみこんだ。ようやく絞りだすように言う。

「そんなはずはない……何かの間違いだ……」

耳の奥では鼓動がとどろいていたが、看護婦の言葉はぼんやりと聞こえた。

「奥様は夜明けに臨終の祈りを捧げられ、正午までもたないそうです」

正気を失いそうなイーサンの様子に怯えたのか、看護婦が身を縮めた。

「じゃあ、マディは……？」彼は続く言葉を口に出せなかった。

「奥様は臨終を迎える患者の部屋にいます」看護婦は病棟の奥の暗い方向をちらりと見た。

「ですが、ムッシュー、患者がいったんあの病室に移されれば――」

イーサンはすでにそちらへ向かっていた。なかに入ってさっと見まわす。寒々とした不潔な病室にベッドが無数に並んでいた。両親を亡くした子供たちが不安に泣き叫んでいるが、その子たちにも病の症状が見てとれる。マデレンがたったひとりでここにいると思うと……。

いや、そんなふうに考えるな。集中しろ。冷静さを保ち、頭を働かせるんだ。

イーサンは大声で彼女の名を呼び続け、ベッドで足をとめては患者を覆うシーツを引きおろして、身の毛もよだつ表情を次々と目にした。頬がこけた顔、うつろな目、それを取り囲む痣のような黒い隈。

そのとき、部屋の隅の小児用ベッドでぎゅっと身を丸めている小柄な患者が目にとまった。マディなのか？　ああして顔までシーツで覆われているということは……。いや、彼女があんな格好でひとりで死ぬはずがない。

だが、その可能性は否めない。マディは何度苦難から身を守らなければならなかったのだろう？

イーサンが駆けだすと、マデレンとおぼしき輪郭がぼやけ始め、彼は目元を袖でぬぐった。繰り返し拭いても視界は曇り続けた。そのベッドにたどりつき、ごくりと唾をのみこんでシーツをはがす。

とたんに彼は床に膝をついた。「ああ、なんてことだ、マディ」彼女の唇と顔は蒼白で、閉じた目のまわりには隈ができていた。

マデレンはぴくりとも動かない。まさか……。

イーサンは彼女の首に顔をうずめた。あたたかい。手首に触れて脈が見つかると、彼はとめていた息を吐きだした。「エンジェル、起きてくれ」胸に抱き寄せたが、マデレンの体はぐったりしていた。

シーツとナイトドレスの後ろ側には真っ赤な血の染みがついていた。

病に倒れて以来、マディは不思議な感覚を味わっていた。身のまわりで起きているすべてを把握し、何時間も高熱に苦しみながらも気を失うことはなかった。

ビーが亡くなったことは覚えていて、胸が張り裂けんばかりの悲しみに襲われた。かつて美しかった友の顔が苦痛にゆがんで凍りついた様子が、何度も脳裏によみがえった。

コリーンは症状が悪化したマディを連れ去ろうとした兵士たちの前に立ちはだかった。叫びながらがむしゃらにもがいていたが、怪我をしたり逮捕されたりしていないことを願うばかりだ。

そして過去に何があったにせよ、イーサンが無性に恋しい。

まるでその思いが彼を呼び寄せたように、マディは今、イーサンが会いに来てくれた夢を見ていた。何時間も意識が鮮明だった反動なのか、彼がそばにひざまずいている気さえする。夢のなかで、イーサンは無精ひげの生えた顔を首筋にすり寄せてきた。驚いたことに、その目からは涙があふれている。彼はマディの額に指の背をそっと滑らせた。

まるで現実みたい。マディは薄目を開けようとしたが、かすかな明かりにも目が痛んだ。どうせただの幻覚よ、イーサンがこんなじめじめしたコレラ患者の病棟にいるはずがないわ。

「夢なの？」彼女はささやいた。

「いや、マディ」彼の声がひび割れた。「おれはここにいるよ」

ああ、神様。イーサンだわ。もっとも、ずいぶん見た目が変わった。顔がげっそりして、今まで見せたこともないような感情を目に宿している。

イーサンがわたしを追ってこんなところまで来るはずがない。とりわけ、わたしが死にかけているときに。彼はそんな愚かな真似はしないはずだ。マディはあえいだ。「あなたは……立ち去らなくては――」

「いや、きみが一緒でなければだめだ。今夜きみをここから連れだす」

「逃げて……お願い。兵士に撃たれるわ。もう二度と……ここには戻らないで」

「いいか、よく聞け」イーサンが怒りに満ちた低い声で言った。「おれは今もきみの夫だ。たとえきみを救うためにくたばることになっても、おれにはそうする権利がある！」

これは絶対に夢じゃない……。わたしのぶっきらぼうなスコットランド人が英雄のようにふるまいながら、船乗りさながらに毒づいている。「でも、イーサン、わたしは死――」

「きみが死ぬわけない！」彼が手を伸ばしてマディのうなじをつかんだ。「あきらめるな！」

彼女はささやいた。「もう……手遅れよ」

マディは顎をつかまれ、イーサンのほうを向かされた。彼は青白い顔に狂気じみた表情を浮かべ、こちらをじっと見つめていた。「手遅れなんかじゃない！　マディ・マッカリック、おれたちはこれから一緒に暮らすんだ。嘘じゃないぞ」彼の目は潤み、まつげが濡れて光っている。「無駄になると知りながら、おれがこんなにもきみを愛するはずがないだろう」

ひと粒の涙がマディの頬を伝い、イーサンがそれをぬぐった。彼女の胸に小さな希望の光が灯った。

「あきらめないでくれ、おれのために」彼はマディの下に両腕を差し入れて慎重に抱きあげた。けれど、わたしをどこに連れていくつもりだろう？「とにかく一緒にいてくれ、マディ」イーサンの外套にくるまれたとたん、彼の匂いとぬくもりに包まれた。腕のなかで守られているせいか、絶え間ない叫び声や悲鳴がようやく遠のいていく。

イーサンがマディを抱えて足早に進んでいると、看護婦の叫び声がした。「感染患者を連れて境界線の外に出てはいけません！」

境界線までたどりついたの？ふたたび薄目を開けると、病院の出入口まで来ていた。あと一歩で夜の闇に包まれた屋外に――。

「そんなふうに動かしたら、彼女は死んでしまうかもしれませんよ！」別の看護婦が言った。

でもイーサンがわたしを救出できると思っているなら、ここから出たい。ここでは絶対に死にたくないわ。死体の山と一緒に焼かれるなんていやよ。

「そこをどけ」イーサンが言った。マディがぼんやりと見つめるなか、彼は銃を抜いて撃鉄を起こした。「邪魔する者は誰であろうと撃つ。しかも喜んで銃弾をぶちこむからな」

次の瞬間……彼女は涼しい夜気を頬に感じた。

「さあ、帰るぞ、マディ」イーサンが頭をさげてつぶやいた。「きみを家に連れて帰る」

彼に抱かれて地獄から出たとたん、マディは闇に誘われてまたたく間に気を失った。

45

イーサンが濡らした布でマデレンの体を拭いていると、母が隣の部屋で医師団と低い声で話すのが聞こえた。

マディをここに連れてきてから二日がたった。

イーサンは自分たちが帰国するまでにグロブナー・スクエアの屋敷を無人にするようクインに指示しておいたが、フィオナは立ち退くのを拒み、クインを脅して洗いざらい聞きだしたのだ。その後、母は息子が話してくれなかった妻のためにロンドンの医師たちを招集した。

この二日間、医師団が手を尽くしたが、マデレンは依然として青白かった。まるで全身の血を失ったかのようだ。彼女は熟睡できずにもがき、息遣いも荒かった。今夜はまた高熱を出した。

「おれは必ず妻を元気にしてみせる」イーサンは医師団に宣言したが、彼らがマデレンの生存の可能性についてどう考えているかは明らかだった。

だが、あの医者たちはおれほどマデレンのことを知らない。彼女の小柄な体を見て、弱々しい脈を感じただけだ。

マデレンが妊娠している可能性や、病院にいたときナイトドレスの後ろ側に血痕がついていたことを伝えると、医師団は彼女がすでに流産しており、そのせいでさらに衰弱するだろうと告げた。

フィオナは言った。「心配することはないわ、イーサン。彼女が元気になれば、また子供を授かる――」

「おれがそんなことを気にしてると思っているのか?」彼はかっとなった。

「でも、流産がわかったときのあなたの表情を見て……わたしはてっきり……」

おれが衝撃を受けたのはマデレンが流産したことが理由じゃない。あんな不潔な場所で流産したと知ったからだ。

しかも、たったひとりで。

マデレンの体はおれの種を受けとり、ふたりに赤ん坊を授けようとしていた。だが、おれの数々の嘘のせいで彼女は逃げだし、まっすぐ危険に飛びこんで、こんなにも苦しみながら生き延びようともがくはめになった。

赤ん坊を失ったかもしれないと最初に思ったとき、頭のなかでささやく声がした。〝またしても呪いが現実のものとなったのか〟と……。

けれど、今回のことは呪いとはいっさい関係ないとわかっている――呪いのせいにすれば、どれほど気が楽だとしても。己の行為がこのすべてを引き起こしたのだ。何もかもおれの責任だ。

イーサンは何時間もマデレンに付き添い、彼女の胸が上下する様子を見守りながら、病と闘い続けるよう励ました。もう一度息を吸って……もう一度息を吐くんだ……。

マディは何日も熱に浮かされて夢を見ている気分だった。イーサンが彼女に話しかける声が合間に聞こえた。

彼は次第に声を嗄らし、〝マディ、どうかおれを置いていかないでくれ〟と懇願した。威嚇するときもあった。「きみは決しておれと別れられないぞ」そう声を荒らげたかと思うと、口調を和らげて言った。「だから……おれのそばにいたほうがいい」

ときにはベッドが震えそうなほど罵ることもあった。

「絶対に許さないからな。おれの心を奪っておいて、この世に置き去りにするなんてことは！　おれがきみのあとを追わないと思っているのか？」

マディは絶えずイーサンの存在を感じ、彼の動きを把握して彼の言葉を理解したが、重いまぶたを開けることも話すこともできなかった。

夜になると、イーサンはマディの体に手足を巻きつけてあたため、髪に向かってささやいた。「きみは人の予想を裏切るのが好きだろう。だったら元気になって、医者たちが間違っていることを証明してみろよ」彼女のヒップをつかんだあと、その手を握りしめた。「連中はきみがどんなに強いか知らないんだ」

ときおり、ほかの人の声も聞こえた。医師と思われる声と、スコットランド訛りがある年配の女性の声だ。その女性は今、こう話していた。

「イーサン、ここにいるお医者様たちは最善を尽くしているわ」

「だが、まだ不充分だ!」イーサンが怒鳴り、聞いたこともないほど汚い言葉でマディには見えない医師たちを罵った。その直後、彼らを追いだしたらしく、部屋の扉がばたんと閉まり、涼しい風が吹き抜けた。

ようやくまぶたが少しだけ軽くなって、マディは目を開けた。まぶしさに何度かまばたきをする。ベッドのそばにたたずむイーサンの姿をとらえ、そのまま目の焦点が合うのを待った。

赤毛の美しい女性が、乱れた髪をかきあげるイーサンを眉間に皺を寄せながら見あげていた。

「彼女はすぐに意識を取り戻すわ、イーサン。もう熱はさがったんだもの」

「医者たちは昨日もそう言った。だが、マディは今も眠ったままだ」

「もしマデレンが今この瞬間に目を覚ませば、夫を見て死ぬほど怯えるでしょうね。あなたは何日もひげを剃らず、着替えもせず、半ば正気を失っているように見えるもの」

「実際、今にも頭がどうかなりそうなことは知っているだろう」

イーサンが部屋のなかを行ったり来たりし始めると、女性は言った。「落ち着きなさい。医師たちに怒りをぶつけても、マデレンの助けにはならないわ」マディをちらりと見て目をそらし、すぐさま視線を戻す。

「でも、あんなふうに乱暴に扉を閉めたせいで、彼女を起こしてしまったようね」

「なんだって――」イーサンの肩がこわばり、声がかすれた。「いったい何を言って……」

「あなたは教えてくれなかったけど、彼女はとてもきれいな青い瞳をしているのね。後ろを見てごらんなさい」

イーサンがさっと振り向き、ベッドの上にかがみこんだ。マディは彼を見あげて驚いた。イーサンの目は赤く血走って、ひげが伸び放題だ。服は皺だらけで袖がまくりあげられている。彼は今にもマディに抱きつきたいと思っているように見えた。

女性がゲール語で何か言うと、イーサンは顔をしかめてひげに手をやった。とたんに凍りつき、眉間に皺を寄せる。

彼はいったいどのくらいわたしに付き添っていたのだろう?

恋い焦がれるようなまなざしでマディを見つめたあと、イーサンが身を引いた。

「何か飲んだほうがいい」出し抜けに言い、近くの水差しに駆け寄る。彼が水を注ぐと、水差しとグラスが触れあって音をたてた。

女性が驚いた顔でイーサンを見てから、マディに言った。

「わたしはあなたの義母のレディー・フィオナよ、あなたに会えてうれしいわ」

水のグラスを片手にベッドへ引き返してきたイーサンに、マディは訊いた。

「ここはどこ?」

彼はマディが水を飲めるよう頭を持ちあげて支えた。

「ロンドンにあるおれたちの屋敷だよ」彼女が一気に飲もうとすると、イーサンがささやいた。「そんなにあわてるな」

ほとんど空になったグラスを彼が脇に置く。マディは尋ねた。「コ、コリーンは?」

「おれは見つけられなかったが、仲間に頼んでパリを捜索してもらっている。マディ、彼女はコレラにかからなかったようだ」

彼女は友人の身を案じてまぶたを閉じたが、また眠ってしまうのを恐れてすぐに目を開けた。

イーサンがうなじを手でこすりながら言った。「だが、ビーは――」

「ええ、知っているわ」

フィオナがゲール語で何やらつぶやいたあと、英語でつけ加えた。

「イーサン、わたしが新しい義理の娘とおしゃべりしているあいだに、さっぱりしてきたら?」

彼はためらったのち、母親と顔を見あわせた。戸口へ向かう前、マディにぶっきらぼうに告げる。「きみが元気になって本当によかった」

重い足取りで部屋を出ていく途中、彼は目元を袖でぬぐったようだ。ああ、イーサン。

彼が姿を消したとたん、フィオナが口を開いた。

「息子はあなたのことをずっと案じていたのよ」彼女はベッドの端に腰かけた。「さあ、訊きたいことが山ほどあるんじゃない?」

「わたしのせいで、ここで感染した人はいますか？」

「いいえ、ひとりもいないわ。念のため、わたしはここに一週間滞在するつもりだけど」

マディは唇を嚙んだ。

「あの……レディー・フィオナ、わたしはやはり流産したんでしょうか？」

フィオナがマディの額にかかった髪をかきあげた。

「ええ、でも大勢のお医者様が、あなたはまた妊娠できるとおっしゃっているわ」

流産したことはわかっていたが、改めてそう知らされると、悲しみに胸が引き裂かれる思いがした。「でも、イーサンは具合が……よくないんですか？」

「そう見えるだけで、病にはかかっていないわよ。あの子はこの一週間、ちゃんと寝ていないんじゃないかしら」フィオナは眉をあげて続けた。「イーサンはあなたを心の底から愛しているわ。あなたたちがまた新たな人生をともに歩むことができて本当によかった」

ふたたびまぶたが重くなってきた。

「レディー・フィオナ、何をお聞きになったか存じませんが――」

「わたしは何もかも知っているわ。でもね、息子は変わったの。これは母親としてではなく、あなたと同じひとりの女性として言わせてもらうけど……イーサンのような男性がついに人を愛するようになったら、その愛は永遠よ」


「くそったれ！」

イーサンはまたもや切り傷を作った。これほど両手が震えているのに、ひげを剃ってさっぱりしろと母は言うのか？　母いわく、こんな格好では妻を怯えさせるらしい。

たしかにマデレンをきつく抱きしめたい衝動をこらえていたとき、怯えさせてしまったかもしれない。彼女は青白い顔をして目を見開いておれを見あげていた。

おれは意に反してあの部屋を出ていくしかなかった——マデレンが目覚めたら、まず女同士で話をすると、母に前もって告げられていたからだ。母によれば、マデレンが妊娠に気づいていなかった可能性がわずかにあるらしい。

イーサンはその可能性にすがった。

またしても顎を傷つけ、剃刀を放り投げた。洗面台に両手をつき、彼はうなだれた。

どうかマデレンが気づいていませんように。ビーの死や、おれの裏切りや、コリーンの失《しっ》踪《そう》に直面した彼女が、あとどれだけ受けとめられるかわからない……。

母はマデレンとどのくらいの時間、ふたりきりで過ごしたいのだろう？

おれはもう離れてはいられない。

イーサンは急いで身支度をして引き返した。部屋に入ったとき、マデレンは重そうなまぶたで眠気に抗っている様子だった。

すぐさまかたわらに座ると、彼女が弱々しく手をあげてイーサンの顎の切り傷に触れた。その小さな手をつかんでてのひらにキスをしたが、彼女はすでに目を閉じていた。

たちまち恐怖に襲われたイーサンに母が言った。「彼女はただ眠りに落ちただけよ、イーサン」

「マディは赤ん坊のことを知っていたのか？」どうかノーと言ってくれ。

「ええ。だけど、彼女は強い女性よ。あなたが支えてあげれば、この痛手から立ち直れるわ」

マデレンはおれの支えなど望まないかも——それどころか、いっさいかかわりたくないと思っているかもしれない。

「おれについて何か言っていたか？」焦燥感もあらわな声で尋ねる。「おれの過去の仕打ちについて？」

「さりげなく口にしたけど、マデレンはあなたを愛しているわ。わたしにはわかるの。あなたは彼女を取り戻せるわよ」

父が亡くなった直後の母の言動に、おれはもう二度と怒りを覚えないだろう。もしマデレンが命を落としていたら……。イーサンはぶるっと身を震わせて目を閉じた。

「ふたりきりにしてくれ」

フィオナは無言で足早に立ち去った。

次の瞬間、抑えていたさまざまな感情が堰《せき》を切ったようにどっとあふれだした。

46

この五日間、夜になるとイーサンはマディと寝るためにこっそり部屋へ入ってきて、翌朝そっとベッドから抜けだす。彼女は荒々しいハイランド人が自分と一緒に眠りたがっていることに心が和らいだが、一方で次第にいらだちを募らせていった。

過去の話を持ちだそうとすると、イーサンは決まって躊躇する。完全に意識が戻ってからまだ六日しかたっていないマディには、彼の告白を受けとめるだけの強さがないと思っているらしい。

けれども体は急速に快復していき、今や死の脅威からも脱した。今日は午後の大半を上体を起こして過ごし、明日スコットランドに旅立つレディー・フィオナとトランプもした。

マディはフィオナをすっかり気に入り、義母がいまだにイーサンを叱りつける様子を眺めて楽しんだ。彼はぶつくさ言うものの、親子の確執はようやく薄れたようだ。

わたしもイーサンとのわだかまりを解き、よくも悪くも決着をつけなければ。そうすれば過去の出来事の真相をすべて解明できるだろう。

その晩、マディは眠らずにイーサンが部屋に忍びこんでくるのを待った。

午前零時を過ぎたとき、彼が現れて静かに服を脱いだ。上掛けをゆっくり引きおろしてベッドに入ってこようとしたところで、彼女は切りだした。

「イーサン、もうそろそろ過去の出来事について話しあってもいい頃じゃない？」

彼は息を吐いた。「ああ、そうだな」力なくズボンをはき、寝室のランプをつける。それからマディの枕元に枕を並べ、彼女が起きあがるのに手を貸してから、ベッドの横に椅子を引き寄せた。「きみはなぜ気づいたんだ？」

「あなたにわたしが育った場所を見せたくて、アイブリー・ホールの土地管理人に見学許可を求める手紙を出したの。でも、あなたはあの屋敷に行ったことがあるだけでなく、わたしの父が亡くなって以来、ずっと所有していたようね」

「ああ。おれは彼の債権を買い占めた。アイブリー・ホールを担保にしたものも含めて」

「じゃあ、わたしの家族に復讐をもくろんだのは間違いないのね。何に対する復讐なのか教えてもらえる？」

「もう結論を導きだしたんじゃないのか？」

「父が……あなたと母がベッドにいるところを見つけたんじゃない？　あの晩、アイブリー・ホールで母と一緒にいた男性はあなたなんでしょう？」

「おれはシルビーに指一本触れなかった！」イーサンはきっぱりと言い放った。「たしかに彼女とは会ったが、いやな予感がして立ち去ろうとしたんだ」

マディは眉を吊りあげた。「あなたは逢《あ》い引きの約束をしておいて、それを破る習慣があるの？　あの女給たちのときもそうだったけど」

「シルビーに触れるべきではないと直感したんだ。ほかの女性にも同じことを感じた。すべてがおれをきみへと導いたんだよ」

「あの晩、何があったの？」

　イーサンが引きつった顔をてのひらでぬぐった。

「おれが釈明しようとすれば、きみの両親を非難することになるだけだ」

「わたしはどうしても聞きたいの」彼女は食いさがった。「あの夜に何があったのか、突きとめるために」

　イーサンは眉間に皺を寄せ、マディがたじろぐほど苦悩に満ちた表情を浮かべた。

「だったら、気は進まないが話すよ」

　人間の嘘や弱さや想像を絶する悪意に彩られた夜について、彼は低い声で語りだした。

　イーサンがシルビーに強姦の濡れ衣《ぎぬ》を着せられたと知って、マディは動揺した。彼がブライマーに切りつけられた場面に差しかかると、とめどなく涙があふれた。

　彼は不当な非難を浴び、殴られたうえに醜い傷を負わされたのだ――それなのに、わたしはさほど離れていない場所ですやすやと眠っていた。

　父は拷問を許可し、ブライマーは嬉々《きき》としてイーサンを痛めつけた。母は馬小屋で若者が悲惨な目に遭わされているのを知りながら、黙って傍観した。

「ああ、なんてこと」彼が明かした真実の深刻さを受けとめ、マディはささやいた。「イーサン、本当にごめんなさい、両親があなたにそんなことをしたなんて」

「あのふたりのためにきみが謝る必要はない！　きみにはいっさい関係のないことだ。関係があると思わせてしまったなら、おれに責任がある。それに同情などしないでくれ。知ってのとおり、おれは復讐を果たした。きみの父親の債権を買い占め、期日前に借金の取り立てをしたんだ」彼はしゃがれた声で言った。「同時に資産も差し押さえた。きみが自宅を失ったのはおれのせいだ」

ちょっと待って、期日前に借金の取り立てを行った、ですって？

「いずれそうなるはずだったの？　それとも、すべてあなたのしわざなの？」イーサンが歯を食いしばって答えずにいるのを見て、はっと息をのみそうになるのをこらえた。

まさか、冗談でしょう？　たしかに父は借金を抱えて経済的に困窮していた。母の物欲は高まる一方で、両親は喧嘩が絶えなかった。イーサンが介入しなくても、わたしはいずれマレ地区に行きつく運命だったのね。

「ブライマーへの復讐は？　果たしたの？」

「ああ」

マディは満足してうなずいた。あの男がイーサンを馬小屋に吊して楽しげに切りつける場面が脳裏に浮かび……背筋が凍った。

「タリーは？」おずおずと尋ねる。彼はいつもわたしに優しくしてくれた。

「やつは見逃してやった」

彼女は安堵の吐息をもらした。タリーのためだけではない。必要とあらば、イーサンが情けをかけられる人だと知ってほっとしたのだ。

「でも、わたしは？　あなたはわたしをさらに傷つけるためだけにパリまで来たの？」

「これは復讐のためだと自分に言い聞かせていたが、きみを故意に傷つけることはできないと早い時点で悟った。おれが卑劣な復讐計画のしっぺ返しを食らったと知ってうれしいだろう」イーサンが両膝に肘をついて身を乗りだした。「マディ、おれは最初からきみに恋をしていたんだ」

「わたしたちは本当に結婚したの？」

マディがそんな疑いを抱いたことに衝撃を受けたらしく、彼は眉をあげた。

「当たり前だろう！」

「仮面舞踏会の晩に会ったのも、あなたの計画の一部だったの？」

イーサンはかぶりを振った。「あの翌朝まで、きみの素性を知らなかった」

ひとつの疑念がふと頭をよぎり、彼女は目を細めた。

「ル・デークス伯爵は？　あなたはあの破談に関与しているの？」

ためらったのちにイーサンは認めた。

「ああ。おれがきみと再会する前に婚約してほしくなかったんだ」

「また新たな嘘ね。ほかにもわたしが知っておくべきことは？　さらなる秘密があるの？」

「秘密ならまだある。おれがこの一〇年に行ってきた悪事が。どうしてもと言われなければ、その詳細を語ってきみに負担をかけるような真似はしない。だが、おれのとった行動は最終的には大義のためだ。それにときには……きみに誇らしく思ってもらえることもした」

イーサンがその気になれば英雄のようにふるまえることは知っている——ならず者のようにもなれることも。マディはこめかみをさすった。

「一気に話しすぎたな」彼がすぐさま警戒した声で言った。「頭痛がするのか？」

「大丈夫よ。わたしはこの件についてはっきりさせたいだけ。ほかにも秘密があるの？」おずおずと尋ねる。どうかもう隠し事がありませんように。

イーサンがため息をもらした。「ああ。おれはフランス語が話せる」

「やっぱりね」淡々とつぶやく。

「マディ、おれはきみをひどい目に遭わせたが、その仕打ちを許せそうか？　別に今すぐと言っているわけじゃない。だが、いつかは……」

「これだけ嘘をつかれて、今あなたが言っていることを信じられるはずがないでしょう。信じてもいい理由を聞かせてちょうだい、イーサン。わたしは信じたいのよ」

彼は髪をかきむしった。「きみがおれを信頼したり、許したりすべき理由は思いつかない。今わかっているのは……きみを愛していることだけだ」ぶっきらぼうに告げる。「どうすればきみを取り戻せるか教えてくれ、必ずそうするから」

マディはさまざまな感情に圧倒されていた。今もイーサンの裏切りには憤りを覚える。その反面、両親の行動に対する羞恥心や嫌悪感もこみあげた。

そして、何も知らなかったあの新婚生活の頃に戻りたいと無性に願う自分を恥じた。だが、何より……疲れ果てていた。

「決断を下す前に、元気になって体力を取り戻したいわ」世界じゅうのどこよりも、ある場所がわたしを呼んでいる。「どうかカリヨンに連れていって」

マディはこのカリヨンをずっと恋しく思い、ここでの生活に戻りたいと願っていた。しかし、カリヨンで療養を始めてから数週間がたつというのに、あの頃の幸せな暮らしとはほど遠い。

床につく前、鏡の前に座って髪をとかしながら、マディはこれまでの日々を振り返った。イーサンとのあいだに漂う緊迫した空気のせいで疲労が蓄積している。よそよそしい彼に気まずさを感じずにはいられない。お互い、相手にどう接すればいいかわからない状態だった。

体力を取り戻そうと、マディは領地内を歩きまわって花々や生い茂る緑に見入ったが、イーサンの視線を絶えず感じた——誰の目にも明らかな切望のまなざしを。

体力が回復して馬に乗れるようになると、彼は付き添い、黙って隣で馬を歩かせた。マディが花を摘もうとして馬をとめるたび、イーサンは駆け寄って鞍からおりる彼女に手を貸す。感情のこもった黒い瞳でマディを見つめながら、彼は決まって必要以上に長く彼女を抱きしめた。

今週イーサンのもとに、コリーンが見つかってカリヨンに向かっているという知らせが届いたとき、マディはうれしくて彼に抱きついた。イーサンは彼女が身を引いても放そうとしなかった。とうとうぎこちなく手を離したときは、つらそうな顔をしていた。

コリーンはマディを守ろうと戦って殴られ、気を失ったものの、友人たちに連れられてパリを脱出したらしい。今はもう元気になっているという。コリーンの身をずっと案じていたマディは、ようやく胸のつかえがおりた。

日を追うごとに、マディの望む未来像は明らかになっていった。そのことについて話したいのに、イーサンは歯を抜かれたほうがましだと思っているようだ。彼女が真剣な面持ちで近づくたび、警戒した表情を浮かべて話題を変えるか、部屋から姿を消してしまう。

マディの完全無欠なハイランド人が途方に暮れて躊躇する一方、彼女もどう話を切りだせばいいか考えあぐねていた。

ため息をついて化粧台の椅子から立ちあがると、マディは空っぽの大きなベッドにもぐりこみ、イーサンを無性に恋しく思いながら眠りに落ちた。

深夜、雷鳴がとどろき、彼女は飛び起きてあえいだ。今まで見たなかでもっとも恐ろしい悪夢にうなされ、涙で頬が濡れていた。

海岸で道に迷い、イーサンがどこにも見当たらない夢を見たのだ。どんなに彼を見つけたいと願っても、ごつごつした岩を曲がるたび、どんどん遠ざかって――。

ふたたび稲妻が光った。嵐が近づいているんだわ。胸の痛みが不安に取って代わり、マディはベッドから飛びだした。イーサンはわたしの悲鳴に気づかなかったの？　毎晩、隣の部屋で寝ているはずなのに。

イーサンの部屋に駆けこんだが、彼の姿はなかった。不安を募らせながら母屋を捜しまわったあと、温室からこぼれる光が目にとまり、階段を駆けおりて屋根付きの通路をイーサンのもとへ向かった。

温室のなかではボイラーの低い音がガラスに反響していた。やっぱり彼は修理ができるんだわ！　でも、どこにいるの？　息を整えつつ、マディは叫んだ。「イーサン？」

ボイラーの音がぴたりととまった。

イーサンが弾《はじ》かれたように立ちあがって道具を取り落とし、マディのほうにやってきた。「何かあったのか？」彼女の肩をつかんで問いただす。

「な、何も……」怯えた少女のようにふるまったことが急に恥ずかしくなった。

「嵐が近づいているのか？」イーサンはガラス張りの天井を見あげた。「全然気づかなかったよ」

「ええ……嵐が来そうよ。こんな夜ふけにいったい何をしているの？」

「こいつを直して、きみを驚かせたかったんだ」彼がマディの腕をてのひらでさすった。「何を思い悩んでいるのか教えてくれ」

イーサンを見あげて口走った。

「わたしたち、いったいどうなってしまったの？　今はどういう状態なの？」

「正直な答えが聞きたいか？」彼はマディの頬を優しく親指で撫でた。

「ええ、正直に話して」きっぱりうなずいた。

イーサンがため息をもらした。「おれはきみがすべてのことと折りあいをつけるのを待っているんだ。きみに……出ていくと言われるのを心底恐れながら」

「出ていく？　わたしがどこへ行くというの？」

「出ていきたくないのか？　きみにはもう自分名義の屋敷がある。それに体力が回復したら、おれたちのことについて最終決断を下すと前に言っていただろう」

「どうして今まで何も言わなかったの？」

「おれはきみに立ち去ってほしくない。そんなことは絶対にいやだ。だが、きみの決断を左右したくはない。これまでの出来事を――コレラや、ビーの死や、赤ん坊のことを――考えると、きみが打ちのめされた状態にあるのはたしかだ。おれは自分の思いどおりにするために無茶な圧力をかけることがあるらしい。だから、何か言って、きみにあとで悔やむような決断をさせたくなかった」

マディの視線をとらえて、彼はさらに言った。

「おれはきみとの関係を短期的なものとして考えてはいないんだ、エンジェル」

「わたしはあなたとやり直すことに決めたと、ずっと伝えようとしていたの。そう言ったらどうする？　あなたと新たに始められるなら、ここでも、カリックリフでも、どこででも暮らすと言ったら？」

思いきり殴られたように仰天した顔で、イーサンが彼女から両手を離した。

「おれにさんざんひどい目に遭わされたのに？」

「イーサン、たしかに今でも疑問や不安を抱えているわ。でも……夫を取り戻す前に何もかも解決しなくていいと思うの。それに、わたしは心から夫に戻ってきてほしいのよ」

「じゃあ――」彼の声がくぐもり、ひび割れた。「きみはおれのそばにいてくれるのか？」

「わたしの人生はあなたとともにあるわ。今はただ、それを取り戻したいだけ。言っておくけど、ふたりが乗り越えなければならない問題はまだ山積みよ。でも、あなたにはそれだけの価値があると思うの」

「どうしておれを許せるんだ？　そんなことは不可能としか思えないのに」

「ここで暮らし始めて、いろんなことがはっきりしてきたわ」頭上のガラスに雨音が響き始めるなか、マディはつぶやいた。「あなたを許そうと思ったら、わたしを救うためにあなたが地獄に立ち向かってくれたことを思いだせばいいの。それにふたりの仲がうまくいっていたとき、どんなに幸せだったかを」

イーサンの首の後ろに両手をまわし、親密な触れあいを切望しながら、あたたかい胸にそっと体を押しつける。勢いを増す外の嵐のように情熱が高まり、ふたりの呼吸が浅くなった。

「やり直すにはそれで充分だと思わない？」

愛情のこもった手つきで、イーサンがマディのうなじをつかんだ。

「きみを取り戻せるなら……それで充分だと思うよ」もう片方の手が彼女の体を撫でおろして、ヒップを優しくもみしだく。

さらに激しくなってきた雨がガラスに叩きつけても、マディは不思議と恐怖を覚えなかった。なぜか今回の嵐は悲劇の前触れだと感じない。むしろ、ふたりのあいだでふくれあがる欲望の炎を反映しているようだ。

イーサンの黒い目は、彼女を情熱的に奪い尽くすと約束していた。きっとわたしは〝どうぞ奪って〟と懇願のまなざしを浮かべているはずだ。

彼がマディの顎を人差し指で支えて言った。「今度は絶対にへまをしない」

「信じているわ」思いの丈をこめた瞳でイーサンを見あげる。「だからこそ、あなたは今でもわたしが賭けている黒い競走馬なのよ」

「またそんな目でおれを見ているな。だが、夫は妻のそういうまなざしに慣れるものなんだろう」

マディはほほえみ、息を弾ませてささやいた。

「ええ、慣れてもらわないとね」

エピローグ

結婚することなく、愛を知ることなく、結びつきを持つこともないのが彼らの運命
彼らは子をもうけることなく、汝の血筋は途絶えるであろう
彼らを追う者には死と苦しみが訪れる
それぞれが、あらかじめ決められた相手を見つけない限り
彼らの命と心を救えるのは、彼らの真のレディーだけである

一八六五年復活祭日
スコットランド
カリックリフ

イーサン・マッカリックは長兄で、繁栄する一族の家長でもあった。

彼はオークの古木によってできた日陰でくつろぎ、なだらかに起伏する目の前の芝生を見渡した。母や弟たち家族が勢ぞろいしているのは、イーサンやマデレンと復活祭の洗礼式に

出席するためだ。

マデレンは、すばらしい三人の子供たちの上のふたりと毛布に座って笑い声をあげている。妻が授けてくれた子供たちは、三人とも鮮やかな青い瞳に黒髪だった。

長男のリースはもうすぐ七歳になる。マデレンはそれほど大変だと思わなかったようだが、あの子が生まれたとき、おれの寿命は何年も縮んだ。リースは一二歳の子供の大半をうわまわる体格で、母親に似て頭が切れる。三歳のカトリオナはマデレンそっくりの繊細な顔立ちをしたおてんば娘で、すでに父親を自在に操るすべを心得ていた。

そしてイーサンは今、乳飲み子の息子を片腕に抱いている。どういうわけか、この子はそうしてやると寝つきがいいのだ。三番目の子は、イーサンのお気に入りのがさつないとこにちなんでニアールと名づけられた。そのいとこはコートが以前率いた傭兵集団とともに、今も大陸で戦闘を繰り広げている。

第一子のリースが誕生したとき、イーサンはマデレンの関心がすっかり赤ん坊に奪われるのではないかと危惧《きぐ》していた。だが、やがて息子は父親を求めて泣くようになった。おまけに母親同様、イーサンが部屋に入ってくるとうれしそうに顔を輝かせた。

三人の子供たちは彼の顔の傷に怯えることもなく、父親の過去の邪悪な所業についても何も知らない。

マデレンは根っから子育てが性に合ったらしく、自身の母とは正反対の愛情深い母親になった。彼女はシルビーからされたことは水に流せても、シルビーがイーサンにした仕打ちは許せなかった。

妻からそう打ち明けられたとき、自分は本当の家族として受け入れられたのだとイーサンは実感した。ふたりは一致団結し、必要とあらば最期の息を引きとるまで互いや子供たちを守る覚悟でいる。

イーサンがようやく手に入れた花嫁を見せびらかしたいと望んだため、ふたりはカリックリフでふたたび盛大な結婚式を挙げた。祝いの席にはウェイランド一族がわんさと押しかけてきた。そのなかにはクインの姿もあった。あいつには、マデレンに気をつけろとさんざん警告されたものだ……。

そのとき、マデレンがイーサンの視線に気づいてほほえんだ。あの笑顔を見ると、今でも鼓動が速くなる。それはこれからも変わらないだろう。妻を溺愛《できあい》しすぎだと自分でもわかっているが、とうにその事実は受け入れた。夜になると彼女をぎゅっと抱きしめ、あまりにも満ち足りた思いに胸が痛くなるほどだ。

弟たちも母も、おれがこんなに子煩悩な愛妻家になって仰天していることだろう。だが弟たちが家族を溺愛しているのに、おれがそうできない理由はない。

四歳の息子を持つヒューとジェーンは、次の子供をしばらくお預けにしている。不可解なことに、ヒューは息子にイーサンの名前をつけたがり、なぜかジェーンはそれを認めた——イーサンは今でもそのことに首をひねっている。

弟夫婦にとって息子はかけがえのない宝物で、三人は楽しそうに遠く離れた土地を旅してまわっていた。カリックリフにいるのも、ニアールの洗礼式のあいだだけだ。

コートとアナリアには、長男アレイクスと、まだ幼い長女のフィオナ、よちよち歩きのエリサベットに加え、もうひとり生まれる予定だ。コートは子供たちを愛しているが、出産のたびにこれが最後だと宣言する。そんなとき、アナリアは黙ってほほえみ、編み物を始めるのだった。

フィオナは決して授からないと思っていた孫の誕生に喜び、どの孫にも祖父リースの面影が感じられるとよく口にする。今、母は芝生の上で五人の孫に飛びつかれていた。

マデレンが毛布から立ちあがって近づいてきた。「もうニアールを揺りかごに寝かせられそう？　それとも援軍を頼みましょうか？」彼女の長年の親友であるコリーンはこの屋敷で暮らし、執事の職を辞退してイーサンとマディの子供たちの子守となった。コリーンがきわめて有能な子守だと判明するやいなや、ほかの家族は恥ずかしげもなく彼女を引き抜こうとした。

「ニアールは熟睡しているよ」イーサンは含み笑いをもらした。「この子はきみのようにいびきをかく」

マデレンがイーサンの胸を小突いた。

「わたしはいびきなんてかかないわ」彼女は赤ん坊を受けとり、おやすみのキスをしてから、かたわらに置かれた日よけ付きの揺りかごに横たえた。イーサンに抱き寄せられると、マデレンは吐息をもらした。「愛しているわ、イーサン」

太陽であたたまった妻の髪に唇を寄せ、その香りをうっとりと吸いこむ。

「おれもきみを心から愛しているよ」ふと、ある考えが頭に浮かんだ。「今、おれがきみに世界じゅうのなんでも与えられるとしたら、何がほしい?」

「それなら即答できるわ。これが生涯ずっと続くことよ」マデレンは、子供たちが遊び、マッカリック一族が元気で幸せそうにしている光景をぐるりと手で指し示した。

イーサンが両手でマデレンの頰を包むと、彼女は青い瞳を優しく輝かせて彼を見あげた。

「了解だ」そっと唇を重ねる。「必ずきみの願いをかなえるよ、マディ・マッカリック」

そして、イーサンは妻との約束を守った。

訳者あとがき

本作は、クレスリー・コールによるヒストリカル三部作“The MacCarrick Brothers Trilogy”の三作目にあたります。

すでに本シリーズでは、スコットランドのマッカリック家の三男と次男の恋が描かれましたが、今回の主人公は長兄のイーサンです。三兄弟のなかでもっとも冷酷だと見なされていますが、実は人一倍熱い感情を胸に秘めた男性でもあります。傭兵仲間と厚い友情で結ばれた一番下の弟や、ひとりの女性を長年思い続けた二番目の弟と違って、イーサンは誰とも深入りせずに生きてきた孤独な皮肉屋です。唯一弟たちのことは体を張ってでも守りたいと思っていますが、ふたりからは身勝手でやかましい兄とうとまれています。そんな彼がヒロインと出会って翻弄され、徐々に氷の仮面がはがれ落ちていくさまは、本作の読みどころのひとつと言えるでしょう。

ヒロインのマデレンは一見華奢で傷つきやすそうですが、実は度重なる苦難を耐え抜いてきた強い女性です。過酷な状況にも絶望せず、不屈の精神で前を向き、筋金入りの現実主義者である反面、愛する男性とめぐりあうことをひそかに夢見ています。そんな健気なヒロインを、読者のみなさんも思わず応援したくなるのではないでしょうか。

ロマンス小説にはスコットランド人のヒーローがよく登場しますが、本書の著者クレスリー・コールもスコットランド人のように猛々しく情熱的なヒーローが好みだと、自身のHPで語っています。また、異なる文化で生まれ育った男女の恋を描くことにもこだわっているのだとか。ヒーローとヒロインが先入観の殻を打ち破り、言語や慣習の違いを乗り越えて恋に落ちるプロセスに魅力を感じるそうです。スウェーデン人のご主人を持つ著者は、自らの経験からさまざまなインスピレーションを得ているのかもしれませんね。

さて、“The MacCarrick Brothers Trilogy”の第一、二作では、マッカリック一族に代々受け継がれる『運命の書』に書かれた呪いが恋人たちにとって最大の障害でしたが、今回はイーサンの秘密がふたりの幸せを阻む壁となります。イーサンとマデレンがそれをどう乗り越えて結ばれるのか？　情熱的でドラマティックなふたりの恋の行方を、どうぞお楽しみください。

二〇一一年六月

ライムブックス

屋根裏《やねうら》に偽《いつわ》りの天使《てんし》

著　者　クレスリー・コール
訳　者　竹内楓《たけうちかえで》

2011年7月20日　初版第一刷発行

発行人　成瀬雅人
発行所　株式会社原書房
〒160-0022東京都新宿区新宿1-25-13
電話・代表03-3354-0685　http://www.harashobo.co.jp
振替・00150-6-151594
ブックデザイン　川島進（スタジオ・ギブ）
印刷所　中央精版印刷株式会社

落丁・乱丁本はお取り替えいたします。
定価は、カバーに表示してあります。
 ISBN978-4-562-04413-9　Printed in Japan